U0084086

古典文獻研究輯刊

初 編

潘美月・杜潔祥 主編

第 39 冊

張岱《夜航船》研究
—兼論晚明文人知識體系與審美意識

徐 世 珍 著

國家圖書館出版品預行編目資料

張岱《夜航船》研究——兼論晚明文人知識體系與審美意識／徐世珍著 — 初版 — 台北縣永和市：花木蘭文化工作坊，2005〔民94〕

目 2+213 面；19×26 公分（古典文獻研究輯刊 初編；第 39 冊）

ISBN：986-7128-06-0（精裝）

1. 夜航船 - 研究與考訂

857.16 94019023

古典文獻研究輯刊

初 編 第三九冊 ISBN：986-7128-06-0

張岱《夜航船》研究

——兼論晚明文人知識體系與審美意識

作　　者 徐世珍

主　　編 潘美月 杜潔祥

企劃出版 北京大學文化資源研究中心

出　　版 花木蘭文化工作坊

發 行 所 花木蘭文化工作坊

發 行 人 高小娟

聯絡地址 台北縣永和市中正路五九五號七樓之三

電話：02-2923-1455／傳眞：02-2923-1452

電子信箱 sut81518@ms59.hinet.net

初　　版 2005 年 12 月

定　　價 初編 40 冊（精裝）新台幣 62,000 元

張岱《夜航船》研究
—兼論晚明文人知識體系與審美意識

徐世珍　著

作者簡介

徐世珍，一九七六年生於台中，就讀台中商專國際貿易科五年後由商轉文。插班台灣大學中文系，畢業後續讀政治大學中國文學研究所。目前任教於高中並就讀成功大學中國文學博士班。研究興趣為西方戲劇、中國美學、文學理論、旅遊文學等。

提　　要

本書乃針對張岱《夜航船》作一文類分析，並就文本內容擴延其所透顯出的文化與美學的議題。《夜航船》雖承襲自宋代以來文人雜著筆記的傳統，但其編纂形式與內容實有別於宋人。張岱在創作之時便界定了這是為文人增加常識的百科性書籍，書中雜揉了雜著筆記、萬用手冊、筆記小說、文人曆書與地理掌故書等特徵，具有極其博雜的書寫架構，成為一兼具文人日用類書、文人常識手冊的文化萬用錦囊。

《夜》書將隱含讀者設定為文人，所選入的材料是他認為文人應具備的知識，如對天文、地理，萬物名理的瞭解，對筆墨紙硯的鑑賞，對書畫園林的品評等。筆者歸納此書的閱讀期待約可為五大功能屬性：一、博識：其功能訴求不在深奧而在博洽，且只須具談助功能即可。二、諧謔：「諧語」的表象雖漫不經心，其下卻隱涵著嚴肅而深沈的生命態度。三、好奇：以好奇駭俗為尚，或神話荒誕之說，或稀奇罕見之物，以助談話之興。四、教諭：強調儒家倫理社會的重要性，可見作者的道德價值標準，及其所標榜的聖賢典型。五、查考：不關文理考校的知識其主要功能不在記誦而在於查考，以作為工具書之用。

《夜》書在內容上於子目命名與小說敘述方面充分表現出張岱小品文家的寫作功力。張岱能自一文化事典中擷取最精華且足以領起全文的意象，使所節選後命名的條目均較為清新生動，以精簡流利、生動鮮明為此書文字敘述與子目命名的主要風格。小說敘述方面，則摘錄、改寫自筆記小說的原文，卻更為精簡而具情韻。對於《夜》書的審美研究，除探究文本的審美形式外，亦不可忽略其內在的審美意蘊，筆者在文中乃就審美生活與文藝理論兩方面分別論述之。審美生活又分：園林美學、飲食美學、玩物美學；文藝理論則有：詩文理論、書畫理論。《夜》書中，這些條目尚不足以成一家之言，僅能說是張岱零星的一些文藝主張。

對於張岱著作的研究，歷來多著眼於《陶庵夢憶》、《西湖夢尋》、《瑯環文集》、《石匱書》與《快園道古》，其他著作的研究則闕如。《夜航船》書中除涵攝文人的知識體系與審美意識外，亦提供了解其人格與風格的另一視窗，如張岱其他作品中艱澀冷僻的用語及詞義，可由《夜》書對於典故的記敘、詮解還原張岱之原意；從其對於筆記小說的改寫，可得知其著作態度與表現手法；尤其對於歷史的評論，可知其個人的史評、史識；其中對政治家的要求，可知其政治抱負與理念等。因此，本書擇《夜》書作為研究張岱作品的新材料，以提供一點個人的研究心得。

目錄

自　序

第一章　緒　論 1

　第一節　研究動機 1

　第二節　研究範疇 4

　第三節　文獻探討 7

　第四節　研究方法 12

第二章　《夜航船》的創作背景與閱讀期待 17

　第一節　《夜航船》的成書 17

　第二節　時代背景 23

　第三節　《夜航船》的閱讀期待 37

　　一、博　識 40

　　二、諧　謔 41

　　三、好　奇 44

　　四、教　諭 46

　　五、查　考 47

第三章　《夜航船》之文本性質 49

　第一節　「雜著筆記」的類型與定義 50

　第二節　「雜著筆記」的形式與意蘊 53

　第三節　「雜著筆記」的價值與缺失 63

第四章　《夜航船》之題材擇選與編排體例 71

　第一節　題材來源 71

　　一、博物體 74

　　二、雜傳體 76

　　三、志怪體 80

四、志人體……82
第二節　編排體例……86
一、部類編排……86
二、重出現象……96
（一）敘述相仿，分見異部……96
（二）敘述有異，具互文性……98
（三）不同部類，著重不同……100
（四）同一物事，分見多條……103
（五）同一事件，描述有異……104
第五章　《夜航船》知識體系之建構……107
第一節　玄妙世界的認知……107
一、天文與節令……107
二、鬼神與怪異……120
第二節　地理空間的認知……127
一、現實地理……127
二、虛擬空間……131
第三節　人文社會的認知……134
一、政治權力……134
二、社會人倫……147
第六章　《夜航船》之審美形式與意蘊……159
第一節　審美形式……159
一、選題命意……159
（一）子目命名……159
（二）意象選擇……161
二、小說技法……164
（一）人物描刻……164
（二）情節節奏……166
（三）奇幻預言……168
第二節　審美意蘊……170
一、自我認知與生命意識……170
二、生活日用與審美思維……176
三、文藝形式與美學內涵……185
第七章　結　論……193

參考書目……199

自　序

寫論文是一件相當過癮的事，顛倒夢想殫思竭慮只爲求一合理的詮釋，而日夜牽繫孕生而出的卻僅是一鍛鍊思考的過程。碩士論文，只能算是學術殿堂的入門磚，不成熟的習作罷了。儘管不成熟，從閱讀文本、蒐集資料、整理思路、辨證是非的過程中亦是相當艱辛且令人懷念的豐碩學習。距離完成碩士論文已有三年的時間，中間歷經了教學實習與任教高中，脫離學術的環境已遠，直到潘美月老師所主編的《古典文獻研究輯刊》出版計畫欲將近數十年相關論文集結出書，才又重新校稿、省思。校稿是世界上最缺乏創造力的一件事，因完全無法任由想像力馳騁，只能盯著一個個鉛字尋找謬誤。我的校稿工作拖延了許久，直到前往英國的前一天才倉皇完稿，眞有接淅而行的感覺。拖延的原因是，校稿的過程我極度的不專心，我無法遏止過往的記憶潮湧而來，論文對於我一如普魯斯特記憶中的馬德萊糕與綠茶，一旦喚起的記憶便難以去削減抹滅，作品中的每個字句都帶有時間的召喚與情感的沈澱，當初急著將論文付梓，無法細細在序文中表達對恩師與友人們的感謝，而今終有這因緣來了卻一樁憾事。

選擇張岱的作品爲研究的對象，想頭萌生於大學時諸多老師皆喜張岱的小品文，因而讀了《陶庵夢憶》、《西湖夢尋》等宗子的作品，極爲喜愛其空靈簡鍊的文筆。至研究所時，跟著恩師鄭文惠老師接觸了中國美學的領域，更加著意於晚明這個經濟繁庶、政治惶亂，而藝術文學蓬勃發展的年代，欲從張岱這個身處明末極爲要求生活美感的富家子著手，藉而一窺晚明文人的生活美學。研究晚明的學者毛文芳先生曾在她博士論文的序中提及：自認爲是個嚴謹的人，一生卻追求放逸，之所以選擇研究晚明乃因歆羨那樣放逸畸零的時代精神。她引晚明陳繼儒的話：「才人之行多放，當以正斂之；正人之行多板，當以趣通之。」我的性格大約也和她相仿吧。從小規矩，是個不諧不趣不清不雅之人，多少帶有遺憾，因此想藉由研究的浸染疏通一下那樣的無趣人生。

論文寫作期間，尤其感謝鄭文惠老師用不苟的態度指正我文句與邏輯上的謬誤，同時扮演著安撫情緒的角色；馮藝超老師則不時替我進補，用他拿手的廣東料理滋補寫作期間過度使用的腦細胞，且用如珠妙語亦正亦諧的激發我的靈感，老師一家所給的溫暖總能撫慰我久未歸鄉獨自寫作的孤獨。另感謝台大張淑香老師、政大董金裕老師、高桂惠老師等諸位老師的關懷與鼓勵，以及四阿姨提供圓山的一間套房供我寫作，明華學長爲我自暨南大學影印續修四庫全書版的《夜航船》，學妹小藍常替我跑腿至社資中心影印，要感謝的人太多，套一句老話：族繁不及備載。最末，更是要謝謝我的家人，一路支持我，從五專的棄商轉文，到大學研究所的學習，至今，在精神上仍是支持我去完成博士班的學業，這對我來說是多麼重要，在此銘誌。

世珍 2005/7/21 in England Bedford Town

第一章　緒　論

第一節　研究動機

明・張岱的《夜航船》是一部將讀者設定爲文人的雜著筆記，因歷來不見於各種書錄，故編著者或將其與清代破額山人的《夜航船》與莊蘧庵的《夜航船》混爲一談，如《續修四庫全書》子部雜家類收錄此書，而《續修四庫全書總目題要》卻誤以爲是破額山人所撰之八卷本《夜航船》〔註 1〕。此種情形實因張岱《夜航船》得之不易，編著者多無法親睹其書，故易與同名之書相雜，造成張冠李戴的現象。此書在 1985 年由浙江古籍出版社根據寧波天一閣清觀術抄稿本刊印，沈寂已久的《夜航船》終於得以航行書海。

《夜航船》全書共分二十卷：天文、地理、人物、考古、倫類、選舉、政事、

〔註 1〕《續修四庫全書總目題要》：「《夜航船》八卷，嘉慶六年識硯堂刻本，題破額山人新編。卷首有嘉慶五年破額山人自題於薪溪之小山隱序文。山人姓名不詳，僅知爲江蘇吳縣人而已。此書凡八卷，所記皆乾嘉時瑣聞異事。考夜航之名，由來已久，古樂府〈夜航曲〉是矣。元人曲一作〈夜航船〉。《中吳紀聞》載：『夜航船惟浙西有之。』故皮日休有『明朝有物充君信，橘酒三瓶寄夜航』之句。」按：破額山人〈自序〉曰：『今吳越間，路隔七八十里及百里許者，埠頭必有夜航停泊，以便趁船。黃昏解纜，黎明泊棹。船中拉雜不能安睡，勢必促膝互談，刺刺不休，以消長夜，其見棄於有德者，寧止道聽途說已哉！今年春，不惜思索枯腸，默溫聞見，自喜不一月而得百二十二則，因名之曰《夜航船》云。』」由《題要》所言，可舉出幾點證明其所收與所記絕非同書：1.卷數不同：所收爲二十卷本，而所記爲八卷本。2.時間不同：所收內容不及清代，而所記內容皆爲乾嘉時事。3.署名不同：所收書前附書序題爲「古劍陶庵老人張岱書」，絕非所記中「姓名不詳，僅知爲江蘇吳縣人」。4.內容不同：所收書中條目約四千多條，而所記序中言百二十二條，故可得知《題要》乃誤張岱之《夜航船》爲（清）破額山人之《夜航船》。

文學、禮樂、兵刑、日用、寶玩、容貌、九流、外國、植物、四靈、荒唐、物理、方術部。此書在內容上似讀書筆記，編排上又似小型的類書，此一編撰方式實可溯源於宋明以來流行的文人雜著筆記。歷來圖書目錄及史書藝文志並無「雜著筆記」之目，劉兆祐先生曾爲此類書籍下一定義：

> 所謂「雜著筆記」類之著作，係指一書之內容，所載不止一事、一物、一人或一書之考證；其體制，則大抵依所見所聞，隨意錄載，未必從事嚴謹之分類排比者。此類圖書，核之歷來史志及目錄，多隸屬於子部「雜家」類〔註 2〕。

由此可知，雜著筆記之內容乃雜收對事、物、人或書之考證，不專主一家之言；其撰寫體例並不嚴謹，多爲隨筆、箚記性質，在書籍分類的體制中，被歸於子部雜家類。

《夜航船》之名源於書中內容可供夜間行船〔註 3〕時消磨長夜之用，張岱藉此指爲文人集會閒談的場合，故功能主在談助，亦即書中主要在集錄文人集會時的閒談主題與文化常識。張岱：「余所記載，皆眼前極膚淺之事，吾輩聊且記取，但勿使僧人伸腳則可已矣〔註 4〕。」「吾輩」乃指文人階級，張岱在編寫此書時已預設了讀者群，而所謂「勿使僧人伸腳」，實源自張岱在〈序〉中所敘的一則故事〔註 5〕，以象徵他人對無知文人的輕蔑。書中所載乃張岱認爲文人必知之事，若不知，則無法得到常人對文人士子應有的尊重。且張岱認爲，讀書需重文理考校，否則與目不識丁者無異；又讀書並非死記材料，而是要活用日常生活知識，故此書非爲文人查典故、作辭章之用，而是擷取了文典、事典、當代新聞及生活常識成爲一部文人的知識小百科，有別於傳統類書的功能。這些知識既是張岱認爲文人應有的基本常識，那麼，從書中選錄論述的主題與內容，當可探知張岱心中所建構之文人階級的知識結構；再者，由張岱的選錄的原則、編排的方式、編排的比重、

〔註 2〕劉兆祐〈雜著筆記之文獻資料及其運用〉收入《應用語文學報》，第二號，2000 年 6 月，頁 1。

〔註 3〕夜航船乃舊時江南地區城鎮裝載客貨並代爲傳遞信物而於夜間航行的船。（宋）龔明之《中吳紀聞》卷四〈夜航船〉載：「夜航船惟浙西有之，然其名舊矣，古樂府有〈夜航船〉之曲。」（台北：藝文，1971 年初版），頁 8。（明）陶宗儀《南村輟耕錄》卷十一〈夜航船〉：「凡篙師於城埠市鎮人煙湊集去處，招聚客旅，裝載夜行者，謂之夜航船。」（台北：木鐸，1982 年初版），頁 137。

〔註 4〕〈夜航船序〉。

〔註 5〕〈夜航船序〉中舉出一文人與一僧人同乘夜航船事，僧人本對「文人」這身份階級帶有崇畏之情緒，及至問及「澹台滅明」與「堯舜」，文人強不知以爲知，使得僧人頓時有「不過爾爾」的輕視感。

關懷的面向、敘述的手法及對文人的閱讀期待等，亦可見出其價值觀與審美觀。此外，書中選錄的材料包含了許多歷史事件及張岱對事件的觀感與評論，當是研究張岱史學觀的另一窗口。故《夜航船》一書，毋寧是透顯出張岱對晚明文人社群知識體系之建構向度，也顯示出其歷史意識、道德取向及審美觀感。

從此書的內容與編排上，可見出張岱不僅關注於晚明文人更精緻化的審美生活，同時也關注常民化的日用生活，這除牽涉到晚明階級逐漸去界線化的現象外，也與晚明人對於四民階級價值評判標準移位有關。隨著社會經濟的逐漸商業化，文人可能棄儒棄佛而轉商，或如張岱所言：餘姚風俗是人人自小讀書，若到二十歲沒有成就則去學手藝。當時的社會風尚是推崇有一技之長的人，不再是以讀書仕宦爲最高生命理想，在讀書無所成後便轉向其他技能學習，這樣階級轉換的情形造成「百工賤業，其《性理》、《綱鑑》，皆全部爛熟」〔註 6〕的現象。此外，文人階級對各行各業多有一定的認知與掌握，各階級上下流動的情形也趨於頻繁。由於文人所關注的面向更加廣泛、階級流動網絡的更加開放，以及文人的更加市民化，因此，《夜航船》作爲一本爲文人所構設的知識百科，不免參雜了許多民間日用的成分，而略具居家萬用手冊的性質，故透過對《夜航船》一書的研究，當可掌握晚明菁英文化與市民文化雜陳、雅俗合流等文化現象與意蘊。

筆者有鑑於《夜航船》所載內容對於研究中國文士文化或研究張岱作品來說均十分可貴，卻向來乏人整理與研究，故欲結合文類、文化與美學等觀點，探索其背後的知識架構、審美原則及文化意蘊。本論文研究的重心如下：

一、結合晚明政治、思想、經濟、社會風尚及文人階級屬性的移位等特殊現象，並參酌張岱個人的身世遭遇及文學素養，以文本實際內容爲基軸，研究其創作心理，及對文人的閱讀期待。

二、釐析《夜航船》的文本屬性，爲「文人雜著筆記」作一定義，並探討其類型、形式、功能、審美特質及價值意義。

三、針對其題材類型與編排體例分析其題材擇選方式與編排原則，再由細部各則內容歸納其語言風格、典故擇選、詮釋觀點及敘事手法。

四、通過每一則目所指向的主題內涵、關懷向度、思致文理及價值標準，探究張岱所建構出的文人知識體系，及其蘊含的歷史意識、道德向度及審美思維。

〔註 6〕〈夜航船序〉。

第二節　研究範疇

歷來研究晚明及張岱的學者甚少注意到《夜航船》，其原因並非此書缺乏研究價值，而是版本流傳及出版的困難〔註7〕，使得能親見或擁有此書的人不多，就如同現代散文家余秋雨所說：「這是一部許多學人查訪終生而不得的書〔註8〕。」目前根據寧波天一閣鈔本重新排版問世的版本有三：一是劉耀林點校，杭州浙江古籍出版社 1987 年的版本，此版本每卷之末附上點校者的考證；一是唐潮點校，成都巴蜀書社 1998 年的版本，此版本則照原書內容刊刻，並附上張岱另一著作《瑯嬛文集》於後。另外，上海古籍出版社於 1995 年出版的《續修四庫全書》亦收錄此書，歸於子部雜家類。本論文擬兼用三個版本，互相參照，以防影印刊刻之陋。論文中所標注《夜航船》之引言頁數皆以唐潮點校，巴蜀書社出版的版本爲主，若有其他版本則另行標出。

《夜航船》一書在編寫體例上屬文人雜著筆記，其涉及的面向與包含的主題，又可視爲小型的類書，以載錄的內容來說，有一部分的條目甚至可視爲筆記小說，因此，欲界定此書的文體類別，頗爲困難，這關係到「筆記」、「類書」、「志人」、「志怪」等的分類標準歷來就有義界混淆的問題，往往同一部書因不同的分類標準而有歧出的分類結果，如：明・朱國楨《涌幢小品》在《明史・藝文志》中歸於子部小說家類，在《千頃堂書目》中歸爲史部別史類，在《欽定續通考》、《四庫全書總目》中被歸於子部雜家類，而在大陸學者所編的《中國古典小說大辭典》中則被視爲筆記小說，這樣的情形屢見不鮮。又如：閔文振《異物彙苑》在《千頃堂書目》中歸子部小說家類，《國史經籍志》、《明史・藝文志》中爲子部雜家類，《四庫全書總目》則歸入子部類書類，而《中國古典小說大辭典》視其爲志怪傳奇小說集。《夜航船》在《續修四庫全書》中置於子部雜家類，但如前所言，它同時也具有筆記、類書、與小說的性質，雖這幾種類別亦沒有截然劃分的標準，但以其雜揉筆記、類書、小說等性質，故筆者視之爲「文人雜著筆記」。文人雜著筆記作者爲文人，所設定的讀者也爲文人，書寫方式兼用類書的體例與筆記的書寫策略，雜陳原始材料、歷史典故、文學典故、新聞事件、閭里瑣談、筆記小說等

〔註7〕明末清初的著作多遭禁毀，考察清人的重點禁毀書，除各種因文字獄而被禁毀的書籍外，主要被禁毀的是一些明遺民的史述、文集、奏疏、詩集、筆記等著作。有關清代禁書與文字獄，可參考王彬《禁書・文字獄》(北京：中國工人，1992 年 9 月初版)、安平秋、章培恆編《中國禁書大觀》(上海：上海文化，1990 年 3 月初版)及韋慶遠《禍由筆墨生—明清文字獄》(台北：萬卷樓，2000 年 8 月初版)。

〔註8〕摘自余秋雨《文化苦旅・夜航船》，台北：爾雅，1995 年五月初版十八刷，頁 301。

內容，可視爲中國古代文人的百科全書，這裡的百科全書所指涉的並非晚近西方的百科全書，而是指包羅各類資料的筆記式類書，因其作者與讀者皆爲文人，故可稱爲文人的知識百科。

本論文第一章〈緒論〉中述明研究動機、範疇與方法，並嘗試整理出前輩學者對晚明文化、文人階級、筆記文類及張岱作品的研究梗概與成果，並交代《夜航船》的版本流傳與研究狀況。第二章的重心在分析《夜航船》的作者、成書背景及閱讀期待：一則著眼於晚明的政治、經濟、社會、文化思潮等外緣研究，尤關注文人階級與其他社會階級互相滲透影響的情形，並說明這樣的現象如何表現在此書中。再則，創作主體部分，除以《夜航船》爲論述焦點外，另參考張岱其他著作〔註 9〕，以期更深入且精確的分析作者的創作心理；讀者部分，因此書是編給文人看的百科全書，主在增加文人常識與談助之用，故本文擬就其中蒐羅的資料及表現材料的手法，分別從博識、諧謔、好奇、教諭、查考等向度分析作者透過作品所召喚讀者的閱讀期待爲何。第三章探究「雜著筆記」的文類形式與意涵，分別從其形式、內涵與功能上探討其文類規範，並比較兩組作品群：「文人雜著筆記」與「民間日用類書」，以凸顯《夜》書在形式上的轉變意義，並歸納《夜航船》的文本特色與文類價值。

第四章乃就《夜航船》的分類、編排、語言及典故作文本的結構研究。張岱在《夜航船》一書中以其小品文家的筆觸與史家的識見呈現出有別他書的特殊形式與內涵，故此章乃就題材擇選、編排體例及表達方式等方面，分析張岱個人的獨特表達手法與敘述功力，並從文本中重出的現象探求張岱的編排用心。

第五、六兩章論述內容歸於知識體系與審美意識兩個範疇。張岱認爲文人知識體系之建構，當包括對天、地、人的認知與關注，並且旁及萬物名理：「天」的部分包括對自然現象的詮釋、對災異現象的歸咎、神話與民俗，以及文人因循順應自然節氣所衍生的人文活動；「地」的方面包括流傳著文學事跡的文學地理、文人詠懷古蹟的歷史地理、具政治意味的權力空間，及具神聖色彩的過渡空間；「人」的部分包括對政治權力與社會倫理的認知與關懷，是構成整個文人社群文化最核心的部分。審美意識部分，則是就《夜航船》中的文學、日用、寶玩、容貌等部分析張岱之自我認知與生命意識、文人之審美生活，及在文學與藝術方面的美學表現，以探求文人的審美思維，此毋寧是晚明文人最爲突出的部分。

〔註 9〕本論文在創作主體的分析上另參考張岱其他作品：《陶庵夢憶》、《西湖夢尋》、《瑯嬛文集》、《石匱書後集》、《明越人三不朽圖贊》、《石匱書》、《快園道古》、《四書遇》、《瑯嬛詩集》。

本論文使用的材料主要如下：

1、在第三章的文類研究中，擇取兩作品群與《夜》書作類目及內容上的觀察、比對。「文人雜著筆記」類又兼及宋、明兩代，以見出此文類的形式演變跡象：宋代筆記取代表作品洪邁《容齋隨筆》與沈括《夢溪筆談》，兩書皆具有典型文人雜著筆記的考辨態度；明代筆記則選取與《夜》書時代較近的《升庵外集》與《槎菴小乘》，《升庵外集》爲焦竑搜羅楊慎作品所編，共分一百卷，亦爲考證議論之作。《槎菴小乘》爲來斯行的讀書心得筆記，主在考證典籍中之隱微處，屬雜考類，共分四十一卷。「民間日用類書」則選取明代市場佔有率最高的兩本著作：《三台萬用正宗》與《五車拔錦》，兩書皆收錄於阪出祥伸、小川陽一所編《中國日用類書集成》中，此類書籍具有高度的實用功能。

2、以《夜航船》爲主要文本，張岱的其他著作：《陶庵夢憶》、《西湖夢尋》、《瑯嬛文集》、《石匱書後集》、《明越人三不朽圖贊》、《石匱書》、《快園道古》、《四書遇》、《瑯嬛詩集》爲輔助材料，藉以更深入精準的分析張岱的思維方式、價值標準與審美心理。

3、第四章探討《夜》書中筆記小說的取材來源與類型，先評述歷代筆記小說的分類概況，如唐・劉知幾《史通》、明・胡應麟《少室山房筆叢》、《四庫全書總目》的分類，並參照陳文新《中國筆記小說史》之論述架構，根據《夜》書文本的實際狀況建立博物、雜傳、志怪、志人四體，分析《夜》書所具筆記小說的類型風格。

4、對於典故的溯源比較，主要以劉耀林所考校的出處爲依據，再以原典作一對照分析。文本的頁數採唐潮點校，1998 年巴蜀書社的版本，因其爲最新版本，對於之前版本標點有誤者已有所訂正，而兼採劉耀林點校的版本，乃因其典故考證詳細，對於張岱未標明出處或標註不明、標註有誤者，亦皆予以補正，但就如同其所言：「由於《夜航船》引文，上至先秦，下迄明代，不僅範圍極其廣泛，而且有些材料來源不一，引文版本有異，或者書目篇目已經散佚，有時為查對一個人名或考訂一個出處，頗費時日，即便如此，有的仍無結果，只好暫付闕如，留待今後補正〔註 10〕。」雖其考證難免有漏失處，但已是目前所見最精審方便的本子。《續修四庫全書》所收乃以抄搞本原書付印，無標點，可作爲原始版本的參照。

〔註 10〕張岱著、劉耀林點校《夜航船》之〈前言〉，杭州：浙江古籍，1985 年初版。

第三節　文獻探討

晚近學者對於明清之際各面向的討論顯然已蔚為風尚，並且開發出許多有別於傳統的議題，除了傳統對文學思想的研究外，特別關心於文化現象、女性議題、階級轉化、審美生活等特殊層面，也使得對於這時期的研究呈現多元而豐碩的研究成果。

《夜航船》可謂一部晚明文人百科，書中涉及的議題相當廣泛，舉凡時代風尚、文化思潮，以及文人的審美情感等，張岱以一個遺民的身份，帶著文學家與史家的眼光與筆法，表現出文人的知識體系、道德關懷與審美意識。因此本論文除了將晚明的社會、經濟、政治、思潮、文學、藝術等作為外緣研究，尚鎖定幾個十分相關的論題：（一）晚明文化（二）文人階級（三）筆記文類（四）張岱研究，並聚焦於《夜航船》所映射出的文化網絡，建構晚明文人的知識體系與審美生活。全文論述建基在前輩學者的研究上，期能補其不足，並且開拓出新的視野。

目前對於《夜航船》的專文探討，筆者所見僅張則桐〈張岱《夜航船》與筆記小說〉一文，此為一篇引介性質的文章，雖篇幅短小，論述簡要，但不可忽視其開山之功。全文除介紹《夜航船》的創作動機與編纂體例外，尚點出了此書鮮明的人文傾向與縱貫的格局。張先生認為其鮮明的人文色彩，一方面源於對儒家文化與史官文化傳統所整合的對社會政治倫理的關注，另一方面是晚明士人對世俗社會的投入所造成；縱橫的格局乃因張岱具有史家的眼光與識力，可透露出其對宇宙、社會、人生的理解與體悟。張先生認為《夜航船》在體例上應屬類書性質，但在內容上則屬筆記小說。筆者則認為，張岱對於文學典故或歷史事件的擇選雖佔此書相當大的比例，但將其歸類為筆記小說是不妥的，因材料的來源種類繁多，且表現形式紛雜，或可說此書為筆記式的類書，或定名為雜著筆記，而不可歸於筆記小說。張岱的運筆不脫他小品文家的筆觸，但呈現的方式實為宋明所興盛的文人筆記的寫作手法。張先生所提示的幾個面向的確可作為筆者對此書研究的啓示，但因其敘述過簡，相對可開展的空間亦相當大。

在晚明文學方面，學者多著眼於明清小品文作品的編選〔註 11〕，對於小品文研究的專書亦不少〔註 12〕，歷來注意到張岱的學者也多因其小品文方面的成就。

〔註 11〕編選方面如：周作人《明人小品集》（台北：眾文，1983 年）、朱劍心《晚明小品選注》（台北：台灣商務，1995 年 2 月台一版十一刷）等。

〔註 12〕陳萬益《性靈之聲——明清小品》（台北：時報，1981 年）、陳萬益《晚明性靈文學思想研究》（台北：文津，1987 年）、曹淑娟《晚明性靈小品研究》（台北：文津，1988 年 7 月）、吳承學《晚明小品研究》（江蘇：古籍，1999 年 9 月）、陳書良、鄭在晚明小品史研究上台灣學者如陳萬益、周志文、曹淑娟等；大陸學者如：鄔國平、馬美信、吳承學、劉明今、汪涌豪、吳兆路等諸位先生都有相當的成果與貢獻。另外，晚明藝術方面特別被注意到的是戲劇的展演，而這也是研究張岱必不可少的環節〔註 13〕。藝術方面，有詩與畫的跨領域研究，如：鄭文惠老師《詩情畫意—明代題畫詩的詩畫對應內涵》、黃儀冠《晚明至盛清女性題畫詩研究——以閱讀社群及其自我呈現爲主》等，不但開發出新的研究領域，並且能有深入細膩的探討。美學方面，則是呈現晚明文人生活的審美思維與審美樣態等，近兩三年來，毛文芳對於此方面的研究頗爲可觀，以明代文人的生活美學觀爲題，關注於名物、休閒、遊賞、品鑑、養生、環境等審美課題，其著作有：《晚明閒賞美學》、《物・性別・觀看——明末清初文化書寫新探》，並將此中問題獨立爲〈晚明文人纖細感知的名物世界〉、〈養護與裝飾—晚明文人對俗世生命的美感經營〉、〈花、美女、癖人與遊舫——晚明文人之美感境界與美感經營〉、〈閱讀與夢憶—晚明旅遊小品試論〉、〈時與物——晚明「雜品」書中的旅遊書寫〉等單篇論文，毛文芳的論文對於筆者探討晚明文人的審美生活有相當大的啓發。此外，如：吳美鳳〈明清文人閒情觀——事在耳目之內，思出風雲之表〉、覃瑞南〈從「長物志」管窺明代文人的居室美學〉等，雖爲淺介性質的文章，但可看出學者多關注到晚明文人的生活美學，且觀察出晚明文人有別於前代文人的特殊生命樣態，逐漸開發出一個值得深入探討的議題。

關於中國知識份子及晚明文人的研究，從早期注意文人的道德使命感到後來文人對生活的審美要求等方面都不乏學者的研究〔註 14〕。其中，羅中鋒對於文人

憲春《中國小品文史》（長沙：湖南，1991 年）等。

〔註 13〕關於明代戲劇的研究有：曾永義《明雜劇概論》（台北：明文，1979 年 4 月）、王瓊玲《明清傳奇名作人物刻畫之藝術性》（台北：台灣書店，1998 年 3 月）、李相喆《明代戲曲創作論研究》（國立台灣師範大學國文研究所博士論文，1996 年）、陳進泉《晚明張岱「陶庵夢憶」戲劇資料研究》（中國文化大學藝術研究所碩士論文，1984 年）等。

〔註 14〕陳萬益《晚明小品與明季文人生活》（台北：大安，1997 年 10 月二版三刷）、余英時〈魏晉與明清文人生活與思想之比較〉（刊載於《中國時報》，1985 年 6 月 24、25 日）等，將晚明文人有別於前代文人的特點突現出來。在中國古代文人的生活美學方面則有：黃長美《中國庭園與文人思想》（台北：明文，1988 年三版）、范宜如、朱書萱《風雅淵源——文人生活美學》（台北：台灣書店，1998 年 3 月初版）、羅中峰《中國傳統文人審美生活方式之研究》（台北：洪葉，2001 年初版）、〈論審美社會形式之溝通結構及其社會安置：以中國傳統文人之審美生活方式爲例〉（《思與言》，2000 年 9 月）、曹淑娟〈晚明文人的休閒理念及其實踐〉（《戶外遊憩研究》，1991 年 9 月）、邵曼珣〈明代蘇州文人尚趣之研究〉（《古典文學》，第十二集，1992

的審美生活由生命境界與審美行動兩方面切入，生命境界所涵養的是內在的身心狀態，而審美行動是實際體現在日常生活的行爲，如音樂、奕棋、書法、繪畫、寫作、旅遊、容止、飲食等，而這些審美行動亦可在《夜航船》中具體觀察，並歸納出這些行動的審美規範。

關於張岱的研究，早期多以單篇論文的方式在期刊或報章上發表〔註 15〕，主在賞析散文與考證生平，成書較早的是 1977 年黃桂蘭的《張岱生平及其文學》，主要在對於張岱的生平、家世、著作、交遊等做考證的工作，在著述考證方面，多由《瑯嬛文集》中張岱自撰書序而得知其書之梗概，卻不見實際文本之分析與輔證，以致考證簡略粗疏。其中對於《夜航船》一書，黃僅以序文中的本事爲論，並由吳癡之語及胡山源所輯佚條目呈現該書流傳的情形，對於讀者瞭解《夜航船》一書並無太大幫助；文學分析方面則較簡略，雖不能深入而全面的探究，但仍具有開山的價值。1989 年夏咸淳的《明末奇才——張岱論》出版，使得對於張岱的研究有跳躍式的提升，在材料的運用上，早期多以《陶庵夢憶》、《西湖夢尋》、《瑯嬛文集》作爲原始資料，而此書則兼用了《石匱書》、《石匱書後集》、《四書遇》等材料，對於張岱的文學成就，不限於小品文，更擴及到詩、詞、曲，且將文學研究延伸到美學範疇，爲目前研究張岱較具代表性的著作。

在學位論文方面，除陳進泉《晚明張岱「陶庵夢憶」戲劇資料研究》以戲劇

年 4 月）等。

〔註 15〕針對張岱的文學成就：黃桂蘭〈張岱文學評介〉（《東南學報》，1976 年 12 月）、俞大綱〈張岱及其所作「陶庵夢憶」〉（《大成》，第四六、四七期，1977 年 9、10 月）、梁容若〈明末散文家張岱評傳〉（《書和人》，1977 年 10 月）、周志文〈張岱與「西湖夢尋」〉（《淡江學報》，第二十七期，1989 年 2 月）、針對張岱的生平資料：吳智和〈黃桂蘭「張岱生平及其文學」〉（《明史研究專刊》，1978 年 7 月）、蔣金德〈張岱的祖籍及其字號考略〉（《文獻》，第四期，1986 年）、何冠彪〈張岱別名、字號與籍貫新考〉（《中國書目季刊》，1989 年 6 月）、孫尚志〈略述明末紹興名士張岱〉（《浙江月刊》，1992 年 12 月）等。針對張岱的遺民身份：張斗衡〈亡明怪叟張岱〉（《人生》，1965 年 1 月）、邵紅〈遺民的心事——論陶庵夢憶一書的性質〉（《臺靜農先生八十壽慶論文集》，台北：聯經，1981 年）、中嵐〈「陶庵夢憶」中的陶庵與夢憶〉（《中國古典文學研究叢刊：散文與評論之部》，柯慶明、林明德主編，台北：巨流，1986 年 10 月一版三刷）、曹淑娟〈痴人說夢，寧怔在夢——論張岱的尋夢情結〉（《鵝湖》，1993 年 9 月）等。針對張岱的史學成就：李里〈張岱與明史〉（刊載於《自立晚報》，1963 年 6 月 27 日）、吳幅員〈「石匱書後集」後記——略考明遺民張岱及其所著「石匱書」〉（《東方雜誌》，1977 年 6 月）、黃裳〈張岱的「史闕」〉（《榆下雜說》，上海：古籍，1992 年）等。針對張岱的藝術成就：吳智和〈茶藝精湛風雅達趣的張岱〉（《文藝復興月刊》，一三一期，1982 年 4 月）、王安祈〈張岱的戲劇生活〉（《歷史月刊》，第十三期，1989 年 6 月）等。

爲主題，與本論文較無涉外，尚有六本，在此將其論文大要及研究成果約略整理，並區隔出本論文所欲處理的主題：

1、《張岱生平及其小品文研究》，陳清輝著，高師大中文所碩士論文，1981 年，王熙元先生指導。論文分三大部分：(1) 介紹張岱生平與著作。(2) 析論張岱散文的特色。(3) 介紹張岱的生活藝術。全文對張岱作品的掌握十分熟稔，但偏向介紹性質，較少深入分析。在著作考證中言《夜航船》:「當為富有諷刺意味之幽默小說，此作品與岱之詼諧個性頗相和，岱因想其越鄉後生小子之浮薄，而作書以勸之。」且將《夜航船》歸於集部，此顯然是作者見《瑯嬛文集・夜航船序》而作出的揣測辭，並未親見《夜》書原文，而所引胡山源所輯幽默筆記中「脫去釘鞋」一則卻不見於今本《夜航船》中，此可能爲今本所見已有殘缺，或胡氏所引之《夜航船》是同名之作，與《續修四庫全書總目題要》犯了同樣的錯誤。

2、《張岱散文理論及作品研究》，郭榮修著，台灣大學中文所碩士論文，1993 年，葉慶炳先生指導。主要探討張岱散文理論的形成背景與文學理論，並將張之作品分類討論，歸納作者的生命關懷與寫作技巧，其突破前人之處在於點出張岱散文的繼承風格。向來論者皆言張岱乃集公安、竟陵之大成，但並無更進一步的說明，郭榮修則列出幾項影響張岱散文的原因：(1) 王學對張岱文學思想的啓發。(2) 張岱的「眞」與「曠」源自陶淵明與蘇東坡的影響。(3) 張岱受徐渭、公安派及竟陵派的影響。(4) 張岱受通俗文學的影響。全文雖對張岱文學理論的形成背景作細部的溯源，但對於《夜航船》一書，作者只簡略介紹，並無引用或參考其實際內容，至於介紹之語則是謄錄劉耀林點校本之〈前言〉，於實際內容並無討論。

3、《從晚明「世說體」著作的流行論張岱的「快園道古」》，蔡麗玲著，清華大學文學研究所碩士論文，1993 年，陳萬益先生指導。論文層次爲三：首先論述《世說新語》對晚明人的影響及晚明「世說體」流行的現象；次言張岱晚年在「快園」的生活與《快園道古》的創作動機；最後論及《快園道古》的實際分類與內容，並歸納出張岱的文學觀與人物品鑑標準。此論文有助於筆者對張岱在快園時的生活有具體的瞭解，及掌握張岱品評人物的觀點。

4、《張岱散文美學研究》，陳麗明著，台師大國文所碩士論文，1996 年，邱燮友先生指導。生平著作與交遊考大體同於黃桂蘭與陳清輝之意見，參引資料較前人豐富，多了《快園道古》的引證。對於《夜航船》的認知，大體同於陳清輝，但修改爲「多記詼諧之事，富諷刺之意味。」此時《夜航船》已出版排印本，但作者應是根據序文而推知大致內容，並未親睹其書。其中第三章分從自然美、社會美、藝術美論述張岱的生活。第四章散文美學方面分題材、主題、語言、結構、風格來討論張岱的散文成就，方法上並無多大新意，但層次井然，論述大致切當，亦提供筆者部分啓發。

5、《論張岱小品文學：從生命模塑到形式意義的完成》，蔣靜文著，中正大學中文所碩士論文，1997 年，莊雅州先生指導。全文將文類風格與性情特質合而論之，並推及張岱生命模塑的過程，使作者與作品綰合成一有機體，而不割裂分論。由於著重文學形式與美感意蘊的表現，故論析張岱小品文的藝術表現能脫前人窠臼，但引證繁博，層次稍顯凌亂，有重複述說之贅。

6、《從劉勰「六觀」論張岱小品文》，陳忠和著，高師大中文所碩士論文，1999 年，何淑貞先生指導。論文首先確立「六觀」的文學批評架構，再用以之分析張岱的散文，在「事義」方面表現出「閒中著色」的特色；在「置辭」方面表現「曠觀割愛」、「練熟還生」的方式；在「宮商」方面表現爲音節節奏的美感；在「通變」方面表現爲「轉益多師」、「自出手眼」；在「奇正」方面表現爲「詭譎瑰奇」的風格。所用材料不出前人研究，但用傳統文論論述之，可謂別出一格。

張岱的著作目前可知者蓋有三十八部〔註 16〕，但多因原作亡佚或經清人刪改而造成研究上的困難，現所知著述的存目多由他自作的序跋文章中推求〔註 17〕，但張岱現今存留的著作中，學者研究多集中於《陶庵夢憶》、《西湖夢尋》、《瑯嬛文集》、《石匱書》、《石匱書後集》、《快園道古》、《四書遇》等，甚至後四本著作的研究也僅見一、二篇論文，實仍有相當大的開發空間。至於，如《史闕》、《明紀史闕》、《有明越人三不朽圖贊》、《古今義烈傳》、《夜航船》、《琯朗乞巧錄》、《瑯嬛詩集》等書之研究則付之闕如，這些著作對於研究張岱作品或研究晚明文化均十分的重要，因此筆者選定了具百科性質的《夜航船》，藉以更深入的研究張岱，及書中所映射出的思維結構、道德使命、審美生活，及其所欲建構之晚明文人的知識體系。關於《夜航船》的研究，一般學者除了在研究張岱生平著作時會略提

〔註 16〕此統計數字根據陳忠和《從劉勰「六觀」論張岱小品文》附錄一〈張岱著作表〉（高師大中文所碩士論文，1999 年），表中列出張岱著作存者有：《四書遇》、《石匱書》、《石匱書後集》、《史闕》、《明紀史闕》、《有明越人三不朽圖贊》、《古今義烈傳》、《夜航船》、《快園道古》、《琯朗乞巧錄》、《瑯嬛詩集》、《瑯嬛文集》、《陶庵夢憶》、《西湖夢尋》。亡佚者有：《明易》、《大易用》、《奇字問》、《詩韻確》、《張氏家譜》、《鵑舌啼血錄》、《補陀志》、《皇華考》、《陶庵肘後方》、《曆書眼》、《茶史》、《老饕集》、《橘中言》、《張子說鈴》、《瑯環山館筆記》、《桃源曆》、《陶庵對偶故事》、《柱銘抄》、《昌谷集解》、《一卷冰雪文》、《傒囊十集》、《評東坡和陶詩》、《喬坐衙》、《冰山記》。

〔註 17〕如由《瑯嬛文集》中〈大易用序〉、〈奇字問序〉、〈詩韻確序〉、〈張子說鈴序〉等書序推知其著作，但此些書籍今已亡佚。

此書外，目前僅看到一篇單篇論文的討論──張則桐〈張岱「夜航船」與筆記小說〉，篇幅雖短，但功不可沒。另外，在黃桂蘭《張岱生平及其文學》、陳清輝《張岱生平及其小品文研究》、陳麗明《張岱散文美學研究》三篇學位論文中略提及此書，但並未以此爲焦點。前人研究多是集中對張岱生平、著作、籍貫的考證，或是注意其小品文的文學與美學價值，及史學、戲劇方面的材料研究，少有對張岱作品整體結構性的分析，且缺乏新觀點的開發，這兩年喜見一些學位論文能用新的視角切入而獲得較多的論述空間，如：蔣靜文《論張岱小品文學：從生命模塑到形式意義的完成》能由文類美學特質的觀點切入文本；陳忠和《由劉勰「六觀」論張岱小品文》能結合《文心雕龍》的文藝理論作一系統性的分析；蔡麗玲《從晚明「世說體」著作的流行論張岱的「快園道古」》則能用前人所忽略的材料，並且選擇一個傳統的體裁切入，頗具創造性。本論文亦希望能在前人所忽略的材料中爬梳，並嘗試用新的視角去挖掘張岱在文學、美學及文化史上的貢獻。

本論文結合文類、文化、美學等幾個面向討論張岱的《夜航船》，著重此書的百科性質，且由於作者與讀者都是文人的身份，再加上其文類雜陳筆記、史傳、小說、瑣談等形式表現，內容與意蘊又主在傳達張岱對於晚明文人階級所當認知、建構的知識體系、道德標準與審美意識，在這樣的研究視角與論述前提下，似乎是沒有前人研究可供依循的，本論文期能綰合豐富的資料、眾多的範疇，以新的研究視野，開發出新的研究課題。

第四節　研究方法

本文主要從文類、文本、文化與美學三方面論析《夜航船》。

（一）以文類觀點切入

全文除爲文人雜著筆記作一文類義界，並分析《夜航船》之文類形式、意蘊、審美特質與文類價值。《夜航船》一書資料豐富多元，其中雜陳：小說、筆記、歷史、瑣談、新聞、制度、律令、諺語、民間傳說等，張岱根據材料的種類以不同的表達形式呈現，且往往改變了原始資料的面貌，以凸顯出主題思想。本論文乃就文本實際情況探求《夜航船》的表現形式、文類屬性，並擇選宋代文人雜著筆記的代表作品：《容齋隨筆》、《夢溪筆談》與明代文人雜著筆記：《升庵外集》、《槎菴小乘》與《夜》書作一比較，以觀察：雜著筆記文類的普遍規範、《夜》書的特殊性，及文人雜著筆記由宋到明形式與意蘊上的轉變。在文人雜著筆記的群組中，筆者主要擇取文人筆記的典型著作《容齋隨筆》，與《夜》書作一實際內容與編排方式上的比較。兩書主題相同的條目，各就其敘述手法、主客觀立場、考辨精神、關注面向、編排體例、論證方式、創作動機、文本功能等，作細部的分析比較，以觀察《夜》書有別於典型文人雜著筆記之處。此外，因《夜》書兼有民間日用的成分，故又以之與民間日用類書《三台萬用正宗》、《五車拔錦》一併觀察，主在比較同一主題，文人雜著筆記與民間日用類書的表達手法有何不同？

（二）以文本結構切入

《夜》書既是以客觀編纂爲主的百科性書籍，如何從中得出張岱的主觀認知與價值判定則是亟須思考的問題，筆者擬以嘗試：

1、釐析明代事典條目中所透顯的觀點：在《夜》書四千多條子目中，明代史實約佔七十七條，其數量在全書比重雖不算多，卻是十分重要。一來因歷朝典故多輾轉沿襲而來，僅能由編排擇取的體例、敘述語法，及少數作者評論的部分看出文本的特殊性，而明代史實部分，則多由張岱就其所聞所見記錄，作者個人色彩較重，可研究的價值亦高。二是因爲明代史實部分，最能反映出時代精神，並滲入作者的史評與史識，具有社會史的研究價值。論文的第三章中即將此七十七條明代史實的子目獨立出來，以觀察張岱對當朝政治、社會、制度、律令、民風、藝術所持觀點。

2、分析選材標準、改編原則、命名方式：《夜航船》是張岱以編選者的身分擇錄歷代典故、小說、瑣語、傳聞等而成，故欲探究其審美形式，必得由選錄與改編的現象觀察。選錄與改編當可視爲另一種方式的創作。編選時，心理必有其標尺才能決定錄與不錄，雖然張岱自己並不明言選材的標準、改編的原則與命名的方式，但筆者試圖以所看到的實際條目分析其現象，並推測作者何以選錄？選錄後，又如何根據自己所希求的方式改編，並且爲之命名？此無非可從其客觀性的書寫細縫中蠡測作者隱藏的主觀評斷。

3、觀察編排的比重與論述的焦點：《夜航船》之二十部類中，由天地宇宙言至生活物用之理，張岱用簡短的語言，客觀的描述，使讀者在短小的篇幅中得到便利可用的常識，其視界乃由大而小，由遠而近，盡量顧及物事的全面性，故張岱雖不言此書爲百科性書籍，其創作野心毋寧是以百科全書爲標的。百科的編排，爲全面囊括文化知識與生活日用常識，但由比重上仍是可發現：張岱特重儒家社會的政治理想與倫理關係，政治方面則臚列了權力場域的各個面向，由權力中心到權力邊緣，張岱層層探究、反思：人君如何看待天下？對於國家來說，人君佔據了什麼樣的位置？君與臣的對待關係如何？臣子應如何適時的輔政？權力的中心與邊緣是如何形成的？而文人士子又如何游離在此中？經由選舉，文人士子可由權力邊緣入主中心，而選舉的公義與官場的內幕又如何？文人從仕後，在不同的官職中又有怎樣的職務要求？對於這些問題，本文主要著重於張岱如何以選錄典故的方式一一詮釋、建構儒家社會的政治理想與倫理關係，及界定、詮析權力的屬性與作用。

4、歸納重出的條目與意象：由重出的條目可見張岱在編排此書時有一整體結構的考量，或爲讀者查閱的便利性而分置不同部類；或以互文補足的方式，在不同部類強調其部類的特點；或在同一部類中，以物的各種特徵、事典共同形塑出主體物來，如此的編排考量使得《夜》書成爲一各部類互相關聯的有機體，而非隨意拼湊材料的著作。張岱在編選內容時，有些部類會出現意象重複出現的情形，意象的選擇本就含括著作者主觀情意的表達；再則，對於同一意象擇選出不同的文化典故，所呈現之多種詮釋面向，亦可見出作者對此物象的詮釋網絡。故本文著眼於重出的標目與意象群組的分析，以探究其編排結構，及其中隱涵的主觀情意、文化詮釋。

（三）以文化、美學觀點切入

《夜航船》中日用、寶玩、容貌、文學等卷均透露出文人對日用生活的細瑣要求，並且悉意的營造生活美感。關於中國文人的生活態度與審美情感已有學者賦予相當的關注，如毛文芳先生對於晚明文人的閒賞美學加以析論，黃明理、黃繼持等學者對晚明文人類型、文人生活樣態作分析、歸納，亦有陳萬益、曹淑娟、周志文、王安祈、王璦玲等學者針對文人的各項藝術表現作討論，或是園林建築，或是書畫鑑賞，或是戲劇展演等。張岱尤其是這些精緻文化的愛好者與佼佼者，不論品茶、飲食、園林、琴曲、詩畫、戲劇等，樣樣皆通，故本文將以《夜航船》中關於生活美學與文藝理論的部類加以分析，主要分爲園林美學、飲饌美學、玩物美學、詩文理論、書畫理論，但因《夜》書爲一具百科性質的書籍，其訴求在廣而不在深，其創作基調在於引介而不在建立一家之言，故此六類實際可依循的條目尚不足以架構一完整的理論，從中筆者僅試圖觀察並分析這些零星條目所透顯出的文藝主張與審美取向，並以張岱其他的作品作爲輔助資料，以進一步瞭解晚明江南的都市生活與文人的審美價值觀。

再者，晚明對於文人階級的認知有別於傳統儒家所建立的一套「修齊治平」或「學而優則仕」的生命理想，更多的是一種個體生命的具足表現，只要是有所堅持有所執著，有所痴有所好，則可成爲另一種形式的聖人。從張岱的《夜航船》中，亦可察見 張岱對這個時代文人知識、道德與審美的基本訴求：有對政治社會的關注，有對天文地理萬物的博識，更多的是對日用事物的關注，以及對幽默、奇癖人格的賞識等，這些對文人品格與學識上的要求明顯不同於前代，因此，本文欲從這本文人百科中探討晚明文人階級的文化現象，主要在論述晚明文人價值觀的移轉及張岱的主觀意識、價值評斷。

第二章 《夜航船》的創作背景與閱讀期待

第一節 《夜航船》的成書

〈夜航船序〉文末作者署名爲「古劍陶庵老人張岱書」，張岱祖籍原爲四川綿竹，故每自稱「蜀人」或「古劍老人」，古劍之稱乃因綿竹古屬劍州，岱追念其先祖故自謂「古劍人」。張岱是個極念舊好古之人，由其《西湖夢尋》以「追記舊遊」爲基調可知。又《夜航船》中多有眷戀故土、遙思祖澤之典，如：〈地理部〉「枌榆社」〔註1〕、「洋川」〔註2〕、「桑梓地」〔註3〕、「玉門關」〔註4〕等。由署名之含意深遠，亦可知張岱對於選詞命名皆有其深意在。又文末署名「陶庵老人」，可見出《夜》之成書必於張岱晚年。全書中並未提及成書年月，而於張岱其他著作與研究張岱之學術論著中亦無法推知其成書時間，欲以《續修四庫全書總目題要》來確認又萬萬不可行，因《題要》所著錄爲破額山人之《夜航船》，與張之著作並無關連。職是，要推定其成書時間只能靠間接證據，且無法確切指出何年何月起

〔註1〕卷二〈地理部・古蹟〉「枌榆社」:「漢高帝禱於枌榆社，帝之故鄉也。高帝以豐沛爲其湯沐之邑，令世世無有所予。」，頁44。

〔註2〕卷二〈地理部・古蹟〉「洋川」:「洋川者，戚夫人之所生處也，高祖得而寵之。夫人思慕本鄉，追求洋川。高帝爲驛致長安，蠲復其鄉，更名曰縣。又故目其地爲洋川，用表夫人誕載之休祥也。」，頁44。

〔註3〕卷二〈地理部・古蹟〉「桑梓地」:「祖父植桑梓以遺其子孫，子孫思其祖澤，不忍剪伐。故《詩》曰:『維桑維梓，必恭敬止。』」，頁44。

〔註4〕卷二〈地理部・古蹟〉「玉門關」:「漢班超久在絕域，年老思歸，上書曰:『臣不願到九泉郡，但願生入玉門關。』」，頁46。

筆與完成，僅可爲一大概時段的推論。

張岱既自稱「古劍陶庵老人」，則成書必在晚年，或爲六十九歲之後，因其六十九歲所寫〈自爲墓志銘〉言截至當時的著作並無此書：

> 好著書，其所成者有《石匱書》、《張氏家譜》、《義烈傳》、《瑯嬛文集》、《明易》、《大易用》、《史闕》、《四書遇》、《夢憶》、《説鈴》、《昌谷解》、《快園道古》、《傒囊十集》、《西湖夢尋》、《一卷冰雪文》行世。〔註5〕

張岱自五十歲到辭世的三四十年〔註6〕，爲其生活最艱苦的時期，卻也是他著書立言的黃金時期。綜觀《夜航船》全書，其記事起自上古神話，迄於崇禎十七年明亡，一字不及清事。由此可知，其成書必在明亡之後。且筆者推測，此書若非張岱刻意避諱清朝事，定是經過刪削，原因在於：全書不提清事，若避諱政治敏感話題，應在〈兵刑部〉、〈禮樂部〉等言制度的部類亦可選錄典故，這當然也可能因爲張岱性格忠烈，根本不承認異族政權，但也可能是清朝以後事已被刪除，唯一可略見清事的是〈天文部〉「星飛星隕」條，言流星「散而為白，而白主兵，此夷敵竊發之證也。」崇禎十七年，星入月中，占曰：「國破君亡。」此必事後追錄之筆。可能被刪削的另一原因，爲民國二十四年胡山源所輯之幽默筆記中〈科第類〉「脫去釘鞋」乃採錄自《夜航船》，但今本《夜航船》不見此條。再以此書的內容而論，以其記事之博、雜，當是在張岱晚年才有如此的功力，且這些記載對他來說尚且是「眼前極膚淺之事」〔註7〕，可見作者之博學廣識。

歷來研究者對此書的評介僅在介紹張岱著作時以寥寥數語帶過，在夏咸淳先生之前，甚至未有研究者親睹此書，如黃桂蘭《張岱生平及其文學》僅節錄〈夜航船序〉之內容，此序除置於本書之前外，在《瑯嬛文集》中亦收入，黃顯然是引用《瑯》書之文；陳清輝《張岱生平及其小品文研究》與黃所節錄之文幾乎全

〔註5〕《瑯嬛文集》卷五〈自爲墓志銘〉，頁541。

〔註6〕張岱卒年説法不一，(清）邵廷采《思復堂文集・明遺民所知傳》：「丙戌後，屏居臥龍山之仙室，短簷危壁，沈淫於有明一代紀傳，名曰石匱藏書，其著書也，徵實詳覈，不以作者自居，年七十餘卒，衣冠揖讓。綽有舊人風軌。」（台北：華世，1977年6月台一版），頁444。徐鼒《小腆記傳補遺》卷三：「岱於君臣、朋友之間，天性篤至。其著書也，徵實詳覈，不以作者自居。衣冠揖讓，猶見前輩風範。年八十八卒。」（台北：明文，1985年初版），頁787。又《乾隆郡志・文苑傳》云：「年九十三。」（收入《陶庵夢憶》，台北：金楓，1986年12月初版）頁129。七十餘歲的説法並不可信，因張岱作〈白衣觀音贊〉時已八十一歲。而毛奇齡修《明史》借《石匱書》時張岱已八十四歲（《西河文集書四・寄張岱乞藏史書》，台北：台灣商務，1968年台一版），頁180～181。故卒年當在八十五歲之後。

〔註7〕〈夜航船序〉。

同；郭榮修《張岱散文理論及作品研究》撰寫時，浙江古籍已出版《夜航船》，郭以古籍版校注者劉耀林之前言爲介紹，並未涉及書之內容；陳麗明《張岱散文美學研究》亦是由〈夜航船序〉中推其內容，但較之陳清輝，已將「諷刺意味的幽默小說」改爲「多記詼諧之事，富諷刺意味。」在文類界定上已有進一步發展，學者們之所以對於《夜航船》的瞭解有限，原因在於《夜》書得之不易，且其論題皆不以此書爲主，換句話說，歷來並無以此書爲專門研究者。到了夏咸淳先生《明末奇才——張岱論》才眞正親見此書內容，並融入張岱生平與文學成就中討論。夏先生在書中言及《夜》書處有四：一爲張岱著述考中之介紹，此處亦爲一般性質的說明〔註 8〕。二是言及張岱兼通各門學問，故《夜》書能類似今日之百科全書，匯集各種知識〔註 9〕。又言張岱是一位具有辯證思想的學者，認爲「一切事物無不在一定條件下發生變化」〔註 10〕。夏先生引〈物理部〉「物類相感」條以說明張岱注重民間實際知識，並且具有科學辯證思想〔註 11〕，並以此論張岱的思維是具有運動性質的，自然的變化如此，人事的變化亦然，故《石匱書》中言：

天下事除一弊則興一利，興一利則又生一弊，事若循環，非謀國者所能逆料也。……一得一失，轉若軸轤，一利一弊，信如合券〔註 12〕。

三是言及張岱學問之淵博，兼通文學與史學，可由《夜航船》與《石匱書》中窺見，夏先生將張岱譽爲可與明代幾位大學問家如：楊愼、焦竑、王世貞、胡應麟、王夫之、黃宗羲、顧炎武等比肩齊坐，又提及《夜》書性質與部類，但仍屬概略式的介紹。第四次提及《夜》書則是就其編排體例而有較深入的分析，夏先生言張岱的治學態度是「通透」的，知識是一完整的有機系統，而非支離破碎的堆砌強記，他舉出《夜》書的著作態度爲：

他的《夜航船》所列總目與子目，在編排與組織上，是煞費苦心的。其間有著內在的必然的聯繫，體現了作者的宇宙觀。這部書不僅眉目清

〔註 8〕夏咸淳《明末奇才——張岱論》：「《夜航船》，二十卷，鈔稿本，今藏寧波天一閣。已出排印本。前有自序。」（上海：上海社會科學，1989 年），頁 27。

〔註 9〕《明末奇才——張岱論》：「他編的《夜航船》，類似當今的『百科知識全書』，匯集各種知識，共有四千多個條目，釐爲二十部，其中〈天文部〉、〈地理部〉、〈植物部〉、〈四靈部〉、〈物理部〉都與自然科學有關。」，頁 65。

〔註 10〕《明末奇才——張岱論》，頁 65。

〔註 11〕《明末奇才——張岱論》：「《夜航船》「物類相感」一欄，蒐集大量物類相感相化的事情，大都摘自筆記野史和民間傳聞，五花八門，奇奇怪怪，有些事例雖無科學依據，卻指出了這樣一個普遍的『物理』：一切事物無不在一定條件下發生變化。」，頁 65。

〔註 12〕（明）張岱《石匱書》卷十八，上海：古籍，1995 年。

楚，一目了然，而且介紹的知識是成體系的，價值遠在那些隨意雜湊著作之上〔註 13〕。

夏先生對於張岱的生平與著作瞭若指掌，旁徵博引，且能融合運用得相當巧妙，不但深入挖掘張岱的個性與心理狀態，還提出就現有資料可得知的可能性。立基於前人的研究成果，張岱的研究是否有再更深入突破的可能性？這也是《夜航船》問世的價值所在。若是能細讀《夜》書，則可進一步得知張岱對於事物與詞語典故的認知，也更能瞭解其人與其作品的深層意涵，因同一事件與典故會因不同人的認知而有不同的詮解，故確認作者的意符指向後，就更能掌握創作原意。舉例來說，張岱於順治六年九月卜居臥龍山腳下的快園，此園爲御史大夫五雲韓公的別業，其婿諸公旦爲其改爲精舍，故以「快婿」之義命園。張岱居此園時，景物已非昔時，此時爲其生命景況最艱苦的時期，故向友人自謔爲：

昔人有言，孔子何闕，乃居闕里。兄極臭，而住香橋；弟極苦，而住快園。世間事，名不副實，大率類此〔註 14〕。

由此可知張岱對「快園」之名的觀感。快園中有一簡陋的書屋，張岱爲其題名爲「渴旦廬」，自古文人爲其書齋命名定是有深意的，故夏先生斷定其寄寓了很深的意思：

渴旦又作鶡鴠，乃是鳥名。此鳥寒夜鳴叫，渴求黎明，故名「渴旦」，又稱「號寒鳥」、「求旦鳥」，張岱拿它作書齋的名稱，寄託很深的意思〔註 15〕。

這裡夏先生並未推敲其寄託之義爲何？而在言張岱的志趣時，則爲「渴旦鳥」下一詮釋：

他（張岱）五十以後，在清朝統治下生活了四十餘年，遭到國破家亡的沈重打擊，受過窮困生活的長期煎熬。但他沒有垮下去，他把自己比作一隻啼於寒夜，渴求光明的渴旦鳥，終於完成了自身人格的昇華，登上了當時文學與史學的巔峰〔註 16〕。

這是夏先生對「渴旦鳥」的詮釋，而張岱本人對此詮釋又爲何？我們可由《夜航船》卷十七〈四靈部〉「號寒蟲」條確切得知：

五台山有鳥，名號寒蟲。四足，有肉翅不能飛，其糞即五靈脂也。

〔註 13〕夏咸淳《明末奇才——張岱論》，頁 91。
〔註 14〕《瑯嬛文集》卷二〈快園記〉，頁 483。
〔註 15〕《明末奇才——張岱論》，頁 23。
〔註 16〕《明末奇才——張岱論》，頁 82。

當盛暑時，文彩絢爛，乃自鳴曰：「鳳凰不如我。」至冬，毛盡脫落，自鳴曰：「得過且過。」〔註 17〕

同樣是對於號寒蟲的記載，不同作者的認知與詮解存在著相當大的差異，如陶宗儀《南村輟耕錄》中對此鳥的評語是十分負面的：

嗟夫！世之人中無所守者，率不甘湛涪鄉里，必振拔自豪，求尺寸名，詫九族儕類，則便志滿意得，出肆入揚，以爲天下無復我加矣。及乎稍遇貶抑，遽若喪家之狗，垂首帖耳，搖尾乞憐，惟恐人不我恤，視號寒蟲何異哉！是可哀已〔註 18〕。

陶宗儀將此鳥比爲「無所守之人」，得意時傲其族類，囂張跋扈，不可一世；失意時則搖尾乞憐，毫無氣格。張岱對此鳥，反而深切同情其「失時」的悲哀，故以此鳥爲其書齋命名，背後實隱藏深層的象徵意涵。要知張岱在明亡後每欲自縊以殉國，終因《石匱書》未完而效史遷之志，忍辱完成，故以「號寒蟲」自喻，表現其忍辱負重的堅定意志。

張岱對於詞語是十分敏銳的，其對於己作的字句要求十分嚴格，其友祁豸佳在〈瑯嬛文集序〉中言：「陶庵所作詩文，選題、選意、選句、選字，少不愜意，不肯輕易下筆。」對於詩文作品的態度如此，對於書齋名、別號、書名定當更加著意。如上文所舉「渴旦廬」之例即是如此。又如「瑯嬛」，意爲天帝藏書之所，〈瑯嬛福地記〉〔註 19〕中言張茂先誤入天帝洞府之故事，張以「瑯嬛福地」爲其生塚名，因其常夢一石厂，彷彿茂先所入之洞府，故尋一勝地仿夢中所見爲之。〔註 20〕又以瑯嬛爲其文集名，言己見如茂先所閱之書，相較於天帝藏書有如「春秋問蛣蟪，石彭與蟲毛，所見同兒稚」〔註 21〕，以爲自謙也。張岱，其字號陶庵，又號蝶庵，「蝶庵」之義爲何？夏先生揣測爲：「他（張岱）又愛好老莊，尤為欣賞莊子的文章，自號『蝶庵』，顯與莊子夢蝶故事有關」〔註 22〕。此言可於「蝶庵」條獲得證實：

李愚好睡，欲作蝶庵，以莊周爲開山第一祖，陳摶配食，宰予、陶潛輩祀之兩廡〔註 23〕。

〔註 17〕卷十七〈四靈部〉「號寒蟲」，頁 375。
〔註 18〕（明）陶宗儀《南村輟耕錄》，台北：木鐸，1982 年五月初版，頁 187。
〔註 19〕《瑯嬛文集》卷二〈瑯嬛福地記〉，頁 465。
〔註 20〕《陶庵夢憶》卷八〈瑯嬛福地〉，頁 79。
〔註 21〕《瑯嬛文集》卷二〈瑯嬛福地記〉，頁 465。
〔註 22〕夏咸淳《明末奇才——張岱論》，頁 46。
〔註 23〕卷十七〈四靈部・蟲豸〉「蝶庵」，頁 400。

又《瑄朗乞巧錄》之書名推究其源可見於「始影瑄朗」條：「女星旁一小星，名始影，婦女於夏至夜候而祭之，得好顏色。始影南，並肩一星，名瑄朗，男子於冬至夜候而祭之，得好智慧〔註 24〕。」瑄朗乃乞求智慧之義，故其書自序中言創作動機爲：

曾聞人言，牛女星旁有一星名瑄朗，男子於冬至夜祀之，得好智慧。故作《乞巧》一編，朝夕弦誦。倘得邀惠慧星，啓我愚蒙，稍窺萬一，以濟時艱〔註 25〕。

又張岱詩文中所用僻典或其常用語亦可見於《夜航船》中之詮解，如〈廉書小序〉中言：

先生之廉，以小能統大之謂也。陽羨口中，吐奇不盡，邯鄲枕裡，變化無窮。冷協律以一甌水，能藏七尺之軀，至碎拾屑，片片皆應；朱景濂能於一粒米中寫孝弟忠信禮義廉恥八字，點畫分明。皆廉之類也，則廉豈易爲也哉？〔註 26〕

其中陽羨典故出於吳均《續齊諧記·陽羨書生》；邯鄲典故出於沈既濟〈枕中記〉與湯顯祖〈邯鄲記〉，而冷協律之典較少爲人所知，其出典則見《夜航船》卷十四〈九流部〉「瓶中輒應」條〔註 27〕。又如其五律〈富陽〉〔註 28〕詩：

富陽耕牧地，我記亦依稀。故國人民在，新豐雞犬非。
探親先問姓，遇故久牽衣。二十年前事，茫如丁令歸。

此處化用丁令威化鶴歸來事與漢高祖建新豐城以慰太上皇思鄉之情的典故，此兩事分見《夜航船》卷二〈地理部〉「華表柱」〔註 29〕條與「新豐」〔註 30〕條。又張

〔註 24〕卷一〈天文部·星〉「始影瑄朗」，頁 7。
〔註 25〕引自夏咸淳《明末奇才——張岱論》，頁 25。
〔註 26〕《瑯嬛文集》卷一〈廉書小序〉，頁 460。
〔註 27〕卷十四〈九流部·道教〉「瓶中輒應」：「冷謙，洪武初爲協律郎，郊廟樂章，皆其所撰。有友酷貧，謙於壁間畫一門，令其友取銀二錠。友人恣取而出，遺其引。他日，內庫失銀，惟二錠不入冊。吏持引稽捕，因并執謙。謙渴求飲，拘者以瓶水汲與之。謙躍入瓶中，拘者惶急。謙曰：『無害，第持瓶至御前。』上呼謙，瓶中輒應。上曰：『汝何不出？』對曰：『臣有罪，不敢出來。』擊碎之，片片皆應。」，頁 328。
〔註 28〕張岱著、夏咸淳選編，《瑯嬛詩文集·富陽》，上海：古籍，1991 年。
〔註 29〕卷二〈地理部·古蹟〉「華表柱」：「遼陽城內鼓樓東，昔丁令威家此，學道得仙，化鶴來歸，止華表柱，以咮畫表，云：『有鳥有鳥丁令威，去家千歲今始歸，城郭雖是人民非，何不學仙冢累累。』」，頁 50。
〔註 30〕卷二〈地理部·古蹟〉「新豐」：「太上皇居深宮，以生平所好，皆販徒少年、沽酒賣餅、鬥雞蹴踘之輩，今皆無此，故怏怏不樂。高祖乃作新豐，移舊鄉里。命匠人

岱常用「頰上三毛」、「睛中一畫」刻畫人物之傳神寫照，此兩語的典故分見「頰上三毛」〔註 31〕條與「畫龍點睛」〔註 32〕條。張岱又常譏讀書廣博卻不能融會貫通、靈活運用的人如「兩腳書櫥」，如他在《石匱書》中批評明代幾位博學之人：

> 楊升庵、梅禹金、曹能始藏書甚富，爲藝林淵藪。其自所爲文，填塞堆砌，塊而不靈，與經笥書櫥亦復無異，書故多，亦何貴乎多也？陳明卿、張天如所閱諸書，亦卓犖有致，而《無夢園》、《七錄齋》諸集，食而不化，未見其長〔註 33〕。

《夜航船》中〈文學部〉「書櫥」條本指稱「學識豐富之人」〔註 34〕，而在此轉化爲貶意，〈夜航船序〉亦可見張對「書櫥」的尖銳批評：「**學問之富，真是兩腳書櫥，而其無益於文理考校，與彼目不識丁之人無以異也。**」這裡他所責斥的是死記知識的人。

《夜》書除了可爲張岱之用語及詞義作一註腳外，尚對瞭解張岱博識、諧謔、忠義等人格特質與內涵，及簡約、生動等文學實踐，有極大的幫助，詳細內容將於論文五、六章中其知識體系、思想取向及審美意識作一補充討論。

第二節　時代背景

欲探討一作品的深層意涵必無法與其創作的時代背景割裂來看，因即使作品的呈現方式十分客觀，仍無法避免地透顯出作者的主觀意識，及作者所生長的那個地域、文化及時代精神。因此，《夜航船》雖是一部羅列歷朝典故與瑣聞的文人知識百科，在選編與詮釋的角度上，仍是可看出作者對於事件所持的立場與觀點。在此節中，筆者欲以時代背景的外緣研究來挖掘《夜航船》的創作底蘊與時代精神。首先，須問《夜》書所產生的時代——明末清初的社會風尚爲何？作者對己

胡寬悉仿其衢巷門閭，士女老幼相攜路首，各認其門而入。放牛羊雞犬於通途，亦各識其家。上皇大悅。」，頁 44。

〔註 31〕卷八〈文學部・書畫〉「頰上三毛」：「顧長康畫裴叔則，頰上三毛，神采愈俊。畫殷荊州像，荊州目眇，故乃明點瞳子，飛白拂其上，如輕雲之蔽日，殷貴其妙。」，頁 231。

〔註 32〕卷八〈文學部・書畫〉「畫龍點睛」：「張僧繇避侯景來奔湘東，嘗於天皇寺畫龍，不時點睛。道俗請之，捨錢數萬，落筆之後，雷雨晦冥，忽失龍所在。」，頁 230。

〔註 33〕《石匱書》卷二〇二，上海：古籍，1995 年。

〔註 34〕卷八〈文學部・博洽〉「書櫥」：「陸澄博覽，無所不知，王儉自謂過之。及與語，澄談及所遺編數百條，皆儉所未睹，乃嘆服曰：『陸公，書櫥也。』」，頁 212。

身所處的時代抱持怎樣的態度？外在環境的變動對於作者個人產生怎樣的影響？這樣的問題無法從單一的作品中得知，往往須藉由作者諸多的作品才能得出一較具體的模型，且須由政治、經濟、思想、社會風尚及人文藝術風氣等各方面著手，才能形塑出一立體的模型。又，作者在這樣一個特殊的時期中，是否有其個人特殊的心理轉化過程？這樣的過程又如何反映在作品中？更重要的是，除了記錄歷朝的典故外，書中記載當代史實部分有哪些？而這些條目又反映出怎樣的時代意義？藉由以作品爲果核，時代背景爲提供養料的果瓤，層層逼近中心點的探討才能更具體得知作品的時代意義與歷史價值。

《夜航船》所記載的內容多爲明朝亡國前事，其書蓋完成於作者六十九歲後，也就是說，距離明亡國已至少有二十幾年的時間，在創作心境上，絕對與未亡國前或亡國初期迥然不同，其中更多的是情感沈澱後的回憶與反思，而不是慷慨激昂的情緒話語。張岱在明朝亡國前的生活是極繁華奢靡的，如他〈自爲墓志銘〉中所言：

> 少爲紈袴子弟，極愛繁華，好精舍，好美婢，好孌童，好鮮衣，好美食，好駿馬，好華燈，好煙火，好梨園，好鼓吹，好古董，好花鳥，兼以茶淫橘虐，書蠹詩魔〔註 35〕。

他的這些嗜好必須在一定的時代風尚及經濟環境下才能培養的出來，這不但關係著張氏家族的遺風，也關係著晚明整個時代的社會風氣。他的這些癖好不僅是他個人的，也是晚明許多文人共有的，欲論晚明風尚，必然不能忽略文人的人格特質與藝術修養。明亡後，張岱的生活與昔時判若天與地：「年至五十，國破家亡，避跡山居，所存者破床碎几，折鼎病琴，與殘書數帙，缺硯一方而已。布衣蔬食，常至斷炊〔註 36〕。」其中的落差讓他的作品常帶有回憶、夢囈的性質，過往的事物對他來說總是美好卻又不眞實的，因「勞碌半生，皆成夢幻」，故「回首二十年，真如隔世」。而在現實的層面，他對於亡國之痛是憤懣且語帶滄桑的，在諸多作品，尤以史學著作中，往往能反思明代亡國的原因，已然跳脫出享樂與苦痛的當事人身份，而以史家的眼光去檢討這一切。在此，筆者主要著眼於張岱亡國前後價值觀的移轉，先言晚明政治、經濟、學術、思想、社會風尚、人文藝術，這是張岱人格特質與藝術修養的時代養料；再從亡國後，明代文士的出處方式省視張岱個人的選擇，並由《夜》書中看出他對明亡國的檢討與反思；末再由《夜航船》對

〔註 35〕《瑯嬛文集》卷五〈自爲墓志銘〉，頁 540。
〔註 36〕同上注。

於明事的記載，來看張岱的創作意圖。在《夜》四千多條子目中，明代史實約佔七十七條，其數量在全書比重雖不算多，卻是十分重要。一來因歷朝典故多輾轉沿襲而來，僅能由編排擇取的體例、敘述語法與少數作者評論的部分看出文本的特殊性，而明代史實部分，則多由張岱就其所聞所見記錄，作者個人色彩較重，可研究的價值亦高。二是因爲明代史實部分，最能反映出時代精神，並滲入作者的史評與史識，具有社會史的研究價值。但由於《夜航船》中敘述較簡，往往須參較張岱其他著作或明代史傳才能見出事件原貌，如關於袁崇煥的評價，在《夜》書中僅列於「明代奸臣」條，而不知何以張岱視其爲奸臣？此與後世對袁崇煥的評價是相悖的，所幸張岱之《石匱書後集》中得見完整的敘述，故本文援引作爲詮解的材料。以下就依「明末的時代風氣——張岱的遺民心態——張岱的創作反思」之進程來加以討論。

一、明末的時代風氣

根據周振鵬的統計，明代在全國三十五個工商業城市中，南方即佔了二十四個。〔註37〕張岱便是生於這樣的新興工商業城市，當時江南成爲全國貿易的重心，無論在物質享受或人文精神上，均呈現一片繁華景象。隨著經濟的起飛，商人的地位亦大幅提昇，以往以士爲高，商人最賤的觀念已逐漸發展爲「四民平等」，因從商能致富，且對於社會發展具有強大的推動力，故時人不再以階級觀貶低商賈，甚至有崇商的心態出現，士人與商賈的身份亦常互爲轉換，時人常有棄儒學商或賈服儒行的舉動。無論是以儒士爲本質，兼涉商賈之事，或是以商人起家，後亦濡染文藝，都顯現出此時的士與商已呈現階級互滲的現象，身份、職業、階級、個人氣質都已無法截然二分，如汪昆道所言：

> 大江以南，新都以文物著。其俗不儒則賈，相代若踐更。要之，良賈何負閎儒！〔註38〕

所謂「相代若踐更」，代表士商關係已呈現交融的情況。王陽明曾爲商人方麟寫〈節菴方公墓表〉，他人問方公何以「棄儒從商」，方公言：「子烏知士之不為商，而商

〔註37〕周振鵬〈從北到南與自東徂西——中國文化地域差異的考察〉，《復旦學報》，1998年第六期，頁90。

〔註38〕汪道昆《太函集》卷五十五〈誥贈奉直太夫户部員外郎程公暨贈宜人閔氏合葬墓志銘〉，四庫全書存目叢書集部117冊，四庫全書存目叢書編纂委員彙編，台南：莊嚴文化，1997年初版，頁652。

之不為士乎？〔註 39〕」方麟是明顯兼涉兩種身份的例子，且認爲士商身份已無法從本質上割離，王陽明亦言：「古者四民異業而同道，其盡心焉，一也〔註40〕。」士商分際的模糊，及互涉彼此的領域，也使得晚明士人逐漸趨於市民化與世俗化，不再成日鑽研古籍，更多的是關注民間日用生活的實際知識；而商人也多參與文藝活動，或贊助，或經營，甚至自己也能從事創作，如此一來，江南不但呈現經濟繁榮的景象，其文化事業亦蒸蒸日上，一日千里。

〈夜航船序〉中言：「余因想吾八越，惟餘姚風俗，後生小子無不讀書，及至二十無成，然後習為手藝。故凡百工賤業，其《性理》、《綱鑑》，皆全部爛熟。」讀書成了必備過程，科舉亦是一展鴻圖的敲門磚，但畢竟非人人可由此道平步青雲，因此，苦讀無成，便習一技之長。在晚明，有特殊技藝之人是十分受尊重的，張岱筆下即刻畫了許多卓越的藝人，如柳敬亭之說書、濮仲謙之雕刻、朱楚生之曲藝等〔註 41〕，這便是時代的精神，不僅是張岱泯除了階級的有色視鏡，晚明普遍已不用單一的價值觀評斷人，其原因除了崇商重藝外，也是陽明心學所造成的影響。鄭文惠師便認爲陽明心學對晚明文化的影響主要有三：1.自由主體之追尋 2.當下聖人之平等 3.物欲合理之肯定〔註42〕。主體的追求在於人要隨才成就，因每個人的個性千差萬別，不可依一個模式去規範，陽明曾說：

> 聖人教人，不是個束縛他通作一般：只如狂者便從狂處成就她，狷者便從狷處成就他。人之才氣如何同得〔註43〕？

人之才性不同，所成就的便不是一個傳統既定的聖賢典範，而是各自就主體的特性成就。陽明又主張「良知即爲天理」，且良知爲個人內在的德性準則，帶有主體的權衡、選擇、意願及價值取向。陽明說：「爾那一個良知，是爾自家底準則。爾意念著處，他是便知是，非便知非，更瞞他一些不得。爾只不要欺他，實實落落依著他做去，善便存，惡便去〔註 44〕。」價值評斷意義上的是非，自此便蘊含了情感的好惡，在善惡的評價上，不僅有理性的分辨，亦存在情感的認同。到了陽

〔註 39〕《王陽明全集》卷二十五〈節菴方公墓表〉，上海：上海古籍，1992 年 12 月一刷，頁 940～942。
〔註 40〕同上注。
〔註 41〕《陶庵夢憶》卷五〈柳敬亭說書〉，頁 45；卷一〈濮仲謙雕刻〉，頁 9；卷五〈朱楚生〉，頁 50。
〔註 42〕鄭文惠師《詩情畫意——明代題畫詩的詩畫對應內涵》，台北：東大，1995 年 4 月初版，頁 99～105。
〔註 43〕《王陽明全集》卷三〈語錄三〉，上海：上海古籍，1992 年 12 月一刷，頁 104。
〔註 44〕同上注，頁 92。

明末學，情感的認同漸併同物慾的認同，物欲既受到肯定，而過度標榜物欲的結果便成了奢侈，晚明江南的繁華如同唐寅所描寫的閶門：「世間樂土是吳中，中有閶門更擅雄。翠袖三千樓上下，黃金百萬水西東。五更市賈何曾絕，四遠方言總不同。若使畫師描作畫，畫師應道畫難工〔註 45〕。」翠袖三千，黃金百萬的景象不僅在閶門可見，在東南一帶的新興工商業城市皆如此。過度的繁華形成了競奢的風尚，奢靡之風由貴族吹至民間，人人皆在衣食住行耳目口腹上恣意享樂，明初時的崇尚節儉已不復存在，孟一脈曾上疏諫言：

> 東南財賦之區，靡於淫巧，民力竭矣，非陛下有以倡之乎？數年以來，御用不給。今日取之光祿，明日取之太僕，浮梁之磁，南海之珠，玩好之奇，器用之巧，日新月異。遇聖節則有壽服，元宵則有燈服，端陽則有五毒吉服，年例則有歲進龍服。……於是民間習爲麗侈，窮耳目之好，竭工藝之能，不知紀極〔註 46〕。

孟大膽的指出民間奢侈風尚乃源於「上行下效」，上位者的取用無節造成民間亦「窮耳目之好」、「竭工藝之能」。這樣的社會風氣雖能促使消費，以致經濟不斷地成長，但發展過度必造成人心虛浮，華而不實，且有僭越己身能力、身份的行爲。如服飾上，明初對於服飾的顏色圖樣均有嚴格的規定，《夜》書載明當時頒行天下的冠制〔註 47〕；到了萬曆朝，「人皆志於尊崇富侈，不復知有明禁」〔註 48〕，尋常百姓亦著龍鳳花紋的服飾，這在明初是被嚴厲禁止的。居住方面，文人商賈以設宴築園互爲競奢，在《陶庵夢憶》中的許多篇章中皆可看出，如〈包涵所〉的樓船「窮奢極欲」、「著一毫寒儉不得，索性繁華到底」〔註 49〕；〈瑞草谿亭〉中燕客有土木癖，所築園畝「滄桑忽變」，「見其一室成，必多坐看之，至隔宿或即無有矣」，眞是「翻山倒水無虛日」，人稱之爲「窮極秦始皇」〔註 50〕。這股新的社會風潮就如同吳琦所言：

> 人們由內在深層的心理適從與轉型，遷移到外在的對物質的追求，

〔註 45〕（明）唐寅《唐伯虎全集》卷二〈閶門即事〉，北京：中國書店，1985 年第一版，頁 18。

〔註 46〕（清）張廷玉等撰、楊家駱主編，新校本明史附編六種《明史》卷二三五〈列傳〉第一二三〈孟一脈〉，台北：鼎文，1980 年，頁 6126。

〔註 47〕卷十一〈日用部・衣冠〉「网巾」，頁 285、「方巾」，頁 285。

〔註 48〕吳鎭撰，楊家駱主編《元人畫學論著・本傳邑志》，台北：世界，1975 年三版，頁 17。

〔註 49〕《陶庵夢憶》卷三〈包涵所〉，頁 27。

〔註 50〕《陶庵夢憶》卷八〈瑞草谿亭〉，頁 78。

> 在心理認識和心理反饋的基礎上，不斷揚棄故舊的思想和觀念，從而形成新的心理傾向或態勢〔註51〕。

張岱即是生在這樣的時代環境中，《紹興府志・張岱傳》言：「岱累世通顯，服食豪奢，蓄梨園數部，日聚諸名士度曲徵歌，詼謔雜進及間，以古事挑之，則至四部七略，以致唐宋說書家薈萃瑣屑之書，靡不該悉〔註52〕。」他因有「累世通顯」的家世環境，故能恣意揮霍且培養了高度的藝術鑑賞能力，以戲曲藝術來說，張家在當時即畜養了六個戲班：可餐班、武陵班、梯仙班、吳郡班、蘇小小班、平子茂苑班〔註53〕，且張岱本身能創作劇本，能演唱，並親自指導戲班，當時曲中戲以其爲導師，自言：「余不至，雖夜分不開台也。以余而長聲價，以余長聲價之人而後長余聲價者多有之〔註54〕。」當時的名士亦喜群聚結社，且多以小慧謔語相高，故可資談助的題材上至四部七略，下至俗語、瑣談、小說、傳奇，無所不知，這也是《夜航船》的創作動機，知識不求高深，但求博、趣、奇、諧，且重視日用生活的瑣事，這是晚明文人不同於以往文人之處。

張岱雖生於富家，生活豪奢，但並非胸無大志，他曾言自己「好舉業」，並想借科舉之路一展抱負，他十六歲時所寫的〈南鎮祈夢〉〔註55〕即透露出心中的志向，夏咸淳先生言：

> 由〈南鎮祈夢〉通過祈神問夢的方式，表現了一個生長繁華而有大志的紈袴子弟的內心困擾，對自由、理想的熱烈追求。他不願燕燕居息於安樂窩中，就像穴處在大樹底下的螞蟻，像夢中翩翩飛舞的蝴蝶。他要跳出「偃豬」，飛出「樊籠」，如鴻鵠之展翅高舉，飛則沖天，鳴則驚人。盼望遇上大好的時機，像歷史上風雲際會的英雄人物，建立不朽的功勳〔註56〕。

但顯然他無法藉由科舉達成自己的理想，並且因實際參與而看出科舉制度的弊病，他指出：「有人於此，一習八股，則心不得不細，氣不得不卑，眼界不得不小，

〔註51〕吳琦〈晚明至清的社會風尚與民俗心理機制〉，《華中師範大學學報》，1990年第六期，頁78。

〔註52〕（清）李亨特總裁，平恕等修《紹興府志》卷五十四，〈人物志一四・張岱傳〉，台北：成文，1975年台一版，頁1319。

〔註53〕《陶庵夢憶》卷四〈張氏聲伎〉，頁37。

〔註54〕《陶庵夢憶》卷七〈過劍門〉，頁69。

〔註55〕《陶庵夢憶》卷三〈南鎮祈夢〉，頁20。

〔註56〕夏咸淳《明末奇才——張岱論》，頁10。

意味不得不酸，形狀不得不寒，肚腸不得不腐〔註 57〕。」因此，他放棄這條易使人格萎縮的路，而寧可改用著書立言的方式名垂不朽。這個時代，個人可藉由自己的選擇發展才能，且皆能得到社會的肯定，因此人人追求自我的實現，講究眞實性情的流露，這一波新思潮歸源於陽明心學的影響，如同鄭文惠師對晚明人的性格特質所下的評語：

> 由於陽明之學強調良知主體的獨立性、主宰性與能動性，爲個人發展和自我表現開拓無限的可能性，故陽明門人的人格也呈現出任俠使氣的特質。至於李贄追求的「絕假存眞」的「童心」亦是承認人的不同性格特質，而袁宏道主張的「性之所安，殆不可強，率性而行，是謂眞人。」更是各任其性，率性而行的個性自由論者，於是在「消釋拘累，共逃於形骸禮數之外，可謂極樂。」的文化氛圍中，出現王艮之怪、何心隱之俠、盧柟之豪、李贄之狂、袁宏道之放、鐘惺之癖等各具個性特色的人物，可見明人對自由主體的熱情追求〔註 58〕。

這樣豐富多彩的晚明社會在鼎革以後煙消雲散，對於沈浸在此氛圍中的文人士子甚至平民百姓來說，簡直像一場夢魘，而張岱回憶過往的繁華，除了戀戀不捨外，也看出豪奢無度是明朝滅亡的重要原因之一，故在《夜航船》中往往針對晚明的流弊強調一些制度面的問題與意義，因晚明的崇奢、僭越之風使社會國家制度失了譜，因而體會儒家倫理社會制度的不可或缺性。由《夜》書的編排比重及條目選擇皆可看出張岱藉由創作所進行的反思，此點將在下文繼續論述。

二、張岱的遺民心態

明亡後，張岱避居剡溪山，故交朋友多已死亡，岱亦在殉國與否之間徘徊，〈陶庵夢憶序〉中言：

> 陶庵國破家亡，無所歸止，披髮入山，駴駴爲野人；故舊見之，如毒藥猛獸，愕窒不敢與接。作「自輓詩」，每欲引決，因《石匱書》未成，尚視息人世，然瓶粟屢罄，不能舉火。始知首陽二老，直頭餓死，不食周粟，還是後人妝點語也〔註 59〕。

〔註 57〕《石匱書・科目志》。

〔註 58〕鄭文惠師《詩情畫意——明代題畫詩的詩畫對應內涵》，台北：東大，1995 年 4 月初版，頁 102。並參考陳寶良《悄悄散去的幕紗——明代文化歷程新說》，西安：陝西人民教育，1998 年初版，頁 25～29。

〔註 59〕〈陶庵夢憶序〉。

改朝易代後，晚明文人的處境可想而知，在當時，文人可選擇的道路大約有四：一是降清屈節。張岱在明朝雖無官職，清廷仍屢邀出仕，他乃秉持氣節不為所動屈節改事異朝的多是明朝的高官名將，經不起清廷的威脅利誘，這類人是張岱最不齒的。二是直節致死。這些義士最為張岱頌揚，儘管身份地位再如何卑賤，甚至不知其姓名，張岱仍為其立傳，在《石匱書後集》〈義人列傳〉中甚至可見「賣菜傭」、「畫工某」、「金陵乞丐」、「賣柴者」、「玄觀廟兒賣麵夫婦」等不知名的市井小民，張岱因其志節而列入史傳中。張岱的親友亦多作殉國的選擇，如堂伯張焜芳為清人所執，不降被害；堂弟萼初舉兵抗清，被俘而死；姻親祁彪佳沈水而死；年祖王思任絕食而死；友人陳涵輝投繯而死；黃道周兵敗被俘，於南京見戮等。三是棄家逃禪，削髮為僧，如友人陳洪綬、祁豸佳。四是寄情書史，張岱選擇的便是這條路，他在《石匱書・義人列傳》中言：

> 然余之不死，非不能死也。以死而為無益之死，故不死也。以死為無益而不死，則是不能死，而竊欲自附於能死之中，能不死，而更欲出於不能死之上。

張岱曾言自己生平所遇多為知己，如舉業知己為黃貞父、陸景鄴兩先生；時藝知己為馬巽青、趙馴虎；古作知己有王謔庵年祖、倪鴻寶、陳木叔；山水知己有劉同人、祁世培；詩學知己有王予庵、王白岳、張毅儒；字畫知己有陳章侯、姚簡叔；曲學知己有袁籜庵、祁止祥；史學知己有黃石齋、李研齋；參禪知己有祁文載、具和尚〔註 60〕。明亡之後，張岱身邊知己蕩然無存，遂成天地間最最孤獨之人，這時能死反而比苟活來得輕鬆。張的性格中本具任俠好義的特質，曾祖元汴一生忠義，父親耀芳亦是急公好義，有「地獄不空，誓不成佛〔註 61〕」的慈悲心與責任感。張岱之所以不死乃因《石匱書》未完，而纂寫明史亦是為完成先人遺志。張家幾代都有治史經驗，如張天復有《湖廣通志》、《廣輿圖考》，張元汴有《皇明大政紀》、《天門志略》、《館閣漫錄》、《讀史膚評》，而《紹興府志》、《會稽縣志》、《山陰縣志》亦是父子相繼修纂。張岱意欲繼承先人之志，修纂明史，這樣的決定影響他後半生的生命樣態與出處選擇。既然他已決定完成先人修明史的遺志，在山河破碎後，他便不能順遂己意地棄身殉國，這樣的忠義無益於國家與後世，因此他選擇有實際貢獻的忠義，將有明一代的史實記錄下來，如同孔子言管仲之仁乃非：「匹夫匹婦之為諒也。自經於溝瀆，而莫之知也！〔註 62〕」殉國雖為忠烈

〔註 60〕《瑯嬛文集》卷六〈祭周戩伯文〉，頁 565。

〔註 61〕《瑯嬛文集》卷四〈家傳〉，頁 512～521。

〔註 62〕《十三經注疏》（八）《論語注疏・憲問》，台北：藝文印書館，1997 年 8 月初版十

的表現，而對於張岱來說，他的生命除了一死之外還能有更大的貢獻。當然，他是十分欽佩與讚揚這些能夠殉國的義士，故每爲他們立傳，以免除世人「莫之知」的悲哀。

張岱的《石匱書》也的確在史學上起了很大的作用，爲明朝歷史保留了許多第一手的資料，《紹興府志》言：「石匱書紀明代三百年事，尤多異聞〔註63〕。」明末清初這一群眼見山河變色的知識份子，以其家國情懷與深刻體驗對歷史文化作出觀察與評論，就如黃俊傑先生所言：

> 明末知識份子像舊樑棲燕，隨著明朝覆亡，而隨人換姓便成歸宿，他們對時代滄海桑田的主觀感受特別敏銳；但是，在政權更迭的表象之下，社會經濟的基礎和文化思想的巨流，並不立即隨之轉變，當代史家對於明清之際歷史持續性的客觀觀察，自然也有其深刻的史識〔註64〕。

歷來研究張岱散文與史學的學者亦著墨於其作品中透顯的遺民意識，在《夜》書中，因寫作體例與態度的客觀性，使得遺民心境的主觀情緒較少表露，但了解《夜》書的創作背景後，由客觀敘述背後卻也可挖掘更深刻、隱微的意涵。

三、張岱的創作反思

遺民的內在深層話語往往是隱晦難明的，因在異族的統治下，任何的風吹草動都帶有危及生命的可能，也唯有借符碼間巧妙的象徵與隱喻才能表達出對故國的依戀與對異朝的抗爭，如同鄭文惠師在研究明代題畫詩時所言：

> 在異族統治的政治生態中，文人失根的悲痛心情，多透過具文化內涵意義的詩畫符碼，在題畫詩的詩畫立體化對談空間中，正視現實，面對傳統，向社會宣示其不妥協的反同化之隱逸貞心〔註65〕。

藉由傳統文化的積澱，遺民多透過文字或圖像符碼象徵心志，以生命印證生命，以歷史暗喻現實。《夜航船》中即便是記載明代史實的條目，不直言政治得失，但仍可由部分文字敘述推測作者的創作動機。張岱在創作時偶有反省現實的文字敘述，其對明代史實的反思與對清代政權的評判，即具體呈現於《四書遇》中，張

三刷，頁127。

〔註63〕（清）李亨特總裁、平恕等修《紹興府志》卷五十四，〈人物志一四・張岱傳〉，台北：成文，1975年台一版，頁1319。

〔註64〕黃俊傑〈張岱對古典儒學的解釋——以「四書遇」爲中心〉，《明清之際中國文化的轉變與延續學術研討會論文集》，台北：文史哲，1991年，頁326。

〔註65〕鄭文惠師《詩情畫意——明代題畫詩的詩畫對應內涵》，頁54。

岱曾評論《論語》：「夷狄之有君，不如諸夏之亡也」的內涵：

> 余遭亂世，見夷狄之有君，較之中華更甚。如女直之芟夷宗黨，誅戮功臣，十停去九，而寂不敢動。如吾明建文之稍虐宗藩，而靖難兵起，有媿於夷狄多矣！〔註66〕

又如《陶庵夢憶・西湖香市》：

> 是歲及辛巳、壬午洊饑，民強半餓死。辛巳夏，余在西湖，但見城中餓殍舁出，扛挽相屬。時杭州太守夢謙，汴梁人，鄉里抽豐者，多寓西湖，日以民詞饋送。有輕薄子改古詩誚之曰：「山不青山樓不樓，西湖歌舞一時休。暖風吹得死人臭，還把杭州送汴州。」可作西湖實錄〔註67〕。

此篇眞實記載西湖在明朝末年之景象，實際上也點出了杭州太守的荒淫貪穢，及當時民間的嚴重飢荒。張岱的著作往往能見出他的史觀與史識，如他最早完成的《古今義列傳》，夏咸淳先生言其所表現出的史觀爲：1.修史旨在揚善懲惡，古爲今用，使後人知鑑。2.重視給寒士和卑賤者立傳，又不欲以成敗論英雄。3.注意蒐集野史稗乘，拾遺補闕，因正史常爲尊者諱，或見之不得其眞〔註68〕。

在《夜航船》書中明代史實約有七十七條，其實際條目與大致內容如下表：

部類、頁碼	條　目	時　間	事　件	備　考	備　註
〈天文部〉3	五星鬥明	萬曆四十七年	杜松、劉綎全軍戰沒於渾河及馬家寨等處。		
〈天文部〉6	月食五星	崇禎十一年	楊嗣昌疏言		
〈天文部〉6	命詠新月	明太祖	詠月得凶兆		
〈天文部〉10	星長竟天	成化七年 正德元年 萬曆四十六年 天啓元年	慧星		
〈天文部〉10	文曲犯帝座	建文中	景清行刺	《明史》卷142	
〈天文部〉10	星飛星隕	成化二十三年 正德元年 崇禎十七年	流星預測政事		

〔註66〕（明）張岱著、朱宏達點校《四書遇》，杭州：浙江古籍，1985年，頁268。
〔註67〕《陶庵夢憶》卷七〈西湖香市〉，頁61與《西湖夢尋》卷一〈昭慶寺〉，頁6皆錄。
〔註68〕夏咸淳《明末奇才——張岱論》，頁13。

〈天文部〉12	風霾	天啓 崇禎十七年	魏閹肆毒 風霾主暴		
〈天文部〉12	颶風覆舟	正德七年	流賊遇大風		
〈天文部〉14	侍郎雨	正統九年	王英禱雨	《明史》卷 152	
〈天文部〉15	兵道雨	崇禎〔註 69〕	蔡懋德禱雨		
〈天文部〉15	大雹示警	天啓二年	雹傷禾稼		
〈天文部〉20	冰柱	正德十年	鄉民以冰穴避流賊亂		
〈人物部〉96	明代奸臣	洪武至崇禎朝	各朝奸臣列名		
〈倫類部〉109	儒與吏不及	洪武	用王興宗	《明史》卷 140	
〈倫類部〉110	獎諭賜食	宣德	王來除貪官	《明史》卷 172	
〈倫類部〉110	骨骼必壽	洪武	宋訥	《明史》卷 137	
〈倫類部〉118	父子諡文	正統	倪謙父子	《明史》卷 183	
〈倫類部〉118	父長號	武宗	何遵諫言	《明史》卷 189	
〈選舉部〉147	關節	建文〔註 70〕	楊士奇主試不通關節		
〈選舉部〉170	劾嚴嵩得慘禍	嘉靖	劾嚴嵩事	《明史》卷 209	
〈選舉部〉177	民頌守德	洪武	陶安有善政	《明史》卷 136	
〈選舉部〉179	民之父母		王士弘有善政	《明史》卷 140	
〈選舉部〉179	辟荒	洪武	沃墅有善政		
〈選舉部〉179	進秩還治	建文	周健有善政	《明史》卷 281	
〈選舉部〉181	第一家	洪武	陶安		
〈政事部〉185	中官毀券	萬曆	梅國禎	《明史》卷 228	
〈政事部〉186	積弊頓革	弘治	劉大夏除積弊	《明史》卷 182	

〔註 69〕蔡懋德爲萬曆四十七年進士，天啓中歷祀祭員外郎，尚書率諸司謁魏忠賢祠，懋德託疾不赴。崇禎初出爲江西提學副使，好以守仁拔本塞源論教諸生。遷浙江右參政，計擒劇盜，累擢右檢都御史，巡撫山西，流賊陷平陽，自縊死，年五十九，謚忠襄。（參考國立中央圖書館編《明人傳記資料索引》，台北：文史哲，1978 年），頁 814。文本並未標出禱雨時日，推其參政職應爲崇禎朝。

〔註 70〕楊士奇，早孤力學，授徒自給。建文初用王淑英薦入翰林，與編纂事，尋試吏部第一。……雅善知人，好推轂寒士，所薦達有初未識面者。居官廉能，爲天下最。（參考國立中央圖書館編《明人傳記資料索引》，台北：文史哲，1978 年），頁 696。文本未言主試年月，以其官職推爲建文朝。

〈政事部〉186	築牆屋外	正德	許逵擋賊	《明史》卷 289	
〈政事部〉186	承命草制	成化	梁儲	《明史》卷 190	
〈政事部〉186	平定二亂	萬曆	張家胤	《明史》卷 222	
〈政事部〉188	市布得盜	洪武	周新	《明史》卷 160	
〈政事部〉190	斷鬼石	永樂	石璞	《明史》卷 160	
〈政事部〉192	立破枉獄	嘉靖	陸光祖	《明史》卷 224	
〈政事部〉192	即斬叛使		胡興	《明史》卷 118	
〈政事部〉195	俟面奏	武宗	寇天敘	《明史》卷 203	
〈政事部〉197	書堂自勵	萬曆	陳幼學	《明史》卷 281	
〈政事部〉198	埋羹	洪武	王璡	《明史·王璡傳》	
〈政事部〉198	僅二竹籠	天順	軒輗	《明史》卷 158	
〈政事部〉198	符青菜	嘉靖	符驗		
〈地理部〉38	九邊	洪武至正統	設九邊以限華夷		
〈天文部〉27	柳圈		清明戴柳圈		民俗
〈天文部〉27	觀燈賜鈔	永樂十年元宵	賜文武群臣宴		
〈禮樂部〉245	三父				明清律例
〈禮樂部〉245	八母				明清律例
〈九流部〉328	臨葬復生	洪武	張三丰	《明史》卷 299	
〈九流部〉328	弘道眞人	建文	周思得	《明人小傳》卷 5	
〈九流部〉328	瓶中輒應	洪武	冷謙	《皇明從信錄》	
〈九流部〉328	入火不熱	洪武	周顚仙	《明史》卷 299	
〈九流部〉331	周顚仙	洪武	周顚仙	《明史》卷 299	
〈九流部〉331	張三丰	洪武	張三丰	《明史》卷 299	
〈九流部〉340	孰爲大慶法王	武宗	傅珪	《明史》卷 184	
〈九流部〉343	醫諫	正德	高鑿	《明史》卷 189	
〈九流部〉345	柳莊相	建文	袁珙	《明史》卷 144、299	
〈九流部〉349	爲上皇筮	洪武	仝寅	《明史》卷 299	
〈植物部〉366	柯柏		柯潛	《明史》卷 152	
〈四靈部〉388	題虎顧眾彪圖	成祖	謝縉	《玉堂叢語》	
〈荒唐部〉412	雷果劈怪	成化	熊翊		

〈地理部〉46	漏澤園	明初至天順	立義冢		
〈倫類部〉126	計賺解後	嘉靖	沈鍊		
〈倫類部〉127	名分定矣	嘉靖	娶妾		
〈倫類部〉132	臣叔不癡	武帝	王湛		
〈容貌部〉321	天子主婚	建文	解縉	《明史》卷 147 《明史·解縉傳》	
〈日用部〉281	清秘閣	正統	倪瓚		
〈日用部〉285	网巾	洪武	頒行网巾令		
〈日用部〉288	襴衫	洪武	頒儒者服		
〈寶玩部〉304	成窯	成化			
〈寶玩部〉304	宣窯	宣德			
〈寶玩部〉304	靖窯	嘉靖			
〈寶玩部〉304	廠盒	永樂至宣德			
〈寶玩部〉305	宣銅	宣德			
〈寶玩部〉305	倭漆	宣德			
〈寶玩部〉305	宣鐵	宣德			
〈寶玩部〉305	照世杯	洪武			
〈寶玩部〉305	嘉興錫壺				
〈寶玩部〉305	螺鈿器皿				
〈寶玩部〉305	竹器				
〈寶玩部〉305	夾紗物件				

這些條目多言明代制度、寶玩、事件、政官、天文等，大抵仍是保有其客觀立場，但相較於書中其他條目而言，多了作者的觀感或評論，如「風霾」條將天啓年間的風霾、旱災、地震、火災等自然災害歸因於「魏閹肆毒」，由於政治失當，因而引發自然災害，致使民不聊生。中國自古即有將天文災異歸因於人事不臧的傳統，進而對現實政治有所檢討。同條又言崇禎十七年大風霾，並以五行之位觀風向，言「風從乾起主暴」，清兵破城，三月丙申又遇大風霾，天地變色，山河盡晦，文字間雖似記載天文異象，而卻又是記錄政治與國家的劇變。又如「命詠新月」條，明太祖命太子、太孫詠新月，所得皆非吉兆。兩詩以事後回憶方式呈現，卻暗存「以清代明」的跡象，如「雖然未得團圓相，也有清光遍九州。」「影落江

湖裡，蛟龍未敢吞。」張岱之事後記載則帶有詩讖之意味。「星飛星隕」條言任伯雨以天道推人事得「宮禁陰謀下干上之證也」與「夷狄竊發之證也」，乃指出國破君亡的原因有二：宦官擅權與異族入侵。「冰柱」條言河水僵立成冰穴，鄉民入穴避流賊亂，「賴以保全者，何啻百萬！」可見當時流賊傷民之甚，動輒死傷百萬。「父長號」條言何遵幼有范滂志，後諫武宗以廷杖死，可見出明代廷杖對士子官員的凌壓極甚。「劾嚴嵩得慘禍」條，言當時彈劾者的各種死狀，並指出這些忠義能言之士「俱江浙人」，以江浙人之氣節為傲。「网巾」條載明太祖見网巾裹頭有「萬髮俱齊」義，故頒行天下，無論貴賤皆令裹之，乃取其「萬法俱齊」之象徵義。「襴衫」條高皇后令太祖著儒巾襴衫，太祖頒行天下以為眞儒者服也，意為以儒法治天下。明初，太祖對服制要求嚴明，上下秩序嚴謹；萬曆以後，人民競奢而形成服妖的風氣，人人不顧制度僭越身份扮妝，這也意味著社會秩序鬆動，人心浮盪，時有叛亂的可能。「明代奸臣」條中，最可疑的是列袁崇煥為崇禎朝之奸臣，而後世對崇煥之評價則為抗清英雄：

> 袁崇煥，萬曆四十七年進士，授邵武知縣，擢兵部主事累進按察使。清兵攻寧遠，崇煥激士死守，卒以解圍。擢右檢都御史，巡撫遼東，魏忠賢扼之，乞歸。崇禎初起兵部尚書，兼右副都御史，督師薊遼，兼督登萊天津軍務，鎮寧遠，會清師越薊州而西，崇煥急引兵入護京師，朝士因崇煥前通和議，誣其引敵脅和，三年下詔獄，磔於市，天下冤之。自崇煥死，邊事益無人，明卒以亡〔註71〕。

此乃認為袁蒙天下之冤而死，而明代之所以滅亡也因袁死後邊境無大將，顯然是將他視為抗清英雄。又如劉耀林在此條校注之按語：

> 崇禎朝袁崇煥，明末軍事家。崇禎二年後清軍繞道自古北口入長城，進圍北京，袁崇煥星夜馳援。因崇禎中反間計，以為袁與後金有密約，殺之。袁似不宜列此〔註72〕。

在《石匱書後集》中，袁崇煥是個賣國求榮的奸賊，〈袁崇煥傳〉便是記載其有計畫的取得皇帝信任，掌握軍權，進而通奸議和，出賣明朝的過程。傳中先言崇煥守山海關有功，繼而驅敵保寧遠，得到熹宗皇帝的賞識，這裡所描繪出的是一有識見、擔當、謀略的守邊將領，張岱以刻畫英雄的筆法為袁塑形。崇禎朝，思宗

〔註71〕此為《明人傳記資料索引》中對袁崇煥之評述，頁426。其資料採自《明史》、梁任公《飲冰室文集・袁崇煥傳》、李光濤〈袁崇煥與明社〉收入《大陸雜誌》七卷一期。

〔註72〕劉耀林於「明代奸臣」條按語，杭州：浙江古籍，1987年，頁145。

召崇煥問保國對策，崇煥許下「五年而東患可平，金遼可復」的諾言，並一步步爭取群臣的支持，由皇上到閣臣、戶工吏兵四部的全力配合，並排除小人讒譖的可能性，讓崇煥能無後顧之憂全心抗清，甚至賜予尚方劍以示信任，此全國上下一心將平反的重望置於崇煥之上，皇上溫語告之曰：「願卿早平外寇，以舒四海蒼生之困」。隔年，情勢急轉直下，袁以尚方劍斬毛文龍以為議和的信物，以城下之盟，了五年滅寇之局，辜負了君民的信任，證據鑿鑿指向崇煥之叛國，故引起群憤。崇煥凌遲處死時，「割肉一塊，京師百姓從儈子手爭取，生啖之。儈子亂撲，百姓以錢爭買其肉，頃刻立盡。開膛出其腸胃，百姓群起搶之，得其一節者，和燒酒生嚙，血流齒頰間，猶唾地罵不已。拾得其骨者，以刀斧碎磔之。骨肉俱盡，止剩一首傳視九邊。」張岱實際記載明人對崇煥之恨，可見崇煥至死無法證明一己之清白，張所記雖有時代的侷限，卻是記載了時人的心態與時人所認知的歷史真實。張岱在《石匱書後集・袁崇煥傳》對其評判極其嚴苛且不諒解的：

> 石匱書曰：袁崇煥短小精悍，形如小猱，而性極躁暴。攘臂談天下事，多大言不慚，而終日夢夢，墮幕士雲霧中而不知其著魅著魔也。五年滅寇，寇不能滅而自滅之矣。嗚呼！秦檜力主和議，緩宋亡且二百餘載，崇煥以齷齪庸才，焉可上比秦檜！亦猶之毛文龍以幺魔小卒，焉可上比鄂王！論者乃取以比擬，不特開罪鄂王，亦且唐突秦檜矣〔註73〕。

這裡甚至認為拿秦檜與袁崇煥相比還污衊了秦檜。在明人的理解中，崇煥為賣國賊，言五年滅清，卻竊與清廷議和，賣國以求榮，因此時人對他恨之入骨。張岱的評論與定位在今日看來雖有錯愕之感，卻是在歷史真相尚未揭曉前，時人最直接的觀感紀錄。

第三節　《夜航船》的閱讀期待

〈夜航船序〉：「余所記載，皆眼前極膚淺之事，吾輩聊且記取，但勿使僧人伸腳則可以矣。」序中舉出一文人與一僧人同乘夜航船事，僧人本對「文人」這身份階級帶有崇畏之心，及至問及「澹台滅明」與「堯舜」事，文人卻強不知以為知，使得僧人頓時有「不過爾爾」的輕視感。因此，張岱的創作動機乃是提醒文人的身份自覺，文人之所以為文人，必有一定的知識學養，否則無法得到社會

〔註73〕《石匱書後集》卷十一〈袁崇煥列傳〉，台北：台灣銀行經濟研究室編印，1970年，頁127。

的認同感與尊重。序中這段話語透露出幾點關於創作與閱讀的信息，是十分值得注意的：一是張岱在創作時已設定了讀者的族群，言「吾輩」，意指創作時即有意識的將讀者設定爲文人，這便是德國文學理論家 Wolfgang Iser 所提出的「隱含讀者」的觀念：

> 作家在寫作的過程中，腦中始終有一個「隱含讀者」，寫作的過程便是向隱含讀者敘述故事並與之對話。「隱含讀者」非指一具體、現實的讀者，而是作家在文本結構中預先設計和規定的閱讀的能動性，因此，「文本的每一個具體化都表現了對『隱含讀者』的一種有選擇的實現」〔註74〕。

這樣的心理設定影響了創作時的材料擇選、敘述用語及主題方向。也就是說，作家與讀者的聯繫，不是在閱讀行爲發生的當下才產生，而是在作家進行創作，甚至醞釀靈感時便已存在，並且在整個創作過程中，讀者的閱讀期待會不斷影響著作者。因此，托爾斯泰亦曾說：「讀者的性格和對讀者的態度，就決定著藝術創作的形式和比重。讀者就是藝術的一個組成部分〔註75〕。」易言之，《夜航船》既是爲文人所作，作者所選入的材料就必定是他認爲文人應具備的知識，如對天文、地理，萬物名理的瞭解，又如晚明文人好謔，崇尚幽默性格，因此書中挾帶了諧謔的成分，這是作者的，亦是讀者的時代元素。這樣一個「隱含讀者」的族群特性又關係其審美品味，如對筆墨紙硯的鑑賞，乃是針對文人的書寫工具；對書畫園林的品評，乃是表現文人的藝術修養，並可由這些品評標準中端倪出文人的審美意識。

張岱又言其所記載爲「眼前極膚淺之事」，此言關係到兩點：一是敘述內容的生活化與常識性。二是敘述語言的精簡化。由實際條目可觀察出，張岱用極簡練的語言陳述典故，其百科性質致使內容重「博」而不重「深」，精簡的字句往往又呈現出意義跳躍的情形，帶著詩味的文字省略，讀者在簡省的文字中獲得更大的想像空間，因這些典故是文人熟知的，越是熟典，敘述越簡單。有時作者會運用固定詞語的空框結構召喚讀者的想像，例如「干將莫邪」的典故，作者在〈兵刑部〉中已有記載，言吳人干將爲闔閭鑄劍，以妻莫邪之血鑄成具靈氣的二寶劍，故以夫婦之名命之。於此，「干將莫邪」已有其固定意涵，而在〈文學部〉中用此固定語詞爲子目，內容不言鑄劍而言文氣，乃取其鋒利而帶有靈氣之義。讀者對於固定詞語已有特定意義的認知，無須作者鉅細靡遺地再次描述，故而省略許多

〔註74〕Wolfgang Iser《審美過程研究》，北京：中國人民大學出版社，1988年，頁50。
〔註75〕托爾斯泰《論文學》，北京：人民文學，1980年初版，頁24。

累贅的文字。越是精簡的文字所留給讀者想像的空間也越大，龍協濤言：

> 對於接受主體來說，任何文學文本都具有未定性，都不是決定性的或自足性的存在，而是一個多層面的未完成的圖式結構，其中存在著許許多多的空白或未定點。……作品文本所包含的空白或未定點愈多，讀者便愈能深入、愈自由地參與再創造〔註76〕。

讀者的想像因其自身的性格、素養與興趣而產生不同的結果，對於接受主體來說，文本只在於與其能力、興趣相應的程度上存在的，故不同人觀看同一文本而有深淺不同的詮解。在愈凝練的文字中，感受力愈強，且具閱讀素養的讀者往往能構連出文字背後巨大的意義群，尤其是對於典故的詮釋。此處張岱所扮演的不僅是作者的角色，亦是典故的再創造者，也就是對文學典故進行閱讀的行爲後再予以生產改造，典故經張岱寫定爲文本時，已加入其詮釋的元素，所謂：「任何一部文學作品都是過去存在的以及現在和將來可能存在的一切讀者經驗的總和〔註77〕」。這又涉及「文化積澱」的問題，典故在時間的流轉過程中經過寫定者的個人詮釋，其實已加入了經驗的詮解與時代的元素，其意義層由單一的對應不斷衍異、增殖爲複雜的網絡，故處理典故文本時必須注意其與原始樣貌異動的部分。

在《夜航船》中常用以激起讀者文學想像的筆法有二：一是蒙太奇手法。藉由意象的跳接，將看似不相干的兩件事作出疏離的聯繫，如同兩幅畫面的組接、兩個電影鏡頭的對列，留出較大的空間讓讀者自己想像，這種間接說出的方式增加了主體接受的難度。如〈四靈部〉「雁書」條，前半部言蘇武出使匈奴，羈留於海上牧羊，天子自上林寄雁書於武，武得以歸。敘述結束後，立即跳接言《禮記》：「鴻雁來賓。」〔註78〕以「鴻雁來賓」詮釋蘇武客居海外，前後兩事僅以「雁」之意象做連結，並未解釋其何以然。又如〈四靈部〉「雪衣娘」條，前半部言唐明皇蓄一白鸚鵡喚雪衣娘，聰慧能言且具靈性；後半則言東都僧養鸚鵡，能誦經，死後有舍利，以兩事並列言鸚鵡之靈性，然兩事間並無直接關連。第二種筆法是象徵或隱喻，前已有言，遺民在異族統治下，往往用隱喻的書寫方式才能全身遠禍，在具有同樣遭遇或經驗的讀者，仍是能從象徵的文字中得到相當大的同情共感，所謂言有盡而意無窮：「這種文學的文本特徵是留給讀者較大的想像空間，客

〔註76〕龍協濤《文學讀解與美的再創造》，台北：時報，1993年初版，頁33～34。

〔註77〕龍協濤《文學讀解與美的再創造》，頁35。

〔註78〕《十三經注疏》（五）《禮記注疏》卷十七〈月令〉：「鴻雁來賓，爵入大水爲蛤。」孫希旦《集解》：「是月鴻雁來賓，始至中國也。曰『來賓』者，雁以北爲鄉，其在中國也，若來爲賓客然。」（台北：藝文印書館，1997年8月初版十三刷），頁337。

觀上要求讀者必須積極介入，充分發揮創造性，『睹一事於句中，反三隅於字外。』」〔註 79〕如〈四靈部〉「號寒蟲」條，以此鳥的特殊習性隱喻失時的文人，在「得過且過」的哀鳴聲中激盪出共同的時代悲感。又如以天文災異隱喻政治得失，以物性象徵品格等。粗看之下，是客觀地敘述事件與描寫物態，唯有細讀之，才能深入掌握作者的用心。

至於就文本的功能性而言，作者在創作時，面對著心中的「隱含讀者」已然預設了作品的閱讀功能，冀盼讀者藉由閱讀的行為，從作品中得到預期的收穫。以下就《夜》書的實際文本分五大功能屬性：

一、博 識

《夜航船》既為百科性質的常識書籍，其功能訴求則不在深奧而在博洽，且只須具談助功能即可。以知識面向來說，張岱尤其注重事物的源流演變，對歷史發展十分關切，如〈天文部〉列造曆與改曆的發展情形。〈地理部〉列歷代疆域與行政區。〈人物部〉列歷代名臣與奸佞大臣。〈考古部〉列歷代亦混淆之人事物。〈選舉部〉列考試制度與官制的沿革。〈日用部〉列飲食發展簡史。〈九流部〉列歷代名醫圖贊等。另外，張岱又注重器物的實用功能，晚明文人對日常生活多了細膩的關注，感染了較多俗世與市民的氣質，此點亦可在《夜》書中觀察出，如〈物理部〉記載物類特性與相剋之理、身體保健與自療之法、衣物收藏與洗滌之法、飲食保存與烹調之秘訣、文房使用保存之注意事項等，都是日常生活實際面臨到的問題，且是根據自身經驗記錄下來，可見出晚明文人之生命樣態趨向於生活化、常民化。再如文學典故的熟知與運用是文人必具的文學修養，至一處而能詠懷古蹟，睹一物而能連類抒情。意象本身皆具有文化情感的積澱，事物不單純是事物本身，而是帶有過去歷史經驗與情感的總和，如〈地理部〉中「躲婆弄」是王右軍題扇處；「蘭渚」是文人雅集流觴曲水處；「曹娥碑」上題字乃曹操與楊修鬥智題目；「桃源」是陶淵明的烏托邦；「滕王閣」是王勃一舉成名處等等。這些地理已不單純是現實的地理，文人一遊覽，立即牽引出思古幽情，載荷著情感意義的典故本已存在於文人的知識庫中，一觸動記憶之鈕，情感便絡繹奔來。無論是物事的發展史、器物的實際功用、還是地理的歷史典故，均列入張岱認為文人所應具備的基本認知中，故書中十有六七是這類廣博見聞的文人常識。

〔註 79〕龍協濤《文學讀解與美的再創造》，頁 35。

二、諧　謔

吾想月夕花朝，良朋好友，茶酒相對，一味莊言，有何趣〔註80〕？

「莊言」所相對應的是「諧語」，在晚明，「群聚終日，言不及義，好行小慧」〔註81〕是一種文人集會結社的常態。群聚的目的鮮少在於「以文會友，以友輔仁」〔註82〕那樣的高遠莊嚴，而往往是從語言的對話機鋒中找到文字遊戲的趣味性與豪曠胸懷的自嘲感。擺脫了高典正冊的道德束縛，在言語中透露出漫不在乎的人生態度，即使是嚴肅的事件亦從容以對，表現出豁達的態度，以掩飾心中對時代的惶惶不安感。《陶庵夢憶・噱社》：「仲叔善詼諧，在京師與漏仲容、沈虎臣、韓求仲輩結噱社，唼喋數言，必絕纓噴飯〔註83〕。」這裡文人集會的目的在於從語言對話中激展出彼此的「小慧」，或令人一笑莞爾，或透顯出人生哲理，藉由群聚的行為尋求友伴排解孤獨。在趣味的話語中或帶有譏諷的辣味幽默，或帶有哲理的雋永語錄，更多的是表現出一種人生態度，這樣「以謔用事」的處世原則，解構了生命嚴肅與深層的意義面，卻是用以袪除時代環境的苦悶與無奈，如「雞肋」條：

> 晉劉伶嘗醉，與俗人相忤，其人攘臂奮拳。伶曰：「雞肋不足以安尊拳！」其人笑而止〔註84〕。

劉伶以自嘲自謔的方式化解對方的憤怒，在這裡，認真而嚴肅的是「俗人」，而漫不經心、嬉笑怒罵的劉伶反而是張岱所推崇的「雅人」。又如《瑯嬛文集・王謔庵先生傳》中，張岱為王思任作傳，全文最特意凸顯的是其「諧謔」性格：

> 謔庵先生（王思任）聰明絕世，出言靈巧，與人諧謔，矢口放言，略無忌憚。……蒞官行政，摘服發奸以及論文賦詩，無不以謔用事。昔在當涂，以一言而解兩郡之厄者，不可謂不得謔之力也〔註85〕。

諧謔性格必備的條件是聰明與機靈，才能臨場作出人意料的反應，且要打破拘泥、嚴肅的心態，才能隨心所欲，無所忌憚。張並舉出王思任以「謔」的態度化解了許多危機與衝突，儼然將此種性格推至極高且極巧妙的地位，既能化解暴戾，又能達至圓融。這樣的「小慧」，有時表現的方式是不厚道的，少了儒家文士的溫柔

〔註80〕（明）張岱撰、高學安、佘德余標點《快園道古》卷十四，杭州：浙江古籍，1986年。

〔註81〕《十三經注疏》（八）《論語注疏・魏靈公》，台北：藝文印書館，1997年8月初版十三刷，頁139。

〔註82〕《論語・顏淵》，頁111。

〔註83〕《陶庵夢憶》卷六〈噱社〉，頁58。

〔註84〕卷十三〈容貌部・形體〉「雞肋」，頁311。

〔註85〕《瑯嬛文集》卷四〈王謔庵先生傳〉，頁536。

敦厚，偏離了中庸之道。如《夜航船》〈容貌部〉「塌鼻」條舉東坡以人體的容貌缺陷嘲戲他人：

> 劉貢父晚年得惡疾，鬚眉墜落，鼻梁斷壞。一日，與東坡會飲，引〈大風歌〉戲之，曰：「大風起兮眉飛揚，安得猛士兮守鼻梁〔註86〕！

東坡是晚明人推崇備至的人格典型〔註87〕，其豪曠與任眞的性格正符合晚明人忌板實、忌正經的隨性適意的特質。「完人」不再是這時期仿效的聖賢典範，具疵癖的性格反而得到更多的包容與體諒，甚至認爲這樣才算是「有童心」、「有深情」、「有眞氣」而活生生的人。《陶庵夢憶‧祁止祥癖》：「人無癖不可與交，以其無深情也；人無疵不可與交，以其無真氣也。」這樣的品人標準使得張岱爲許多偏執的人格塑形立傳，如《陶庵夢憶》中的金乳生、祁止祥、姚簡叔、燕客、范與蘭等，《瑯嬛文集》中的秦一生、五異人等，由此可看出時代價値觀與道德標準的質變。

「諧謔」的必備條件是聰明尖巧，王思任如此，仲叔、漏仲容、沈虎臣、韓仲求、張岱亦是如此。《琯朗乞巧錄》中曾錄張岱幼時所表現出的小聰明：

> 季祖面麻奇醜，眼眶癰腫，痘瘢層沓，短小戟張，見者大笑。陶庵七八歲時，廷尉喜置之膝上，捋其髭。廷尉曰：「兒善屬對，爲我作鬚對。」陶庵曰「大人，美目深藏，桃核縫中嵌芥子；勁髭直出，羊肚石上種菖蒲。」廷尉大笑稱賞。

對句中有笑謔之意，被謔的一方亦不以爲意，反稱賞其機智。又如〈噱社〉中，沈虎臣改詩爲謔：「座主已收帽套去，此地空餘帽套頭。帽套一去不復返，此頭千載冷悠悠〔註88〕。」將崔顥〈黃鶴樓〉詩改爲謔語，詩非好詩，卻因帶有機巧與趣味而受讚賞。《夜航船》「牙缺」條：「張玄祖八歲，缺齒，先達戲之曰：『君口何為開狗竇？』玄祖曰：『欲使君輩從此中出入〔註89〕。』」張玄祖以靈巧而犀利的對答化解了他人的嘲弄，亦對嘲弄者作出言語上的反擊。又〈天文部〉「論月」條：「徐穉，年九歲，常月下戲，人與之曰：『若令月中無物，當極明耶？』曰：『不然。譬如人眼中有瞳子，無此必不明〔註90〕。』」徐穉能以物取譬，超越對現象物視覺印象的理解，反映出天性中的早熟多慮。這些條目皆爲「小時了了」的例證，

〔註86〕卷十三〈容貌部‧形體〉「塌鼻」，頁314。

〔註87〕陳萬益〈蘇東坡與晚明小品〉收入《晚明小品與明季文人生活》，台北：大安，1997年10月二版三刷。

〔註88〕《陶庵夢憶》卷六〈噱社〉，頁58。

〔註89〕卷十三〈容貌部‧形體〉「牙缺」，頁313。

〔註90〕卷一〈天文部‧日月〉「論月」，頁6。

語中雖未必有深遠的哲理，卻可觀出其人的聰明靈巧。

又一類是近似格言語錄的雋永小品，如〈噱社〉漏仲容語：

> 吾輩老年讀書作文字，與少年不同。少年讀書，如快刀切物，眼光逼注皆是白地。少年作文字，白眼看天，一篇現成文字掛在天上，頃刻下來，刷入紙上，一刷便完。老年如惡心嘔吐，以手挖入齒穢出之，出亦無多，總是渣穢〔註91〕。

此段話語中帶有濃重的自嘲成分，可看出對於天才早慧型文人的賞識，亦可見出創作的艱辛不易。用諧語與自嘲的心態道出現實的無奈，此類言語在張岱的作品中亦常出現。如張岱晚年於「快園」之生活極苦，卻常以詩自嘲：

> 偶呼穉子來，兒女復相遜。扛扶力不加，進咫還退寸。
> 老人猶喜飯，焉敢不自奮？余聞野老言，先農有遺訓。
> 日久糞自香，為農復何恨？〔註92〕

不治生產的張岱，此時卻得效淵明躬耕園畝，兒女亦從不曾勞動，無法分擔其生活重擔，只得認清現實自我解嘲，言「日久糞自香，為農復何恨？」他的作品中亦不乏諷刺意味的幽默，如〈夜航船序〉中所虛構文人與僧人相遇船中事，是對文人階級的自大無知加以諷刺並提出檢討的。又〈陶庵夢憶序〉中舉出西陵腳夫與寒士中舉例，對己身面對亡國遽變的恍惚不眞實感作出自嘲，其中帶有趣味，帶有無奈，亦帶有自我省思的意味：

> 昔有西陵腳夫，爲人擔酒，失足破其甕，念無以償，痴坐佇想曰：「得是夢便好。」一寒士鄉士中式，方赴鹿鳴宴，恍然猶意非眞，自嚙其臂曰：「莫是夢否？」一夢耳，唯恐其非夢，又恐其是夢，其爲癡人則一也。余今大夢將寤，猶事雕蟲，又是一番夢囈。

西陵腳夫碎甕而癡想是夢；寒士中舉又不信其爲眞實，夢境與現實的錯雜正映射出張岱憶及前半生繁華的生活，猶如一場夢境，卻也希望突如其來的國變實爲一場夢境，面對現實的厄運臨身，張岱也如同西陵腳夫般癡坐佇想了。

「諧語」的表象雖漫不經心，其下卻隱含著嚴肅而深沈的生命態度，在創作上張岱亦認爲，莊嚴的道理須得用趣味的語言才使人易於接受，如其〈快園道古小序〉中言：

> 陶石梁先生所記《喃喃錄》者，無非盛德之事與盛德之言，絕不及

〔註91〕《陶庵夢憶》卷六〈噱社〉，頁58。

〔註92〕（明）張岱著、夏咸淳選注《瑯嬛詩文集・春米》，天津：百花文藝，1997年。

嬉笑怒罵，殊覺厭人。後生小子見者如端冕而聽古樂，則唯恐臥去。……

余與石梁先生出口雖異，其存心則未始不同也。

可見得其創作心態與動機極其嚴肅，而以滑稽詼諧的文字表達，意在使讀者的接受度提高而已。

三、好　奇

「夜航船」本爲夜間行船之義，乃吳越間於黃昏解纜，黎明泊棹之夜行交通工具。破額山人〈夜航船自序〉言：「船中拉雜不能安睡，勢必促膝互談，刺刺不休，以消長夜。其見棄於有德者，寧止道聽途說已哉！」是書談助功能已相當明確。既爲談助，便多言瑣聞趣事，以好奇駭俗爲尚：或神話荒誕之說，或稀奇罕見之物。此類雖以博識爲基礎，然多加以誇飾虛構，以聳人聽聞，故爲有德者所不屑；甚或言「怪力亂神」之說，以增加言談的多變性與奇幻性。神話荒誕之說多列神話中之動植物，如〈植物部〉「懷夢草」：

鐘火山有香草，似蒲，色紅，晝縮入地，夜半抽萌，懷其草，自知夢之好惡。漢武帝思李夫人，東方朔獻之。帝懷之，即夢見夫人，因名曰懷夢草〔註 93〕。

身懷此草便可夢見所思之人，且能自知夢之好惡，帶有神話的奇情色彩。又如〈植物部〉「翣脯」：「堯時廚中自生肉脯，薄如翣形，搖鼓則生風，使食物寒而不臭。」〔註 94〕其產生過程、形狀、功能皆具神奇性。又〈植物部〉「屈軼」：「堯時有草生於庭，佞人入朝，此草則屈而指之，名曰屈軼〔註 95〕。」此種植物有辨奸功能，實是凸顯堯時驅離小人而知人善任之德政。又如龍鳳之類的靈獸，書中有大篇幅的介紹，如鳳即有「鳳」、「鸞」、「像鳳」、「鸞影」四條目；龍則有「龍有九子」、「攀龍髯」、「龍漦」、「痴龍」、「龍」、「梭龍」、「畫龍」、「行雨不職」、「金吾」、「蛟龍得雲雨」、「墨龍」、「咒死龍」、「視龍猶蝘蜓」、「箏弦化龍」共十四條目，多出於民間傳說與筆記小說中，從龍的種類、別名到人化爲龍、龍化爲人的故事皆錄，可見出龍在中國文士思維意識中的重要性，從中也可歸納出「龍」的符碼背後的象徵意義。其他罕見奇珍異獸，如與人年壽、功業相關的「吐綬雞」：「形狀、毛色俱如大雞。天晴淑景，頷下吐綬，方一尺，金碧晃曜，花紋如蜀錦，中有一字，

〔註 93〕卷十六〈植物部・草木〉「懷夢草」，頁 362。

〔註 94〕卷十六〈植物部・草木〉「翣脯」，頁 360。

〔註 95〕卷十六〈植物部・草木〉「屈軼」，頁 360。

乃篆文『壽』字，陰晦則不吐。一名『壽字雞』，一名『錦帶功曹』〔註96〕。」以此禽具長壽、偉業的祝頌意味，與文人自身的生命渴求與理想相關。有隱喻不受異族統治之堅定心志的「秦吉了」：「嶺南靈鳥。一名『了哥』。形似鸜鵒，黑色，兩肩獨黃，頂毛有縫，如人分髮，耳聰心慧，舌巧能言。有夷人以數萬錢買去，吉了曰：『我漢禽不入胡地！』遂驚死〔註97〕。」以鳥喻人，遺民的心聲藉由靈鳥表露無遺，不但具有趣味性，亦帶有悲涼感。勸人爲善不得殺生者如「宋廚雞蛋」：「宋文帝尚食廚備御膳，烹雞子，忽聞鼎內有聲極微，乃群卵呼觀世音，淒愴之甚。監宰以聞。帝往驗之，果然，歎曰：『吾不知佛道神力乃能若是！』勅自今不得用雞子，并除宰割〔註98〕。」以異象來勸善向佛，宏揚佛法無邊。又有出自《神異經》、《搜神記》等志怪小說者如「窮奇」：「西北有獸，名曰窮奇，一名神狗。其狀如虎，有翼能飛，食人，知人言語。逢忠信之人，則嚙而食之，逢奸邪之人，則捕禽獸以饗之〔註99〕。」「窮奇」一則顚倒人世對善惡的判定，忠信之人不得正果，實暗喻當世是非價值的混淆。

在〈寶玩部〉與〈荒唐部〉中亦可見大量好奇之聞見，如「青田核」盛水可化爲酒，且源源不絕。「青蚨」爲狀似蟬的水蟲，以其血塗錢，用後可恢復原狀，故錢用之不盡。「聚寶盆」以金銀珠寶納其中，過夜皆滿。「冰蠶絲」入水不濡，入火不燒，夏日置其於座上，滿室清涼，此類皆反映人於現實中的慾望渴求。最爲荒誕者要屬〈九流部〉中神道示現之說與〈荒唐部〉神鬼擾人之事。道術高強者如周顚仙、張三丰等可死而復生，入火不熱。又有善於使用法術者如「畫水成路」、「噀酒救火」、「吐飯成蜂」、「剪羅成蝶」、「叱石成羊」等，多言能將物體的性質變化爲他物。神鬼之說則多證明善惡報應、生死輪迴之不誣，有勸人爲善之意，如「生死報知」：「罪福皆不虛，惟當勤修道德，以升躋神明爾〔註100〕。」「再爲顏家兒」條於死前誓言：「若有輪迴，當再為顏家兒」，後果投生〔註101〕。此類好奇之說，多強調其眞實性，詳細記載發生時間、地點與人物；末則再次強調其眞實不誣。然好奇之說，實則多爲虛構，但因可增加言談現場的趣味性與生動性，使聽者藉由好奇心的引導專注在故事中，營造一共通互融的談話氛圍，爲談助之最佳材料。

〔註96〕卷十七〈四靈部・飛禽〉「吐綬雞」，頁375。
〔註97〕卷十七〈四靈部・飛禽〉「秦吉了」，頁375。
〔註98〕卷十七〈四靈部・飛禽〉「宋廚鴿蛋」，頁376。
〔註99〕卷十七〈四靈部・走獸〉「窮奇」，頁382。
〔註100〕卷十八〈荒唐部・鬼神〉「生死報知」，頁402。
〔註101〕卷十八〈荒唐部・鬼神〉「再爲顧家兒」，頁404。

四、教 諭

《夜》書具教諭功能的部分主在強調儒家倫理社會的重要性，在〈倫類部〉中言「君臣、父子、夫婦、兄弟、朋友」五倫，舉出歷代可資仿效的對象，具人物典範的意義。歷來教忠教孝的書籍亦多言古代聖賢之事例以為後人效法，如劉向《烈女傳》為中國婦女人物傳記的著作，輯古代著名女性的事蹟，具有故事性，又以禮教為標尺進行評論、褒貶，成為後世婦女教育的教材〔註102〕。在《夜》書中已見列出歷代人物典範對後世人影響的成效，如「父長號」條，何遵即以范滂為己身的模仿對象，希望母親亦能如滂母，如此忠孝始能兩全，而范滂事又見於「得與李杜齊驅」條。又如「提甕出汲」條：「桓氏字少君，鮑宣就少君父學，父奇其清苦，以女妻之，裝送甚盛。宣不悅。少君悉屏去侍從服飾，更布素，與宣共挽鹿車歸里。拜帖，即提甕出汲，修婦道〔註103〕。」少君是一順從夫性，棄富安貧的良婦典範，因此在「效少君」條中，馬融之女嫁袁隗，袁不喜其華貴，融女對曰：「慈親愛重，不敢違命，君若慕鮑宣之高，妻亦效少君之事〔註104〕。」此處少君之典故已形成仿效的典範，證明這樣的事蹟典故對後人的德行規範在實際上是具影響力的。

〈倫類部〉中張岱強調君臣之義是互相對應的，且多錄君對臣盡心之事，臣子若能得君王之信任與重視，也不枉其為國勞心勞力，甚至犧牲生命。父子關係多言「夢生故事」，即賢人出世前，其父母多有夢兆，並以後來的事蹟驗證夢兆之靈驗。又強調明理的父母應是教子效忠國家，為官不貪，不為私利，以盡忠報國為大孝，如「得與李杜齊驅」、「父長號」條皆是。夫婦之義多強調婦人應有之品格，如敬、賢、貞、烈。但亦認為夫妻之情是重要的，如「小吏名港」載焦仲卿與其妻情感眞篤，雙雙殉情之事。「相思樹」言韓憑妻為康王掠奪，韓自殺，其妻亦投臺而死，康王使其二塚相望而不得相親，旬日後，塚生連理樹，鴛鴦棲其上，交頸悲鳴。此類淒愴故事皆強調夫妻之情乃重於一切禮儀條文的規範。明代由於理學家強調婦女守節，故當時為貞潔而喪生的事例相當多，《夜》書對於婦女貞節與烈性的故事多有記載，如《詩經・柏舟》詩中共姜為最早之烈女，張岱錄之以為典範，又「女宗」言鮑蘇之妻為孝媳，事姑甚謹。「封髮」條董氏為表其不改嫁之心，引繩束髮，封以帛，非丈夫之手不可解。「居燕子樓」條關盼盼守寡於燕子

〔註102〕高世瑜《中國古代婦女生活》，台北：台灣商務，1998年，頁69。
〔註103〕卷五〈倫類部・夫婦附妾〉「提甕出汲」，頁123。
〔註104〕卷五〈倫類部・夫婦附妾〉「效少君」，頁123。

樓十餘年，且為保夫之名而不願自縊，終怏怏不食而死。「抱骨赴水」條趙淮妾不肯降元將，抱趙之屍骨赴水而死。《夜》書中臚列此些故事，乃在凸顯婦女之聖潔，並認為守貞殉死是十分難得且值得讚頌的行為，故其於《石匱書．烈女列傳總論》中道出守貞之不易：

> 數年之前，余見官兵過處，所掠婦女，繩吊索還，待如狗彘，行稍不速，鞭撻隨之。一下船艙，跌之板底，其中或悶死，餓凍死，病死者，不可勝計。問之其以節烈死者，百不得一焉，則欲如傳中所載，守節義以身殉之者，亦洵乎其難之矣。

張岱以一遺民的身份，強調為國盡忠，以身殉國的人物典範是可以理解的，即使張岱本身未能以死殉國，他仍是將此些人物視為聖賢典範，一一載錄。其中對婦女節烈的強調，當亦反映出晚明的時代價值標準。對於夫婦之道，張岱雖重視夫妻之間的眞實情愛，但也不免受時代影響而強調貞節之重要性。

《夜》書中關於教諭功能的部分主要可看出張岱的道德價值標準，且得知他認為倫理關係的對待中什麼才是最重要的，這些最重要的原型便隱藏在他所標榜出的聖賢典型中。

五、查　考

〈夜航船序〉中言餘姚的後生晚輩對於古代人名、官爵、年號、地方均記誦熟爛，原因在於科舉考試必得知道這些知識，而張岱認為死背知識只是「兩腳書櫥」，與目不識丁之人無異，他認為知識有需記與不需記之分，判別的關鍵在於是否關於文理。他說：「姓名有不關於文理，不記不妨，如八元、八愷、廚、俊、顧、及之類是也。」

除了人名之外，在各部類中亦有僅列材料而不加解釋者，此類多為查考之用，如〈天文部〉列「九天」、「二十八宿」、「納音五行」、「北斗七星」、「八風」等；〈地理部〉列「歷代方輿」、「陶唐九州」、「虞十二州」、「歷代建都」、景致等；〈人物部〉列「國祚」、「皇后六服」、「麒麟閣十一人」、「八俊」、「八顧」、「八及」、「八廚」等；〈選舉部〉列「九錫」、「文勛階」、「武勛階」、品級等；〈禮樂部〉列歷代婚禮、喪禮、祭禮之儀制規定與歷代樂名、律呂等；〈兵刑部〉列黃帝以降之知名戰爭、兵刃的發明製作史、歷朝的刑法制度等；〈日用部〉列宮室建造史、飲食簡史、衣冠制度等；〈九流部〉列中國佛教傳衣、分流史等。此類為具辭典功能的條目，可作為專有名詞或制度簡史的檢索，不帶故事性的敘述，僅陳列材料，以應付生活中各類淺顯層面的知識需求。

第三章 《夜航船》之文本性質

欲爲《夜航船》的文本性質作一定位並不容易，因就其形式體例的特色來說，最貼切是一「雜」字；而就實際內容的含括來說，僅能用一「博」字來形容。所幸此種書籍並非史無前例，筆者認爲《夜航船》一書與傳統類書及宋明以來流行的文人雜著筆記有血緣上的關係，因其體裁內容似筆記，而在編排上又似小型類書。若以之與傳統類書比較，其部卷的安排與關注的面向是相近的，但在表現手法上，傳統類書多大段引錄詩、詞、賦、文之原典，排比類聚，以供文人作辭章、查典故之用，如《藝文類聚》等即是，而較相仿的一類如《事物記原》、《事文類聚》等乃是以「事」爲主，與《述異記》、《靖康緗素雜記》等文人筆記無異。《夜航船》的編排體例是採用類書的分類法，而其條目記敘則以事物爲主，乃同於文人雜著筆記與以事爲主的類書，而這兩類在寫作特性上又難以截然劃分。既然《夜》書是一本文人寫給文人看的小百科，在傳統的歸類上，筆者在此將之歸爲具有類書編排特色的文人雜著筆記，近於今日所謂的百科全書，因書中各條目內容較早期雜著筆記簡要，目的乃是爲了方便讀者做百科式的閱讀與查索。「雜著筆記」既屬文人讀書筆記之流，往往因作者個人獨特的風格而有不同的表現方式，因此，欲爲這類作品下一文類定義往往有削足適履之嫌，難以含括所有著作。歷來圖書目錄及史書藝文志並無「雜著筆記」之目，劉兆祐先生曾謂「雜著筆記」內容多爲：「考證舊文，記錄掌故及見聞為主，所涉及者，天文、地理、人事、草木、鳥獸等，均無不涵蓋〔註1〕。」這樣的定義，實涵攝了「雜著筆記」博、雜的特點，但「雜著筆記」的編排體例雖雜，是否仍有一規則可循？又「考舊文」、「記掌故」、

〔註1〕劉兆祐〈雜著筆記之文獻資料及其運用〉收入《應用語文學報》，第二號，2000年6月，頁9。

「錄見聞」的比重或因不同書籍而或輕或重？自宋到明清的文人雜著筆記是否又有形式上與內容上的變異？事實上，這些問題都不是單一文本可以解決的，必須藉由作品群的研究才能觀出端倪。若要爲一作品凸顯其特殊性，作一文類的定義或研究，當需參酌其他相關作品，職是，筆者挑選宋代文人洪邁的《容齋隨筆》與沈括的《夢溪筆談》，明代文人楊愼的《升庵外集》與來斯行的《槎菴小乘》，以及明末民間日用類書《三台萬用正宗》與《五車拔錦》作一作品群的比較。主要就其類目的安排與相同主題的不同表達方式作比較，企圖尋繹出：1、雜著筆記的類型有哪些？又如何爲《夜航船》歸類？2、文人雜著筆記普遍性的文類特質爲何？《夜航船》在文人雜著筆記中的特殊性又爲何？《夜航船》雜揉文人雜著筆記與民間日用類書的文類屬性，具有怎樣的形式轉變意義？其文類價值與缺失爲何？

第一節　「雜著筆記」的類型與定義

「雜著筆記」的類型有哪些？根據《四庫全書總目題要》〈雜家類小敘〉〔註2〕可分爲六類：

> 雜之義廣，無所不包，班固所謂合儒墨兼名法也。變而得宜，於例爲善，今從其說。以立說者謂之『雜學』；辨證者謂之『雜考』；議論而兼敘述者謂之『雜說』；旁究物理，臚陳纖瑣者謂之『雜品』；類輯舊文，塗兼眾軌者，謂之『雜纂』；合刻諸書，不名一體者，謂之『雜編』，凡六類。

《四庫全書》乃採用黃虞稷《千頃堂書目》的歸類法，將寥寥不能成類者，併入雜家，並將之歸於六類，此略將六類定義與類目所屬書籍整理如下：

雜學：名家、墨家、縱橫家等所傳寥寥無幾，不足自名一家者。如《鬻子》、《尹文子》、《公孫龍子》等。

雜考：大抵考證四部圖書之內容，出自議官。如《白虎通義》、《困學紀聞》、《容齋隨筆》、《野客叢書》、《資暇集》等。

雜說：「或抒己意，或訂俗僞，或述近聞，或綜古義，後人沿波，筆記作焉。大抵隨意錄載，不限卷帙之多寡，不分次第之先後，興之所至，即可成編。」〔註

〔註2〕（清）永瑢、紀昀等撰，武英殿本《四庫全書總目提要・子部・雜家類》（三）〈雜家類小敘〉，台北：台灣商務，1983年10月，頁538。

〔註3〕《四庫全書總目提要・子部・雜家類》「雜說之屬」末之按語。

3〕如《論衡》、《風俗通義》、《夢溪筆談》。

雜品：著錄古器、書畫、奇玩等，雜陳眾品。如《雲煙過眼錄》、《青秘藏》等。

雜纂：摭採眾說以成編。如《意林》、《紺珠集》、《類說》、《說郛》。

雜編：個人叢書。如《少室山房筆叢》。

如以此種歸類法，《升庵外集》與《槎菴小乘》內容多以考證舊文爲主，屬於雜考之屬。《夢溪筆談》多記當代掌故及目見耳聞之事，屬雜說類。而事實上，有些作品往往兼具好幾類的性質，如《容齋隨筆》雖屬雜考類，多考辨經史子集四部之事，但亦有記親身見聞及當代掌故者，所以這樣的分類只是依其比重多寡而言，並非絕對。至於《夜航船》，則兼有「雜考」、「雜說」、「雜品」三類特質，「雜說」是《夜》書的主要類型，因大部分條目在於記載歷史或文學典故。「雜考」則如卷四〈考古部〉，主在考訂舊文或俗說。茲舉實際條目如「禹陵」：

> 大禹東巡，崩於會稽。現存陵寢，豈有差訛？且史載啓封其少子無餘於會稽，號曰「於越」，以奉禹祀，則又確確可據。今楊升庵爭禹穴在四川，則荒誕極矣。升庵言石泉縣之石紐村，石穴深杳，人跡不到的石碑有「禹穴」二字，乃李白所書，取以爲證。蓋大禹生於四川，所言禹穴者，生禹之穴，非葬禹之穴也。此言可辨千古之疑〔註4〕。

升庵在其筆記中言禹穴在四川，因在石紐村見石碑上刻字，刻字石洞爲隱密難尋處，當非人爲造假，且字跡爲李白所有，故證明禹穴在四川。張岱則以兩條歷史證據證明禹穴在會稽，用以駁斥升庵之說：一爲大禹死於會稽，不可能移棺至四川，二爲大禹之子被封於會稽，在會稽祭祀先人是合理的。此條爲《夜航船》書中較具體呈現考辨過程的，張岱本爲著史之人，對歷史的掌握較詳，故多能舉出歷史事實爲證，以說服人心。考訂舊文方面，如〈考古部〉「甘羅十二爲丞相」：

> 古今大誤。《史記》云：「甘羅事呂不韋，秦欲使張唐使燕，唐不肯行。羅說而行之，乃使羅於趙。趙王郊迎，割五城以事秦。羅還報秦，封爲上卿。」不曾爲丞相，相秦者是甘羅之祖甘茂。封羅後，遂以茂之田宅賜之〔註5〕。

此條張岱再度舉出歷史證據，引用《戰國策・秦策》與《史記・樗里子甘茂列傳》，言甘羅因說趙有功，故封爲上卿，而非丞相，時人以甘羅承祖父甘茂之田宅而誤以其任丞相職。論述仍以史實證之，但因張岱在論證時往往不言出處，或如同此

〔註4〕卷四〈考古部・辨疑〉「禹陵」，頁98。
〔註5〕卷四〈考古部・辨疑〉「甘羅十二爲丞相」，頁98。

條言出處但不詳言實際篇目，使讀者難以查考。另外考證俗說者，如〈考古部〉「蒙正住破窯」：

> 呂蒙正父龜圖與母不合，並蒙正逐之。貧甚，投跡龍門寺僧，鑿山岩爲龕以居。今傳奇謂同妻住破窯，殊爲可笑〔註6〕。

此條正傳奇之誤，傳奇本爲虛構歷史之作品，張岱仍以史家精神苛責之，因張岱認爲好的戲劇作品是必須反映時代精神，最好是能根據史實而作，使觀眾產生同情共感，如其所作〈冰山記〉乃是根據魏忠賢事作，與事實幾乎全同，惟增加戲劇張力而已。傳奇以爲「呂蒙正與妻同住破窯」，張岱則正其爲「與母鑿山岩爲龕以居」，以符合歷史眞實。至於考訂歷史事件方面，如〈考古部〉「五大夫松」云：

> 秦始皇登泰山，山雨暴至，避於松樹之下，封其樹爲「五大夫」。五大夫，秦官第九爵。今人有誤爲五株松者，誤〔註7〕。

秦始皇泰山封樹事見《史記・秦始皇本紀》與應劭《漢官儀》，時人以爲五大夫之五爲實數，指五棵樹，實際上是秦代官爵制度的第九爵，張岱因知其事典並知其制度，故能證其非。

〈考古部〉中有言「同時同姓名者」、「異世同名者」、「異代而相類者」、「父子同名者」、「數世同之字者」、「古今事絕相類者」，以避免混同之謬。此類均是張岱發揮考辨精神之處，其考辨的範圍十分廣，較少考證經史子集四部之說，而多對神話、民間傳說、文學典故有所考證，但論辯過程往往過於簡略，有的甚至直接斷言結論，而不知其論據爲何？這樣的情形乃因《夜航船》的創作目的在談助，且〈夜航船序〉中言其內容乃爲夜間行船時消磨時間閒聊之用，故好奇與博識的成分較重，若過於嚴肅則失之趣味。具雜品的性質則分佈在〈日用部〉、〈寶玩部〉、〈文學部〉等卷，舉例如下：

> 唐徐浩書〈張九齡告身〉，多渴筆，爲枯無墨也，在書家爲難。世狀其法如怒猊決石，渴驥奔泉〔註8〕。
>
> 沈存中雲南中士，時有北苑董源善畫，尤工秋嵐近景，爲寫江南山水，可爲奇峭。其後建康僧巨然，祖述綿法，皆臻妙理〔註9〕。
>
> 舒城李公麟號龍眠，工白描，人物遠師陸、吳，牛馬斟酌韓、戴，山水出入王、李。作畫多不設色，純用澄心堂紙爲之。惟臨摹古畫，用

〔註6〕卷四〈考古部・辨疑〉「蒙正住破窯」，頁98。
〔註7〕卷四〈考古部・辨疑〉「五大夫松」，頁99。
〔註8〕卷八〈文學部・書畫〉「怒驥渴猊」，頁228。
〔註9〕卷八〈文學部・書畫〉「董北苑」，頁231。

> 絹素。著色筆法，如行雲流水，當爲宋畫中第一〔註10〕。
>
> 古延廠，永樂年間所造，重枝疊葉，堅若珊瑚，稍帶沈色。新廠宣德年間所造，雕鏤極細，色若朱砂，鮮豔無比，有蒸餅式、甘蔗節兩種，愈小愈妙，享價極重〔註11〕。
>
> 嵌鑲螺鈿梳匣、印箱，以周柱爲上，花色嬌豔，與時花無異。其螺鈿杯箸等皿，無不巧妙〔註12〕。

三則言書畫的藝術表現，後兩則爲玩物之品評標準，與「雜品」類書籍的內容相似，但這類條目在《夜》書中僅佔一小部份，主要仍是以「雜說」性質爲主。但以涵蓋面來說，《夜》書可謂包含了「雜考」、「雜說」、「雜品」等體例類型，且其內容無所不包，舉凡天文、地理、人事、器物、經史子集等皆含括；其形式則是隨筆記載，體例並不嚴謹，如同劉兆祐先生所言：

> 所謂「雜著筆記」類之著作，係指一書之內容，所載不止一事、一物、一人或一書之考證；其體制，則大抵依所見所聞，隨意錄載，未必從事嚴謹之分類排比者。此類圖書，核之歷來史志及目錄，多隸屬於子部「雜家」類〔註13〕。

職是，《夜航船》就形式或內容而言都可歸於雜著筆記。然而，若再進一步地問，「文人雜著筆記」之文類普遍性規範爲何？又《夜航船》一書的特殊性爲何？此點將於下一節中繼續討論。

第二節　「雜著筆記」的形式與意蘊

如上節所言，文類的研究必須藉由作品群的觀察才能歸納出文類的普遍特質，因此本節欲擇取相關作品與《夜航船》作一比較。《夜航船》是兼有雜考、雜說、雜品特質，其中雜品的成分較少。典型的雜品著作如《清閒供》、《遵生八牋》等，是專爲品論生活物用的書籍，因屬性相差較遠，在此並不擇選。以下選擇宋代《夢溪筆談》，明代《升庵外集》與《槎菴小乘》作類目上的比較，並由類目的安排略見作者的用意。

〔註10〕卷八〈文學部・書畫〉「李龍眠」，頁231。
〔註11〕卷十二〈寶玩部・玩器〉「廠盒」，頁304。
〔註12〕卷十二〈寶玩部・玩器〉「螺鈿器皿」，頁305。
〔註13〕劉兆祐〈雜著筆記之文獻資料及其運用〉收入《應用語文學報》，第二號，2000年6月，頁1。

《夜航船》	（宋）沈括《夢溪筆談》〔註 14〕	（明）楊慎〔註 15〕《升菴外集》	（明）來斯行〔註 16〕《槎菴小乘》
卷 1.天文			卷 1～3 天文
2.地理			4～5 地理
3.人物	卷 1 故事	卷 10～14 人物	
4.考古	2 辨證 14 謬誤		10～15 考訂
5.倫類			
6.選舉	5 人事 6 官政	57～59 人事 10～14 人物	
7.政事	7 權智		6～9 國事
8.文學〔註 17〕	8 藝文 9 書畫 15 譏謔	24～37 經說 38～45 史說 46～48 子說 49～51 雜說 52～53 文藝 54～56；60～61 文事 62 瑣語 63 俗言 64 古文韻語 65 古音略例 66 騷賦 67～78 詩品 79 古今風謠 80 古今諺 81～86 詞品 87～93 字說 94 畫品	16～21 經史 27 書畫 29 藝術

〔註 14〕（宋）沈括《夢溪筆談》，共二十六卷，分十七類，記當代掌故及目見耳聞之事，屬於雜說。

〔註 15〕（明）楊慎（正德六年進士）之著作眾多，多爲短記，易於散佚，萬曆年間，焦竑廣爲搜羅，依性質分爲《正集》、《雜集》、《外集》三類刊行，其中《外集》收書三十八種，皆爲考證議論之作。共一百卷，屬於雜考類。

〔註 16〕（明）來斯行，（萬曆丁未三十五年進士）。《槎菴小乘》爲其平日讀書心得，共四十一卷，分二十二類，旨在考證典籍中不爲人所重之隱微，其〈自序〉云：「槎菴者，地也。小者避大也。乘者志載也。」屬雜考類。

〔註 17〕此處乃以《夜航船》卷八〈文學部〉所含括的範圍爲主，故其他三書關於經、史、子、集、書、畫、騷賦等，皆歸於此類作平行比較。

9.禮樂	3 樂律		23 祭葬 26 音樂
10.兵刑		10～14 人物	22 兵刑
11.日用		8～9 宮室 23 飲食	24 冠冕 31 飲食
12 寶玩			28 閨壺
13.容貌		10～14 人物	
14.九流	4 象數 10 技藝 17 藥議	10～14 人物	25 姓名 30 驗方 33～34 仙釋
15.外國			41 夷狄
16.植物		98～100 植物	40 草木
17.四靈		95～97 動物	37～38 鳥獸 39 蟲魚
18.荒唐	12 神奇 13 異事		35～36 祥異
19.物理	11 器用	15～22 器用	32 格物
20.方術			

表格左欄爲《夜航船》之分類，可明顯看出張岱的編排架構兼及「天——地——人」之向度，再推至社會人倫與萬物名理，其中傳統儒家所講求的倫類、政事、禮樂、選舉、兵刑等占相當大的比重。物用方面，晚明文人所關注纖細的名物世界，亦可由日用、寶玩、植物、四靈等部顯現，而九流、荒唐部則是好奇的成分較重，頗助談話之興。物理及方術則較近於民間日用類書的內容：物理部主言生活日用的方法，如:「磁石引針」〔註 18〕、「身上生肉丁，麻花擦之。」〔註 19〕、「夏月衣霉，以冬瓜汁浸洗，其跡自去。」〔註 20〕、「炙肉，以芝麻花爲末，置肉上，則油不流。」〔註 21〕、「研墨出沫，用耳膜頭垢則散。」〔註 22〕、「收芥菜子，

〔註 18〕卷十九〈物理部・物類相感〉，頁 415。
〔註 19〕卷十九〈物理部・身體〉，頁 418。
〔註 20〕卷十九〈物理部・衣服〉，頁 419。
〔註 21〕卷十九〈物理部・飲食〉，頁 420。
〔註 22〕卷十九〈物理部・文房〉，頁 422。

宜隔年者則辣。」〔註23〕等。方術部則如：治腳痲法〔註24〕、婦人懷娠欲成男者〔註25〕等，此等將於下文與民間日用類書相近條目一併比較。

由《夢溪筆談》與《升庵外集》二書看來，其天文地理部類闕，較重視人文社會的活動，《夢溪筆談》尤重人際互動之言語談辯，對於「人」以外之萬物較少提及，如植物、四靈、寶玩之流則不錄。《升庵外集》特重文藝活動，其可歸屬文學部的類別即有十六類，分類較細，且占全書五十九卷，書中不言荒唐神奇之事，而重考證議論。《槎菴小乘》的部類與《夜航船》十分接近，但可看出其對儒家人倫社會的關懷較闕，這也是《夜航船》不同於其他三書的主要地方，由此亦可見張岱的關懷取向。

再以實際條目內容分析，筆者選擇宋．洪邁的《容齋隨筆》作比較，因其書可謂「雜著筆記」類的代表作品。《容齋隨筆》除分五卷（五筆）之外，幾乎是無分類體例可言，可謂名符其實的「隨筆」，具有「隨意載錄」的性質，其體例雖無嚴謹規則，內容的考辨思維卻又十分不苟，相較於《夜航船》相同主題的條目而言是十分科學的，以下將兩書同題材之條目列出，並作比較與分析：

《容齋隨筆》			《夜航船》		
〈一筆〉	寧馨阿堵	頁35	〈寶玩部〉	阿堵物	頁302
	蟲鳥之智	頁129	〈四靈部〉	禽智	頁379
〈二筆〉	諡法	頁23	〈禮樂部〉	諡	頁249
	古人占夢	頁149	分見多條		
〈三筆〉	上元張燈	頁7	〈天文部〉	元夕放燈	頁24
	介推寒食	頁14	〈天文部〉	寒食	頁27
	河伯娶婦	頁88	〈政事部〉	河伯娶婦	頁190
〈四筆〉	二十八宿	頁17	〈天文部〉	二十八宿	頁1
	水旱祈禱	頁28	分見多條		
	王勃文章	頁45	〈地理部〉 〈日用部〉 〈文學部〉	滕王閣 滕王閣 風送滕王閣	頁51 頁282 頁222

〔註23〕卷十九〈物理部・菜蔬〉，頁425。
〔註24〕卷二十〈方術部・符咒〉，頁429。
〔註25〕卷二十〈方術部・方法〉，頁431。

	黃庭換鵝 頁 48	〈文學部〉	換鵝書	頁 230
	莆田荔枝 頁 75	〈植物部〉 〈植物部〉	荔枝 嗜鮮荔枝	頁 365 頁 366
	露布 頁 91	〈兵刑部〉	露布	頁 267
	五行納音 頁 96	〈天文部〉	納音五行	頁 1
〈五筆〉	天慶諸節 頁 1	〈天文部〉	天慶節	頁 24
	狐假虎威 頁 2	〈四靈部〉	狐假虎威	頁 386
	石尤風 頁 21	〈天文部〉	石尤風	頁 11
	門生門下見門生 頁 63	〈選舉部〉	門生門下見門生	頁 153

分析條目如下：

一、寧馨阿堵：洪邁言晉宋人因王衍曾言錢爲「阿堵物」，佳兒爲「寧馨兒」，後人沿用，而不知寧馨、阿堵原意，故舉證歷歷，援引宋廢帝母后語、顧長康語、劉貞長語、王導語，指出阿堵意爲「此處」，寧馨意爲「若何」，而張岱所述即誤用王衍之說。

二、蟲鳥之智：洪邁實言蟲鳥之性，就其性而設計捕之，又批評人之不仁，末了評語曰：「蟲鳥之智，自謂周身矣，如人之不仁何？」主觀意味重；張岱則言禽鳥之智慧，以其能避險惡而讚頌之，立場較客觀。

三、謚法：洪邁言謚法的象徵意義，並言謚法始於周公，其後演變爲字數漸多，至宋神宗時已有二十字；張岱亦言謚法始於周公，並言及各階級身份謚法之始創者，較重視探源溯本。

四、古人占夢：洪邁言夢兆之重要性自古有之，舉出史傳上聖賢之夢兆，並慨歎占夢之法今已不傳。張岱並無特殊條例言夢兆，但在〈天文部〉及〈文學部〉中多舉實例言夢，尤其是夢生聖賢之例，並強調其靈驗性。

五、上元張燈：洪邁言張燈之由來，並言當朝法令制度之改變，著重宋代制度；張岱言上元、中元、下元張燈之民俗，並言宋太宗淳化元年六月罷中元、下元張燈，說法同洪邁。

六、介推寒食：洪邁先言《左傳》中介之推事本末，並續言《史記》、《新序》等踵事增華，已非原貌，先考正史實後，再言民俗，推測寒食本爲冬月中，非今節令二三月間，舉證詳實；張岱則直言冬至後一百六日爲寒食，寒食乃源於晉文公禁火以紀念介之推，不詳說事件始末，而類似民間曆書。

七、河伯娶婦：洪邁先言《史記》中河伯娶婦事始末，再考證此說未必眞有其事，但秦魏時即有此風俗；張岱則以筆記小說形式言西門豹燭奸始末，對話生動，主在凸顯人物性格。

八、二十八宿：洪邁主在考「宿」之音義；張岱則實言二十八宿爲何。

九、水旱祈禱：洪邁言水旱祈禱未必可行，因造物者若有求必應，必無法定奪晴雨。此則先言民間祈晴禱雨之俗，再言自身經驗，以《笑林》中故事譏刺不知變通的愚禱之人；張岱則並不特別言禱雨之俗，但於〈天文部〉中多言水旱之災與政治相關，將氣候與人事作直接的對應。

十、王勃文章：洪邁言初唐四傑之文體，及王勃因〈滕王閣序〉而列於三公之事；張岱書中則三言滕王閣事，因部類不同，著眼點亦不同：〈地理部〉重古蹟，〈日用部〉言宮室，〈文學部〉始重王勃之文才，由此可見《夜航船》之編排體例。

十一、黃庭換鵝：王羲之換鵝事，李白有詩云：「山陰道士如相見，應寫黃庭換白鵝。」前賢引《晉書》作《道德經》以譏李白詩之非，洪邁則引述《法書要錄》、《法書記》、《古蹟記》等書，考證王逸少換鵝書應爲《黃庭經》，故李白之說應爲事實，以《晉史》之說爲非；張岱則言逸少所換爲《道德經》，用的乃是《晉書》的說法。

十二、莆田荔枝：洪邁以言土產的方式介紹莆田荔枝，且強調其不可以人力移植，並用事實證明；張岱於同部中言荔枝者有兩則，「荔枝」一則，以蔡君謨之語言閩中荔枝，並詳細介紹其色香味。「嗜鮮荔枝」一則言楊貴妃事。前者爲物產的介紹，以物爲主，後者言歷史典故，以人爲主。

十三、露布：洪邁言露布之義，但不知其源頭，僅舉兩則兵捷曳露布事；張岱言露布始於後魏，征伐戰勝書於帛上以揚戰功。

十四、五行納音：洪邁解釋六十甲子納音之說，且以五音配甲子得之；張岱則以口訣方式列出。

十五、天慶諸節：洪邁言大中祥符之世，諛佞之臣阿上之舉，諸多人事浪費，惜無人諫言；張岱則僅言「宋眞宗以正月三日爲天慶節。」

十六、狐假虎威：洪邁以稚子求問諺語之義而爲其解答始，摘錄《戰國策》原文，以明俗諺之義；張岱亦言《戰國策》事，但已經改寫非原典之文。

十七、石尤風：唐詩及南朝篇章多用石尤風典故，而洪邁不知其意，臆其爲打頭逆風也，故錄諸人之詩以證；張岱則言石尤風傳說。

十八、門生門下見門生：洪邁言唐人官場文化，舉子尊尚主司，以後唐裴尚書事爲美談；張岱亦言裴尚書事，因事典中以「門生門下見門生」爲關鍵詩句，故兩人同取爲條目。

整體來說，《容齋隨筆》考證精細，且考證步驟一一列明，《夜航船》多言出處與結果，除〈考古部〉外，少有列出考據過程。張岱有時沿用俗說，而不似洪邁蒐羅典籍，力正俗說之非，若有不知則闕疑。洪邁常在論證或敘述中加入主觀評斷，甚至加入寫作時情境，以第一人稱敘事者現身；張岱則多以敘事爲主，並不評論，且以第三人稱敘事，多客觀描述。兩人均相信夢兆之說，但洪邁不信禱雨祈晴之法，相較起來，張岱書中較多迷信成分。洪邁較重視當代制度，張岱則多言歷朝典故，少言當代史實。對於歷史文獻的態度，洪邁對史書記載存疑，常以史書之語再加以考證，張岱則十分信賴史書，每以史書之語爲證據。就編排體例而言，《容》書幾乎無體例可言，是名符其實的「隨筆」，所考範圍遍及經史子集四部，而張岱較重編排，一事常見於不同部類，而所敘內容可互相補足。宋人重疑古，清人重考據，顧炎武的《日知錄》即與《容》書十分相近，表現方式爲讀書箚記，隨讀隨想隨考隨記，層層論證，言之有據，不似《夜航船》多只是言結果，不言原因及考辨過程，比較類似百科性質的常識書籍。宋人與清人較重科學精神，奇情典故少，而《夜航船》主爲文人集會時閒談之用，好奇與博識的成分較重。由宋代筆記《容齋隨筆》到明代《夜航船》、《升庵外集》、《槎菴小乘》等，可見出雜著筆記至明代已轉向生活化，便於日用查考，且分門別類，漸偏向民間日用類書，但從類目與記述方式來看，主要讀者群還是文人，可以說是兼具「文人日用類書」、「文人常識手冊」之性質。

宋代「文人雜著筆記」重考辨、抒發讀書心得，且隨意摘錄的特質到了《夜》書已逐漸變異，張岱撰寫此書時有意識地考慮其編排結構，少言個人主觀意見，讓典故自身作出完整的意義呈現，且考辨的過程亦大量減少，偏向易懂、易讀、易談的常識。何以張岱編寫文人雜著筆記，卻不完全依循傳統典型？可能原因一則乃因：張岱喜歡嘗試各種體裁的寫作，卻又喜歡破格；再則，四民使用的民間日用類書亦大概產生於明萬曆朝，由於晚明文人已日漸市民化、世俗化，故張岱編寫時，不免取法於民間日用類書。由《夜航船》的整體架構與呈現方式看來，似爲兼具「文人常識手冊」、「文人日用類書」之性質，若就吳蕙芳的說法，這樣文人性質的日用類書產生於民間日用類書之前，到了張岱寫成此作時，民間日用類書早已發展到一定階段，或反過來互爲影響亦有可能。《夜航船》除條目敘述不似文人筆記般嚴謹外，其重編排體例的態度亦不似早期文人筆記的「隨筆」似記錄，在部類選擇方面，有一部份又偏向民間日用類書，但文人類書與民間日用類書的讀者群是不同的，也因此其同一主題的呈現方式會因讀者需求而有所不同，尤其民間日用類書是商業性的書籍，必須考慮賣點，因此受讀者的影響十分大，此處選擇《三台萬用正宗》、《五車拔錦》與《夜航船》作編排體例、表現手法的比較。

《夜航船》共二十卷	《三台萬用正宗》共四十三卷	《五車拔錦》共三十三卷
1.天文	1.天文門 3.時令門	1.天文門
2.地理	2.地輿門	2.地輿門
3.人物	4.人紀門	3.人紀門
4.考古		
5.倫類	6.師儒門 18.子弟門	
6.選舉	7.官品門	5.官職門
7.政事		
8.文學	11.書法門 12.畫譜門 15.文翰門	7.文翰門 8.啓劄門 13.書法門 14.畫譜門 23.詩對門 24.體式門
9.禮樂	8.律例門 9.音樂門 16.四禮門	5.律例門 9.婚娶門 10.喪祭門
10.兵刑	14.武備門 17.民用門	26.武備門
11.日用	10.五譜門 13.蹴踘門 19.侑觴門 20.博戲門 21.商旅門 22.算法門	11.琴學門 12.棋譜門 15.八譜門 25.算法門 29.侑觴門 30.風月門
12 寶玩		
13.容貌		
14.九流	23.修眞門 24.金丹門 25.養生門 26.醫學門 27.護幼門 28.胎產門 29.星命門 30.相法門 31.卜筮門 32.數課門 33.夢珍門 34.營宅門 35.地理門 36.剋擇門 39.僧道門 40.玄教門	16.營宅門 17.剋擇門 18.醫學門 19.保嬰門 20.卜筮門 21.星命門 22.相法門 27.養生門 31.玄教門 33.修眞門
15.外國	5.諸夷門	4.諸夷門
16.植物	38.農桑門	28.農桑門
17.四靈	37.牧養門	
18.荒唐	42.閑中記 43.笑謔門	
19.物理		
20.方術	41.法病門	32.法病門

吳蕙芳言：「供四民所用的民間日用類書應是產生於萬曆年間，如《五車拔錦》、《博覽不求人》、《三台萬用正宗》、《文林聚寶萬卷星羅》、《萬象全編不求人》等〔註 26〕。」民間日用類書產生於萬曆年間，且越到後來形式與內容越趨向規格化，以便利民眾使用。民間日用類書既是居家寶典，必兼重：1.百科性 2.實用性 3.簡易性 4.經濟性。

百科性乃就民間日用類書之類目與內容的廣度來說，幾乎是面面俱到：針對士農工商日常所遇的種種問題提供解答；而文人百科《夜航船》的範圍較狹，多不及農工商之事。

在實用性及簡易性方面，文人百科《夜航船》多寫歷史掌故，具高度認知性，如寫兵刑，多呈現古代戰爭所發生的事，而民間日用類書的武備門則直接教授防身術，且用圖畫的方式拆解動作。又如文人百科《夜航船》植物部是特殊植物或物性的介紹，而民間日用類書農桑門直接言農稼之事。文人百科《夜航船》四靈部言罕見或神話中的飛禽走獸，而民間日用類書之牧養門則實際教授畜養之法。民間日用類書所載定是切實可用的方法，且表達方式簡單易懂，如天文門，不但有文字的解釋，還舉出歷代史實以印證其說，最不同於文人百科的是附上圖示，使知識水平較低的民眾能一目了然，又如地輿門，記載各地當朝的地輿總圖、行政區統轄範圍、戶口，甚至土產、民俗風情及名山大澤，還有全國交通網的刊載，以便人民經商、應考、仕宦、行旅可掌握路況，其實用性質與文人百科的認知性質是十分不同的。又如禮樂部，文人百科所載爲古代禮樂制度，民間百科乃直接列出婚喪禮所用帖制格式，以便民眾直接套用。在相法方面，文人百科《夜航船》舉出古代聖賢奇人所具有的身形面相，再對照其後事蹟，以驗證相法不誣；民間日用類書則是繪出眉、目、耳、鼻、口器官的各種型態，並對應各種面相所具命運，以讓民眾按圖索驥。就方術類而言，文人百科《夜航船》中多有治病法的咒語，民間日用類書則直接畫出符咒及附上咒語。

經濟性方面，民間日用類書的編輯方式爲上下雙層排印，而非以往傳統類書和日用類書的單層排版，此編排一方面可節省空間，縮小篇幅，方便攜帶使用，同時，亦可降低成本，減輕人們的經濟負擔。排印多採俗體字，並增加圖示，顯現其通俗性，且書籍品質粗精不一，適於不同生活背景的四民大眾各自選用。而對於《夜》書的排版，筆者雖無法親見到《夜航船》的原始版本，但就劉耀林所言，寧波天一

〔註 26〕吳蕙芳《萬寶全書：明清時期的民間生活實錄》，國立政治大學歷史學系，2001 年 7 月初版，頁 624。

閣原稿本爲：「有格，白口，無魚尾，四周單邊，版框闊十二釐米，長十八點一釐米，用楷書精抄，每頁二十二行，每行二十一字，計五百四十二頁，約二十五六萬字〔註27〕。」此與民間日用類書的編印法是十分不同的。筆者認爲民間日用類書的特質有五：1、查考較便，實用性高。2、分類清楚，有例可循。3、圖示說明，簡單易懂。4、歌訣形式，琅琅上口。5、實際方法，切實可用；而《夜航船》終歸來說還是文人寫給文人看的類書，故其編排內容與功能指向還是趨向文人化的。不過，藉由《夜航船》雜揉民間日用類書與文人知識百科之性質，當可觀察出晚明文人世俗化的趨向。也或許是張岱見民間日用類書的方便可用，認爲文人也應有如此的常識手冊，以免落於孤陋寡聞，爲村夫俗子取笑，如同〈夜航船序〉中所舉僧人與士子同乘一船例，士子因不明「澹台滅明」與「堯舜」爲何人而受僧人輕視，故張岱言：「余所記載，皆眼前極膚淺之事，吾輩聊且記取，但勿使僧人伸腳可已矣〔註28〕。」此處的「吾輩」即指文人階級，而所記內容便是文人常識了。

本節比較《夜航船》與「文人雜著筆記」、「民間日用類書」兩作品群的形式與內涵，觀察其普遍性的特質與差異，以凸顯出《夜》書的特殊性，其特殊性整理如下：

1、篇幅較一般文人雜著筆記小，論辨過程較簡，通常直言結果，符合其所言「眼前極膚淺之事」，目的在使文人具備文人應有的基本常識。

2、少言自身經驗，不似讀書筆記，多以第三人稱陳述，較近百科性質的類書。

3、在體例上較完備，顧及天文、地理、人文及萬物名理。

4、特重儒家社會制度。

5、對生活藝術十分講究。

6、對日用生活十分關注。

7、好奇成分重，以助言談之興。

由張岱的諸多著作看來，張岱意圖嘗試各種體裁的寫作，卻又意圖打破文體文類的規範，這與晚明性靈文學「獨抒性靈，不拘格套〔註29〕」的精神有本質上的關連。如他寫檄文，卻欲突破檄文的侷限，張岱所寫四篇檄文：〈徵修明史檄〉、

〔註27〕張岱著、劉耀林點校《夜航船》之〈前言〉，杭州：浙江古籍，1985年初版。

〔註28〕〈夜航船序〉。

〔註29〕吳承學《晚明小品研究》在論及公安派小品文時言：「『性靈說』是他們的理論基礎，他們推崇『獨抒性靈，不拘格套，非從自己胸臆流出，不肯下筆。』的創作傾向。……一切文學上的拘縛和戒律都爲他們所不顧，公安派的理論和創作在當時形成一種橫掃文壇的文學潮流。」（江蘇：古籍，1999年一版二刷），頁108～109。

〈登丑蘭亭修禊檄〉、〈鬥雞檄〉、〈討蠹魚檄〉，前兩篇尚中規中矩的遵照文體特質與規範；後兩篇則是遊戲文章，以鬥雞與蠹魚為討伐的敵方，諧謔性質相當重。又如贊頌之文通常在頌揚有大功德之人，而張岱則為水滸好漢寫〈水滸牌四十八人贊〉，為特殊疵癖的人物立〈五異人傳〉等，此皆可見出他的創新與逸出體裁的舉動〔註 30〕。張岱之所以被宗為小品文學的「聖手」，不但因為他能集公安、竟陵之特色，也是因為他能將小品文的精神運用到各種文學體類，突破各種體裁原有的形式規範，如陳萬益先生所言：

> 張岱的小品文是晚明性靈文學思想的產物。從李贄、徐渭、湯顯祖、公安派的袁宏道兄弟到竟陵派的鐘惺、譚元春等人，他們展開了一條新的文學創作途徑，思想較為解放，題材較為擴大，語言則受通俗文學的影響，雅俗兼融，活潑自由；形式上則不拘格套，長短皆宜；態度上則莊諧並容，諧謔間出。張岱即在繁盛的小品園地中薈萃眾長，能入又能出，達到絕高的成就〔註 31〕。

凡大家必得對於陳規有所突破與創新，張岱便是有其運用語言的獨到處，並對文體自覺性的仿擬，故「能出又能入」於各體類之間，作出形式上混融、互滲，並且內容上逸趣橫生的作品，故能被譽為「晚明小品聖手」、「絕代的散文家」。

第三節　「雜著筆記」的價值與缺失

劉兆祐先生在〈雜著筆記之文獻資料及其運用〉〔註 32〕一文中舉出此類書籍主要價值有四：1、可資輯佚；2、多存佚聞；3、可資校勘；4、方便檢索文獻，並舉例說明之，如：王安石《字說》因「揉雜釋老，穿鑿破碎，聾瞽學者，特禁絕之〔註 33〕。」故今已不傳，而宋朝黃朝英之雜著筆記《靖康緗素雜記》〔註 34〕則存其「鴟

〔註 30〕參蔣靜文《論張岱小品文學：從生命模塑到形式意義的完成》，中正大學中文所碩士論文，1997 年，頁 106。

〔註 31〕陳萬益〈有關《陶庵夢憶》四題〉收入《陶庵夢憶》，台北：金楓，1986 年 12 月初版。

〔註 32〕劉兆祐〈雜著筆記之文獻資料及其運用〉，收入《應用語文學報》，第二號，2000 年 6 月，頁 9～17。

〔註 33〕（宋）晁公武《郡齋讀書志》（上）著錄此書，並言：「右皇朝王安石介甫撰。蔡卞謂介甫晚年閒居金陵，以天地萬物之理，著為此書，與《易》相表裡云。而元祐中，言者指其揉雜釋老，穿鑿破碎，聾瞽學者，特禁絕之。」（台北：台灣商務，1968 年台一版），頁 90。

〔註 34〕（宋）黃朝英《靖康緗素雜記》（十卷），《四庫全書總目題要》謂其「大抵多引據

鴿」條。朱翌之《猗覺寮雜記》〔註35〕則引《字說》「天」、「星」、「鳲鴿」、「年」四條之文。袁文《甕牖閒評》〔註36〕則存《字說》「穜」字。陸游《老學庵筆記》〔註37〕則存「霄」、「直」二字的說解等。劉先生舉證歷歷，主要因宋人雜著筆記多重考辨，故旁引書籍以證己說，其考辨過程言之鑿鑿，而引證亦多覆按原書，較爲可信，故其所存亡佚之書內容可作爲輯佚之重要資料。明人筆記的可信度顯非如此，主因明代出版印刷業盛，刻書與著書的的流動率十分快，著書者多，刻書者因重商機，多不注重書籍品質，且明人引文多隨引隨摘，較不重考證工夫，多有不註明出處，或引言疏誤者。就《夜航船》一書來說，張岱鮮少大段引用原典，且記事多於記文，敘述多已改寫原文，非節錄原典，故難有輯佚之功。

再就存佚聞方面來說，劉先生引宋朱弁《曲洧舊聞》〔註38〕卷一載宋仁宗納諫，淫雨久而裁減嬪御事，可補史傳之不足。類似事件在《夜航船》中亦載之，卷一〈天文部〉「霖雨放宮人」條：

> 宋開寶五年，大雨，河決。太祖謂宰相曰：「霖雨不止，得非時政所闕。朕恐掖廷幽閉者眾。」因告諭後宮：「有願歸其家者，具以情言。」得百名，悉厚賜遣之〔註39〕。

查《宋史》開寶五年五月甲戌載有此事：「霖雨，出後宮五十餘人，賜予以遣之〔註40〕。」其記事較簡，張岱「霖雨放宮人」條可爲補充，且此條置於〈天文部〉，以言天文與政治之關係，亦可見傳統文人對於天災的致因多解釋爲人事不臧而造成的示警。又宋・釋文瑩《玉壺清話》卷三〈盧多遜籤兆〉〔註41〕言盧少時與父求古籤筒得「身出中書堂，須因天水白。登仙五十二，終為蓬海客」，後皆靈應。此類神仙之說，《夜航船》中不勝枚舉，卷五〈倫類部〉中多有夢生之說，如：

詳明，皆有資考證，故非漫無根柢，徒爲臆斷之談。」

〔註35〕（宋）朱翌《猗覺寮雜記》（二卷），《四庫全書總目題要》謂其「引據精鑿者不可殫數，在宋人說部中，不失爲《容齋隨筆》之亞。」

〔註36〕（宋）袁文《甕牖閒評》（八卷），《四庫全書總目題要》謂其書「雖徵引既繁，不無小誤。」然「大致賅洽，實考據家之善本。」

〔註37〕（宋）陸游《老學庵筆記》（十卷），《四庫全書總目題要》謂其「軼文舊典，足備考證。」

〔註38〕（宋）朱弁《曲洧舊聞》，收入嚴一萍選輯《百部叢書集成・知不足齋叢書》v.56 台北：藝文，1966年初版，頁5。

〔註39〕卷一〈天文部・雨〉「霖雨放宮人」，頁14。

〔註40〕楊家駱主編，新校本宋史并附編三種一《宋史》（一），台北：鼎文，出版年月不詳，頁38。

〔註41〕（宋）釋文瑩《玉壺清話》卷三，收入嚴一萍選輯，《百部叢書集成・知不足齋叢書》v.12 台北：藝文，1966年初版，頁5。

> 盧允文產之日，戶外有異光，識者知其爲大器。十歲賦詩，多驚人語〔註 42〕。

> 五代王承肇母崔氏，夢山神牽五色獸逼其衣，遂生承肇。有異僧見而撫之，曰：「老僧所居周公山，佳氣減半，乃孕靈此子耶？」後節制洛州，以功名著〔註 43〕。

舉凡「夢兆」、「相法」、「佛道」之流，都爲歷史上不少先賢古聖增添神聖色彩，其事僅可供談助，不能視爲史實。

在校勘方面，雜著筆記多徵引他書，其徵引方式或是摘錄，或是全文引用。而全文襲錄者可借以作校勘材料，如：宋江少虞《宋朝事實類苑》〔註 44〕卷五十八載〈種世衡〉佚事十一則之第六則與司馬光《涑水記聞》〔註 45〕卷九所載事相同，但文字頗有出入，故可作異文之校勘。在《夜航船》書中，極少大段徵引全文，多經文字刪改或擷取，惟小篇幅的事類亦可由不同書的記載作異文校勘，如「懶婦魚」條：

> 江南有懶婦魚，即今之江豚是也。魚多脂，熬其油可點燈。然以之照紡績則暗，照宴樂則明，謂之「饞燈」〔註 46〕。

同物載見於《述異記》，而文字略有出入：

> 淮南有懶婦魚。俗云：昔楊氏家婦，爲姑所溺而死，化爲魚焉。其脂膏可燃燈燭，以之照鳴琴博弈，則爛然有光；及照紡績，則不復明焉〔註 47〕。

關於懶婦魚的記載，《海錄碎事》與《酉陽雜俎》二書亦見載錄，而各處文字略異，雖不明原出處，但可作爲互文補充。又如「號寒蟲」條：

> 五台山有鳥，名號寒蟲。四足，有肉翅不能飛，其糞即五靈脂也。當盛暑時，文彩絢爛，乃自鳴曰：「鳳凰不如我。」至冬，毛盡脫落，自鳴曰：「得過且過。」〔註 48〕

陶宗儀《南村輟耕錄》中亦載此異鳥：

〔註 42〕卷五〈倫類部・父子〉「產有異光」，頁 113。
〔註 43〕卷五〈倫類部・父子〉「孕靈此子」，頁 113。
〔註 44〕（宋）江少虞《宋朝事實類苑》卷五十八，台北：源流，1982 年初版。
〔註 45〕（宋）司馬光《涑水記聞》卷九，北京：中華，1989 年第一版。
〔註 46〕卷十七〈四靈部・鱗介〉「懶婦魚」，頁 394。
〔註 47〕（宋）任昉《述異記》卷上，收入嚴一萍選輯，《百部叢書集成・龍威秘書》v.1 台北：藝文，1966 年初版，頁 60。
〔註 48〕卷十七〈四靈部・飛禽〉「號寒蟲」，頁 375。

五台山有鳥，名號寒蟲。四足，有肉翅不能飛，其糞即五靈脂。當盛暑時，文彩絢爛，乃自鳴曰：「鳳凰不如我。」比至深冬嚴寒之際，毛羽脱落，遂自鳴曰：「得過且過。」嗟夫！世之人中無所守者，率不甘湛涪鄉里，必振拔自豪，求尺寸名，詑九族儕類，則便志滿意得，出肆入揚，以爲天下無復我加矣。及乎稍遇貶抑，遽若喪家之狗，垂首帖耳，搖尾乞憐，惟恐人不我恤，視號寒蟲何異哉！是可哀已〔註 49〕。

陶宗儀對此鳥的敘述與張岱大同小異，惟末了加入作者之感慨與人事之對照；張岱則僅記事物，然其中之諷刺意味與象徵意涵卻不言而喻，頗具春秋筆法。

在文獻檢索方面，雜著筆記往往博收各書資料，類聚相關文獻，分門別類，以方便讀者檢索，如：黃朝英《靖康緗素雜記》中〈烏鬼〉條〔註 50〕，將《夢溪筆談》、《東齋記事》、《夷貊傳》中關於鸕鷀事類聚成一條目，以助讀者瞭解杜甫詩中「烏鬼」之義。又顧炎武《日知錄》中載關於「邸報」資料〔註 51〕，纂輯《宋史》〈劉奉世傳〉、〈呂溱傳〉、〈曹輔傳〉及《孫樵集》，使讀者能掌握關於「邸報」較完整的說法。此類檢索條例在宋人筆記如《容齋隨筆》所做考證工作較爲精繁，多列聚出處及各說之原文，並由作者下一定論。在明人筆記中則較簡，如《夜航船》中多列舉出幾種說法，並不言明這些說法的出處，只能作常識性的理解與掌握，故檢索較爲不便，如「游月宮」條：

開元二年八月十五夜，明皇與天師申元之游月宮，及至，見大府，榜曰「廣寒清虛之府」，翠色冷光相射，極寒，不可少留。前見素娥十餘人，皆皓衣，乘白鸞，笑舞於廣寒大桂樹之下，音樂清麗。明皇制〈霓裳羽衣曲〉以記之。一說葉靜能，一說羅公遠，事凡三見〔註 52〕。

唐明皇游月宮，對於隨從之人，張岱列出三種說法，一曰申元之，一曰葉靜能，一曰羅公遠，因無確切證據，故三說並列，但此處並無法得知三種說法的來源，因此無法比較三說的差異。

劉先生歸納出幾點雜著筆記之價值，且舉證翔實，確能道出此類圖書在文獻運用上的功能，但《夜航船》往往不能符合其所說之價值功能，乃因《夜》書恰好有他列出雜著筆記的缺點：1、多有不註明出處者；2、考證偶有疏誤；3、引文

〔註 49〕（明）陶宗儀《南村輟耕錄》，台北：木鐸，1982 年五月初版，頁 187。
〔註 50〕（宋）黃朝英《靖康緗素雜記》，收入嚴一萍選輯，《百部叢書集成・守山閣叢書》v.24 台北：藝文，1966 年初版，頁 3。
〔註 51〕（清）顧炎武《日知錄》卷二十八，台北：台灣商務，1979 年台一版，頁 71。
〔註 52〕卷一〈天文部・秋〉「游月宮」，頁 31。

每有增省刪改。如此說來，是否《夜》書的價值性就完全泯滅？非是。就筆者細讀各條目之文後爲其整理分列，仍可發現其在民俗學上、史學上及文獻學上的價值意義，茲列舉如下：

1、補歷史之闕

崇禎十一年四月己酉夜，熒惑去月僅七八寸，至曉逆行，尾八度掩於月，丁卯退至尾，初度漸入心宿。楊嗣昌上疏言:「古今異變，月食五星，史不絕書，然亦觀其時，昔漢元帝建武二十三年，月食火星，明年呼韓單于款五原塞，明帝永平二年，月食火星，皇后馬氏德冠後宮，明年圖畫功臣於雲臺。唐憲宗元和七年，月食熒惑。明年興師，連年兵敗。今者月食火星，猶幸在尾，内則陰宮，外則陰國。皇上修德召和，必有災而不害者。」然實考嗣昌所引年月皆謬〔註53〕。

宋徽宗元年正月朔，流星自西南入尾抵距星，其光燭地。是夕，有赤氣起東北，亙西方，中出白氣二，將散，復有黑氣在旁。任伯雨言：時方孟春，而赤氣起於暮夜之幽，以天道人事推之，此宮禁陰謀下干上之證也。散而爲白，而白主兵，此夷狄竊發之證也。明成化二十三年，有飛星流，光芒燭地。正德元年，隕星如雨。崇禎十七年，星入月中。占曰:「國破君亡」〔註54〕。

明天啓間，魏閹肆毒，風霾旱魃，赤地千里，京師地震，火災焚燒，震壓死傷甚慘。崇禎十七年正月朔，大風霾。占曰:「風從乾起主暴。」兵破城。三月丙申，大風霾，盡晦〔註55〕。

「月食五星」條乃記崇禎十二年月食事，並引楊嗣昌之疏章語，考嗣昌所引年月皆謬，張岱一則記其事，一則考嗣昌之非，惟不言其正確說法爲何？「星飛星隕」條由星隕之史實言天道人事，並舉出成化二十三年、正德元年、崇禎十七年星隕事，張岱表面雖言天文現象，而實言人事，因前已引流星「主兵」，乃「宮禁陰謀下干上之證也」，爲「夷狄竊發之證」，此亦春秋筆法，而考之《明史·天文志》〔註56〕成化十二年、二十年、二十一年皆有星隕，惟不見二十三年之記載，正德元年

〔註53〕卷一〈天文部·日月〉「月食五星」，頁6。
〔註54〕卷一〈天文部·星〉「星飛星隕」，頁10。
〔註55〕卷一〈天文部·風雲〉「風霾」，頁12。
〔註56〕（清）張廷玉等撰、楊家駱主編，新校本明史附編六種《明史》（二）〈天文志〉，台北：鼎文。

有載星隕事〔註 57〕，而崇禎十七年亦載星隕事〔註 58〕，惟正史僅作紀錄，不作詮解，其文可補正史之闕。

2、正俗說之訛

錢忠懿王名俶，入朝，恐其羈留，作塔以保之。稱名，尊天子也。今誤作「保叔」，不知者遂有「保叔緣何不保夫」之句〔註 59〕。

東坡放魚詩：「不怕校人欺子美。」注者疑是杜少陵，則誤也〔註 60〕。

吳敗越，句踐與夫人入吳，至此產女而名。今誤傳范蠡進西施於吳，與之通而生女，殊爲可笑〔註 61〕。

「保俶塔」條言杭州寶石山上之保俶塔，本名爲應天塔，後改爲保俶乃因吳越王俶之典，俗人不知以「保俶」爲「保叔」，故有「保叔緣何不保夫？夫情諒必叔情多。西湖縱有千頃水，難洗心頭一點污。」之詩。吳越王典故詳見張岱《西湖夢尋》「保俶塔」〔註 62〕一文，此處僅略記其事以正俗說之非。「子產字子美」條，常人多知杜甫字子美，而不知子產字子美，故以東坡詩中「不怕校人欺子美」爲杜甫。「校人」爲周代官名，《孟子・萬章上》：「昔者有饋生魚于鄭子產，子產使校人畜之池。」〔註 63〕張岱以此推知子美爲子產。「女兒鄉」條言范蠡與西施私通事爲可笑之訛傳，實際上「女兒鄉」乃句踐與其夫人於此地產女而得名。

3、存典故之原

軍中有露布，乃後魏每征伐戰勝，欲天下聞知，書帛建於漆竿上，名爲露布，以揚戰功〔註 64〕。

石氏女爲尤郎婦。尤爲商遠出，妻阻之，不從。郎出不歸，石病且死，曰：「吾恨不能阻郎行。後有商賈遠行者，吾當作大風以阻之。」自後行旅遇逆風，曰：「此石尤風也。」〔註 65〕

〔註 57〕同上。正德元年：「十二月庚午，有星如碗，隕寧夏中衛，空中有紅光大二畝。」，頁 419。

〔註 58〕同上。崇禎十五年夏：「星流如織。後二年 3 月己丑朔，有星隕於御河。」，頁 421。

〔註 59〕卷四〈考古部・古蹟〉「保俶塔」，頁 45。

〔註 60〕卷四〈考古部・辨疑〉「子產字子美」，頁 98。

〔註 61〕卷四〈考古部・辨疑〉「女兒鄉」，頁 99。

〔註 62〕《西湖夢尋》卷一〈保俶塔〉，台北：漢京，1984 年 3 月初版，頁 9。

〔註 63〕《十三經注疏》(八)《孟子注疏》卷九上，台北：藝文印書館，1997 年 8 月初版十三刷，頁 162。

〔註 64〕卷十〈兵刑部・軍旅〉「露布」頁，267。

〔註 65〕卷一〈天文部・風雲〉「石尤風」，頁 11。

《莊子》:「大鵬起於北溟，而徙南溟也，搏扶搖羊角而上者九萬里。」

宋熙寧間，武城有旋風如羊角，拔木，官舍捲入雲中，人民墜地死〔註66〕。

《容齋隨筆》中洪邁言「用兵獲勝，則上其功狀於朝，謂之露布。今博學宏詞科以為一題，雖自魏晉以來有之，然竟不知所出〔註67〕。」又言「石尤風不知其義，意其為打頭逆風也〔註68〕。」《夜航船》中則存此兩則典故之源。又「羊角風」出自《莊子》，以其形似而稱之，實今日之龍捲風，後世稱之羊角風，而多不知典出《莊子》，故張岱存錄之。

4、具檢索之便

東方七宿：角，木蛟；亢，金龍；氐，土貉；房，日兔；心，月狐；尾，火虎；箕，水豹。北方七宿：斗，木獬；牛，金牛；女，土蝠；虛，日鼠；危，月燕；室，火豬；壁，水貐（犬）。西方七宿：奎，木狼；婁，金狗；胃，土雉；昴，日雞；畢，月烏；觜，火猴；參，水猿。南方七宿：井，木犴；鬼，金羊；柳，土獐；星，日馬；張，月鹿；翼，火蛇；軫，水蚓〔註69〕。

甲不開倉，乙不栽植，丙不修灶，丁不剃頭，戊不受田，己不破券，庚不經絡，辛不合醬，壬不決水，癸不詞訟。子不問卜，丑不冠帶，寅不祭祀，卯不穿井，辰不哭泣，巳不遠行，午不苫蓋，未不服藥，申不安床，酉不會客，戌不吃狗，亥不嫁娶〔註70〕。

一清、二冷、三香、四柔、五甘、六淨、七不噎、八除病。北京西山、南京靈谷，皆取此義〔註71〕。

此類單純陳列資料以供查考的條例，在《夜》書中亦占一定比重，為張岱所言「無關文理考校者」，〈夜航船序〉中言：「姓名有不關於文理，不記不妨，如八元、八愷、廚、俊、顧、及之類是也。有關於文理者，不可不記，如四岳、三老、臧穀、徐夫人之類是也。」這類資料只需查考不需記誦，否則就如兩腳書櫥，被張岱譏為「與目不識丁之人無以異也」，《夜》書中錄此類資料以方便士人查考之用。

5、考民俗之義

〔註66〕卷一〈天文部・風雲〉「羊角風」，頁11。
〔註67〕（宋）洪邁《容齋隨筆》（四筆），台灣：商務印書館，1979年6月台一版，頁91。
〔註68〕（宋）洪邁《容齋隨筆》（五筆），台灣：商務印書館，1979年6月台一版，頁22。
〔註69〕卷一〈天文部・象緯〉「二十八宿」，頁1。
〔註70〕卷一〈天文部・時令〉「百忌日」，頁22。
〔註71〕卷一〈地理部・泉石〉「八功德水」，頁60。

元旦縣官懸羊頭於門，又磔雞覆之。草木萌動，羊嚙百草，雞啄五穀，殺之以助生氣也〔註72〕。

紫姑，人家侍妾，爲大婦所殺，置之廁中。後人作其形於廁，元夕迎之，能占農事及桑葉貴賤〔註73〕。

唐制，上巳祓禊，賜侍臣細柳圈，云：「帶之免蠆毒瘟疫。」今小兒清明帶柳圈，本此〔註74〕。

民間曆書多言時令與相應之民俗儀式，但往往儀式背後的象徵意義與典故的源頭常爲人遺忘，徒存形式而不知精神，如「懸羊磔雞」中「雞」與「羊」的意義在「啄五穀」、「嚙百草」，故懸羊磔雞之儀式乃在象徵春天草木萌動，生氣盎然。「卜紫姑」條中習俗亦見於《異苑》與《荊楚歲時記》等書，民俗以紫姑爲廁神，並占農事與織作，此處乃載紫姑見供之因。「柳圈」條乃記明代小兒清明時繫柳圈之俗源自唐代上巳祓禊，以除不祥。

《夜航船》所載有別於傳統「文人雜著筆記」，其考證部分較不精審，且不引錄原書全文，對於文獻的記載往往也憑記憶而錄，故與原典多有出入。因此，此書並不適用於文獻學上輯佚、校勘的功能。但以文人常識百科的性質來論，仍有其獨特的功能、價值可供讀者使用：一爲補歷史之闕。張岱以史家的身份特別留心正史之罅隙，將正史不存，但有保存意義的史料存於書中。二爲正俗說之訛。張岱對於經典或傳說的詮釋，往往自有一套詮解，就如同他讀《四書》卻不看朱注，將疑難處反覆咀嚼，強調讀書自有心得，故其對於俗說往往能突破成見，有一番新解。三爲存典故之原。張岱對於文化典故的掌握精到，以他所知甚至能解《容齋隨筆》之闕疑。這源於他對傳統文化的關心，以及重視實地考察的精神，如其《西湖夢尋》臚列西湖各景點之歷代掌故，王雨謙說他：「湖中典故真有世居西湖之人所不能識者，而陶庵識之獨詳。」〔註75〕對於張岱來說，熟知典故是文人必備的能力，故《夜》書中十有八九爲文化典故的記載。四爲具檢索之便。也就是具備了工具書的功能，對於不需記憶的知識，可供查詢之用。五爲考民俗之義。此乃針對〈天文部〉中文人依四季所舉行的民俗儀式而言，書中不但記載儀式活動的內容，亦概略的介紹其背後的象徵意義，以存民俗儀式之文化意義。

〔註72〕卷一〈天文部・春〉「懸羊磔雞」，頁24。
〔註73〕卷一〈天文部・春〉「卜紫姑」，頁25。
〔註74〕卷一〈天文部・春〉「柳圈」，頁27。
〔註75〕《西湖夢尋・王雨謙序》。

第四章　《夜航船》之題材擇選與編排體例

第一節　題材來源

《夜航船》中除上章所列七十七條明代史實與傳聞外，餘則多爲歷代史實、古籍常識與筆記小說。歷代史實的部分作者多標出資料來源，如：「雷電遽散」條出於《南唐書》；「冬月必雷」條出於《隋史》；「當惜分陰」條出於《晉書》；「賜肉」條出於《漢書》；「前星」條出於《晉書・天文志》等。或有不標明史籍出處者，亦註明事件發生朝代與年號。在古籍常識方面則多直接列出材料，而不標明出處。筆記小說部分乃承襲歷代小說故事略加改編而成，通常較原典爲簡省，且或有經改寫後所強調重心與原典不同者，而由其中的不同正可見出作者編撰之用意。

由《夜》書所擇選筆記小說的則目，依其性質約可作一題材來源的分類。對於筆記小說的分類法歷來並無定論，且事實上有些筆記小說兼涉好幾種性質，各類兼融互涉，實無法截然劃分，但文體的辨別仍是有其必要性，爲了避免強作區分而忽略文本特殊性的作法，應同時觀察文體規範與破除文體規範之處，才能掌握文體的普遍性與文本的特殊性。「辨體」的功用就如陳文新先生所言：

> 從辨體的角度看，必要的文體規範是作品存在的基本條件，文體規範的限制對任何作家，在任何時代都是不可避免的，不然，各種文體的區別就無從談起，但同時，文體特徵的穩定性和規範性又並非固定的框架，文體之間的區別只是相對而言，它們之間的互相吸取補充，正是促

進各種體裁文學發展的途徑之一〔註1〕。

文體規範與區分是必要的，但又不可以此框架囿限所有的文本，因此，筆者在爲《夜航船》書中筆記小說的來源作一區分歸類時，往往因歷來諸家學者分類均異，且並無完全適合《夜》書文本的分類法，與其削足適履，不如另立規範。之所以會有諸家說法不同的情形，乃因中國古代對於「小說」的文類定義，本已含混不清，對於「筆記小說」的定義更是莫衷一是。如劉知幾《史通》將史分爲十類，而其中的逸事、瑣言、雜記，實應歸屬於筆記小說，劉對於此三類的定義與舉例爲：

> 國史之任，記事記言，視聽不該，必有遺逸。於是好奇之士，補其所亡，若和嶠《汲冢紀年》、葛洪《西京雜記》、顧協《瑣語》、謝綽《拾遺》，此之謂逸事者也。街談巷議，時有可觀，小說卮言，猶賢於己。故好事君子，無所棄諸，若劉義慶《世說》、裴榮期《語林》、孔思尚《語錄》、陽玠松《談藪》，此之謂瑣言者也。……陰陽爲炭，造化爲工，流形賦象，於何不育？求其怪物，有廣異聞，若祖台《志怪》、干寶《搜神》、劉義慶《幽明》、劉敬叔《異苑》，此之謂雜記者也〔註2〕。

就其定義，逸史乃記正史所遺，如《汲冢紀年》、《西京雜記》、《瑣語》、《拾遺》等；瑣言則多載時人對辯與風雅、嘲謔之語，以語言機鋒爲主，如《世說》、《語錄》、《談藪》等；雜記則論神仙之道，服食煉氣，延年益壽之說，或語神鬼之道，勸善懲惡，因果輪迴等，如《志怪》、《搜神》、《幽明》、《異苑》等，劉知幾在此以史家的眼光將小說放入史餘的系統中，而其所舉之例正是後人所定義的筆記小說，如李劍國將《西京雜記》視爲歷史小說的代表作，《世說新語》則爲傑出的志人小說，《搜神記》是典型的志怪小說等〔註3〕。第一個對古代筆記小說進行較系統性分類的是明．胡應麟《少室山房筆叢》：

> 小說家一類，又自分數種，一曰志怪，《搜神》、《述異》、《宣室》、《酉陽》之類是也；一曰傳奇，《飛燕》、《太眞》、《崔鶯》、《霍玉》之類是也；一曰雜錄，《世說》、《語林》、《瑣言》、《因話》之類是也；一曰叢談，《容齋》、《夢溪》、《東谷》、《道山》之類是也；一曰辨訂，《鼠璞》、《雞肋》、《資暇》、《辯疑》之類是也；一曰箴規，《家訓》、《世範》、《勸善》、《省心》之類是也。談叢、雜錄二類最易相紊，又往往兼有四家，而四家類多獨行，不可攙入二類者。至於志怪、傳奇，尤易出入。或一

〔註1〕陳文新《中國筆記小說史》，台北：志一，1995年3月初版，頁69。

〔註2〕（唐）劉知幾《史通．雜述》卷五，台北：台灣商務，1966年～67年，頁72。

〔註3〕李劍國《唐前志怪小說史》，天津：南開大學出版社，1984年五月一刷，頁4。

書之中二事並載，一字之內兩端具存，姑舉其重而已〔註4〕。

胡應麟所分六類含括範圍十分大，將不具敘事性的箴規、叢談、辨訂亦攝入小說中，屬廣泛的殘叢瑣語、小道之說的定義，但他也指出了小說的分類往往兼融、互涉，無法截然劃分的現象。胡應麟之後，較為嚴謹的分類當推《四庫全書總目》，其將不具小說性質的譜錄、藝術、詩文評等筆記均排除在外，將小說分為：敘述雜事、紀錄異聞、綴輯瑣語三類〔註5〕。雜事類如《西京雜記》、《飛燕外傳》等，大抵同於胡應麟的雜錄；異聞類如《山海經》、《搜神記》等，大抵同於胡應麟的志怪；瑣語類如《博物志》、《述異記》等，是雜事、異聞之外的寓言諧語、博物雜說。今人陳文新先生《中國筆記小說史》，則將筆記小說分為「志怪小說」與「軼事小說」兩大類，其中「志怪小說」又分「博物體」、「拾遺體」、「搜神體」；「軼事小說」分「瑣言體」、「排調體」、「逸事體」共六類。其博物、瑣言、志怪的分類同於前人，而拾遺、逸事、排調的指涉則不甚清楚，亦使人產生類目上的混淆。

綜觀諸家的分類再回到《夜航船》的文本來看，《夜》書摘引筆記小說的範圍不限一類，如《世說新語》以言語談辯為主；《博物志》以廣異物、異聞為主；《神仙傳》以道術施法為主等。博採眾體，乃因《夜》書的編纂體裁近於「類書」，故編選時，只以內容是否合於博識、好奇、諧謔、教諭的閱讀期待為考量，並擇錄適於談助的文本，並不考慮性質駁雜的問題，此處筆者嘗試以博物體、雜傳體、志怪體、志人體四類，為《夜》書所摘錄的筆記小說作一梳理；分類既明後，所著眼的是張岱在改寫原典後，主題重心與表現語言有如何的更動，從其中再進一步論述張岱編選的重心與敘事的藝術。

張則桐先生在〈張岱《夜航船》與筆記小說〉一文中言：

> 《夜航船》中的筆記小說主要有三個來源：一是從古代的筆記小說如《世說新語》、《太平廣記》中略加改動而成；二是對正史等典籍的人物情節進行刪削縮略而成，如〈政事部〉的大多數條目；三是直接取材於明代的史實和傳聞〔註6〕。

就張先生所言第一類便是《夜》書承繼歷代筆記小說的主要部分，其所舉二書，《世說新語》乃以言談為主體的「瑣言體」小說，《太平廣記》則應歸於筆記小說的類書。筆記小說的主要功能在談助，故以「廣異聞」為其審美追求，且其呈現方式

〔註4〕（明）胡應麟《少室山房筆叢・九流諸論下》卷十三，台北：台灣商務，1983年，頁305。

〔註5〕《四庫全書總目》卷一四〇〈子部・小說家類序〉。

〔註6〕張則桐〈張岱《夜航船》與筆記小說〉，《明清小說研究》，第三期，1989年，頁172。

多短篇簡牘，不同於正史的長篇巨鉅，其篇幅既小，便無法兼顧全面的描述，往往只取事件的一個片斷表達其精神與神韻。張岱作《夜》書的目的主在談助，希望士人藉由閱讀此書而增廣見聞，其創作動機與筆記小說作家相近，如同宋・晁載於《續談助・洞冥記》中言：

> 昔葛洪造《漢武內傳》、《西京雜記》，虞義造《王子年拾遺錄》，王儉造《漢武故事》，並操觚鑿空，恣情迂誕，而學者耽閱以廣見聞，亦各其志，庸何傷乎〔註7〕！

筆記小說向來被視爲道聽塗說、見棄於有德者的「不入流」〔註8〕文類，但若以創作動機與閱讀期待來說，本就不期望藉由小說達到什麼高遠的道德期望，而只是以此廣見聞，滿足好奇，馳騁想像罷了。以下將《夜航船》中筆記小說的成分分爲四體：博物體、雜傳體、志怪體、志人體，並就其實際條目與原典比較其撰寫重心與敘事手法。

一、博物體

博物體的代表著作爲張華《博物志》，以記異人、異俗、異產、異獸、異鳥、異蟲、異魚、異草木、異聞等遠方珍異爲主。此體源於先秦的地理學與博物學，其特色如崔世節〈博物志跋〉所言：

> 天地之高厚，日月之晦明，四方人物之不同，昆蟲草木之淑妙者，無不備載〔註9〕。

此體溯其本原，應視《山海經》爲發端，可稱爲「古今語怪之祖〔註10〕。」《山海經》的寫作機制與文本架構奠定了此類小說的典型：以空間方位爲主軸，向四面延伸擴展，記錄其所見聞之異事、異物與異國民俗風情，內容偏重想像與虛構，以滿足作者與讀者對未知世界的好奇，這樣的想像多置於海外神秘的國度，因終其一生難以親臨，故編構一浪漫奇情的境域：

> 從創作目的來看，「博物」體志怪在滿足讀者對無垠空間世界的神往之情。……從體例看，「博物」體以方位的移換爲依託，與地理書的編纂方式接近。……從寫法看，「博物」體是從地理書發展而來，重在說明

〔註7〕（宋）晁載《續談助・洞冥記》，台北：新文豐，1984年6月初版，頁16。
〔註8〕此處並無貶義，乃用班固《漢書・藝文志》「九流十家，小說家不入流」的說法。
〔註9〕崔世節〈博物志跋〉，收入《博物志》，台北：金楓，1987年初版，頁224。
〔註10〕（明）胡應麟《少室山房筆叢・四部正訛（下）》卷十六，台北：台灣商務，1983年，頁332。

遠方珍異的形狀、性質、特徵、成因、關係、功用等，意在使讀者清楚明白地把握對象，所以，生動的描寫較之曲折的敘事是更重要的〔註11〕。

在創作體例上，張岱對《山海經》亦曾有意識的進行模仿，其《西湖夢尋》即是以空間方位的位移作爲寫作的軸線。較之《山海經》來說，後者分南、西、北、東、中經，擴及海外經，再延及大荒經，末了以海內經作結；前者先言西湖總記，再分西湖北、西、中、南路，末卷爲西湖外景。兩者皆是記錄所見所聞，但後者以事物爲主，前者以景物爲主；後者情調荒誕，前者則多紀實。《山海經》具有地理書的某些特徵，主在說明遠方珍異的形狀、性質、特徵、成因、關係、功用等，爲使讀者清楚掌握描述對象，生動的描寫較之曲折的敘事更爲重要；《西湖夢尋》則爲張岱追記亡國前親臨西湖所見所聞所知所感，抒情色彩較濃厚，除可視爲一「地理書」、「西湖掌故書」外，亦可視爲「旅遊文學」之文本。

《夜》書取材於博物體志怪小說的條目，如「客星犯牛斗」擷自《博物志・八月槎》：

客星犯牛斗　有人居海上，每年八月，見浮槎到岸，乃齎糧，乘之。至一處，見婦人織機，其夫牽牛飲水次。問：「此是何處？」答曰：「歸問嚴君平。」君平曰：「是日客星犯牛斗，即爾至處。」〔註12〕

八月槎　舊說云：天河與海通。近世有人居海濱者，年年八月有浮槎去來，不失期。人有奇志，立飛閣於槎上，多齎糧，乘槎而去。十餘日中，猶觀星月日辰，自後茫茫忽忽，亦不覺晝夜。去十餘日，奄至一處，有城郭狀，屋舍甚嚴。遙望宮中多織婦，見一丈夫，牽牛渚次飲之。牽牛人乃驚問曰：「何由至此？」此人具說來意，並問此是何處，答曰：「君還至蜀郡，訪嚴君平則知之。」竟不上岸，因還如期。後至蜀，問君平，曰：「某年月日，有客星犯牽牛宿。」計年月，正是此人到天河時也〔註13〕。

兩則相較之下，「客星犯牛斗」文字較簡，且採第三人稱全知敘事觀點，強調重點爲星座交會與嚴君平之觀星術。文字雖短，仍保有懸念，空間採跳躍式移轉，且組構的鏡頭較爲簡潔，具詩意。「八月槎」較多細節的描述，如對空間移轉以時間來計量：「十餘日猶觀日月星辰，自後茫茫忽忽亦不覺晝夜。」寫其離凡世已漸遠，遠至不可描述。對另一世界的構設爲俗世的翻版，有城郭、屋舍、宮室，具體的

〔註11〕陳文新《中國筆記小說史》，頁55。
〔註12〕卷一〈天文部・星〉，「客星犯牛斗」，頁9。
〔註13〕（晉）張華《博物志・雜說下》卷十，北京：北京出版社，2000年，頁381。

描述侷限住讀者的想像空間，其人物與物事均較爲具體，由牽牛人問到此處之由，減少仙界人物的神秘感，篇尾雖保留懸念，將解答權歸於嚴君平，但要注意的是，「八」條中，有一敘事者在引導故事的進行，故開頭言「舊說云：天河與海通。」結語以「計年月，正是此人到天河時也。」而在「客」條中，敘事者隱身，解答權亦歸屬人物本身，故由君平言：「是日客星犯牛斗，即爾至處。」

「中山千日酒」取自《博物志・千日酒》：

> **中山千日酒**　劉玄石於中山沽酒，酒家與千日酒飲之，大醉，其家以爲死，葬之。後酒家計其日，往視之，令啓棺，玄石醉始醒〔註 14〕。
>
> **千日酒**　昔劉玄石於中山酒家沽酒，酒家與千日酒，忘言其節度。歸至家當醉，而家人不知，以爲死也，權葬之。酒家計千日滿，乃憶玄石前來酤酒，醉向醒爾。往視之，云玄石亡來三年，已葬。於是開棺，醉始醒。俗云：「玄石飲酒，一醉千日。」〔註 15〕

「中山千日酒」的敘述顯然較「千日酒」簡潔許多且意思不失，可見出張岱散文敘事之功力。如「忘言其節度」可省，因後文情節即可看出，且省略可造成懸疑感。「千日酒」謂「歸至家當醉，不醒數日，而家人不知，以為死也，權葬之。」張岱則以「其家以為死，葬之」概括。「計千日滿」，「千日」爲贅詞，「往視之，云玄石亡來三年，已葬」爲對劉之家人的敘述，「千日酒」中的人物較多，張岱因其並不影響情節的發展而視爲累贅，故刪之。

《夜》書中〈植物部〉、〈四靈部〉、〈寶玩部〉多錄奇珍異獸、稀世珍寶，常人罕有見聞，甚至非現實世界所有，乃爲想像虛構且具象徵之物，此類多承自博物傳統，對於物體的描寫往往鉅細靡遺，因其出於非常，故更須生動逼眞的描述。《夜》書中如「懶婦魚」、「吐綬鳥」、「沙棠木」、「桃花源」、「鮫人」、「爛柯山」等，亦見於任昉《述異記》，可見得「博物體」中此類異聞奇物是《夜》書的重要題材來源之一。

二、雜傳體

這裡所謂「雜傳體」即包含了陳文新先生所分的「拾遺體」與「逸事體」。拾遺體志怪小說以王嘉《拾遺記》爲代表，乃是雜傳經藻飾後再加入「博物」成分

〔註 14〕卷十一〈日用部・飲食〉，「中山千日酒」，頁 294。
〔註 15〕（晉）張華《博物志・雜說下》卷十，頁 381。

的產品，通常開頭交代人物的姓氏籍貫，中間記敘履歷，最後交代結局。履歷的部分相當簡單，篇中常以一中心意象貫穿，具有詩化的特徵，以一個細節或一個場面爲中心，並排比珍奇異物，主角多爲神仙帝王或具道術之人。此體雖名爲拾遺，而本質仍是雜傳，以華麗罕見的場景爲描述重心，在此仍是將之列爲雜傳。「逸事體」則具有野史的特質，言「野史」代表其與正史的寫作方法有所不同，不要求結構首尾完整，不講究人物背景詳細的介紹，而取事件的片斷，從一語一事中得其人之精神面貌。此類大多以歷史名人或文學家爲主角，以懷古的浪漫色彩爲基調，可爲正史之拾遺。拾遺與逸事的書寫皆採雜傳方式，前者敘述以神仙爲主，如《神仙傳》；後者則以人爲主要角色，如《西京雜記》。《夜》書中取材自「雜傳體」的則目如：「叱石成羊」，出自《神仙傳．黃初平》，張岱將〈黃初平〉一文約四百字簡省至八十餘字，在敘述過程與主題重心上均有所轉移：

> **叱石成羊**　《神仙傳》：黃初平年幼牧羊，有一道士引入金華山石室中，數年，教以導引。其兄初起遍索之，後問一道士，曰：「金華山有牧兒。」兄隨往，與初平相見，問羊何在？曰：「在山東。」兄同往，見白石遍山下，平叱之，皆起成羊〔註16〕。
>
> **黃初平**　黃初平者，丹溪人也。年十五，家使牧羊。有道士見其良謹，便將至金華山石室中，四十餘年不復念家。其兄初起，行山尋索初平，歷年不得。後見市中有一道士，初起召問之，曰：「吾有弟名初平，因令牧羊，失之四十餘年，莫知死生所在，院道君爲占之。」道士曰：「金華山中有一牧羊兒，姓黃字初平，是卿弟非疑。」初起聞之，即隨道士去求弟，遂得相見。悲喜語畢，問初平：「羊何在？」曰：「近在山東耳。」初起往視之，不見，但見白石而還，謂初平曰：「山東無羊也。」初平曰：「羊在耳，兄但自不見之。」初平與初起俱往看之，初平乃叱曰：「羊起！」於是白石皆變爲羊，數萬頭。初起曰：「弟獨得仙道如此，吾可學乎？」初平曰：「惟好道便可得之耳。」初起便棄妻子，留住就初平學，共服松脂、茯苓。至五百歲，能坐在立亡，行於日中無影，而有童子之色。後乃俱還鄉里，親族死終略盡，乃復還去。初平改字曰赤松子，初起改字爲魯班。其後服此藥得仙者數十人〔註17〕。

「叱」條不言人物籍貫、年齡等背景介紹，且省略時間過程與訪道原因，如「黃」

〔註16〕卷十四〈九流部．道教〉「叱石成羊」，頁325。
〔註17〕（晉）葛洪《神仙傳》卷二，北京：北京出版社，2000年，頁616。

文中道士因「見初平良謹」，故授其道術，且初平求道時間爲「四十餘年」，「叱」條中則只言「數年」，無法感覺其離家時間之漫長，其兄初起遍尋弟不著，投問無門，故向道士問卜，其占卜過程「叱」條中亦全省略。兄弟相會後，「黃」文中有「悲喜語畢」語，而「叱」條則完全省略情緒性描寫，直截問羊在何處，以凸顯出主題，對於失散重逢的親人來說，有些不近情理，但亦使主題更爲集中。尋羊的過程張岱省略其繁複性。「黃」文中，第一次爲兄獨往山東，見石不見羊，第二次兄弟同往，初平始行道術叱石成羊，初起見識道術之神奇後，亦棄家學道。「叱」條在得羊後劃上句點，其敘述重心在於道術的效能性，而「黃」文末段尚加補兄弟共同求道的具體內容，包括服食松脂、茯苓，面容日變，長生不死，甚至歸鄉探親，親族皆盡等情節，用以勸人求道，以得永生，宣教色彩較濃。

「擗麟脯麻姑」出自《神仙傳・麻姑》：

> **擗麟脯麻姑**　王方平嘗經蔡經家，遣使與麻姑相聞，俄頃即至。經舉家見之，是好女子，手似鳥爪，衣有文章而非錦繡。坐定，各進行廚，香氣達户外，擗麟脯行酒。麻姑云：「接待以來，東海三爲桑田矣，蓬萊水又淺矣。」宴畢，乘雲而去。姑爲後趙麻胡秋之女，父猛悍，人畏之。築城嚴酷，晝夜不止，惟雞鳴稍息。姑恤民，假作雞鳴，群雞皆應。父覺欲撻之，姑懼而逃入山洞，後竟飛升〔註18〕。

> **麻姑**　漢孝桓帝時，神仙王遠，字方平，降於蔡經家。將至一時頃，聞金鼓簫管人馬之聲，及舉家皆見。王方平戴遠遊冠，著朱衣，虎頭鞶囊，五色之綬，帶劍，少鬚，黃色，中形人也。乘羽車，駕五龍，龍各異色，麾節幡旗，前後導從。威儀奕奕，如大將軍。鼓吹皆來乘麟，從天而下，懸集於庭，從官皆長丈餘，不從道行。既至，從官皆隱，不知所在，惟見方平，與經父母兄弟相見。獨坐久之，即令人相訪，經家亦不知麻姑何人也。言曰：「王方平敬報姑，余久不在人間，今集在此，想姑能暫來與乎？」有頃，使者還，不見其使，但聞其語云：「麻姑再拜，不見忽以五百餘年，尊卑有敘，修敬無階，煩信來，承在彼登山顛倒，而先受命，當按行蓬萊，今便暫住，如是當還，還便親覲，願來即去。」如此兩時間，麻姑至矣。來時亦先聞人馬簫鼓聲，既至，從官半於方平。麻姑至，蔡經亦舉家見之，是好女子，年十八九，於頂中作髻，餘髮垂至腰。其

〔註18〕卷十四〈九流部・道教〉「擗麟脯麻姑」，頁327。

衣有文章，而非錦綺，光綵耀目，不可名狀。又拜方平，方平爲之起立，坐定，召進行廚，皆金盤玉杯餚膳多是諸花果，而香氣達於內外。擗脯行之如柏靈，云：「是麟脯也。」麻姑是說云：「接侍以來，已見東海三爲桑田，向到蓬萊，水又淺於往者，會時略半也，豈將復還爲陵陸乎？」方平笑曰：「聖人皆言：『海中復揚塵也。』」姑欲見蔡經母及婦姪，時弟婦新產數十日，麻姑望見，乃知之，曰：「噫！且止勿前。」即求少許米，得米，便撒之擲地，視其米，皆成眞珠矣。方平笑曰：「姑欲年少，吾老矣，了不喜復作此狡獪變化也。」方平語經家人曰：「吾欲賜汝輩酒，此酒乃出天廚，其味醇醲，非世人所宜飲，飲之，或能爛腸，今當以水和之，汝輩勿怪也。」乃以一升酒合水一斗，攪之，賜經家，飲一升許，良久酒盡，方平語左右曰：「不足，遠取也。」以千錢與餘杭姥，相聞求其沽酒。須臾信還。得一油囊酒五斗許。信傳餘杭姥答言：「恐地上酒，不中尊飲耳。」又麻姑鳥爪，蔡經見之，心中念言：「背大癢時，得此爪以抓背當佳。」方平已知經心中所念，即使人牽經鞭之。謂曰：「麻姑神人也，汝何思謂爪可以爬背耶！」但見鞭著經背，亦不見有人持鞭者。方平告經曰：「吾鞭不可妄得也。」是日又以一符傳授蔡經。鄰人陳尉，能檄召鬼魔，救人治疾，蔡經亦得解脱之道，如蟬蛻耳。經常從王君遊山海，或暫歸家，王君亦有書與陳尉，多是篆文，或眞書，字廓落而大，陳尉世世寶之。宴畢，方平麻姑，命駕昇天而去，簫鼓道從如初焉〔註 19〕。

《神仙傳．麻姑》原文極爲繁縟，而「擗」文大量省略神仙排場、飲饌場面與道術示現，「麻姑」中強調神人形容、排場與俗世極爲不同，其飲食爲「麟脯」，其美酒可爛俗人之腸，其中又大行道術，以米粒變珍珠，和水以成酒，以空鞭責人，並可神遊於形軀之外，構設神仙世界中食衣住行的種種。這些繁複的場面均爲張岱刪略，而由其保留的部分可見出欲強調的重點爲：1、麻姑容貌佳，手似鳥爪，衣有文彩。2、以麟脯行酒，非常人所食。3、神仙世界的時間感與俗世極爲不同，故言「接待以來，東海三為桑田矣，蓬萊水又淺矣。」特別要注意的是，張在文末又著意交代麻姑成仙前在凡世的身份，及其飛升的過程與原因，此段未見於《神仙傳》，顯是雜入其他材料。

採自歷史人物的傳說而爲雜傳者，如「青藜照讀」條擷自《拾遺記．後漢．燃藜》：

〔註 19〕（晉）葛洪《神仙傳．麻姑》卷三，北京：北京出版社，2000 年，頁 627。

青藜照讀　元夕人皆遊賞，獨劉向在天祿閣校書。太乙眞人以青藜杖燃火照之〔註20〕。

燃藜　劉向於成帝之末，校書天祿閣，專精覃思。夜有老人，著黃衣，植青藜杖，登閣而進，見向暗中獨坐誦書。老父乃吹杖端，煙燃。因以見向，說開闢已前。向因受《五行洪範》之文。恐辭說繁廣忘之，乃裂裳及紳，以記其言。至曙而去，向請問姓名。云：「我是太一之精，天帝聞金卯之子有博學者，下而觀焉。」乃出懷中竹牒，有天文地圖之書：「余略授子焉。」至向子歆，從向受其術，向亦不悟此人焉〔註21〕。

「燃」條中主角爲太乙眞人，劉向爲遇仙之凡人，太乙爲其燃藜杖，並授《五行洪範》，此文強調劉向、歆父子之博學，且言其學乃天授。而「青」條置〈天文部〉春日活動中，以元夕俗人皆遊賞，對照出劉向之好學，太乙眞人的角色較爲模糊，僅爲襯托劉向之夜讀。

以文學家爲主角的則目如《西京雜記》中載卓文君與司馬相如事，主要是以漢大賦家司馬相如之羅曼史爲敘寫對象，此事在《夜》書中分見兩處，一爲〈倫類部〉「琴心」〔註22〕，相如以琴音挑文君，全文以琴音爲主要意象，二爲〈禮樂部〉「相如琴台」〔註23〕，以物爲主，不言兩人情事，但琴台即爲相如與文君私訂終身的關鍵物，乃是具有典故的物件。《西京雜記》中匡衡好學的故事見《夜》書「傭作讀書」〔註24〕條。此條不言人物背景，僅言其因家貧而爲富人傭作，以求博覽群書爲薪，其事凸顯匡衡性格的一個片面。又〈倫類部〉「秋胡挑妻」〔註25〕條亦出自《西京雜記》，此條以一事刻畫夫妻兩人之性情，夫之性浮薄，於歸家之途調戲路邊採桑女，而採桑女恰爲多年不見之妻；妻之性貞烈，守貞拒誘，因所嫁之人無德而自沈於河，故事簡練卻餘韻悠然。此類逸事後多衍爲文學典故。《夜》書中大量載此類典故，多敘述簡單，刪汰繁蕪，客觀敘寫事件，以爲文人詩詞作文之典故寶庫。

三、志怪體

搜神體志怪以鬼、怪爲故事主角，並相信鬼神是眞實存在的，此與儒家「未

〔註20〕卷一〈天文部・春〉「青藜照讀」，頁25。
〔註21〕王嘉《拾遺記》卷六〈後漢〉，北京：北京出版社，2000年，頁862。
〔註22〕卷五〈倫類部・夫婦附妾〉「琴心」，頁123。
〔註23〕卷九〈禮樂部・樂律〉「相如琴台」，頁259。
〔註24〕卷八〈文學部・勤學〉「傭作讀書」，頁213。
〔註25〕卷五〈倫類部・夫婦附妾〉「秋胡挑妻」，頁124。

能事人，焉能事鬼？」「未知生，焉知死！」〔註26〕的務實態度相差甚遠。張岱雖強調儒家人倫社會的重要性，其書中仍有大量怪力亂神事，除了爲滿足談助的好奇心理外，也是受了「搜神體」志怪的影響。此體裁與南北朝佛道的興盛有關，佛道以張皇鬼神、稱道靈異爲特徵，道教自稱能羽化升天，長生不死，畫符誦咒，消災滅禍，較之中國原有的文學傳統皆有更豐富的想像。此體的代表作爲干寶的《搜神記》，干寶於自序中云創作動機爲：

> 臣前聊欲撰記古今怪異非常之事，會聚散逸，使同一貫，博訪知之者，片紙殘行，事事各異〔註27〕。

其書題材來源或「考先志於典籍」，或「收遺逸於當時」〔註28〕，大多前有所承，而加以輯錄、編排、潤色。風格古雅清簡，與正史的凝重厚實迥然不同。由〈序〉中可知其內容皆選錄怪異非常之事，且用類書的編排方式，求其一貫的體例，篇幅短小，有的甚至僅有數行，但求事事各異，以增加閱讀之趣。

《夜》書中選自志怪體小說的則目相當多，分佈於〈荒唐部〉、〈倫類部〉、〈地理部〉、〈天文部〉與〈日用部〉。〈荒唐部〉主言鬼神怪異之現象，如「廁鬼可憎」條出自《幽冥錄・阮德如》、「無鬼論」條出自《搜神記・阮瞻》、「墓中談易」條出自《異苑・陸機陸雲》；〈倫類部〉言情之堅貞可超越生死，如「相思樹」條出自《搜神記・韓憑夫婦》、「范張雞黍」條出自《搜神記・范巨卿與張元伯》；〈地理部〉言虛構之地理卻成文人懷古之場域，如「桃源」條出自《搜神後記・桃花源》、「華表柱」出自《搜神後記・丁令威》、「牛渚磯」出自《異苑・牛渚燃犀》；〈天文部〉言民間祭神問卜之習俗，如「卜紫姑」出自《異苑・紫姑神》；〈日用部〉言仙界之飲食，如「胡麻飯」出自《幽冥錄・劉晨阮肇》等。

《夜》書根據其各部需求而擷取搜神故事之片斷，故原典之長篇敘事，張岱往往僅擇取其重點文字，凸顯出主題而已，如「胡麻飯」條：

> 晉劉晨、阮肇入天台山採藥，迷路，流水中得一胡麻飯屑，二人相謂曰：「此去人家不遠。」因窮源而進，見二女，曰：「郎君來何暮也！」邀至家，待以胡麻飯、山龍脯，結爲夫婦。逾月，二人辭歸，訪於家，子孫已七世矣〔註29〕。

〔註26〕《十三經注疏》（八）《論語注疏・先進》，台北：藝文印書館，1997年8月初版十三刷，頁97。
〔註27〕干寶〈進搜神記表〉收於《搜神記》，台北：里仁，1980年4月初版，頁3。
〔註28〕干寶〈搜神記序〉，版本同上注，頁2。
〔註29〕卷十一〈日用部・飲食〉「胡麻飯」，頁295。

對於劉晨、阮肇的故事原身僅作簡略介紹，完全省略修飾語，全篇無一贅字。至於強調故事中之胡麻飯，乃因其爲全篇之象徵物，爲仙界與凡界的唯一聯繫。劉、阮二人迷路，因見胡麻飯屑而尋至仙境，故此物乃神女之誘餌；至仙境後，神女亦以此物招待二人，並配以山龍脯，以此兩物爲仙界飲食，全文以統一意象貫穿，結構緊緻，主題清楚。

「無鬼論」條出自《搜神記・阮瞻》，以鬼之現身說法來反駁無鬼之說，張岱以「忽有客」、「言鬼神之事」、「變爲異形」、「須臾消滅」連續而緊湊的動作言明鬼對自身存在的焦慮性，亟欲證明己身的眞實，並以實際變形表現鬼異於人之處，且看「無鬼論」與「阮瞻」原文之差異：

> **無鬼論**　昔阮瞻素執無鬼論，自謂此理可以辨正幽明。忽有客通名謁瞻，瞻與言鬼神之事，辯論良久。客乃作色曰：「鬼神古今聖賢所共傳，君何得獨言無耶？僕便是鬼！」於是變爲異形，須臾消滅〔註30〕。

> **阮瞻**　阮瞻，字千里，素執無鬼論，物莫能難。每自謂此理足以辨正幽明。忽有客通名詣瞻，寒溫畢，聊談名理。客甚有才辨。瞻與之言良久，及鬼神之事，反復甚苦。客遂屈。乃作色曰：「鬼神古今聖賢所共傳，君何得獨言無？即僕便是鬼！」於是變爲異形，須臾消滅。瞻默然，意色太惡。歲餘，病卒〔註31〕。

「無鬼論」省略了人物字號、見面寒溫過程、閒聊其他話題及見鬼之後續發展。全文較「阮瞻」文節奏加快，且結束在鬼消滅之剎那，強調出情緒的反差，使得末尾收束更爲有力。

就上文所舉則目觀察，可見出張岱爲條目命名的用心，其多以事件主題命名，且主題意象可貫穿全文，刪節所有主題外之旁枝，使篇幅短小，文字簡潔，善用文字敘述的心理節奏，使之讀來頗具餘韻。

四、志人體

志人體乃與魏晉以來品評風氣之興盛有關，以「言語對話」爲描述重心，藉由話語內容與人物神態品評人物之容貌與性格，其事件的背景多淡化處理，不同於史傳筆法的是多寫生活的片斷，對瑣碎事物作細節的描寫，卻於文字中百態橫

〔註30〕卷十八〈荒唐部・鬼神〉「無鬼論」，頁403。

〔註31〕（晉）干寶撰、汪紹楹校注《搜神記》卷十六〈阮瞻〉，台北：里仁，1970年，頁189。

生，餘韻滿紙，帶有濃厚的情韻。此體常用簡約之文字描述事件、對話，而不作評論，不直接褒貶，但並非無作者的主觀好惡，而是用皮裡陽秋的手法，在日常語言中寓含深意，形成一種簡淡而沖默的敘事風格。所呈現的方式常爲片斷的隨筆，記錄人物的玄言妙語，不刻意虛構情節，不引經據典，亦沒有嚴謹的結構，題材皆由日常生活中擷取，事件平凡，卻因重其神韻而頗富情趣。志人體的審美「以玄韻為宗」，其談話主體爲魏晉間的名士〔註32〕。玄學清談有助於志人小說的興起，其內容上偏向哲理化、重視雋詞妙語、講求語言文辭的清韻，故可爲詩文用典的題材。對於語言與事件的描寫，張岱要求「以小見大」、「以少總多」，用極少的文字表現出人物事件的神韻，故言：

得一語焉，則全傳爲之生動；得一事焉，則全史爲之生動〔註33〕。

志人體的代表作爲劉義慶之《世說新語》，此書甚至形成了的「世說體」的仿作，由此可見其受士人的喜愛。「世說體」的著作在晚明十分流行〔註34〕，張岱自己亦曾以「世說體」撰寫《快園道古》，可見其對此種文學體裁的熟悉與愛好。在《夜》書中，取自此體的條目亦不少，如〈天文部〉「霹靂破倚柱」出自《語林・夏侯太初》；「剡溪雪」出自《語林・雪夜訪戴》；〈容貌部〉「貌似劉琨」出自《語林・桓溫》；〈容貌部〉「連璧」、「看殺衛玠」、「倚玉樹」出自《郭子》〈潘安仁〉、〈衛玠〉、〈夏侯太初〉；〈文學部〉「頰上三毛」出自《世說新語・巧藝》；〈倫類部〉「周姥撰詩」出自《妒記・劉夫人》；「何況老奴」出自《世說新語・賢媛》〈李勢妹〉等。此類重心多在品評人物，品評外在容貌者如「貌似劉琨」、「連璧」、「看殺衛玠」、「倚玉樹」、「何況老奴」等，但人物的容貌往往與其精神內蘊不可分割，作者在描述容貌中已暗寓對其品格的褒貶，如「貌似劉琨」條，以桓溫之貌與劉琨相比，劉琨是西晉的愛國志士，而桓溫是東晉的跋扈權臣，桓之容貌、格局、氣度自然比劉要低一等，故言「眼甚似，恨小；面甚似，恨薄；鬚甚似，恨赤；形甚似，恨短；聲甚似，恨雌〔註35〕。」以容貌之短缺諷刺品格之不如。「何況老奴」條言李勢妹之美連持刀襲擊的妒婦都不禁愛憐，篇中言其形貌爲「髮垂委地，姿貌絕

〔註32〕陳文新《中國筆記小說史》：「所謂名士，或特指德高望重而隱居不仕的人；或特指有才名而尚未出仕的人；或特指所有得名早於得官、得名並非由於得官的人；或特指那些具有名士風度的人。所謂名士風度，正式形成是在魏晉時期，其含義也大致相當於魏晉風流。」，頁257。

〔註33〕《瑯嬛文集》卷一〈史闕序〉，頁443。

〔註34〕見蔡麗玲《從晚明「世說體」著作的流行論張岱的《快園道古》》第二章〈晚明「世說體」著作的流行〉，國立清華大學文學研究所碩士論文，1993年。

〔註35〕卷十三〈容貌部・形體〉「貌似劉琨」，頁313。

麗。」僅以兩句帶過，主要仍是言其神韻以襯托出人格之美，其人格可由兩處見之，一是她見來意不善的眾人，卻「神色不變」、「從容自如」的氣度；二是以女子之身卻胸懷愛國之志，具「國破家亡，無心以至今日；若能見殺，實猶生之年」〔註36〕的情操。刻畫出一我見猶憐、外柔內剛的女子形象，重其神而勝於形。

「霹靂破倚住」條強調夏侯玄處變不驚的性格，此則僅言其「神色不變，讀書如故」〔註37〕，而「夏侯太初」中併言景王欲誅夏侯玄事，以景王與夏侯玄作人物高下的評比，兩事並言，以凸顯夏侯玄的人格。「頰上三毛」在《夜》書中著重繪畫的形神之辯，形象之肖眞不如神韻之掌握，故「頰上三毛，神采愈俊」〔註38〕。「周姥撰詩」〔註39〕事於《世說新語・賢媛》與《妒記》〈劉夫人〉中皆錄。前者以劉夫人爲賢媛，讚其反對謝安沈湎於女色而「傷盛德」；後者以之爲妒婦，強調其好妒的性格，《夜》書中則有較客觀的敘述，減去「賢」與「妒」之性格評論，反而是針對〈關雎〉、〈螽斯〉二詩的創作原意提出質疑：若詩人換作女性，創作的動機與結果是否將有所不同？張岱取瑣言體故事爲題材，減省掉主觀評論的部分，僅客觀描述事件，將評論的權柄交由讀者，留有較大的空白。

由以上分析可知，張岱選取典故與改寫故事均以簡練爲原則，刪掉所有的修飾語，保留事件原身的純粹性，並裁汰主角以外的人物，使情節單純，主題集中，尤其在訂定條目名稱時，刻意檢選得以概括整則故事的中心意象，使得敘述凝練、結構謹嚴，並儘量採用第三人稱全知敘事觀點，保持敘事的客觀性，留有較多的空白讓讀者想像。對於題材的檢選，張岱認爲須得「眼明手辣，心細膽粗。眼明則巧於掇拾，手辣則易於剪裁，心細則精於分別，膽粗則決於去留〔註40〕」地進行擇選、割愛，若無法大刀闊斧、進行刪裁，必雜收過多無系統的材料，形成蕪漫而龐雜的文本，這樣的文本對張岱來說只是繁瑣且不實用的「書櫥」，故選文擇典必須嚴格要求：

> 其所摘入者，麗水淘金，必求赤箭；玄圃積玉，無非夜光。其所旁及者，邯鄲磁枕，忽然另闢乾坤。其所附存者，海外扶餘，隱然復有世界。其所芟潤者，刀圭所及，便能起死回生，丹汞所加，遂欲以金點鐵。其所廣搜博覽者，上入九天，下入重淵，摘星辰於弱水，探驪龍於延津。

〔註36〕卷五〈倫類部・夫婦附妾〉「何況老奴」，頁125。
〔註37〕卷一〈天文部・雷電虹霓〉「霹靂破倚柱」，頁15。
〔註38〕卷八〈文學部・書畫〉「頰上三毛」，頁231。
〔註39〕卷五〈倫類部・夫婦附妾〉「周姥撰詩」，頁124。
〔註40〕《瑯嬛文集》卷一〈廉書小序〉，頁460。

想見其一股銳氣，一片苦心，一番猛力〔註41〕。

張岱將選擇文辭的功夫視爲煉丹求道的過程，必得上天入地、點鐵成金，才能成就出好文章。由其散文凝練的文字，亦可看到其如何落實自己的主張。在語言呈現上，張岱無法忍受累贅的字句，故不斷反覆提煉，得文字之精髓後始下筆。其祖父張汝霖曾編《韻山》一書，多至千卷，令人望之生畏，張岱嫌其篇幅過大，使用不便，另編一本《詩韻確》，篇幅大量縮減而主旨不失。可見張岱極懂得文章之精要，並另創敘事節奏，使得經他改寫的故事別具意韻，如張則桐先生對他作品的評語：

在語言上，張岱力求凝練、生動，盡量不用修飾語，多用短句，重點是通過人物的語言來表現人物的個性。這樣，凝練的描述語言和傳神的人物語言構成《夜航船》中筆記小說語言的基本形式，使得全篇顯出一種短雋、生澀的藝術韻味，和張岱的散文同一血脈。因而，通過張岱改寫的筆記小說跟原作相比，別具一番面目和神韻〔註42〕。

對於知識材料的掌握上，張岱認爲讀書必須「通透」，通透是對於儲藏在腦中的知識庫徹底瞭解，並加以剪裁、加工、陶鑄，只取精華，捨棄無用的雜質，他在《四書遇》中曾說：「格物十事，格得九事通透，一事未通透，不妨；一事只格得九分，一分不通透，不可，需窮盡到十分處〔註43〕。」對於個別事物有通透的瞭解後，還必須融會貫通將之串連起來，使知識成爲一個完整而有機的系統。故《夜》書中，其編排體例自有其深意在，絕不是隨意置放、隨意定名的。在簡潔的文字中，張岱強調閱讀的超悟，不多加註釋、案語，希望讀者在閱讀的同時，發揮主體的想像，這也是張岱個人讀書之法，其研讀《四書》：「不下註腳，不立訓詁，只以白文內數虛字、閑字、無著落字，翻出妙理〔註44〕。」文字的簡潔敘述留有較大的詮釋空白，並召喚讀者更多的想像，寫定的文字便失去了再創造的空間，故張岱不喜作過多細節的描述，以免流於板實。讀者的超悟想像須以博學多聞爲基礎，有豐厚的閱讀基礎才能連類引情，故張岱強調多聞多見、博洽勤學，由此看來，《夜航船》中強調「博」卻不強調「繁」是可以理解的。

〔註41〕《瑯嬛文集》卷三〈與王白岳〉，頁508。

〔註42〕張則桐〈張岱《夜航船》與筆記小說〉，《明清小說研究》，第三期，1989年，頁174。

〔註43〕（明）張岱著、朱宏達點校《四書遇》，杭州：浙江古籍，1985年。

〔註44〕（明）張岱著《石匱書》卷二〇七，上海：古籍，1995年。

第二節　編排體例

一、部類編排

《夜》書的編寫結構首先以「天——地——人」的三才綱紀奠定全書基礎，「三才」條：「天、地、人謂之三才。渾沌之氣，輕清為天，重濁為地。天為陽，地為陰。人稟陰陽之氣，生生不息，與天地參，故曰三才〔註 45〕。」世間萬物無不稟陰陽之氣，而人爲萬物之首，能參天地造化，天地所構成的是人居處的空間，在傳統文人的觀念中，天文所呈現的往往不是單純的自然現象，而是一有意志，與人文脈動息息相關的主宰體，天文的現象對應著人事的臧否，故文人須得觀星象、知分野，以論國事、濟生民。

《夜》書在〈天文部〉中以「象緯」開宗明義言天文與政治的關係，所謂「九天」、「二十八宿」、「分野」、「納音五行」均是以星象對應萬物、方位、五行、地理而得，由此構成一政治施爲的明鏡，觀天文者須由此一複雜的網絡推算、預測出人事可能的動向與因應的對策，如「客星犯御座」條：「光武引嚴光入內，論道舊故，相對累日。因共偃臥，光以足加帝腹上。明日，太史奏客星犯御座甚急。帝笑曰：『朕與故人嚴子陵共臥耳。』〔註 46〕」此則由星斗的距離可觀出帝王的安危。又如「熒惑守心」條：「熒惑，火星也。守心，謂行經心度，往而不過也。宋景公時，熒惑守心。公問子韋，對曰：『禍當君，可移之相。』公曰：『相，吾輔也。不可！』曰：『移之民。』曰：『民死，吾誰與為君？』曰：『移之歲。』曰：『歲饑則民死。』子韋曰：『君有至德之言三，熒惑必三徙。』果徙三舍〔註 47〕。」此則中星象可顯現出人世的災難，而災難又可以人爲力量移轉，關鍵點在於人君是否有德。德政可以化解一切的自然災異，故星象推測之積極作用乃在導正政治上的偏頗。

又〈天文部〉中列出春夏秋冬四季所對應的節令活動，《夜》書的讀者群既設定爲文人，所記的節令活動便有別於傳統曆書中以農桑爲主的活動，而是列出象徵意味濃厚的民俗儀式，如「水湄度厄」、「踏青」、「禁火」、「盂蘭會」、「得金梭」等。此外，又以文人活動的典故爲主，如「飛英會」言范蜀公於荼蘼花開時宴客，以花落酒杯中飲之爲樂。「花朝」以二月十二日爲百花生日，以此時祭花神。「移

〔註 45〕卷一〈天文部・象緯〉「三才」，頁 2。
〔註 46〕卷一〈天文部・星〉「客星犯御座」，頁 9。
〔註 47〕卷一〈天文部・星〉「熒惑守心」，頁 8。

春檻」言唐代文人以奇花植木檻中，設輪腳引彩繩以觀賞等，其中若將與文人活動相關的條目獨立出來，當是一具濃厚風雅氣息的文人曆書。

〈地理部〉中言歷代方輿，《夜》書在每個部類均先言歷史沿革的材料，如〈地理部〉言自陶唐到明代的行政轄區、建都、山水異名等；次則以己身較相關與熟悉的吳越地理爲主：其中有相當多的條目記載紹興或荊楚地景，如「飛來峰」位於杭州虎林山、「躲婆弄」位於紹興蕺山、「筆飛樓」於蕺山之麓、「樵風徑」於會稽平水、「雷門」與「蘭渚」於紹興府城、「簞醪河」於紹興府治南、「浴龍河」在紹興西門外、「沈釀河」在山陰柯山之前等，這些都是張岱親臨眼見之地，如他寫《西湖夢尋》是在西湖遊走四十餘年，對其地理人文與歷史掌故瞭若指掌後始下筆。對於地理的認知他重視實際的探臨，認爲旅遊能增廣見聞，且是著書的博識基礎，司馬遷寫《史記》的態度是他認爲一個史家應有的求證考古精神：「太史公曰：『遷二十四南遊江、淮，上會稽，探禹穴，窺九疑，浮於沅、湘；涉汶、泗，講業齊、魯之都，觀孔子之遺風，過梁、楚以歸，乃紬石室之書作《史記》。』〔註48〕」地理在張岱眼中不單純是山水風景，其書中所載多爲地景的文化掌故，因此，每個地景都成爲帶有深刻意味的符碼。書中甚至亦收錄許多神話傳說中的虛構地理，這些虛構事件雖不曾在現實空間中發生，但由於它們曾在文學空間中存在，對於一個文人來說，便是具有緬懷意義的。

〈人物部〉所列乃爲位於政治權力中心之人。其位階順序爲「帝王——后妃——太子——公主——名臣——奸臣」，此爲史家帝王本紀與諸侯世家的寫作基軸，此處所稱的人物是政治權利的中心軸，亦是傳統支撐社稷的主要樑柱。至於名臣與奸臣的並列記敘，亦具有口誅筆伐之效，所謂「留名青史」，無論是流芳千古或遺臭萬年，均留待後人玩味、定奪。張岱在書首三部類中先進行天文地理的介紹，並記述人文社會的倫理，以三才爲全書綱紀，爾後人文社會的活動與萬物名理的賞玩才能充容其中。

〈考古部〉置於卷四，其內容主在辨疑與析類，訂正俗說之訛，並列出古今事易混淆者，以提醒讀者勿犯常識上的錯誤。其中，「辨疑」類列出事典的考辨過程，如：「禹陵」、「甘羅十二爲丞相」、「蒙正住破窯」等，可見出張岱之考辨精神；「析類」則直接列出事件，如「兩曾參：一曾參殺人，而致曾子之母投杼。兩毛遂：一毛遂墜井，而致平原君之痛哭〔註49〕。」「列國一魯秋胡，因婦采桑，調其

〔註48〕卷八〈文學部・經史〉「探奇禹穴」，頁207。
〔註49〕卷四〈考古部・析類〉「有同時同姓名者」，頁99。

妻，投水死。漢一魯秋胡，求聘翟氏女，翟公誤傳調妻事，而不許婚。俱可笑也。」〔註 50〕〈考古部〉中的知識皆在訂正常人所易犯的錯誤，同時也在提醒文人己身應具有的專業素養，不應與俗人一般以訛傳訛。

〈倫類部〉、〈選舉部〉、〈政事部〉、〈文學部〉、〈禮樂部〉均爲儒家人倫社會的主體架構。〈倫類部〉中除「君臣——父子——夫婦——兄弟——朋友」的五倫關係外，尚加入妾、婿、叔嫂、姊妹、師徒先輩、奴婢等，特重有才情、有烈性的女子，如「居燕子樓」中的關盼盼，言其潔身自愛，苦守己身及其夫之清名，自贊曰：「兒童不識沖天物，漫托青泥污雪毫」〔註 51〕。「爲叔解圍」中，謝道韞以機智與才情駁倒眾客，以解小叔之窘態〔註 52〕。「聶政姐」中，言其不顧生命之危認弟之屍，並同死於旁〔註 53〕。「駱統姐」描述其慷慨救貧，言「士大夫糟糠不足，我何心獨飽！〔註 54〕」「季宗妹」因丈夫殺其兄長，面臨情義不能兩全的窘境，竟慨然選擇自經〔註 55〕。此類女子或有德慧，或有才情，其多具備的是一股巾幗不讓鬚眉的英氣，能勇於突破女子柔弱順從的性別規範，爲情義奮不顧身，此亦張岱認爲有深情、有眞氣之人，故特意誌之。

〈選舉部〉中言歷代考試制度與官場文化，張岱自身亦曾熱中於科舉考試，一舉下第後，看透科舉制度的弊病，以及官場文化的腐敗，〈選舉部〉則是主言試場與官場的文化，如：「鹿鳴宴」、「瓊林宴」、「曲江宴」、「江陵餅餤」等均言朝廷親賢宴賓的歡宴場面。張岱認爲入榜與否的決定因素，除己身能力外，絕大部分是天意，如：「天門放榜」、「朱衣點頭」、「湘靈鼓瑟」、「柳枝染衣」皆言冥冥中之神助。而其中，考試的公平性亦是影響結果的重要因素，或有賄賂之弊案，如「關節」言士子行賄，請託試官；或有因惜才而造成基準點上的不公平，如「同試走避」、「奏改試期」；或有因避諱他人流言而反屈降自己門生者，如「屈居第二」，此等現象均影響考試的結果，又最令人心寒的是黨同伐異，這也是明代朝政中極嚴重的現象，官場中論輩份，求黨羽，造成激烈的權力鬥爭，〈政事部〉中如「頭腦冬烘」、「陸氏荒莊」、「沆瀣一氣」等，所列雖爲歷史上之官場弊病，卻正足以反映明代朝政結黨爲禍的現象。

〔註 50〕卷四〈考古部・析類〉「異世則兩魯秋胡」，頁 99。
〔註 51〕卷五〈倫類部・夫婦附妾〉「居燕子樓」，頁 125。
〔註 52〕卷五〈倫類部・叔嫂〉「爲叔解圍」，頁 134。
〔註 53〕卷五〈倫類部・姊妹〉「聶政姊」，頁 134。
〔註 54〕卷五〈倫類部・姊妹〉「駱統姊」，頁 135。
〔註 55〕卷五〈倫類部・姊妹〉「季宗妹」，頁 135。

「學而優則仕」是傳統儒士的生命理想，故孔子雖以教育爲其志，然而周遊列國的最終目的，仍是希望獲得國君的青睞，在其位才能謀其政，以達「淑世」的大同理想。因此，仕宦自古便爲儒者施展抱負的入門磚，所謂「得志」或「失時」指的都是能不能在政治舞台上一展長才，也因此，對於政治的瞭解是文人理所當然的關懷面向。〈政事部〉中張岱列舉出古今良官與其善政，從其中也透顯出個人的政治理想，如「經濟」類中可見出其認爲國家應給人民的基本生活保障爲「足食」，民富之後國家才能安定，故政府要有「平米價」、「擊鼓剿賊」、「競渡救荒」等措施。明末流民問題相當嚴重，人民生活的不安定，乃因無法得到衣食的飽足，且面臨嚴重的失業問題，人民不斷遷徙的原因只爲活口。張岱親眼目睹當時民不聊生的慘狀，其在《陶庵夢憶・西湖香市》中言：「崇禎庚辰，昭慶寺火。是歲及辛巳、壬午歲洊饑，民強半餓死。……辛巳夏，余在西湖，但見城中饑殍舁出，扛撓相屬〔註56〕。」其自身到晚年亦是「布衣蔬食，常至斷炊。」〔註57〕因經歷這些政治失當而造成的社會亂象，故以歷史爲鑑，提出改善政經的方法。

〈文學部〉中，張岱透露出己身對於作史態度的要求，其視完成《石匱書》爲後半生的使命，故以絲毫不苟的精神面對這項工作。他舉出歷史上良史的範例，以勉勵、鞭策自己，如司馬遷作《史記》，親臨各地考證事實；陳子桱作《通鑑續編》維護史家的公正性，雖威脅以逼，亦不妥協；又孫可之言：「為史官者，明不顧刑辟，幽不見鬼怪，若梗避於其間，其書可燒也〔註58〕。」此類均爲張岱作史的良鑑。其以史家的態度對於正史的修撰方式亦有所批評：「《晉書》、《南北史》、《舊唐書》，稗官小說也。《新唐書》，贋古書也。《五代史》，學究史論也。宋元史，爛朝報也。與其為新書之簡，不若為《南北史》之繁；與其為《宋史》之繁，不若為《遼史》之簡〔註59〕。」由此皆可看出其對於歷代正史優劣之論斷。〈文學部〉中除對經史子集四部之載錄外，尚列入文藝理論、書寫工具，故可知張岱在此處所謂的文學，乃指廣義的文學。

〈禮樂部〉中言儒家社會的制度面，禮以節人，樂以教和，此兩者爲上位者整飭社會秩序的兩大利器。《夜》書中「禮」的部分爲婚禮、喪禮、祭禮三類。「樂」的部分爲律呂與樂律二類。對於禮制，張岱著重禮的精神，因實際規範條目是會應時而變的，故掌握精神要領才是重點，若只是執著於條目，便是他所謂的「鄙

〔註56〕《陶庵夢憶》卷七〈西湖香市〉，頁61。
〔註57〕《瑯嬛文集》卷五〈自爲墓誌銘〉，頁540。
〔註58〕卷八〈文學部・經史〉「明不顧刑辟」，頁209。
〔註59〕卷八〈文學部・經史〉「史評」，頁209。

儒」，如「魯兩生」中言：「漢叔孫通制禮，徵魯諸生三十餘人。有兩生不肯行，曰：『禮樂必積德百年而後興，今天下初定，何暇為此？』通笑曰：『鄙儒，不知時變者也。』」又引莊子之言曰：「故禮義法度，應時而變也〔註 60〕。」由此可知張岱對禮制所持的態度。

「婚禮」類中錄有古代婚禮的儀俗，如「婚禮」條言納采、問名、納吉、納徵、請期等儀式的施行與其背後的象徵義，又言婚姻契約之精神意義，如「結褵三命」、「四德三從」等，在敘述婚禮儀式與其象徵之後，便提及與婚姻有關的典故，如月老檢書、金屋藏嬌、續弦、冰人、結褵、撒帳果、伉儷等詞語的由來，以豐富有關婚禮的常識。

喪禮部分，除了服制、杖期、守喪的規定外，尚言及明清律例中對於喪禮的規定，如「三父」、「八母」等特殊法規。「喪禮」類中，亦雜有筆記小說之故事，如「素車白馬」載范巨卿與張元伯生死之交的故事，其事乃出於《搜神記》，具神異性質。又雜有民間勘輿之說，如「牛眠」、「葬龍耳」等。

祭禮部分，首言歷代祭法、祭器、祭典與牲制，並強調祭祀須適可而止，過度的祭祀並不會招來福祐，如「淫祀」：「凡祭，有其廢之，莫敢舉也。有其舉之，莫敢廢也。非其所祭而祭之，名曰：『淫祀』。淫祀無福〔註 61〕。」孔子曾說：「非其鬼而祭之，諂也〔註 62〕。」其義同此。又祭祀重其禮而非藉由祭品賄神，故「貴禮賤財」：「……於席末，言是席之正，非專為飲食也，為行禮也，所以貴禮而賤財也〔註 63〕。」

樂的部分，張岱用極大的篇幅言歷代樂制、琴操、古琴名，以及各種典禮上或軍隊中所用的樂器，如「羯鼓」、「簨虡」、「禁鼓」、「塤箎」、「柷敔」等，又錄關於樂聲的典故，如「響遏行雲」、「餘音繞樑」、「聲入雲霄」、「水調歌頭」等，以言音聲感人之效。

〈兵刑部〉之「軍旅」類主言歷代戰事、兵器與將領。張岱言戰爭的勝利要件在於仁軍義師，將領待士兵以德方能得人心，臨敵之際士兵才願不顧己身之危衝鋒陷陣，如「盜馬」條：「秦穆公失右服馬。見野人方食之，公笑曰：『食馬肉不飲酒，恐傷。』遂遍飲而去。及一年，有韓原之戰，晉人壞穆公之車。野人率三百餘人

〔註 60〕卷九〈禮樂部・禮制婚姻〉「應時而變」，頁 240。
〔註 61〕卷九〈禮樂部・禮制祭祀〉「淫祀」，頁 252。
〔註 62〕《十三經注疏》（八）《論語注疏・爲政》，台北：藝文印書館，1997 年 8 月初版十三刷，頁 20。
〔註 63〕卷九〈禮樂部・禮制祭祀〉「貴禮賤財」，頁 253。

急鬥車下，遂大克晉。」〔註64〕韓原之戰征勝之因在於穆公之寬厚仁心，野人爲其人格感召而以身搏之。又如「吮疽」：「吳起為魏將攻中山。卒有患疽者，起為吮之。卒母聞而哭。人曰：『子，卒也，而將軍自吮其疽，何哭為？』答曰：『往年吳公吮其父，其父戰不旋踵，遂死敵。今又吮其子，妾不知死所矣。』後起之楚，卒果見殺〔註65〕。」此處以一母親的心情刻畫出將領得軍心的原因，預示著其子一如其父願爲吳起將軍效命。又張岱點出了將領的職責要務在於領導能力，而非以一股意氣殺敵，如「專主旗鼓」：「吳起臨戰，左右進劍，起曰：『將專主旗鼓，臨難決疑，揮兵指刀，此將事也。一劍之任，非將任也。』」〔註65〕吳起不但善於捉住軍心，運用領導者的魅力，且清楚知道勝利非由將軍一人逞英雄之氣可得，而須指揮得宜，運兵如神方能得之。張岱在此部中又錄歷代驍勇之將領，如「飛將」、「鐵猛獸」、「熊虎將」、「飛將軍」、「來嚼鐵」、「半斷槍」、「黃驄少年」、「白袍先鋒」、「大樹將軍」、「霹靂閃電」等均是依據將軍之個人特色、風采爲其命名。

「刑法」類則多以臚列的方式記歷代刑法規定，如「三赦」、「五毒」、「髡鉗」、「棄市」、「梟首」等，又錄決獄之例，如「太子斷獄」：「漢景帝時，防年因繼母殺其父，遂殺繼母。廷尉以大逆讞，帝疑之。武帝年十二為太子，侍側，對曰：『繼母如母，緣父之故，今繼母殺其父，下手之時，母道絕矣！是父仇也，不宜以大逆論。』〔註66〕」以此可知法可以情理通變，不須拘執。又人若有改過之心，亦可予以自新機會，如「刮腸滌胃」：「齊高帝有故吏竺景秀，以過繫作坊，常云：『若許某自新，必吞刀刮腸，飲灰滌胃。』帝善其言，乃釋之〔註67〕。」由這些決獄的例子可知，張岱雖認爲法令是必要存在的，但執法之人有其通變原則，須顧及情理法三方面始能服人心。由其對戰爭與刑法的主張看來，較偏向於儒家之仁，而不似法家之苛，上位者與人民的關係並非嚴酷對立的，故刑罰之目的在懲警與提醒，並非用以對付人民。

〈日用部〉、〈寶玩部〉、〈容貌部〉則屬於士大夫情意審美領域。〈日用部〉乃針對衣食住三方面載錄，「宮室」類主言文人園林建築與歷史上知名的皇室建築，前者如「輞川別業」、「清秘閣」等；後者如「迷樓」、「阿房宮」、「西苑」等，主要由山水、竹石、曲廊、古物作爲園林的審美對象，少言建築物本身的營造結構，

〔註64〕卷十〈兵刑部・軍旅〉「盜馬」，頁267。
〔註65〕卷十〈兵刑部・軍旅〉「吮疽」，頁266。
〔註65〕卷十〈兵刑部・軍旅〉「專主旗鼓」，頁266。
〔註66〕卷十〈兵刑部・刑法〉「太子斷獄」，頁276。
〔註67〕卷十〈兵刑部・刑法〉「刮腸滌胃」，頁276。

可謂裝飾性的景觀設計美學。「衣冠」類則言歷代冠制與冠冕種類，少數則目會交代其象徵意義，如「方巾」：「元楊維禎被召入見，太祖問：『卿所冠何巾？』對曰：『四方平定巾。』太祖悅其名，召中書省，依此巾制頒天下盡冠之〔註 68〕。」以方巾之形狀引申為政治意義，並以祥瑞之名曲承上意。又如「网巾」條：「明太祖一日微行至神樂觀，有道士結网巾，問結此何用，對曰：『网巾用以裹頭，則萬髮俱齊。』明日有旨命，道官取网巾一十三頂，頒行天下，無貴賤，皆令裹之〔註 69〕。」以萬髮俱齊象徵「萬法俱齊」，故頒行天下，亦可見明初對服制之要求。「衣裳」類多錄具典故意義的特殊裝扮，如「鷫鸘裘」為司馬相如與卓文君貧困時所著之衣；「狐白裘」為孟嘗君用以賄賂昭王幸姬之物；「飛雲履」是白居易在廬山草堂煉丹時所著。「飲食」類記茶酒的種類與典故，可見出文人與茶酒的密切關連，又言文學作品中的飲食典故，如「青精飯」、「蓴羹」、「防風粥」、「錦帶羹」、「韭萍齏」等。關於園林、服飾、飲食的審美要求於第六章中繼續探討。

〈寶玩部〉分〈金玉〉、〈珍寶〉、〈玩器〉三類。〈金玉〉主在貴重，如「歷代傳寶」、「四寶」、「六瑞」、「琬琰」、「碧玉」、「瓜子金」等；〈珍寶〉則主在稀奇，如「火浣布」、「遊仙枕」、「記事珠」、「冰蠶絲」、「九曲珠」、「奇南香」、「貓兒眼」、「祖母綠」等；〈玩器〉則多重其技藝之巧，如「夾紗物件」、「竹器」、「螺鈿器皿」等，並舉出著名的製廠，大部分為宋代與明代的窯廠，宋代廠如「柴窯」、「定窯」、「汝窯」、「哥窯」、「官窯」、「鈞州窯」、「內窯」；明代廠如：「萬曆初窯」、「靖窯」、「宣窯」、「成窯」，反映出此兩代藝品工業之盛，亦可依其記載特色比較兩代對藝品玩器之審美觀感。

〈容貌部〉分「形體」與「婦女」兩類。「形體」類之內容約可分為二：一是相人之賢德，一是觀人之美醜，前者如「聖賢異相」、「四十九表」、「昭烈異相」、「碧眼」、「猿臂」、「四肘」、「頭有二角」等，此等依據面相可觀出其人之不同凡響；後者如「芳蘭竟體」、「面如傅粉」、「看殺衛玠」、「覺我形穢」、「精神頓生」、「璧人」、「若朝霞舉」、「倚玉樹」、「擲果」等，乃以視覺印象品評人物之容貌形體。「婦女」類則記載歷代奇女子，此類中對女性的品評標準不止有容貌，而是兼涉婦容、婦才、婦德各面向，婦容方面如「妲己賜周公」、「新撥鵝頭肉」、「國色」、「尤物」、「鉤弋宮」、「傾國傾城」等，此類雖強調女子之美色，但亦提出男子若只是耽溺於女色而不務正業，則尤物將成禍水，其言「夫有尤物，足以移人。苟

〔註 68〕卷十一〈日用部・衣冠〉「方巾」，頁 285。
〔註 69〕卷十一〈日用部・衣冠〉「网巾」，頁 285。

非禮義，則必禍及〔註 70〕。」女才的方面如「無鹽」、「書仙」、「章台柳」、「錢樹子」、「桐葉題詩」、「白團扇」等，張岱並不主張「女子無才便是德」，因其認爲廣博的知識可作爲賢德的典範基礎，且見多識廣自然能突破閨閣之囿而有更宏觀的視野，故「女博士」條引甄后之語云：「古者賢女無有不覽經籍，不然，成敗安知之？〔註 71〕」女德方面，有頌其貞烈者如：「斷臂」、「截耳斷鼻」、「割鼻毀容」等，此類皆自毀容貌以全婦德，另有具才識賢德者如「宿瘤女」、「請備父役」、「以身當熊」等，此類均爲以女子之身而胸懷宏闊，具有忠勇知恥的風範。由〈容貌部〉中特立「婦女」類亦可見出張岱對婦女之重視與尊重。

〈九流部〉分「道教」、「佛教」、「醫術」、「相卜」、「雜技」五類。前已有言，《夜》書中特重儒家人倫社會制度的層面，但這並不表示張岱對於其他思想流派採「排他」的姿態，相反地，由張岱的作品中，往往能見出其兼涉儒道佛諸家思想的的痕跡，其自身晚年在遭遇國變後亦嘗試學道學佛，〈自爲墓誌銘〉中言：「……學書不成，學劍不成，學節義不成，學文章不成，學仙學佛、學農學圃俱不成，任世人呼之為敗子，為廢物，為頑民，為鈍秀才，為瞌睡漢，為死老魅也已矣〔註 72〕。」此段話自謙自貶的成分相當重，但若就道家觀點來看，敗子、廢物、鈍秀才、瞌睡漢、死老魅等亦非貶抑，對於莊子來說，無用之用是爲大用，物之得以安享天年，乃因其不符合世人之實用觀點，而「瞌睡漢」之稱若要推其始祖，莊周必爲第一人〔註 73〕，由張岱自命其號爲「蝶庵」，亦可見出其對莊子的推崇與喜好。在《西湖夢尋》、《快園道古》中，亦時見張岱言語中雜有佛家思想，如《西湖夢尋・武林道隱序》中張岱向道隱問訊：「弟聞《華嚴經》，佛言華嚴世界，南贍部洲特華嚴海中一彈丸之地，則西湖不直一蠡殼水，其景界甚小。湯若士傳南柯蟻穴中有國都郡邑、社稷山川，則西湖不只一蟻穴，其景界又甚大。兩說不一，乞和尚為我平章之〔註 74〕。」由此段敘述可見幾點：一爲張岱對於佛學經典並不陌生。二是張岱在思維方法中亦不排斥借用佛學觀點。三是張岱交遊中不乏佛門弟子，並常與之論道世理。而張岱對於佛道的態度又可進一步由《夜》書中窺見，「道教」類中多言修道法門，如「道家三寶」、「三全」、「三閉」、「五氣朝元」、「三

〔註 70〕卷十三〈容貌部・婦女〉「尤物」，頁 317。
〔註 71〕卷十三〈容貌部・婦女〉「女博士」，頁 316。
〔註 72〕《瑯嬛文集》卷五〈自爲墓誌銘〉，頁 540。
〔註 73〕卷十七〈四靈部・蟲豸〉「蝶庵」：「李愚好睡，欲作蝶庵，以莊周爲開山第一祖，陳摶配食，宰予、陶潛輩祀之兩廡。」，頁 400。
〔註 74〕《西湖夢尋・武林道隱序》，頁 5。

華聚頂」、「服石子」等，又言求道故事如「羨門」、「壺公」、「隔兩塵」、「陳摶」、「眞武」等，道術示現的神奇如「畫水成路」、「噀酒救火」、「吐飯成蜂」、「叱石成羊」、「剪羅成蝶」、「獨立水上」、「入火不熱」等，可見出其對於道教乃持肯定態度。又「佛教」類中首言分流，如「禪宗五門」，又對佛教傳入中國的過程有概略的介紹，如「佛入中國」。常人閱讀佛教經典往往礙於專有名詞的不解而產生理解上的障礙，故名相解釋亦是佛學入門的必備常識，如「五蘊皆空」、「三乘」、「六道」、「五戒」、「傳燈」等，又列佛教中的公案故事，如「不二法門」、「即心即佛」、「風幡論」、「傳衣缽」、「安心境」、「求解脫」、「入門來」等。

「醫術」類多記神醫之行，張岱曾親眼見吳竹庭以草澤醫療治癒其祖父，故十分相信民間療法，認爲「良醫用藥，多以意造。」〔註 75〕，張岱自己亦積聚三十餘年所聞見之藥方而成《陶庵肘後方》一書，所記皆匠意獨出，不拘古方之良醫藥方。「相術」類有部分與〈地理部〉、〈容貌部〉重疊，與〈地理部〉重疊者爲勘輿之術，強調墓地風水；與〈容貌部〉重疊者爲面相之法，強調有奇相之人，而〈九流部・相術〉則專言卜算雜藝，故另立一類。「雜技」類言拆字法及特殊技藝，拆字法乃舉出實例，不止言方法，重要的是拆字所驗證的事蹟，如唐玄宗拆「朝」字、宋高宗拆「春」字、賈似道拆「奇」字，皆極爲靈驗。特殊技藝如：製藥術、斫輪術、屠龍技、觀星術等，晚明特重有才能技藝之人，認爲一技一藝皆爲至理，且技藝無所謂貴賤尊卑的分別，由張岱特立「雜技」類，且雜陳不同性質的技能，亦可見出其尊重的態度與平等的心理。

〈外國部〉分「夷語」與「外譯」兩類。夷語記典籍中外國名詞的解釋，因中土本無的東西，只得另造一詞稱之，且多以音譯爲主，但中國文字乃爲表意的文字系統，單從譯音無法得知其意，故張岱收羅此類詞語並爲之註解。「外譯」類言中國藩屬國的進貢及往來歷史，且多強調明代的進貢情形。由其記載中發現，明初藩屬國的進貢十分頻繁，甚至有些自古無往來的國家亦從明代開始進貢，可見出明初國力之盛，如「滿剌加國」：「前代不通中國，自明永樂初朝貢〔註 76〕。」「蘇門達剌國」：「前代無考，明洪武中，奉金葉表，貢方物，永樂初，給印誥封之〔註 77〕。」「彭亨國」：「其前無考，明洪武十一年，遣使表，貢方物，永樂十二年，復入貢〔註 78〕。」此部亦可視爲中國的外交簡史。

〔註 75〕《瑯嬛文集》卷一〈陶庵肘後方序〉，頁 447。

〔註 76〕卷十五〈外國部・外譯〉「滿剌加國」，頁 356。

〔註 77〕卷十五〈外國部・外譯〉「蘇門答剌國」，頁 356。

〔註 78〕卷十五〈外國部・外譯〉「彭亨國」，頁 356。

〈植物部〉與〈四靈部〉屬萬物名理的認知賞玩。〈植物部〉中好奇與博物的色彩濃厚，多記神話植物與外國植物，如「不灰木」、「懷夢草」、「屈軼」、「知風草」、「青田核」等，亦有以植物之性比擬士人之品者，如「義竹」、「君子竹」、「張緒柳」、「薰蕕異氣」、「冰肌玉骨」、「菊比隱逸」等。對於特殊用途或有毒植物則詳細介紹其特性，如「萍實」、「鉤吻草」、「君遷」、「益智」、「麵樹」、「蔞葉藤」等。對於植物與四靈的瞭解，本是士人自文學詩詞中可得的知識，孔子亦言讀《詩經》不但可以「興、觀、群、怨」，可以事父事君，尚且可以「多識鳥獸草木之名。」〔註 79〕相對地，文人若多識鳥獸草木，亦可將之運用於詩詞文章中，以增加對物性的認知與瞭解。〈四靈部〉中，多記神話異獸，如鳳凰、龍、風生獸、吐綬雞、畢方鳥、窮奇、饕餮等。神話大抵是人類對現實世界欲求不滿的夢想，故作者在一定程度上，大致比照著現實世界虛擬這些靈禽異獸，故由其描述特性當可見出創作者的心理想望。

〈荒唐部〉分「鬼神」與「怪異」兩類。所謂「荒唐」，指的是與人類世界有別的異物世界，諸如神、鬼、精、怪、靈魂等皆列入此部，或有勸人爲善，借鬼神以懲惡之說，如「見奴爲祟」、「伯有爲厲」、「披髮搏膺」等，或有驗證佛教輪迴之說者，如「生死報知」、「乞神語」、「再爲顧家兒」、「悟前身」等，而大體上，張岱是相信鬼神的存在，故以「無鬼論」反面立說，以阮瞻不信鬼而見鬼，證明鬼神之實有。又鬼怪在張岱筆下亦非邪惡之代稱，並不刻意危害人類，且亦有人之羞赧、緊張、害怕等情緒。鬼只是與人同等的另一種存在方式，人若要勝鬼亦非難事，只要稟持一股正氣，氣定神閒，鬼怪自然遁去，「魑魅爭光」、「廁鬼可厭」、「大書鬼手」、「見怪不怪」等條均言人鬼對峙的場面。此部雖多錄自六朝志怪小說的故事，但由張岱的選錄內容亦可見出其對於鬼神的看法。

〈物理部〉分「物類相感」、「身體」、「衣服」、「飲食」、「器用」、「文房」、「金珠」、「果品」、「菜蔬」、「花木」、「鳥獸」、「蟲魚」等類。主要是根據日常生活物用的各面向提出巧方妙法，與居家萬用守則之類的書籍相仿。其中，亦包含許多科學原理，如「磁石引針」、「琥珀攝芥」、「酸漿入盂，水垢浮」、「琴瑟弦九而不鳴者，以桑葉捋之，則響亮如初」、「槐花污衣，以酸梅洗之」等則，乃是闡發如何利用物體本身的物理反應或物物之間的化學反應產生實際效能，夏咸淳先生言張岱接觸過利瑪竇傳來的西方文化〔註 80〕，故具有自然辯證的科學思維。姑且不

〔註 79〕《十三經注疏》（八）《論語注疏．陽貨》，台北：藝文印書館，1997 年 8 月初版十三刷，頁 156。

〔註 80〕夏咸淳《明末奇才——張岱論》，頁 65。

論夏先生此言的證據爲何，由張岱的記載中亦可見出他留意到物體之間性質的相生相剋，並利用此一原理便利日常生活，故〈物理部〉中可體現張岱的生活智慧與科學思想。

〈方術部〉多採自民間信仰或民俗療法，如「符咒」類言治腳痲法爲「口稱木瓜曰：『還我木瓜錢，急急如律令。』一氣唸七遍，即止〔註81〕。」又如患針眼者：「以布針一條，對井以目睛睨視之，已而，折為兩斷，投井中，眼即癒，勿令人知〔註82〕。」對於此類近似迷信的說法，張岱選錄的態度是寧可信其有，其《陶庵肘後方序》亦言：「蓋草澤醫人，其以丹方草頭藥活人為多。」又「若吳竹庭之療吾先大夫，匠意獨出，不拘古方，與草澤醫人用草頭藥者，亦復何異！蓋竹扇止汗，破蓋斷瘧，此中實有至理，殆未易一二為俗人道也〔註83〕。」張岱曾親眼見吳竹庭以偏方醫治祖父之重病，故認爲此類方法之效能不可不信。

《夜航船》之二十部類中，由天地之宇宙言至生活物用之理，張岱用簡短的語言，客觀的描述，以讓讀者在短小的篇幅中得到便利可用的常識，其視界乃由大而小，由遠而近，盡量顧及物事的全面性，故張岱雖不言此書爲百科性書籍，其創作野心毋寧是以百科全書爲標的。

二、重出現象

就編排體例而言，《夜》書子目偶有重出現象，以張岱爲文選詞、選字、選題、選意之用心來說，其重出當有特殊用意，下文即檢出書中重複事件與條目，就其現象相近者予以歸類，以各類的個別情形分析其重出現象背後的編排用心，其重出情形約可分爲五類：

（一）敘述相仿，分見異部

此類文字敘述幾乎全同，或偶有幾字差異，其意義亦無出入。何以相似而近乎相同的條目要重複出現？張岱的用意在於便利讀者檢索，一事若同時有幾個關鍵的特徵，則同將這些特徵列入分類的考量，如「輞川別業」條分見兩部：

> **輞川別業**　在藍田，宋之問所建，後爲王維所得。輞川通流竹洲花塢，日與裴秀才迪浮舟賦詩，齋中惟茶鐺、酒臼、經案、竹床而已〔註84〕。

〔註81〕卷二十〈方術部·符咒〉「治腳痲法」，頁429。
〔註82〕卷二十〈方術部·方法〉「患偷針眼」，頁431。
〔註83〕《瑯嬛文集》卷一〈陶庵肘後方序〉，頁448。
〔註84〕卷十一〈日用部·宮室〉「輞川別業」，頁280。

輞川別業　藍田宋之問建，後爲王維莊。輞水通竹洲花塢，日與裴秀才迪，浮舟賦詩，齋中惟茶鐺、酒臼、經案、繩床而已。爲關中八景之一〔註85〕。

其文字差異僅在後則強調其「為關中八景之一」。「關中八景」爲：輞川煙雨、渭城朝雲、驪城晚照、灞橋風雪、杜曲春遊、咸陽晚渡、藍水飛瓊、終南疊翠。輞川別業爲關中八景之一，故載錄之，以符契〈地理部・景致〉之敘寫方向與重點。〈日用部〉則強調文人之園林建築，因輞川別業是文人社群中心重要的隱逸文化圖像，故分見之。

〈天文部・日月〉「日落九烏」條又見於〈考古部・辨疑〉，二則重出的原因乃在於〈天文部〉所強調的是太陽神話，故在〈日月〉類列出，但此條內容實不在言神話，反而在訂正神話傳說之訛：「烏最難射。一日而落九烏，言羿之善射也。後以為羿射落九烏，非是。」故於〈考古部・辨疑〉又錄。「五大夫松」條見於〈考古部・辨疑〉與〈植物部・草木〉，其內容主在辯證古今之誤，故〈考古部〉錄之：「秦始皇登泰山，風雨暴至，避於松樹之下，封其樹為『五大夫』。五大夫，秦官第九爵。今人有誤為五株松者，非也〔註86〕。」而〈植物部〉之敘述僅次序略異，並加入始皇登泰山，乃爲「封禪」事。

「龜息」條見〈倫類部・父子〉與〈九流部・相〉。兩則內容全同：「李嶠母以嶠問袁天綱，答曰：『神氣清秀，恐不永耳。』請伺嶠臥而候其鼻息，乃賀曰：『此龜息也，必貴而壽。』」分置兩部的原因乃爲：其中牽涉李嶠與其母的關係，母爲子問卜，求其未來發展，故置於〈倫類部〉。而又有相士袁天綱觀李嶠面相、氣息，推斷其富貴與年壽，故〈九流部〉亦列。「舌耕」條出現於〈倫類部・師徒先輩〉與〈文學部・博洽〉：

漢賈逵通經，來學者不遠千里，廣有贈獻，積粟盈倉。或云：『逵非力耕，乃舌耕也〔註87〕。

漢賈逵通經術，門徒來學，不遠千里，獻粟盈倉。或云：『逵非力耕，乃舌耕也〔註88〕。

兩則文字略異但不妨害本義，賈逵廣通經術，故列於〈文學部・博洽〉，又因其博學，故門生不遠千里而來，言其門徒之多可恃以爲生，故列入〈倫類部・師徒先輩〉。

以下幾則均爲〈地理部〉與〈荒唐部〉重複之條目，乃以傳說中軼事之發生

〔註85〕卷二〈地理部・景致〉「輞川別業」，頁65。

〔註86〕卷四〈考古部・辨疑〉「五大夫松」，頁99。

〔註87〕卷五〈倫類部・師徒先輩〉「舌耕」，頁136。

〔註88〕卷八〈文學部・博洽〉「舌耕」，頁211。

地爲古蹟景點，事件或多或少帶有神異性質，故兩部皆列。如〈地理部・梅花村〉同於〈荒唐部・林間美人〉條，記敘趙師雄黃昏時在羅浮飛雲峰林間遇一淡妝美人，與之共飲，相談甚歡，酒醒後，隻身在一大梅樹下，文中暗示女子爲梅樹精，但不直接言明，只言「東方已白，視大梅樹下，翠羽啾啾，參橫月落，但惆悵而已。」〈地理部〉乃以梅花精的傳說爲此地命名爲梅花村；〈荒唐部〉則強調巧遇梅花精的靈異事件。又〈地理部・古蹟〉之「沈釀堰」同於〈荒唐部・怪異〉之「飲水各醉」，此則內容言山陰柯山之沈釀堰以水投錢而化爲酒，事屬怪異，又爲古蹟，故分列兩部。

〈地理部〉「碩項湖」言此湖在秦時爲一城，時有謠曰：「城門有血，當陷沒。」守門者戲一老嫗，以血塗門，而城果陷，事屬怪異，故〈荒唐部・怪異〉亦列，子目爲「有血陷沒」。〈地理部・龍穴山〉記二龍打鬥爭穴事，張路斯之穴爲鄭祥遠據，張至民間仕宣城令，與人通婚而生九子，借子之力戰勝鄭祥遠。龍化爲人，與人合婚生子，又任地方官，事屬怪異，故〈荒唐部・怪異〉亦錄，子目爲「張龍公」。「巢湖」事近「碩項湖」，言此湖本爲一城，後因江水暴漲城爲之陷沒，一姥因不食巨魚得善報不死。〈荒唐部・怪異〉亦列，子目爲「地陷爲湖」。此類敘述文字幾乎全同，在《夜》書中約有十二組。

（二）敘述有異，具互文性

此類文字不全同，而相異處可形成互文效果，使讀者對事件掌握更多訊息，如：

> **鐘山**　在分宜。晉時，雨後有大鐘從山峽流出，驗其銘，乃秦時所造，故名鐘山。後有漁人，山下得一鐸，搖之，聲如霹靂，山岳動搖。漁人懼，沈之水。或曰：此秦始皇驅山鐸也。〔註89〕
>
> **驅山鐸**　分宜晉時，雨後有大鐘從山流出，驗其銘，乃秦時所造。又漁人得一鐘，類鐸，舉之，聲如霹靂，草木震動。漁人懼，亦沈於水。或曰此秦驅山鐸也〔註90〕。

兩則實記敘同一事，文字略異，可互相補足，如「驅山鐸」中只知物爲秦時所造；「鍾山」則言爲秦始皇造，「鐘山」言其爲鐸；「驅山鐸」則言其爲鐘，似鐸，可互爲訂正補充。「五星奎聚」條分見：

> **五星聚奎**　宋太祖乾德五年，五星聚於奎。初，竇儼與盧多遜、楊徽之、

〔註89〕卷二〈地理部・山川〉「鐘山」，頁55。
〔註90〕卷十八〈荒唐部・怪異〉「驅山鐸」，頁412。

周顯德中同爲諫官。儼善推步星曆，嘗曰：「丁卯歲五星聚奎，自此天下始太平。二拾遺見之，儼不與也〔註91〕。」

五星奎聚　宋乾德五年三月，五星聚於奎。初，竇儼與盧多遜、楊徽之、周顯德中同爲諫官，儼善推步星曆，嘗曰：「丁卯歲五星聚奎，自此天下始太平。二拾遺見之，儼不與也。」呂氏中曰：「奎星固太平之象，而實重啓斯文之兆也。文治精華，已露於斯矣〔註92〕。」

後則較之前則多了細節與解釋，得知五星奎聚時間爲三月，且由呂氏中之言可知奎聚所代表爲象徵太平之象。〈天文部·春〉列「懸羊磔雞」與「磔雞」：

懸羊磔雞　元旦縣官懸羊頭於門，又磔雞覆之。草木萌動，羊嚙百草，雞啄五穀，殺之以助生氣也〔註93〕。

磔雞　魏文帝制。春分磔雞，祀厲殃〔註94〕。

前則言民俗活動的實際內容，及其背後象徵意義；後則言此俗爲魏文帝時的制度，以及儀式舉行的時間與目的。「覆水難收」事見〈考古部·辨疑〉與〈倫類部·夫婦〉：

馬前覆水　太公望妻馬氏，棄夫而去，後見太公富貴求歸。命收覆水。今指爲朱買臣，非〔註95〕。

覆水難收　姜太公初娶馬氏，讀書不事產業，馬求去。太公封於齊馬求再合。太公取一盆傾於地，令婦收水，惟得其泥。太公曰：「若能離更合，覆水豈難收？」〔註96〕

後則重故事之細節，交代馬氏棄夫之因、太公富貴之由、命收覆水之結果，並借太公之語帶出命其收覆水之用意；前則重事件主角之考證，時人皆以此事爲朱買臣，故以此訂正。「二天」條分見〈天文部〉「象緯」〔註97〕類與〈選舉部〉「郡守」〔註98〕類，文字敘述有異，後則強調蘇章之廉政所得效果爲「郡界肅清」，有殺雞

〔註91〕卷一〈天文部·象緯〉「五星聚奎」，頁3。
〔註92〕卷一〈天文部·星〉「五星奎聚」，頁9。
〔註93〕卷一〈天文部·春〉「懸羊磔雞」，頁24。
〔註94〕卷一〈天文部·春〉「磔雞」，頁26。
〔註95〕卷四〈考古部·辨疑〉「馬前覆水」，頁99。
〔註96〕卷五〈倫類部·夫婦〉「覆水難收」，頁127。
〔註97〕卷一〈天文部·象緯〉「二天」：「後漢蘇章爲冀州刺史，行部。有故人清河守，贓奸，章至，設酒敘歡。守曰：『人皆有一天，我獨有二天。』章曰：『今日與故人飲，私恩也；明日冀州按事，公法也。』遂正其罪。」頁2。
〔註98〕卷六〈選舉部·郡守〉「二天」：「後漢蘇章爲冀州刺史，行部。有故人清河守，以

儆猴之效，與前則具互文性。

「冰人冰泮」條記令狐策夢立於冰上與冰下人語，占爲媒事，故爲太守田豹之子與張徵之女作媒，此事分見〈天文部・露霧冰〉〔註 99〕與〈禮樂部・禮制婚姻〉〔註 100〕。前則在文末加「《詩經》曰；『適其冰泮。』」句，乃引《詩經・匏有苦葉》爲冰泮之期作一註解。又〈天文部〉「桃符」與「神荼鬱壘」均載門神事，而敘述重點十分不同。「桃符」條乃言元旦的民俗活動，立桃板，畫神荼鬱壘爲春日活動之一；「神荼鬱壘」條則言門神之由來。「喚魚潭」於〈地理部〉中言此處爲「諾距羅尊者道場」，而〈四靈部〉則強調此潭客至撫掌，魚群輒出。〈九流部〉「入火不熱」與「周顛仙」條皆爲周顛仙小傳。「入火不熱」條記明太祖試其入火不熱之術，施法過程較爲詳細；「周顛仙」條則言太祖驗其術後，親自爲之立傳。

〈天文部〉「九日開杜鵑」條言周寶遊鶴林寺，命殷七七於重九開杜鵑，杜鵑本爲春日開花，此處則以神力爲之。〈九流部・佛教〉中亦載此事，因殷七七爲僧，乃言佛法之神奇，兩則文字敘述有異，前則並不點出殷七七之身分，但強調「寶遊賞後，花忽不見」〔註 101〕之神奇。〈寶玩部・珍寶〉詳細介紹火浣布之產地、特色與功能。而〈植物部〉「不灰木」條並言不灰木與火浣布皆爲耐熱之寶物，對實際外型、特色並無介紹，僅言：「西域有火浣之布，東海有不灰之木」〔註 102〕。海棠花在〈植物部〉出現兩次，一是「斷腸花」條，言婦人因思念而落淚，滋潤草木所開之花如婦之面容，其葉正綠反紅，即海棠花。二則言宋眞宗時海棠與牡丹齊名，眞宗以海棠爲首作雜詩十首，兩則皆非介紹海棠之物性，而是偏重典故之記載，且內容全不相攝。此類皆對同一主題敘述有異而具互相補足之效者。

（三）不同部類，著重不同

此類對於同一事件因切入點的不同，故有不同的描述方式，由此亦可見出張岱散文描述之功。如柳毅與龍女的故事分見〈天文部〉「雨工」條與〈地理部〉「柳毅井」：

> 雨工　唐柳毅，過洞庭，見女子牧羊道畔，怪而問之。女曰：「非羊也。

贓敗，章乃設酒款之。故人喜曰：『人有一天，我獨有二天。』章曰：『今夕，蘇孺文與故人飲酒，私情也；明日，冀州刺史白奏事，公法也。』遂舉正其罪，郡界肅清。」頁 176。

〔註 99〕卷一〈天文部・露霧冰〉「冰人冰泮」，頁 19。

〔註 100〕卷九〈禮樂部・禮制婚姻〉「冰人」，頁 242。

〔註 101〕卷一〈天文部・秋〉「九日開杜鵑」，頁 32。

〔註 102〕卷十六〈植物部・草木〉「不灰木」，頁 365。

此雨工雷霆之類也。」遂爲女致書龍宮，妻毅以女〔註 103〕。

柳毅井　在君山。唐柳毅下第歸，至涇陽，道遇牧羊婦，泣曰：「妾洞庭君小女，嫁涇川次郎，爲婢所譖，見黜至此，敢寄尺牘。洞庭之陰有大橘樹，擊樹三，當有應者。」毅如其言。忽見一叟引至靈虛殿，取書以進。洞庭君泣曰：「老夫之罪。」頃之，有赤龍擁一紅妝至，即寄書女也。宴毅碧雲宮，洞庭君弟錢唐君曰：「涇陽嫠婦欲托高義爲姻。」毅不敢當，辭去。後再娶盧氏，即龍女也〔註 104〕。

前則所強調爲龍女所牧之羊爲雨工雷霆，以此標誌著龍女的身份，故事的敘述相當簡單，省略所有曲折的細節。後則乃依唐傳奇〈柳毅傳〉的故事再加以縮減，故事情節完整。

又，王勃撰寫〈滕王閣序〉之事分見三處：

滕王閣　南昌府城章江門上。唐高宗子元嬰封滕王時建。都督閻伯嶼重九宴賓僚於閣，欲誇其壻吳子章才，令宿構序。時王勃省父經此與宴。閻請眾賓序，至勃不辭。閻恚甚，密令吏得句即報，至「落霞秋水」句，嘆曰：「此天才也！」其婿慚而退〔註 105〕。

風送滕王閣　都督閻伯岐修滕王閣，落成設宴，屬壻吳子章預作〈滕王閣賦〉，出以誇客。王勃自馬當順風行七百餘里，至南昌與宴。及遜作賦，受筆札而不辭。都督大怒，命吏伺其落句即報。至「落霞秋水」句，都督曰：「此天才也！」命其婿輟筆〔註 106〕。

滕王閣　滕王，唐高帝之子，武德中出為洪州刺史，喜山水，酷愛蝴蝶，尤工書，妙音律。暇日泛青雀舸，就芳渚建閣登臨，仍以王名閣焉〔註 107〕。

〈地理部〉強調此閣之地裡位置、建造之人與發生於此地之歷史事件；〈文學部〉則強調王勃之文才，以即席文章打敗吳子章宿構之〈滕王閣賦〉；〈日用部〉則主在介紹「滕王」與此閣建造之因。

關於曲江宴的記載，或言軼事，或言民俗，繁簡與重心皆異，在《夜》書中分見四則：

〔註 103〕卷一〈天文部・雨〉「雨工」，頁 13。
〔註 104〕卷二〈地理部・山川〉「柳毅井」，頁 60。
〔註 105〕卷二〈地理部・古蹟〉「滕王閣」，頁 51。
〔註 106〕卷八〈文學部・歌賦〉「風送滕王閣」，頁 222。
〔註 107〕卷十一〈日用部・宮室〉「滕王閣」，頁 282。

曲江池　西安府城東南。漢武帝鑿，每賜宴臣僚於此，池備彩舟，惟宰相學士登焉。宋子京嘗夜飲曲江，偶寒，命取半臂，十餘寵各送一枚，子京恐有去取，不敢服，冒寒而歸〔註108〕。

各送半臂　宋子京夜飲曲江，偶寒，命取半臂，十餘寵各送一枚，子京恐有去取，不敢服，冒寒而歸〔註109〕。

曲江宴　曲江在西安府，唐朝秀才登科第者，賜曲江宴。每年三月三日，游人最勝〔註110〕。

踏青　三月上巳，賜宴曲江，都人於江頭禊飲，踐踏青草，曰踏青，侍臣於是日進踏青履。王通叟詩:「結伴踏青歸去好，平頭鞋子小雙鸞〔註111〕。」

〈倫類部〉中乃強調宋子京之眾妾之間的權力關係，子京身寒卻不敢著衣，乃怕有所偏袒，引起群姬爭醋，故列於〈夫妻附妾〉類；〈地理部〉言曲江池建造之由來，且言在此處宴群臣之習始於漢武帝，並言宋子京與寵妾之軼事；〈選舉部〉則記唐賜宴進士於曲江之制；〈天文部〉言三月上巳於曲江踏青禊飲之民俗。〈倫類部〉強調的是夫妻間的倫理關係與寵妾之間的權力關係；〈地理部〉則強調曲江池之開鑿與功能；〈選舉部〉主在言此地為宴請新科進士地；〈天文部〉則言此地所舉行的節令儀式。

干將莫邪的故事分見〈文學部〉與〈兵刑部〉:

干將莫邪　李邕文名天下，盧藏用曰:「邕之文如干將莫邪，難與爭鋒，但虞其傷缺爾〔註112〕。」

干將莫邪　干將吳人，妻莫邪，為吳王闔閭鑄劍，不成，干將曰:「神物之化，須人而成。」妻乃斷髮剪爪，投入爐中，金鐵皆熔，遂成二劍，陽曰「干將」，陰曰「莫邪」〔註113〕。

〈兵刑部〉乃言二寶劍之鑄造過程與命名原因，〈文學部〉以之為專有名詞比喻李邕著作之文氣。

又蘭亭流觴曲水事見三處:〈天文部〉言流觴曲水不始於蘭亭，周公時即卜東

〔註108〕卷二〈地理部・山川〉「曲江池」，頁59。
〔註109〕卷五〈倫類部・夫婦〉「各送半臂」，頁127。
〔註110〕卷六〈選舉部・殿試〉「曲江宴」，頁150。
〔註111〕卷一〈天文部・春〉「踏青」，頁27。
〔註112〕卷八〈文學部・著作〉「干將莫邪」，頁214。
〔註113〕卷十〈兵刑部・軍旅〉「干將莫邪」，頁267。

都洛邑，以流水泛酒〔註 114〕；〈地理部〉言蘭亭故址在紹興府城南二十五里之蘭渚〔註 115〕；〈文學部〉則言王右軍之〈蘭亭集序〉，言其創作風格與眞本流傳〔註 116〕。范巨卿張元伯故事見〈倫類部〉「范張雞黍」〔註 117〕與〈禮樂部〉「素車白馬」〔註 118〕，前則言朋友之信；後則言生死交情。張季鷹思蓴鱸典故見〈政事部〉，乃思鄉退隱之情〔註 119〕；而〈日用部〉「飲食」類則言蓴之食用季節，並言秋時蓴長丈許，凝脂甚清，「張季鷹秋風所思，正為此也」〔註 120〕。〈九流部〉「安期生」爲其人小傳，言其能以醉墨灑石上而成桃花〔註 121〕；〈植物部〉則以桃花山爲主，言安期生煉藥於此，以墨汁灑石上成桃花，雨過則鮮豔如生〔註 122〕。廣陵曲江觀濤的習俗見於〈天文部〉「天炙」〔註 123〕條與「觀濤」〔註 124〕條：前者重點在天炙，觀濤乃附帶提及；後則專言八月望日觀濤之風俗。此類共有九組，文字敘述十分不同，乃因對同一事物的切入點與著眼點皆異，故可見不同面向的描述。

（四）同一物事，分見多條

此類以多則條目共言一事物，通常各則條目分述此物的不同面向，以諸條共同形塑此物之特徵、外型、功能等。此類多出現在〈植物部〉與〈四靈部〉，於同部中，用多則條目共言一事物。如荔枝一物在〈植物部〉「荔枝」條中引蔡君謨語，詳細介紹興化荔枝的色澤、形狀、香氣、味道〔註 125〕。「嗜鮮荔枝」條以楊貴妃嗜食荔枝，所耗人力物力甚鉅，以凸顯出荔枝之珍貴美味〔註 126〕。「龍眼荔枝」條言其進貢歷史〔註 127〕。「荔奴」條主言龍眼，卻以其爲荔枝之奴〔註 128〕。又如「竹」之敘述在〈植物部〉中即有七條：義竹、萊公竹、此君、報竹平安、碧鮮

〔註 114〕卷一〈天文部・春〉「流觴」，頁 27。
〔註 115〕卷二〈地理部・古蹟〉「蘭渚」，頁 48。
〔註 116〕卷八〈文學部・書畫〉「蘭亭眞本」，頁 228。
〔註 117〕卷五〈倫類部・朋友〉「范張雞黍」，頁 141。
〔註 118〕卷九〈禮樂部・禮制喪禮〉「素車白馬」，頁 246。
〔註 119〕卷七〈政事部・致仕遺愛〉「思蓴鱸」，頁 200。
〔註 120〕卷十一〈日用部・飲食〉「蓴」，頁 293。
〔註 121〕卷十四〈九流部・道教〉「安期生」，頁 324。
〔註 122〕卷十六〈植物部・花卉〉「桃花山」，頁 373。
〔註 123〕卷一〈天文部・秋〉「天炙」，頁 31。
〔註 124〕卷一〈天文部・秋〉「觀濤」，頁 31。
〔註 125〕卷十六〈植物部・草木〉「荔枝」，頁 365。
〔註 126〕卷十六〈植物部・草木〉「嗜鮮荔枝」，頁 366。
〔註 127〕卷十六〈植物部・草木〉「龍眼荔枝」，頁 367。
〔註 128〕卷十六〈植物部・草木〉「荔奴」，頁 366。

賦、竹詩、君子竹，凸顯竹隱含之品格，並言與竹相關之文學典故。「鳳」之形象則有六條：鳳、鸞、像鳳、鸞影、鳳巢、鳳曆，言鳳之各種名稱、種類與特徵。「馬」的敘述則有十一條：舞馬、鑄馬、贖馬、果下馬、八駿、馬首是瞻、不及馬腹、塞翁失馬、指鹿爲馬、的盧、瞎馬臨池，圍繞著與馬相關的文學典故。「龍」之條目則有十二則：龍有九子、攀龍髯、龍漦、梭龍、畫龍、行雨不藏、金吾、蛟龍得雲雨、墨龍、咒死龍、視龍猶蝘蜓、箏弦化龍，亦多言帶有神話色彩的典故。此類約有五群組，其所描述之意象均與文人用典息息相關，可就其群組意象所構成的意義群探討其意符背後的意旨，將於下文意象選擇中繼續討論。

（五）同一事件，描述有異

此類敘述共有三組，其描述雖屬同一事，卻互爲矛盾，或有可能同事發生在不同人物身上，或有可能爲張岱筆誤。如老嫗磨鐵杵成針事分見〈地理部・磨針溪〉與〈九流部・眞武〉：

> **磨針溪**　彭山象耳山下，相傳李白讀書山中，學未成，棄去。過是溪，逢老媼方磨鐵杵，白問故，媼曰：「欲作針爾。」白感其言，遂卒業〔註 129〕。
>
> **真武**　淨樂國王太子，遇天神，授以寶劍，入武當山修道。久之，無所得，欲出山。見一老嫗操鐵杵磨石上，問磨此爲何，曰：「爲針爾。」曰：「不亦難乎？」嫗曰：「功久自成。」眞武悟。遂精修四十二年，白日沖舉〔註 130〕。

其敘述相仿，但主角與發生地點皆不同，或李白與眞武巧遇相同事，但在〈考古部〉「古今有絕相類者」又不見列，疑爲錯簡或筆抄之誤。又「靡靡之音、亡國之聲」事見三處：

> **虒祁宮**　在曲沃。《左傳》晉作虒祁宮，而諸侯畔，謂此。衛靈公之晉，晉平公置酒於虒祁，令師涓奏靡靡之樂。師曠曰：「此必得之濮上，乃亡國之聲也，不可聽〔註 131〕。」
>
> **濮水**　濮州上有莊周釣台。昔師延爲紂作靡靡之樂。武王伐紂，師延自投濮水而死。後衛靈公夜止濮上，聞鼓琴聲，召師涓聽之。師涓曰：「此

〔註 129〕卷二〈地理部・山川〉「磨針溪」，頁 57。
〔註 130〕卷十四〈九流部・道教〉「眞武」，頁 331。
〔註 131〕卷二〈地理部・古蹟〉「虒祁宮」，頁 50。

亡國之音也〔註 132〕。」

濮水琴瑟　晉師延爲紂作靡靡之樂。武王伐紂，師延自投濮水而死。後衛靈公夜止濮上，聞鼓琴聲，召師曠聽而習之。師曠曰：「此亡國之音也！」〔註 133〕

「虒祁宮」條乃晉平公令師涓奏樂，師曠諫之；「濮水」則言師延爲紂作靡靡之樂，衛靈公夜聞琴聲召師涓聽之，師涓言此爲師延所作之樂；「濮水琴瑟」誤以師延爲晉人，又衛靈公夜聽琴聲，所召之人爲師曠。三處記載皆有出入。查《史記・樂書》載此事，「召師曠聽而習之」，應作「召師涓聽而寫之」，故可知此處爲張岱筆誤。又春日之習俗，乃配剛卯，〈天文部〉誤作爲「卯剛」：「正月卯日，配卯剛辟邪。唐制：正月下旬送窮，晦日湔裳」〔註 134〕。〈寶玩部〉「剛卯」條可爲訂正：「《王莽傳》：剛卯，長三寸，廣一寸四分。或用金玉，刻作兩行書曰：『正月剛卯。』又曰：『疾日剛卯。』凡六十六字。以正月卯日作此配之，以袚除不祥。」〔註 135〕

由重出現象可見張岱在編排此書時有一整體結構的考量，或爲讀者查閱的便利性而分置不同部類；或以互文補足的方式，在不同部類強調其部類的特點；或在同一部類中，以物的各種特徵、事典共同形塑出主體物來，如此的編排考量使得《夜》書成爲一各部類互相關聯的有機體，而非隨意拼湊材料的著作。

〔註 132〕卷二〈地理部・山川〉「濮水」，頁 58。
〔註 133〕卷九〈禮樂部・樂律〉「濮水琴瑟」，頁 259。
〔註 134〕卷一〈天文部・春〉「卯剛」，頁 25。
〔註 135〕卷十二〈寶玩部・珍寶〉「剛卯」，頁 302。

第五章　《夜航船》知識體系之建構

此章以「知識體系」爲題，乃欲探究《夜航船》中所建構之文人知識架構，而此一架構不僅是張岱個人的，亦是晚明文人的，或可推至中國傳統文人的集體認知領域，此乃因張岱在編纂此書時即有一預期讀者，即文人社群，故以文人所應瞭解的知識爲內容的擇選標準。由實際編排類目與條目內容亦可知其不脫天、地、人、事、物的範疇，同於類書的取擇向度，這也是文人博雜傳統的表現，除了文藝領域的精通外，尙得博習天文地理，對於萬物名理亦須有一定程度的瞭解，故張岱在編纂此書時，以天、地、人、物四個向度作爲綱架，而特意偏重人文社會的撰寫。

本章主要分爲三大部分：玄妙世界、地理空間、人文社會。至於萬物名理的部分主要分佈在〈植物部〉、〈四靈部〉、〈物理部〉等，其討論散見於第四章與第六章中，爲避免重複，在此並不特立章節討論。玄妙世界主言宇宙天文與神靈異物等不可測知的事物，分佈在卷一〈天文部〉與卷十八〈荒唐部〉，此處分以天文節令與鬼神怪異論之；地理空間則以卷二〈地理部〉之條目爲主，以其實際存在與否，又分現實地理與虛擬空間；人文社會則是《夜》書的描述重心，主要分佈在〈人物部〉、〈倫類部〉、〈選舉部〉、〈政事部〉等，在此分爲政治權力與人倫社會兩部分討論。

第一節　玄妙世界的認知

一、天文與節令

在《夜》書〈天文部〉中可見出傳統文人對於天文與自然現象的解釋，其解釋多與幾組二元對立的概念有關，其分別是：陰／陽、重（濁）／輕（清）、臣／君、德／刑等。張岱認爲自然界的變化現象多是陰陽二氣交替作用的結果，而陰陽的失調亦形成現象的變異，這樣的自然異象又關係著人類社會政治制度的良窳與人民生活的優劣，如：日食與月食現象被解釋爲日月行經的相對位置所造成的結果，日食是月行黃道，故太陽光被遮掩，此時陰氣勝於陽氣；月食是月行在望，與日衝，故太陰無光，此時陽氣勝於陰氣，而日月又被比擬爲君臣關係，日爲君，故「聖人扶陽而尊君」，對於日食現象的解釋爲君道不明，人君失德，月食則爲失刑，此時史家必須謹愼記載，以戒君王。無論日食或月食，國君都必須提出因應對策，以實際政治的檢討來改變天文異象。如「日食在晦」條：「漢建武七年三月晦，日食，詔上書不得言聖。鄭興上書曰：『頃年日食，每多在晦。先時而合，皆月行疾也。日君象，月臣象。君亢急，則臣促迫，故月行疾。』時帝躬勤政事，頗傷嚴急，故興奏及之。」此條中以日食解釋爲月行速度過快，月爲臣，日爲君，鄭興解釋月行疾，乃因爲君王過於嚴急，使得臣子急迫匆促。因古來日食的情形均代表君王失德，故臣子們不敢上奏，鄭興乃直諍之臣，便以當時朝政現象提出改善方法。

對於雨的解釋，〈天文部〉「雨」：「《大戴經》云：『天地積陰，溫則為雨。』」而冰雹是「盛陽雨水溫暖，陰氣脅之不相入，則轉而為雹。」無論是久旱不雨、霖雨不止或天雨冰雹，都是政治失德的懲示，若遇此些現象，君王必須檢討施政情形，並舉行設壇祈天的儀式，如商湯時有七年之旱，占得當以生人爲禱，湯乃言：「吾所為請雨者，民也。若以人禱，吾請自當。」乃齋戒後，剪髮斷爪，乘素車白馬，身著白茅，以爲犧牲，禱於桑林之野。湯以其仁心不忍犧牲生民，並以六事問天：「政不節歟？民失職歟？宮室崇歟？女謁盛歟？苞苴行歟？讒夫昌歟？〔註1〕」其中檢討、反思了六個面向：課稅、民事、富室、淫亂、賄賂，佞臣，其言未完，則雨落數千里，可見文中強調只要人君有心檢討，天文災異的情形都可改善。又如「霖雨放宮人」條：

> 宋開寶五年，大雨，河決。太祖謂宰相曰：「霖雨不止，得非時政所闕，朕恐掖幽閉者眾。」因告諭後宮：「有願歸其家者，具以情言。」得百名，悉厚賜遣之〔註2〕。

雨既爲天地積陰所形成，霖雨則象徵著後宮嬪妃之過眾，因此須遣放宮人以疏散

〔註1〕卷一〈天文部・雨〉「禱雨」，頁14。
〔註2〕卷一〈天文部・雨〉「霖雨放宮人」，頁14。

陰氣。又久旱若得良吏，則民如逢甘霖，天必降雨，如「隨車雨」中：「宋陳戩知處州，時大旱，公下車，雨遂沾足，人謂之隨車雨〔註3〕。」又明正統九年，浙江台寧等府久旱，民多疾疫。禮部右侍郎王英，齎香帛往南鎮祈雨。至紹興，則大雨，水深二尺。祭祀之夕，雨止見星。次日，又大雨。人民認爲此雨爲王英所帶來，故曰：「此侍郎雨也」。在「上圖得雨」條中，張岱形象化地描繪宋神宗七年時大旱饑饉的慘狀：「宋神宗七年，大旱，歲饑，徵斂苛急，流民扶攜塞道，羸疾無完衣，或茹木實草根，至身被鎖械，而負瓦揭木，賣以償官，累累不絕〔註4〕。」此時人民同時受到天災與人禍的襲擾，苦不堪言，監安上門鄭俠將其所見繪圖上呈皇帝，以讓上位者實際見到眾生之苦難，並下誓言曰：「陛下親臣圖，以行臣之言，一日不雨，乞斬臣，以正欺君之罪。」皇帝見圖後，寢不能寐，而實際動作爲「罷新法十八事」，於是人民歡慶，天亦降大雨。這裡天所欲警戒的對象是上位者，但承受的是生民百姓，若皇帝始終不能覺悟，則社稷終將滅亡。在這樣一個「天懲」的假設裡，天是爲一個有意志的主宰體，位於人君之上，其警懲方式不但止於以水旱來控制人民，尙可獎賞或助援人間之苦難，甚至反映出凡間的人文化成，如「雨粟雨金錢」條：「倉頡造字成，天雨粟，鬼夜哭。大禹時，天雨金三日。翁仲濡家極貧，天雨金十餅，稱巨富。熊衮至孝，父母死，不能葬，呼天號泣，天雨錢十萬，以終其葬事〔註5〕。」雨粟、雨金、雨錢，都是天對於人事的善意回應，又如「赤虹化玉」條孔子作成《春秋》與《孝經》，告備於天，此時「天乃決鬱起白霧摩地，赤虹自上而下，化為黃玉，長者三尺，上有刻文，孔子拜而受之〔註6〕。」這裡孔子之德能上達天聽，以承天意，教化萬民，此段文字除將天人格化外，亦將孔子神聖化。

天旱的另一種情形是民間冤獄所造成，若得清官平獄則旱象可解，如「御史雨」：「唐平原有冤獄，天久不雨。顏真卿為御史，按行部邑決獄而雨，號『御史雨』〔註7〕。」又如「三年不雨」中：

> 于公，東海郡決曹，決獄平恕。海州孝婦少寡，姑欲嫁之，不肯。姑自經。姑女誣告孝婦，捕治，獄成。于公以爲冤，太守竟殺之，郡中

〔註3〕卷一〈天文部・雨〉「隨車雨」，頁13。
〔註4〕卷一〈天文部・雨〉「上圖得雨」，頁14。
〔註5〕卷一〈天文部・雨〉「雨粟雨金錢」，頁14。
〔註6〕卷一〈天文部・雷電虹霓〉「赤虹化玉」，頁16。
〔註7〕卷一〈天文部・雨〉「御史雨」，頁13。

三年苦旱。後守聽于公言，徒步往祭，立雨〔註8〕。

東海孝婦的故事即爲元雜劇中《竇娥冤》的原型，三年苦旱的原因是枉死者之精氣化爲冤魂作祟民間，需得清官平反始得天降甘霖，由此可見，天旱被視爲一種民間有罪的天懲，有德政即可解除，故雨有降甘霖，遍施德惠之義。又冰雹爲盛陽與陰氣格格不入所造成，預示著君與臣之間的不相諧，在「大雹示警」條中，張岱以古今事並言：「周孝王命秦非子主馬於汧、渭之間，馬大蕃息，王封為附庸之君，邑於秦，使續伯益後。其日大雨雹，牛馬死，江漢俱凍。明天啟二年，大雨雹著屋，瓦磧具碎，禾稼多傷〔註9〕。」在此，張岱以史家的身份觀察，記錄雨雹所預示的災難。

對於自然界的現象，文人常以擬人化的方式爲其命名，以增添詩詞運用時的神話色彩與美感，如太陰爲月，望舒是月神的御者，又名纖阿，飛廉是神話中的禽鳥，是爲風師，屈原〈離騷〉：「前望舒使先驅兮，後飛廉使奔屬。」又雷被視爲天上造化神，乃陰陽交感產生，電是雷之光，電神又名列缺，而閃電爲雷鞭，乃依其形狀而生出的想像，唐詩中有：「雷車電作鞭。」又〈思玄賦〉有：「列缺熚其照夜」〔註10〕之句，皆將自然現象作擬人化的譬喻。對於雷的想像，民間傳說中又將其具象化，言其形狀如彘，春夏出而秋冬躲於地底之下，可食用。「雷州雷」條云：「雷州英靈岡，相傳雷出於此。《國史補》：雷州春夏多雷，秋日則伏地中，其狀如彘，或取而食之。又府城西南有雷公廟，每歲鄉人造雷鼓雷車送入廟中，或以魚彘同食者，立有霆震〔註11〕。」中國人認爲萬物皆有神靈，且爲了便於想像，多將其具像化，或擬其爲人，或擬其爲動物，再加以變形以別於凡間之物，故形成許多解釋自然現象的神話，也形成各種民間神祇，人民立廟以祭之，認爲透過祭拜的儀式可改變自然界的異象，獲得神祇的福祐。

除了水旱災異可觀出天之喜怒外，由雲的顏色、星座的位置、五行的分旺，亦可作爲政治的觀測站。五色之雲彩現，代表朝廷有賢才良臣出，如「五色雲」條：「宋韓琦，弱冠及第，方傳臚，時太史奏：『五色雲現。』出將入相，為一代名臣〔註12〕。」又如「卿雲」條言卿雲又名慶雲，爲人君有德之兆，其形狀爲：「若雲非雲，若煙非煙，鬱鬱紛紛，蕭索輪菌。」這裡的卿雲即是五色雲，三色的雲

〔註8〕卷一〈天文部・雨〉「三年不雨」，頁13。
〔註9〕卷一〈天文部・雨〉「大雹示警」，頁15。
〔註10〕卷一〈天文部・雷電虹霓〉「雷神名」，頁16。
〔註11〕卷一〈天文部・雷電虹霓〉「雷州雷」，頁16。
〔註12〕卷一〈天文部・風雲〉「五色雲」，頁11。

彩又稱矞雲，《春秋繁露》：「人君修德，則矞雲見〔註13〕。」無論是卿雲或矞雲，皆以雲彩之顏色代表朝政之明君賢臣的出現。又古人認爲星座在宇宙中亦有其位階，有其各自掌管的職務，且其位階可對應人間世的政治階級，由星象的位置、光亮、運行軌道等都可推算出人事的脈動，如「泰階六符」中言：「泰階，三台也。每台二星，凡六星。符，六星之符驗也。三台，乃天之三階。經曰：泰階者，天之三階也。上階為天子，中階為諸侯、公卿，下階為士、庶人〔註14〕。」將天之三階對應天子／諸侯公卿／士庶人三個社會權力位階的等級，以其光度顏色的和諧觀人事位階的互動，如《史記》中載：「中宮、文昌下六星，兩兩相比，名曰三能。台，三台。色齊，君臣和；不齊，為乖戾〔註15。」〕又如宋太祖時，竇儼善推步星曆，以五星聚奎而知自此天下太平，五星乃指金木水火土五行星，其同時匯聚於奎，奎爲天之府庫，故以之爲祥瑞。又關於星象卜算與政治輪替，古人常以五行之說附會，最著名者爲鄒衍「五德終始說」，《夜》書中並無特別強調各朝代的輪替所對應的五行爲何，僅列出五行所掌之方位、季節、神祇、干支、顏色等，在〈天文部・時令〉「五行分旺」條中以材料的方式列出：

> 東方承震而司春，其帝太皡，其神句芒，其日甲乙。甲乙屬木，木旺於春，其色青，故春曰青帝。南方居離而司夏，其帝炎帝，其神祝融，其日丙丁。丙丁屬火，火旺於夏，其色赤，故夏曰赤帝。西方當兑而司秋，其帝少皡，其神蓐收，其日庚辛。庚辛屬金，金旺於秋，其色白，故秋曰白帝。北方承坎而司冬，其帝顓頊，其神玄冥，其日壬癸。壬癸屬水，水旺於冬，其色黑，故冬曰黑帝。中央屬土，黄帝承權，其日爲戊己。戊己屬土，土旺於四時，其色黄〔註16〕。

五德終始運用五行的相生相剋爲政治權力的遞嬗推算出一套規律。又中國自古有將帝王鍍上神聖光環的政治傳統，尤其是上古時代的帝王，多有感生神話爲其人增添神秘的色彩，如黃帝乃其母附寶見電光繞北斗樞星而孕生，「雷光照郊」條言：「《世紀》：『神農氏之末少昊氏娶附寶，見大電光繞北斗樞星照郊，感附寶孕，二十月生黃帝於壽丘。』」〔註17〕顓頊乃其母女樞見瑤光貫月而感生，「瑤光貫月」條載：「《通鑑》：『昌意娶蜀山氏之女曰女樞，感瑤光貫月之祥，生顓頊高陽氏於

〔註13〕卷一〈天文部・風雲〉「卿雲」，頁11。
〔註14〕卷一〈天文部・星〉「泰階六符」，頁7。
〔註15〕卷一〈天文部・星〉「北斗七星」，頁7。
〔註16〕卷一〈天文部・時令〉「五行分旺」，頁22。
〔註17〕卷一〈天文部・雷電虹霓〉「電光照郊」，頁15。

若水。』」〔註18〕又如太昊、少昊之生與雷電虹霓有關，「虹繞虹臨」條：「《通鑑》：太昊之母履巨人跡，意有動，虹且繞之，因娠而生帝於成紀。少昊，黃帝之子，母曰『嫘祖』，感大星如虹，下臨華渚之祥而生〔註19〕。」此類感生神話均以聖王爲天所派命，降之人間以統萬民，有將帝位合理化與神聖化的傾向，也更便於其得到人民的仰賴與信任。將帝王的出世添附神秘色彩後，其形象就不僅止於人民的共主，而多了福祐人民的神力，故其死後人民多立廟祭祀，以其回歸天庭，成爲神界的一員。不僅是帝王有如此的神異傳說，對於有特殊政績的官吏，地方鄉民抑或待之如神，爲其人編構出一套具神異色彩的個人傳記，如「雷震而生」條中：「陳時，雷州民陳氏獲一卵，圍及尺餘，攜歸。忽一日，雷震而開，生子，有文在手，曰『雷州』。及長，名文玉，後拜本州刺史，多惠政。沒而靈異，立廟以祀〔註20〕。」此類卵生神話均有「渾沌初開、人文化成」之意。卵與生殖的意象是被連結在一起的，如《詩經．商頌》：「天命玄鳥，降而生商〔註21〕。」《史記．殷本紀》：「玄鳥墜其卵，簡狄取吞之因孕生契〔註22〕。」感生神話與處女懷胎的信仰是源於古代的母神信仰，這類神話中的處女也就是民族的原始母神〔註23〕。卵的意象是源於古人以之爲宇宙生命的根源，是一種具有神秘生殖力量的物體，故感生神話也常與卵生神話、石頭神話連結在一起。

在古代，所謂「節」有節氣、年節之義，它以特定的「時空觀」和「物候觀」爲文化內涵；「令」是王者按月所行政事，既是王制中不可或缺的部分，亦是天子居於明堂中，頒行的施政「政令」或「月令」。古代的節令文化，作爲一個文化系統而言，包含著「時」、「空」、「人」、「文」、「地」、「物」、「節」、「候」等諸多文化要素，這些要素通過「四時」之有節奏感的「節」和「令」加以聚光與匯聚，而由人民參與節令文化活動的群體性活動與相關事象中表現出來。

在《夜》書〈天文部〉中以「時令」類記載律呂、干支、生肖、節氣、月忌、五行等，並另立春夏秋冬四類，以記各季節中的節慶活動與民俗儀式，在所列出的條目中，多有簡略記載其節慶的由來，或儀式背後的象徵義，而其所挑選的的

〔註18〕卷一〈天文部．日月〉「瑤光貫月」，頁6。

〔註19〕卷一〈天文部．雷電虹霓〉「虹繞虹臨」，頁17。

〔註20〕卷一〈天文部．雷電虹霓〉「雷震而生」，頁17。

〔註21〕裴普賢編著《詩經評註讀本》（下）〈商頌．玄鳥〉，台北：三民，1997年10月七版，頁661。

〔註22〕司馬遷撰，瀧川龜太郎考《史記會注考證．殷本紀》，台北：藝文，1972年7月，頁49。

〔註23〕王孝廉《中原民族的神話與信仰》，台北：時報文化，1992年二版，頁230。

節慶或儀式多與吳地民俗且與文人活動有關，若將其條目依時間順序編製整理，或可視其為「吳地文人節俗曆」。其中多以干支或節氣紀時，故可視其體制為曆書的架構，但曆書多記農民耕作活動的節時，而此處則記文人或民間過節時的習俗與活動，故雖以曆書體制書寫，又突破曆書的內容常例。張岱曾作《桃源曆》，其序中自言：

> 天下何在無曆？自古無曆者，惟桃花源一村人。以無曆，故無漢無魏晉；以無曆，故見生樹生，見死獲死，有寒暑而無冬夏，有稼穡而無春秋；以無曆，故無歲時伏蠟之慢，無王稅催科之苦。雞犬桑麻，桃花流水，其樂何似。桃源以外之人，惟多此一曆，其事千萬，其苦千萬，其感慨悲泣千萬。乃欲以此曆曆我桃源，則桃源之人亦不幸甚矣。雖然，余之作曆也，則異於是〔註24〕。

張岱所作之桃源曆，不欲以外在世界的規範侵擾桃源人的自然規律，故其不存年號、不立甲子，純粹依憑「**星出蟲吟，推人耕織**」方式，使「**春蠶秋熟，歲序依然；木落草榮，時令不失**〔註25〕」以人感萬物自然之變化，而作出的相應活動為主體，編製出這樣一本曆書，這是張岱作曆之破格處。此處的文人曆不以日常的勞動為主，而以節慶時間的非常活動為綱，亦張岱的獨出新裁，而此曆中所記之節慶與儀式的來源為何？象徵意義又為何？且當時的文人是否依曆而行？以下便以《夜》書所列條目編製為一表，並分析其節俗來源與象徵意義，進一步由張岱《陶庵夢憶》中觀出當時吳地文人的儀式活動與慶典盛況，以實際作品的例子來印證所記內容的落實情形：

季　節	節氣與時間	節　日	儀式活動	象　徵	功　用	備　註
春		元旦	縣官 懸羊磔雞	草木萌動，羊齧百草，雞啄五穀。	助生氣	
		元日	立桃板，門上畫神荼、鬱壘，戶上懸葦索、插符。			夏插葵葦，殷插椒圖，周插桃梗，名插芝麻秸。
			飲屠蘇酒		辟除百病	少者先飲，老者後飲。
			椒觴	椒為玉衡星精	卻老	

〔註24〕《瑯嬛文集》卷一〈桃源曆序〉，頁449。
〔註25〕同上注。

春			取五木煎湯沐浴（五辛盤）		至老髮黑	
			火城			曉漏前，金吾以樺燭數百炬湧馬前後如城。
		迎春	制迎春彩花（唐中宗）			
	立春		門貼宜春字（楚俗） 作春餅、春盤（唐人）			
	雨水（正月中）					立春後，氣溫上升爲雨水。
	正月三日	天慶節（宋真宗訂）				
	正月七日	人日（宋真宗訂）	造華勝相遺，剪彩縷金插鬢（晉）			
	正月十五	元宵	放天燈	天官生		
			卜紫姑	祭廁神	占農事及桑葉貴賤	
	正月十六	耗磨日	飲酒			
	正月二十	天穿日	以紅彩繫餅餌投屋上	補天		
	卯日		佩剛卯		辟邪	
	晦日（月終）		士女湔裳，飲酒於水湄	度厄雨		
	二月十二（或為二月十五）	花朝（撲蝶會）		百花生日		
	二月十五	中和節（唐李泌訂）	以青囊盛百穀瓜果種相問遺，醲宜春酒，百官進農書	祭句芒神		
	仲春		祭社神			
	社日		飲酒		治耳聾	
	春分（二月中）		磔雞（魏文帝）		祀厲殃	
	上巳（三月三日）		婦女以薺花蘸油，祝而灑水上	成龍鳳花卉之狀則吉	油花卜	
			官民祓禊於東流水上。（起於漢成帝）	去邪疾、祈介祉。		
			宴於曲江			
			賜近臣細柳圈。		免蠆毒瘟疫	

春			女巫禊於水上（周公制）溱洧祓除，秉蘭招魂續魄。（鄭制）			
			蘭亭流觴曲水			周公時已有
	冬至後一百零六日	寒食	禁火	紀念介之推		
			雛卵鬥雞子（周制）			
			鞦韆舞（唐玄宗訂）			
			出祭（後唐莊宗訂）			
		清明（潔齊之意）	取火以賜進臣（唐制） 拔河（唐） 士大夫踏青拜墓			
夏	四月一日	天祺節（宋真宗訂）				
	四月八日	浴佛	放生會			
	小滿（四月中）					
	五月五日	端午 天中節 蒲節	躧柳（士人走馬較射）			
			午時製百藥			
			採艾（師曠制）		占病	
			百索懸臂及釵頭符（齊景公制）			
			以五彩絲繫臂上		辟兵及鬼，令人不病	
			以竹筒貯米投水	祭屈原		
			競渡	救屈原		
			以五瑞插瓶中		辟除不祥	
			繪五毒於宮扇或袍緞上		辟瘟氣	
			以梟羹賜百官		辟諸惡	
			蓄蘭爲湯以沐浴	〈離騷〉:「浴蘭湯兮沐芳華」		
	五月十日	竹醉日	移竹易活			
	六月六日	天貺節				

秋	七月七日	七夕	富家曝曬錦衣			
			作高台、陳瓜果於宮中（唐玄宗）	牛郎織女相會		
			宮人以七孔針引彩線穿之	乞巧		
			以蜘蛛納小金盒中，天明見蛛絲稀密	得巧之多寡		
			以蠟作嬰兒浮水中	婦人生子之祥	化生	
			剪輕彩，作連理花散庭中	乞巧		吉慶花
			泥孩兒飾以金珠	天仙送子		摩睺羅
	七月十五	中元節	放河燈	水官生		
			盂蘭盆會	目連尊者救母脫惡鬼道		
	處暑（暑氣將於此時止息）					
	八月一日		（天灸）以朱墨點小兒額		厭疫	
	八月十八		看戲潮（浙江）			
	八月望日		廣陵曲江觀濤			
	九月九日	重陽節	食蓬餌、飲菊花酒（漢賈佩蘭）		長壽	
			以絳袋盛茱萸繫臂上、登高山		消禍解災	
			飲茱萸菊花酒		長壽	
冬	十月朔	拜暮（宋制）	有司進暖炭、民間作暖爐會			
	十二月	嘉平節	以酒果饋遺	節禮		
	十二月八日	臘八	送七寶五味粥（宋制）	浴佛		
		除夕	制儺神，赤幘玄衣朱裳，蒙以熊皮，執戈持盾以逐之	辟疫鬼		
			以竹燒火中，畢剝有聲	驚走山魈 去病寒		
			於街心燃籸盆，視其火色明暗	卜來歲祲祥		
			燃火炬，縛長竿杪以照田（吳俗）	祈來歲之熟		
			小兒沿街呼叫賣痴呆（吳俗）			

中國古代節俗的來源約有幾種：歲時活動、祭禮、時令、巫社集會、神話傳說、節氣等〔註 26〕，張岱所列之節慶亦是由這些來源綜合後揀選出來，如：歲時活動方面有「元旦」的祭農神、祈穀、飲酒等，歲時活動是隨季節、時間的推移和物候的轉換而展開的活動事項，其象徵意義在於祈求風調雨順，五穀豐登，《夜》書中「卜紫姑」條便是實際的例子，紫姑是人家侍妾，爲大婦所殺，屍體棄於廁中，民間祀之爲廁神，於正月十五「作其形於廁，元夕迎之，能占農事及桑葉貴賤。」祭禮不同於歲時活動的地方在於其爲官方所釐定的歲時祭祀禮儀，如所謂的「社日」祭社神，春社是祭祀大地母神的節慶，《呂氏春秋．仲春紀》：「擇元日，命人社〔註 27〕。」此日天子以太牢祀於高禖，以求作物的豐收與子孫的繁衍。不過這類的官方祭典，後來漸漸演變爲民間節日，如元旦時，縣官懸羊磔雞，人民於社日飲酒以治耳聾、中和節以青囊盛百穀瓜果祭句芒神等，皆是由官方祭禮所演變來。時令則是由統治階層對歲時活動所作的內容與時間上的規定。如《夏小正》：「囿有見韭。」〔註28〕《禮記．王制》：「庶人春荐韭〔註29〕。」晉．周處《風土記》中：「元日造五辛盤。正月元日，五薰鍊形〔註30〕。」張岱對此亦作記載，且對其象徵意義作了解釋，「五辛盤」條中：「元日取五木煎湯沐浴，令人至老髮黑。道家謂青木香為五香，亦云五木。庾詩：『聊傾柏葉酒，試奠五辛盤。』〔註31〕」此處不僅記載元日制五辛盤的習俗，尙言其與道家長生的關係，並由實際文學作品中將五辛盤、柏葉酒與長生卻老的意象連結起來。

第四個來源是巫社，巫社是由官方或民間的巫覡群體主持的祭祀性活動，《風俗通義》卷九記載：「會稽俗多淫祀，好卜筮，民一以牛祭。巫祝賦斂受謝，民畏其口，懼被祟，不敢拒逆，是以財盡於鬼神，產匱於祭祀〔註 32〕。」對於此類巫覡斂財的情形，張岱亦在《夜》書中記載，如「河伯娶婦」條言鄴俗信巫，以河伯娶婦之名攫利，西門豹爲鄴令，將群巫投於河中，此弊乃絕〔註 33〕。可見張岱

〔註26〕張君《神秘的節俗》，廣西：人民，1994 年 8 月一刷，頁 2。
〔註27〕張雙林等譯注《呂氏春秋譯注》，吉林：文史，1994 年 12 月二刷，頁 31。
〔註28〕《夏小正》收入《郇齋叢書》卷三，楊州：廣陵書社，1991 年～99 年間，頁 2。
〔註29〕《十三經注疏》（五）《禮記注疏》卷十二〈王制〉，台北：藝文，1997 年 8 月初版十三刷，頁 245。
〔註30〕宗懍《荊楚歲時記》引周處《風土記》，並注「五辛所以發五臟之氣，即大蒜、小蒜、韭菜、雲臺、胡荽是也。」（收入百部叢書集成 129 冊，台北：藝文，1965 年），頁 4。
〔註31〕卷一〈天文部．春〉「五辛盤」，頁 24。
〔註32〕（漢）應劭《風俗通義》卷九，台北：臺灣商務，1979 年台一版，頁 63～64。
〔註33〕卷七〈政事部．燭奸〉「河伯娶婦」，頁 190。

亦認爲此類斂財淫祀的行爲應徹底斷絕，不應以此勞民傷財。此處所記源於巫社的慶典活動則如三月上巳的祓禊，其意義在於祓除不祥，張岱記載此時的活動爲：（1）油花卜。婦女以薺花蘸油，祝而灑水上，成龍鳳花卉之狀則吉。（2）官民祓禊於東流水上，以去邪疾，祈介祉。（3）朝廷宴新科進士於曲江。（4）賜近臣細柳圈，以免除蠆毒瘟疫。（5）女巫於溱、洧之上祓除，秉蘭招魂續魄。（6）蘭亭流觴曲水。其中除油花卜爲民間習俗外，其餘皆爲與文人、政官相繫的典故。

第五種來源爲神話傳說，最典型的例子是「七夕」，七夕節的產生乃源於牛郎織女的神話，周處《風土記》：「織女七夕渡河，使烏鵲為橋。相傳七日鵲首無故皆髡，因為梁以渡織女之故也〔註34〕。」葛洪《西京雜記》卷三言西漢宮人：「至七月七日，臨百子池，作于闐樂。樂畢，以五色縷相羈，謂為相連愛〔註35〕。」《夜》書中關於七夕節的記載有八條：「鵲橋」、「得金梭」、「曬衣」、「曬書」、「乞巧」、「化生」、「吉慶花」、「摩睺羅」。其中，「鵲橋」乃記七夕源於牛郎織女相會的神話，「得金梭」、「曬衣」、「曬書」、「乞巧」、「吉慶花」諸條均與女工有關，而「化生」、「摩睺羅」則與送子有關。乞巧的方式通常有二：以七孔針穿彩線與捉蜘蛛納小金盒中，向織女乞巧，乃因其爲代表具有靈巧、智慧的處女神，除此，織女的神性中亦包括主掌生育與庇護兒童，故產生了作蠟嬰浮水中與饋送泥孩兒等祈子儀式，「化生」的儀式乃模擬嬰兒在母親羊水中或初生受洗的動作，而化生之俗源於西域，即「摩睺羅」，故以水浮孩兒，或以泥作嬰孩，只是地域性的差別。「曬衣」與「曬書」條中除記載七夕富人曬錦衣之俗外，尚以兩件逗趣的事例描寫任誕人格，「曬衣」條：「阮咸以長竿摽大布犢鼻褌於上，曰：『未能免俗，聊復爾爾。』」〔註36〕「曬書」條言：「郝隆七月七日，見富家皆曬曝衣錦，郝隆乃出日中仰臥。人問其故，曰：『我曬腹中書爾。』〔註37〕」此類皆文人對民俗作出仿諷的舉動，以標舉其異於凡俗的風雅身份。

民俗儀式的舉行意義主要在於：（一）辟邪、敬神、除鬼。如：元日立桃板，畫神荼鬱壘，桃板與〈周公鬥桃花女〉的傳說有關，以桃枝有避邪作用〔註38〕，

〔註34〕牛郎織女相會的記載一般以《淮南子》：「七夕鵲塡河成橋，渡織女」爲最早記載。王孝廉先生則認爲此說不可信，因《白孔六帖》有後人杜撰之嫌，而今本《淮南子》又無此段文字，故以周處之言爲最早。見王孝廉《中國神話與傳說》，台北：聯經，1977年2月初版，頁186～193。

〔註35〕（晉）葛洪《西京雜記》卷三，北京：北京出版社，2000年第一版，頁727。

〔註36〕卷一〈天文部・秋〉「曬衣」，頁30。

〔註37〕卷一〈天文部・秋〉「曬書」，頁30。

〔註38〕郝譽翔〈「桃花女」中陰陽鬥與合：一個儀式戲劇的分析〉中言：「桃木自古以來便

神荼鬱壘則爲黃帝時，能捉鬼除疫的兩兄弟，後世將其視爲門神。又如卯日配剛卯可辟邪，正月晦日，飲酒於水湄可度厄雨，春分時磔雞可祀厲殃，上巳戴柳圈可免虺毒瘟疫，端午時以艾草佩門上以辟邪，並以五瑞辟除不祥，除夕制儺神以除疫鬼等等。（二）祈求風調雨順，來年豐收。如元旦縣官懸羊磔雞以助生氣，正月十五卜紫姑以占農事與桑葉貴賤，二月十五祭句芒神，百官進農書，仲春祭社神，十月朔作暖爐會，除夕夜於街心燃籸盆，視其火色明暗以卜來歲禨祥、燃火炬，縛長竿杪以照田，以祈來歲之熟等皆是。（三）祈求生殖繁衍。如：寒食節雕卵鬥雞子，七夕以蠟作嬰兒浮水上爲生子之祥，以泥孩兒飾金珠以爲天仙送子等。（四）追求延年益壽、長生不老。如：元日飲屠蘇酒辟除百病、製椒觴以卻老、以五木煎湯沐浴，重陽節食蓬餌、飲菊花酒等。《夜》書記載的這些民俗活動混雜了中國古代神話傳說、佛道祀神驅鬼儀式，以及歷朝所沿襲下來的祭祀禮儀等，尤可見出荊楚一帶的歲時活動以及文人階級的慶節方式。其中，正月十五元宵節、三月中清明節、五月五日端午節、七月十五中元節、八月十五中秋節等，在張岱《陶庵夢憶》中尤多記載，如：描寫元宵節燈火之盛的篇章有〈魯藩煙火〉、〈世美堂燈〉、〈閏元宵〉三篇，言蘇州燈火妙天下，蘇人自誇曰：「蘇州此時有煙火亦無處放，放亦不得上。」乃因「此時天上被煙火擠住，無空隙處爾」〔註 39〕。關於清明節的篇章則有〈越俗掃墓〉、〈揚州清明〉，言「揚州清明，城中男女畢出，家家展墓〔註 40〕。」掃墓之人、賣貨郎、博徒、流民、徽商西賈、曲中名妓等，一切好事之徒，無不咸集，彷彿南宋張擇端〈清明上河圖〉之再現。越俗掃墓，男女靚裝遊湖，厚人薄鬼，畫船簫鼓，奢靡極致，充分表現出當時南方經濟繁榮，崇奢之風極盛。〈金山競渡〉則寫端午節自七月初一至十五日，龍船日晝地而出，五日出金山，鎮江亦出。其景觀爲「金山上人團簇，隔江望之，蟻附蜂屯，蠢蠢欲動。晚則萬艓齊開，兩岸沓沓然而沸。」〔註 41〕。寫七月十五之篇章有〈西湖七月半〉、〈龍山放燈〉兩篇，中元節杭人有乘畫舫遊西湖賞月的習俗，〈西湖七月半〉則描寫西湖賞月之盛。當時中元放燈一連四夜，「山上下糟邱肉林，日掃果核蔗渣及魚肉骨蠡蛻，堆砌成高阜，拾婦女鞋掛樹上如秋葉。」以事後殘局寫遊人

是民間除煞的利器。」，頁 83。文中並舉出王充《論衡・訂鬼》、應劭《風俗通》卷八「桃梗條」、宗懍《荊楚歲時記》中條目證之。收入《中外文學》第二十六卷，第九期，1998 年 2 月，頁 83。

〔註 39〕《陶庵夢憶》卷二〈魯藩煙火〉，頁 12。

〔註 40〕《陶庵夢憶》卷五〈揚州清明〉，頁 48。

〔註 41〕《陶庵夢憶》卷五〈金山競渡〉，頁 48。

之盛。中秋節則有〈虎邱中秋夜〉、〈閏中秋〉兩篇，前文言八月半土著流寓、士夫眷屬、女樂聲伎、曲中名妓戲婆、民間少婦好女、崽子孌童、冶遊惡少、清客幫閑、傒僮走空之輩，無不鱗集於虎邱，鼓吹翻天動地，同唱大曲，同聽說書，也唯有蘇州才有如此景況。後文言崇禎七年閏中秋，仿虎邱故事，會各友於蕺山亭，同聲唱「澄湖萬頃」，山岳爲之震動，「聲如潮湧」、「酒行如泉」，壯觀無比。吳地在於節日的慶祝活動規模皆十分大，且有極濃厚的社群意識〔註 42〕，此中篇章當是研究民俗學的重要材料。

二、鬼神與怪異

中國古代口傳文學或文獻作品中對於鬼的記述來源主要有四：一、民間口耳相傳，隨意增刪損益內容的故事或傳說。二、士夫文人或有所依循，或加諸想像的創作。三、佛道等宗教人士爲達宣教目的，借張皇鬼事以顯示佛道的靈異。四、思想家們對於鬼神觀念的論述及主張等〔註 43〕；《夜》書〈荒唐部〉對於鬼神事件的載錄主要來自前列的二、三項；其中部份則選自筆記小說與史傳中對於靈異事件的記載，前者如《搜神記》、《異苑》、《仇池筆記》、《語林》、《世說新語》、《窮神秘苑》、《幽冥錄》等，後者如《左傳》、《魏書》、《後漢書》、《晉書》等。張岱僅作篇幅的刪削，於故事情節大體維持原貌，但可由其選錄條目窺測其對鬼神的看法。另一部份宣揚佛道教義者如：「生死報知」、「乞神語」、「再爲顧家兒」、「舌根生蓮」、「天竺觀音」、「隨時易衣」、「婦負石」、「悟前身」等條，此類主要功能一爲勸善，二爲宣教，如輪迴之說、誦經成佛、長生不死、神離形遊等，下文乃根據《夜》書實際條目分析張岱所認知的鬼神世界。

中國人認爲鬼神的形貌與行動異於凡間之人，且有特殊的超自然能力，如：突然消失或慢慢引退；虛而無實的肖像；發光的身體；穿著白色或黑色的長袍；蒼白的、可怕的臉；不完整的、局部的身體；不尋常的行走；古怪的聲音〔註 44〕。

〔註 42〕姜彬主編《吳越民間信仰民俗——吳越地區民間信仰與民間文藝關係的考察與研究》，上海：文藝，1992 年 7 月一刷，頁 624。

〔註 43〕參引馮藝超師〈鬼禁忌初探〉，收入《中華學苑》第五十期，國立政治大學中國文學系印行，1997 年 7 月，頁 97。

〔註 44〕美國學者查爾斯對居住在香港的中國人作鬼魂信仰的調查，有百分之五十的人相信鬼的存在，並依其所描述鬼的形象歸納約有八點，此八點突出了超自然的特徵，而實際上，現代西方靈學超感應理論認爲鬼魂顯靈時的形象與實際上的人形是近似的。參見〔美〕查爾斯著、沈其新譯《鬼魂：中國民間神秘信仰》，湖南：湖南文藝，1991 年，頁 72～89。

總之，鬼神於外在形容舉止上是容易被辨認出來的，鬼的容貌醜惡是人懼怕鬼的主要原因之一，但若鬼形同凡人，人鬼雜處而不分，卻又更加可怖，故一定得在某些特徵上讓人察覺鬼的不同。《夜》書中對於鬼的形貌與變化能力並無特別描寫，但由「墓中談易」、「無鬼論」、「魑魅爭光」、「廁鬼可厭」、「大書鬼手」幾則中可見出端倪。「墓中談易」條中言陸機夜行迷路，投宿旅舍，主人款待並與之談《易》，言談中「理妙得玄微」。天明問村人，始得知山中並無旅舍，僅有王弼之墓。此處陸機見王弼鬼魂並不察覺有異，且鬼魂能保留生前的記憶與能力，故王弼能與之言易理。此類文學軼事中，遇鬼之人多不識鬼，且心無懼意；鬼亦不害人，雙方相談甚歡，知道實情後，人亦無懼怕之感，反徒留欷噓。「無鬼論」中，阮瞻素執無鬼之論，鬼類爲證明自身的存在，特現身與之道論鬼神之事。初時，阮瞻並不知其爲鬼，與之辯論良久。此鬼甚有辯才，惟鬼神之事，瞻抵死不信，故鬼乃變形現身，以取信於阮瞻。此處鬼具有容貌變化的能力，可以常人之貌現身，亦可變爲異形，且鬼之原貌是醜惡的，因阮瞻見後不久便因過度驚嚇致死。

「魑魅爭光」條直接描述鬼之形貌：「初來時，面甚小，斯須轉大，遂長丈餘，顏色甚黑，單衣革帶〔註45〕。」嵇康見後，仔細打量，可辨認出其爲鬼魅。又「廁鬼可厭」條中所描述鬼之形象與嵇康所見相仿：「長丈餘，色黑而眼大，著皂單衣，平上幘〔註46〕。」此兩則的共同處皆認爲鬼比一般人高大許多，且膚色甚黑，至於服飾上，乃著黑色無裡層的衣服，所謂「皀單衣」、「革帶」一般爲吊服、下吏服，或士大夫的便服，平上幘爲武者所戴，此處材料不足以顯示爲何種身份，僅可確定鬼乃著黑色服飾。「大書鬼手」中，馮亮夜讀書，忽有大手自窗入，從頭到尾此鬼皆只露出手的形象，可見鬼亦可以身體之部分現身，而無須現爲人形。

「見奴爲祟」、「伯有爲厲」、「披髮搏膺」、「乞神語」等條皆帶有勸人爲善的意味，以勸善爲避惡的基礎，平時若不作虧心事，半夜則不怕鬼敲門，反之，若有害人之舉，即使不遭法律制裁，亦會受到良心譴責與鬼祟纏身。此種假設近於墨子兼愛理論，「夫愛人者，人亦從而愛之；利人者，人亦從而利之；惡人者，人亦從而惡之；害人者，人亦從而害之；此何難之有哉？特上不以為政，而士不以為行故也〔註47〕。」兼相愛的目的在於交相利，害人者人亦害之，故剛正之人，俯仰無愧，鬼類亦無法近身，馮藝超師在〈鬼禁忌初探〉〔註48〕一文歸納鬼之禁

〔註45〕卷十八〈荒唐部・鬼神〉「魑魅爭光」，頁403。
〔註46〕卷十八〈荒唐部・鬼神〉「廁鬼可憎」，頁403。
〔註47〕（清）孫詒讓《墨子閒詁・兼愛中》，台北：世界，1952年4月初版，頁65。
〔註48〕馮藝超師〈鬼禁忌初探〉收入《中華學苑》第五十期，國立政治大學中國文學系印

忌物中有一項爲剛正之人，並舉出幾個實際例子：慵訥居士《咫聞錄》卷七〈鄞縣朱翁〉言朱翁平日救濟窮人，故鬼無法攝其魂魄，言「此人正人君子，攝不得。」又沈起鳳《諧鐸》卷十一〈韓公鬥鬼〉借鬼之言：「說人作一虧心事，神氣即短一尺。」可見鬼欲作祟，亦有其道，並非胡作非爲。《夜》書中「披髮搏膺」即是顯例：「晉侯殺趙同、趙括，及疾，夢大厲鬼披髮搏膺而踴，曰：『殺予孫，不義。余得請於帝矣！』〔註 49〕」在此殺人者終需償命，或爲被害者，或爲被害者親近之人前來索命，而索命之前尚得請示上帝，可見陰間亦有其上訴程序。「伯有爲厲」條中，鄭子晳殺伯有後擔心其化厲鬼前來討命，故問於子產，子產的回答可解釋其對魂魄的觀點：「人生始化曰魄，既生魄，陽曰魂。用物精多，則魂魄強，是以有精爽至於神明。匹夫匹婦強死，其魂魄猶能憑依於人，以為淫厲，況良霄，三世執其政柄而強死，其能為鬼，不亦宜乎！」杜預注：「魄為形也，魂為神氣也。」魂魄之強弱視「用物」的精粗多寡而定，以「匹夫匹婦」對應「三世執政柄」，此處杜預注與孔穎達正義產生了歧義，而張岱選擇了以權力位階決定魂魄之強弱的解釋〔註 50〕。此條中鄭子晳因殺伯有而心生怯意，心裡有愧之人有時因神氣削弱而生出幻象，以爲被害者之鬼魅前來尋仇，如「見奴爲祟」條：

> 石普好殺人，未嘗慚悔。醉中縛一奴，命指使投之汴河，指使憐而縱之。既醒而悔，指使畏其暴，不敢以實告。居久之，普病，見奴爲祟，自以必死。指使呼奴至，祟不復見，普病亦癒〔註 51〕。

一般人認爲在重病之時最易被鬼纏身，此時冤家債主趁虛而入，如「乞神語」條，趙普久病將危，遣吏往上清宮乞道士作法請神，此處以扶乩的方式道出冤家爲秦王廷美，趙普心知有愧於廷美，「冤對不可避」，故命數已盡，一病不起〔註 52〕。

鬼現身的原因有幾種，一是人闖入了鬼的領域——墓地，如「墓中談易」條，陸機晚至山野墓地而不自知，通常此時墳墓會變化爲豪宅或旅社，人因無法辨識

行，1997 年 7 月，頁 104。

〔註 49〕卷十八〈荒唐部・鬼神〉「披髮搏膺」，頁 402。

〔註 50〕用「物」的解釋，杜預解爲「權勢」；孔穎達則解爲「奉養之物，衣食所資之總名也。」張岱對原來文字省略「以爲淫厲。況良霄」以下一大段敘述，原文爲「我先君穆公之胄，子良之孫，子耳之子，敝邑之卿，從政三世矣。鄭雖無腆，抑諺曰蕞爾國。而三世執其政柄其用物也弘矣，其取精也多矣，其族又大所馮厚矣，而強死能爲鬼，不亦宜乎！」若以原文之義，應以孔穎達所解爲是，而此處張岱所作的詮釋爲權力之強弱可影響魂魄之強弱。原文參自《十三經注疏》（六）《左傳注疏》，台北：藝文，1997 年 8 月初版十三刷，頁 764。

〔註 51〕卷十八〈荒唐部・鬼神〉「見奴爲祟」，頁 403。

〔註 52〕卷十八〈荒唐部・鬼神〉「乞神語」，頁 403。

而誤闖。若人侵入的意圖是惡意的，便會招來鬼魅之報復，如：「何乎見壞」條：「王伯陽於潤州城東魰地葬妻，忽見一人乘輿導從而至，曰：『我魯子敬也，葬此兩百餘年。何乎見壞？』目左右示伯陽以刀，伯陽遂死〔註 53〕。」此處伯陽的動機雖無惡意，畢竟侵犯了死者的墓地，可見墓地爲人之禁忌地域，一旦踏入則侵入了鬼的地盤。又如「上陵磨劍」條，漢武帝托夢於守陵令薛平，言獄卒於上陵磨刀劍，欲薛平止之，在此，陵墓猶如人死後的家，動其一瓦一石均侵擾死者安寧〔註 54〕。

另一種出現形式爲托夢，「酒黑盜唇」條中李克用之墓被盜，克用托夢於郡守言盜墓者偷飲墓中之酒，以唇黑者爲憑，此處鬼並不親自制裁侵犯之人，而訴諸於人間的法律，酒爲生前所預存，用以防盜，郡守因得夢中指示而順利獲盜。「爲醫所誤」條：「顏含兄畿客死，其婦夢畿曰：『我為醫所誤，未應死，可急開棺。』含時尚少，力請父發棺，餘息尚喘。含旦夕營視，足不出户者十三年，而畿始卒。嫂目失明，含求蚺蛇膽不得。忽童子授一青囊，開視之，乃蛇膽也。童子即化青鳥去〔註 55〕。」此則中有幾個線索，一是人之年壽是固定的，若年壽未盡而枉死，尚可視息人間；二是未死將死之人，其魂魄可離形而托夢，顏畿托夢於妻之時尚有氣息，而魂可離其魄而獨自行事；三是顏含之篤愛兄與嫂之行感動靈界，故遣青鳥助之，而青鳥亦可能是顏畿魂魄所化，在仙鄉小說中，青鳥有其特殊之象徵，通常爲得道之人魂魄所化。如〈袁相根碩〉中，兩人獵於深山道遇仙女，歸家時仙女贈一腕囊令其勿開，家人徑開而囊中青鳥飛去，後根碩於田中耕地時形定不動，有殼如蟬蛻。這裡青鳥象徵根碩之魂，魂飛後，僅留其形殼於田中。又《漢武故事》中，西王母於七月七日會漢武帝，王母來前，「忽有青鳥從西方來集殿前」，王母至時，「有二青鳥如烏，夾侍王母旁〔註 56〕。」此處青鳥爲西王母之侍從，甚至是地位極高的貼身護衛，在仙鄉小說中起著關鍵性的作用。又青色之物在此類小說中亦成爲特殊符碼，如〈袁相根碩〉中所遇仙女乃「容色甚美，著青衣〔註 57〕。」〈黃原〉中，引黃原至仙女莊者爲青犬〔註 58〕。〈秦女賣枕記〉中孫道度遊學道中

〔註 53〕卷十八〈荒唐部・鬼神〉「何乎見壞」，頁 402。

〔註 54〕卷十八〈荒唐部・鬼神〉「上陵磨劍」，頁 403。

〔註 55〕卷十八〈荒唐部・鬼神〉「爲醫所誤」，頁 404。

〔註 56〕《漢武故事》卷下，收入《百部叢書集成・問堂室叢書》，台北：藝文，1968 年，頁 2。

〔註 57〕（晉）陶潛《搜神後記》卷一〈袁相根碩〉，收入陳萬益等合編《歷代短篇小說選》，台北：大安，1996 年，頁 60。

〔註 58〕劉義慶《幽冥錄・黃原》，收入陳萬益等合編《歷代短篇小說選》，台北：大安，1996

所遇爲「青衣女子」，結爲夫婦共度三宵後始知爲鬼〔註 59〕。〈盧充〉故事中，盧充與崔女之鬼魂結婚，三日後離冥界時，所乘爲「一犢車駕青牛」，此車乃往返陰陽兩界之物，故「去如電逝，須臾至家。」而冥界三日，陽界已過四年三月，其後充又乘此牛車見崔女，其子已長成三歲矣〔註 60〕。《漢武帝內傳》中西王母之侍女「年可十六七，服青綾之袿」〔註 61〕。由此看來，「爲醫所誤」條中童子所受「青囊」與童子所化之「青鳥」，均與道家仙術有極密切的關係。

仙女思凡亦是人逢靈物的另一典型，「五百年夙願」中，張英道經采石江遇一絕色女子，言兩人有五百年夙願，當會於大儀山。張英素不信鬼神之事，卻於到任儀隴之半年中，日夕聞機杼聲，遂率部隊尋聲而往。至大儀山，仙女出迎，相攜入洞，餘人皆阻於洞外。後見圓石一雙自門隙出，眾人取之建祠供奉〔註 62〕。此類故事中，人與仙或鬼之情緣皆是註定的，仙女下凡或女鬼還陽，均是爲了了此情債，而人在此中多處於被動且無知的狀態，即便反抗亦無法逃離此命運，但此中無論是仙女或女鬼，均以助人得到世俗成就爲其目的，人絕不因遇鬼怪而罹殃，且人鬼多有夫妻之實，此類故事多爲男性書寫者心理願望的投射。如「祠山大帝」中載：「父張秉，武陵人，一日行山澤間，遇仙女，謂曰：『帝以君功在吳分，故遣相配。長子以木德旺其地。』且約逾年再會。秉如期往，果見前女來歸，曰：『當世世相承，血食吳楚。』後生子勃，為祠山神。神始自長興自疏聖澤，欲通津廣德，便化為狶，役使陰兵。後為夫人李氏所見，工遂輟，顧避食狶〔註 63〕。」此處人因有功而得與仙女婚配，所生之子被吳楚之人奉爲祠山神，具變化能力，且可運用陰間兵力爲人間疏通聖澤，仙女在此處使張家「世世血食吳楚」，助益可謂極大。

在〈荒唐部〉中，有兩則關於《山海經》神怪的記載：「貳負之骸」條言《山海經》中載：「貳負之臣曰危，與貳負殺窫窳。帝乃梏之疏屬之山，桎其右足，反接兩手與髮，繫石。」漢宣帝時於疏屬之山得一人「徒裸，被髮反縛，械一足。」

年二版，頁 79～80。

〔註 59〕（晉）干寶著、汪紹楹校注《搜神記．秦女賣枕記》卷十六，台北：里仁，1970 年初版，頁 201。

〔註 60〕（晉）干寶著、汪紹楹校注《搜神記．盧充》，收入陳萬益等合編《歷代短篇小說選》，台北：大安，1996 年二版，頁 53～54。

〔註 61〕《漢武帝內傳．王母》，收入陳萬益等合編《歷代短篇小說選》，台北：大安，1996 年二版，頁 88～89。

〔註 62〕卷十八〈荒唐部．鬼神〉「五百年宿願」，頁 407。

〔註 63〕卷十八〈荒唐部．鬼神〉「祠山大帝」，頁 406。

劉向言其爲貳負，帝罪其妖言惑眾，劉歆便進甦解此怪之法，言果奏效，帝服其識，拜向歆父子爲宗正〔註 64〕。此則的目的雖主言向歆父子之博學多聞，但亦表示神話中之怪物有實際存在的可能性。又如「旱魃」條，言此物：狀似人，長三尺，目在頂上，行走如風，見則大旱，赤地千里，喜匿於古冢中。山東人每遇旱災則遍搜古冢，得此物焚之則雨〔註 65〕。此處神話之物成了祈雨犧牲，民間相信確有此物且實際作用。又一類爲聖人之預言，孔子在史傳中儼然有被神聖化的傾向，甚至能預知後世之事，如「輦沙爲阜」條，秦始皇欲發孔子冢，見孔子遺甕中有丹書曰：「後世一男子，自稱秦始皇，入我室，登我堂，顛倒我衣裳，至沙丘而亡〔註 66〕。」秦始皇怒而發冢，逐冢中之兔至曲阜十八里而不得，見小兒輦沙爲阜問之，答爲沙丘，始皇乃得病卒。此則出處爲《後漢書・襄楷傳》，不但將孔子神聖化，亦將秦始皇的死離奇化。又「藏璧」條，鐘離意爲東漢永平時魯相，出私錢治孔子車，並入廟拭几席劍履，見孔子遺甕而啓之，內有丹書曰 ：「後世修吾書，董仲舒。護吾車，拭吾履，發吾笥，會稽鐘離意。璧有七，張伯藏其一。」〔註 67〕問張伯，果私藏玉璧一。此處以孔子遺文預言東漢之事，驗若神明，其主要目的在言董仲舒作《春秋繁露》，乃承孔子之道統，以小事之靈驗寓大事之不誣。

在佛道宣教方面，如「生死報知」條中，王坦之與竺法師每論幽冥報應之事，相約先死者當報其事。經年後，竺法師魂來告王：「貧道已死，罪福皆不虛，惟當勤修道德，以升躋神明爾〔註 68〕。」此處勸善意味鮮明。又「再爲顧家兒」中，顧況年老喪子，其子因眷戀家人，遊魂不離，聞父之悲慟乃誓言曰：「若有輪迴，當再為顧家兒。」後果投生，且於前世之事，皆敘說無誤。此處可得線索有三：一爲人死後不久，魂雖離其形，仍游離於附近，且能見陽間之人；反之，人不能見魂。二爲人之誓願可決定投生之所，但一般乃不可掌控。三爲輪迴投生之後，對前世仍有記憶，以此才能作爲輪迴之憑。「悟前身」條，焦竑奉使朝鮮，於島嶼間見茅庵，詢問之下乃悟前身爲此地老僧，因見冊封天使路經而心生羨意，故投身爲狀元官侍郎，以符其願。此處求道之僧若意念仍存俗欲，便再入輪迴，不得升天，而焦竑因前世爲修法之人，有其慧根，見舊物仍依稀識得，憶前生後，豁

〔註 64〕卷十八〈荒唐部・怪異〉「貳負之骸」，頁 408。
〔註 65〕卷十八〈荒唐部・怪異〉「旱魃」，頁 408。
〔註 66〕卷十八〈荒唐部・鬼神〉「輦沙爲阜」，頁 405。
〔註 67〕卷十八〈荒唐部・鬼神〉「藏璧」，頁 406。
〔註 68〕卷十八〈荒唐部・鬼神〉「生死報知」，頁 402。

然開悟〔註 69〕。「舌根生蓮」言一老僧平日誦《法華經》，死後舌根生青蓮，父老造寺供之。修道飛升的例子則如：「公遠隻履」：「羅公遠墓在輝縣。唐明皇求其術，不傳，怒而殺之。後有使自蜀還，見公遠曰：『於此候駕。』上命發冢，啟棺，止存一履。葉法善葬後，期月，棺忽開，惟存劍履〔註 70〕。」此類多以冢中無屍顯示其人實已成仙，而死葬只不過爲一種凡俗的儀式，若干年後，或有人在多處見此道人形跡，以言其逍遙雲遊之態。

前已有言，剛正之人鬼魅不得侵擾，而面對人鬼對峙的場面，人又如何能不戰而勝呢？基本上，鬼既具有變化能力，且能攝人魂魄；又人在陽處，鬼在陰處，人的處境通常是不利的。鬼攝人心魂的手段，在袁枚《子不語》中借鬼口言：「凡吾輩之所以能攝人者，以其心怖而魂先出也〔註 71〕。」又紀昀《閱微草堂筆記》亦言：「大抵畏則心亂，心亂則神渙，神渙則鬼得乘之。不畏則心定，心定則神全，神全則沴戾之氣不能干〔註 72〕。」可見只要處變不驚，氣定神閒，鬼亦無法攝人之魂魄。「魑魅爭光」中，嵇康遇鬼，乃熟視良久，吹滅火光言：「恥與魑魅爭光〔註 73〕。」「廁鬼可厭」中，阮侃遇鬼，徐視，並笑語之曰：「人言鬼可憎，果然！〔註 74〕」鬼的出現無法引起人的忻怖，甚至被嫌棄、厭惡、調侃，只有儘速逃卻而去。「大書鬼手」中，人反過來制服鬼類，鬼哀鳴求饒，以威脅、利誘求其解放，馮亮對於鬼的出現根本不以爲意，戲弄後甚至逕自睡去〔註 75〕。由此可見，只要人自己能不生驚懼，無愧於天，即便遇鬼，亦無大害。

在《夜》書中，張岱是相信幽冥之事的，且不同於孔子的「不語怪、力、亂、神」，其書中多以鬼神之事助談話之興。「無鬼論」中，不信鬼神的阮瞻終將親眼見證，並受到懲罰。「鬼之董狐」中載干寶嘗病至氣絕，入冥府中見天地鬼神事，醒後如同夢醒，將所見聞錄爲《搜神記》，以親身見聞來證明其事不誣。《夜》書中對荒唐幽緲之事多見「以夢識之，良不誣」、「雷果劈之」、「真神鑒也」、「封為神」、「遂立廟」、「從此得病，遂死」、「宛然在焉」、「如其言，乃成」、「隨敘平生事，歷歷不誤」、「家中事纖悉與之說，知與平時無異」、「言訖不見」、「須臾消滅」

〔註 69〕卷十八〈荒唐部・怪異〉「悟前身」，頁 411。

〔註 70〕卷十八〈荒唐部・怪異〉「公遠隻履」，頁 410。

〔註 71〕（清）袁枚《子不語》卷二〈葉老脱〉，湖南：岳麓書社，1985 年，頁 35。

〔註 72〕（清）紀昀著、余夫等點校《閱微草堂筆記》卷一〈灤陽消夏錄一〉，吉林：文史出版，1997 年 1 月一刷，頁 12。

〔註 73〕卷十八〈荒唐部・鬼神〉「魑魅爭光」，頁 403。

〔註 74〕卷十八〈荒唐部・鬼神〉「廁鬼可憎」，頁 403。

〔註 75〕卷十八〈荒唐部・鬼神〉「大書鬼手」，頁 403。

等敘述，從其敘事的口吻與評論，除可看出其立場、觀點，也可得知其以好奇駭俗爲編選的主要考量。

第二節　地理空間的認知

一、現實地理

論地理空間之前，先談旅遊，因地理在未經踐履或圖像化之前，所呈現的僅是平面的地圖空間或文字書寫，只有在實質上或精神上的遊覽之後，才能將其立體化、空間化，甚至是朝向歷史的縱向延伸，將古蹟、典故的懷古幽情與歷史時間納入思考與討論中。晚明文人嗜遊山水，且好寫遊記，並依著個人風格創造出各種旅遊的型態。這時期知名的遊記著作如：王世懋的《名山遊記》、王士性的《五岳遊草》、王季重的《歷遊記》、袁小修的《遊居杮錄》、張岱的《西湖夢尋》與徐霞客的《徐霞客遊記》等，這些著作反映出其不同的旅遊方式與寫作向度。如王思任是個隱居山林的旅遊理論家，袁小修則是在旅遊過程以隨筆方式隨見隨錄的圖像速寫家，徐霞客是個熟知地質、氣候、風土的旅遊探勘專家，張岱則是熟知掌故，並在他的回憶中尋訪精神性的家園圖景的懷舊作家。晚明文人重視個體生命的實踐，肯定旅行對於生命的價值，將山水與個體生命交融涵攝成一種特殊的旅遊意識，形成一種有別於其他時代的旅遊觀〔註 76〕。地理對於張岱而言，山水景觀還在其次，重要的是地理所透露出的人文氣息與所積澱的文化典故。其作品中，專寫自然山水者極少，山水總成爲人文活動的背景，且透過歷史的回憶與文化的積累，與古人古事對話交流。因此現實地理的空間中，常流露出懷古情懷：有對於歷史古蹟的緬懷感嘆，有對於文學軼事的咀嚼玩味，這些不僅在其《陶庵夢憶》與《西湖夢尋》中可見，在《夜航船》中亦清楚地表現於〈地理部〉中。

《陶庵夢憶》中，張岱所記錄的是過往的繁華，其題材主要爲晚明江南的都市風情、園林景觀、茶樓酒肆、歌館舞榭、演戲說書、工藝書畫、花草樹木等社會風俗與民情物態，所寫的是精緻的都市文明〔註 77〕。《西湖夢尋》則將「遊」的場景移至自然山水中，以《山海經》式的方位結構開展出書寫的脈絡，其創作的

〔註 76〕參考毛文芳〈時與物——晚明「雜品」書中的旅遊書寫〉，收入《跨越邊界/第二屆文藝與文化研究國際會議：旅行與文藝論文集》，國立中山大學，2000 年 3 月。

〔註 77〕陳萬益〈有關《陶庵夢憶》四題〉收入《陶庵夢憶》台北：金楓，1986 年 12 月初版。

基調乃在於，「杭州兵燹之後，追記舊遊〔註 78〕。」張岱在西湖遊覽的時間前後有四十餘年，對於當地的風土與典故知之甚詳。《夢尋》書中羅列各景點的歷朝興革與文化典故，以引起懷古之情，增加旅遊的深度；由書中典故的博奧，亦可見出張岱見聞之廣。在《夜航船》〈地理部〉中，對於地理空間的書寫仍是不改其重視人文與歷史的敘述關懷，但視野更加遼闊，將局限於西湖的地域景觀擴充到整個中國的領土，甚至是外國的地理或神話中虛構的空間，如「鬼門關」條爲對於外國地理的傳言與想像：「在交趾南。其地多瘴癘，去者罕得生還。諺曰：『鬼門關，十去九不還。』〔註 79〕」「三島」條爲文學與宗教中對於神仙世界的構設：「東海之盡謂之滄海，其中有蓬萊、方丈、瀛州，三神山，金銀為宮闕，神仙所居〔註 80〕。」書中對於吳越一帶地理著墨尤多，但盡量不與《夢憶》與《夢尋》重複，即使是相同的景點，亦以不同的手法書寫〔註 81〕。

《夜》書中的地理空間可分爲兩種：一是現實地理，張岱所記爲此地點曾發生過的歷史事件或文學軼事；一是虛擬空間，爲帶有宗教或神話色彩的地理，乃介於人與神／仙／佛之間的虛擬空間，在此稱之爲過渡空間，以其爲此界與彼界相連處而命名。現實地理如歷史上知名戰役發生的地點，雖已成古蹟，但仍存在於後人的認知與想像中，且具有實際地景可供人憑弔，見古蹟而能緬懷歷史，藉由身體在現實空間的移動而遊走歷史空間中，地理反成爲歷史中某個戰役、事件、對話、聚會……的場景，如「八陣圖」是諸葛亮設計的陣法，《三國志．蜀書．諸葛亮傳》言孔明：「推演兵法，作八陳圖〔註 82〕。」因其以地壘石作爲陣勢，故亦形成一地理景觀。《夜》書「八陣圖」條：「在新都牟彌鎮。孔明八陣圖凡三：在夔州者六十有四，方陣法也；在牟彌者一百二十有八，當頭陣法也；在棋盤市者二百五十有六，下營法也〔註 83〕。」此處以陣法分佈構成地理空間，而實際上，根據文獻記載，「八陣圖」所在地說法有三：《水經注．沔水》謂其在陝西沔縣東南諸葛亮墓東。《太平寰宇記》謂其在四川奉節縣南江邊。《明一統志》則言在四川新都縣北三十里牟彌鎮。何以同一地理會有三種不同的說法，乃因這些說法實

〔註 78〕《欽定四庫全書總目》載《西湖夢尋》五卷。浙江鮑士恭家藏本。

〔註 79〕卷二〈地理部．古蹟〉「鬼門關」，頁 46。

〔註 80〕卷二〈地理部．山川〉「三島」，頁 52。

〔註 81〕《陶庵夢憶》中有「孔林」，《夜》書亦有。《西湖夢尋》中有「保俶塔」、「西泠橋」、「飛來峰」、「六一泉」、「雷峰塔」、「龍井」、「虎跑泉」等，《夜》書中亦錄，除極少數篇重複外，大部分在文字描述與重心上都有不同。

〔註 82〕《三國志》卷三十五，〈蜀書卷五．諸葛亮傳〉，台北：鼎文，1976 年二版，頁 927。

〔註 83〕卷二〈地理部．古蹟〉「八陣圖」，頁 50。

則圍繞著諸葛亮其人而假設，地理存在於歷史時間中，其意義在於歷史事蹟而非眞實景點。又如「八公山」條：「在壽州。淮南王安與賓客八公修煉於此。謝玄陳兵淝水，苻堅望見八公山草木，風聲鶴唳，皆為晉兵〔註 84〕。」八公山的實際地理位置在壽州，而命名意義乃因劉安與八公於此修練道術，至此，八公山已具典故意義，而淝水之戰中，苻堅望八公山草木皆兵，又爲另一典故。對於這樣一處地理來說，他的歷史意義是層疊的，且後者往往以前者爲典故而進一步發展，因此典故與典故之間變爲層層相因的知識生產線，積澱爲一鏈性的文化意指，而這也是地理掌故書與文化百科的書寫價值所在。

《夜》書中較特出的是列出地標物以載某一歷史事件，甚至是事件中的人物對話，對於懷古事蹟，張岱不以嚴正的史家筆法敘述，而以小說家的方式描述一段軼事，且由人物對話中凸顯出人物性格，如「曹娥碑」條：「在曹娥江滸。漢上虞令度尚所立，尚弟子邯鄲淳所撰，蔡邕題『黃絹幼婦外孫齏臼』，隱『絕妙好辭』四字。魏武問楊修曰：『解否？』修曰：『解。』魏武曰：『卿勿言。』行三十里始悟，乃嘆曰：『吾不如卿三十里。』〔註 85〕」此碑立於曹娥江畔，乃爲紀念孝女曹娥，東漢漢安二年五月五日，浙江上虞縣人曹盱失足墜江溺死，其女曹娥年方十四，尋找父屍七日，不得，投江而死，度尙葬曹娥於江南岸，並立此碑。張岱不言曹娥典故，而將焦點放在此碑所引發的另一事件上。此碑除立碑人度尙、題字人邯鄲淳與撰謎題者蔡邕外，所要強調的是魏武帝與楊修之鬥智，以解謎一事暗寓兩人機智之高下。對於張岱來說，此碑的典故有五層：曹娥投水、度尙立碑、邯鄲淳題碑、蔡邕書謎題，以及魏武與楊修解謎，層層相因，使一地標經典故之積累後互文指涉爲富涵文化意義的符碼。

除了歷史事件發生現場所留下的古蹟地理外，又有一類爲帶有浪漫色彩的文學地理，因文人的遊覽或傳聞中的軼事而增加地理的可觀性與可懷想性，如「躲婆弄」條：「在紹興蕺山下，王右軍居此。有老嫗鬻扇，右軍為題其扇，嫗有慍色。及出，人競買之。他日，嫗又持扇乞書，右軍避去。故其下有題扇橋、躲婆弄〔註 86〕。」此處因王右軍的題扇而得名，且地景之名帶有趣味性，顯在吸引後人遊覽懷古。又「蘭渚」爲王右軍與謝安、孫綽等四十一人三月上巳日於此修禊〔註 87〕，

〔註 84〕卷二〈地理部・山川〉「八公山」，頁 54。
〔註 85〕卷二〈地理部・古蹟〉「曹娥碑」，頁 49。
〔註 86〕卷二〈地理部・古蹟〉「躲婆弄」，頁 48。
〔註 87〕卷二〈地理部・古蹟〉「蘭渚」：「在紹興府城南二十五里。晉永和九年上巳日，王右軍與謝安、孫綽、許詢輩四十一人會此修禊事。今傳有流觴曲水、蘭亭故址。」

因〈蘭亭集序〉之文學與書法價值名噪後世，流觴曲水亦是其地景之具代表性的意象，由於文人的集會而使蘭渚一地帶有濃重的風雅色彩。

「滕王閣」之建立與命名皆不始於王勃，卻因王勃之序而聞名後世，此閣本爲唐朝滕王元嬰所建，其後都督閻伯嶼於此宴賓，欲以集會時題序之舉誇耀女婿吳子章之文才，惜吳子章宿構之文章，卻不及王勃之即席作品，以即席壓倒宿構，不但使王勃以「落霞秋水」句得天才之名，亦使滕王閣從此名聞遐邇〔註 88〕。又「匡廬山」〔註 89〕之名源於匡裕兄弟結廬隱居於此，其中名勝又有白鹿洞，乃朱晦庵讀書處，在明代時另設學校教學。同一地理空間在不同的時間中，雜陳不同的功能意義：匡裕兄弟爲周朝人，其廬乃具隱逸情懷；白鹿洞爲南宋時朱熹書院，具有道學與書卷氣息，而明代此處又延續其教育性質而建造學校，具有實用功能。三種意義使得匡廬一地的地理具有更豐富而複雜的意涵。

〈地理部〉中描寫山水地理不僅止用白描的方式，或仍以人文典故來描述地勢，如言華山之險峻，用韓愈登華山事言之：「韓昌黎夏日登華山之嶙，顧見其險絕，恐慄，度不可下，據崖大哭，擲遺書為訣。華陰令搭木架數層，紿其醉，以氈裹縋下之〔註 90〕。」以倡言文起八代之衰，道濟天下之溺的韓昌黎竟恐懼到據崖大哭，投遺書訣別，讀者可輕易想像華山之險，並爲華山增添一趣味性的文人軼事。此類眞實地理多載歷史或文學典故，使地理本身具有豐富的文化意涵，而此亦是文人撰寫或閱讀詠懷古蹟類詩詞所不可少的常識地理。典故使單一地理在文人的知識體系中成爲複雜且互爲溝通的符碼，亦爲歷史懷古的情緒記憶鈕，親臨此地便觸及相關的文化記憶，這樣的記憶存在於集體的意識中，使得個人的見聞經驗逐漸擴大，向遠古的歷史文化致意。以個人親遊地理的主體經驗延展到群體、國家乃至古老文化的世界，集體記憶擴大了個人的空間意識，於是旅行便成爲文化反思的進程。旅行讓文人的生命、學問和山水相結合，並藉以重構個人所認爲的歷史面貌與文化山水。

在余秋雨《文化苦旅‧夜航船》一文中，將船艙視爲一知識競爭的文化賽場，

〔註 88〕卷二〈地理部‧古蹟〉「滕王閣」：「南昌府城章江門上。唐高宗子元嬰封滕王時建。都督閻伯嶼重九宴賓僚於閣，欲誇其壻吳子章才，令宿構序。時王勃省父經此與宴。閻請眾賓序，至勃不辭。閻恚甚，密令吏得句即報，至『落霞秋水』句，嘆曰：『此天才也！』其婿慚而退。」

〔註 89〕卷二〈地理部‧山川〉「匡廬山」：「在南康府。周時匡裕兄弟七人結廬隱此，故名。志中言有二勝，開元漱玉亭、栖賢三峽橋，内有白鹿洞，爲朱晦庵讀書處。今另設學校，以教習諸生。」

〔註 90〕卷二〈地理部‧山川〉「華山」，頁 53。

在夜間航行的船中，因空間狹小，不易入眠，只得閒談以打發漫漫長夜。知識的論戰成了船艙中的空間爭霸戰，博識者享有較多的尊重，因此佔有較大的伸展空間，在斗大的船艙中亦不免形成權力的拉据〔註 91〕。張岱在〈夜航船序〉中記載一則有關權力空間的趣事：

> 昔有一僧人，與一士子同宿夜航船。士子高談闊論，僧畏慴，拳足而寢。僧人聽其語有破綻，乃曰：「請問相公，澹臺滅明是一個人、兩個人？」士子曰：「是兩個人。」僧曰：「這等堯舜是一個人、兩個人？」士子曰：「自然是一個人。」僧乃笑曰：「這等說起來，且待小僧伸伸腳。」

僧人本畏懼士人之博學，拳足而寢；後知士人連堯舜、澹臺滅明都不明所以後，不免起輕視之意，並不需委屈自己讓出空間。在此張岱調侃了文人的孤陋寡聞，爲的是提醒文人應自覺的培養文人位階應有的知識素養，這便也是《夜》書的創作目的。《夜》書〈地理部〉中亦有關於權力空間的記載，如「曲江池」條：「西安府城東南。漢武帝鑿，每賜宴臣僚於此，池備彩舟，惟宰相學士登焉〔註 92〕。」曲江池自漢武帝之後便是一特別的政治權力空間，只有佔據政治權利中心者才有資格登上池中彩舟，而平民僅能成爲外圍的觀看者，爲權力的邊緣弱勢團體。

「赤縣神州」〔註 93〕條將中國描繪爲權力中心，爲五岳之城，帝王之宅，聖賢所居之地，反之，神州之外爲蠻夷瘴厲之地，其地荒鄙，其人粗野，這也是自古以來中國人以中原爲權力中心的想法。地理的尊卑亦隨其人文權力而升降，如「崖州爲大」〔註 94〕條，宋丁謂由宰相貶爲崖州司戶，自言崖州因其自身所處而位尊於京師，話語中雖不免帶有自尊的語氣，卻也可得知其權力丟失的無奈意味。

二、虛擬空間

帶有神異色彩的過渡空間指的是其具有溝通此岸世界與彼岸世界的過渡性質，在此筆者又將之分爲三類：一是宗教地理，多有僧人或道士在此成佛、飛昇，因此人們視此地理具有神聖色彩，經由朝聖而可得到福祐。二是仙鄉地理，此類多以仙鄉小說中凡人誤入仙鄉，或在此處遇見神人，以視此爲凡間與仙界的過渡

〔註 91〕余秋雨《文化苦旅・夜航船》，台北：爾雅，1992 年初版，頁 306。
〔註 92〕卷二〈地理部・山川〉「曲江池」，頁 59。
〔註 93〕卷二〈地理部・古蹟〉「赤縣神州」：「《古今通論》：『東南方五千里，名曰赤縣神州，中有和美鄉，方三千里，五岳之城，帝王之宅，聖賢所居也。』」
〔註 94〕卷二〈地理部・古蹟〉「崖州爲大」：「宋丁謂貶崖州司户，常語客曰：『天下州郡孰爲大？』客曰：『京師也。』謂曰：『朝廷宰相今爲崖州司户，則惟崖州爲大也。』」

空間。三是因歷史事蹟或文學想像而產生的虛擬地理，其不同於實際地理者乃在帶有神話色彩，或將實有事件誇大變形，以增加聖賢的傳奇性與傳說的神異色彩。此類描述雖眞假莫辨，卻增添地理本身的浪漫特質，使後人遊覽朝聖的興致濃厚，在中國的旅行地景中，此類佔有相當大的比重，也因此，張岱在〈地理部〉中並不略過，而視其爲旅遊地景的重要部分。

宗教地理如「雪竇」、「岳林寺」、「鶴林寺」、「白岳山」、「寒石山」等，此類地理宣教色彩較濃，以僧道的成佛成仙增加地理的靈驗性，驗證了宗教的實際功能，如「雪竇」條：「在奉化縣。唐時雪竇禪師居之，鳥窠衣褶，寂然不動〔註95〕。」得道高僧圓寂後能永保形軀之不朽，又「岳林寺」條：「在奉化。布袋和尚道場，其缽盂佛蹟尚在〔註96〕。」此類皆保存聖僧之遺物以供後人瞻仰，中國人相信這樣的地景具有特殊的神靈力量，前去瞻仰、禮拜之人可得到福祐，故遊覽景點中佛寺、道觀等尤多，如《西湖夢尋》所載七十二則西湖景點中，佛寺道觀即佔了二十二則，尚不包括陵寢、祠堂等。又此類地理中往往有不尋常的事蹟以驗證地理的靈驗性，如「鶴林寺」〔註97〕中伽藍無故自倒，被解讀爲米公欲踐宿願。「白岳山」條，玄帝像傳說是百鳥銜泥所塑，靈應異常，且時聞響山鞭之聲〔註98〕。「寒石山」中傳言寒山、拾得隱居於此，兩人爲文殊、普賢菩薩後身〔註99〕。此類地理既具宗教色彩，其朝聖性質便勝於旅遊性質，因民間一般相信此處較之他地更具靈性。

在仙鄉小說中，凡人遇仙或求道飛昇之地亦流傳後世，甚至在現實中尋一地理相應其故事，或小說家在創作時乃根據眞實地理而虛擬情節，而此地理卻因文學事典而增添神異色彩與文化意義，如「華表柱」爲丁令威學道成仙，化鶴歸來處〔註100〕。丁令威事出於志怪小說《搜神後記》，華表本爲古代表示王者納諫或

〔註95〕卷二〈地理部・古蹟〉「雪竇」，頁47。

〔註96〕卷二〈地理部・古蹟〉「岳林寺」，頁47。

〔註97〕卷二〈地理部・古蹟〉「鶴林寺」：「在潤州，有馬素塔。米元章愛其松石深秀，誓以來生爲寺伽藍，呵護名勝。公沒時，鶴林伽藍無故自倒。里人知公欲踐夙願，遂塑其像於寺之左偏。」

〔註98〕卷二〈地理部・山川〉「白岳山」：「在休寧縣。一名齊雲，岩上有石鐘樓、石鼓樓、香爐峰、燭台峰，皆奇景。上供玄帝像，云是百鳥銜泥所塑，靈應異常，人稱小武當。時時有王靈官響山鞭，聲如霹靂。」

〔註99〕卷二〈地理部・山川〉「寒石山」：「唐寒山、拾得二僧居此。豐干和尚謂閭丘太守曰：『寒山、拾得，是文殊、普賢後身。』太守往謁之，兩人笑曰：『豐干饒舌。』遂隱入石中，不復出。」

〔註100〕卷二〈地理部・古蹟〉「華表柱」：「遼陽城內鼓樓東，昔丁令威家此，學道得仙，

指示道路的柱子，古代建築前路邊每有石華表，而在此特指丁令威化鶴歸來後所棲息的遼東華表柱，而華表鶴亦成為文學詩詞中代稱久別之人的意象，如唐・司空圖〈長亭〉詩：「殷勤華表鶴，羨爾亦曾歸。」明・劉基〈旅興〉詩：「淒涼華表鶴，太息成悲歌。」清・蔣士銓〈一片石・祭碑〉：「剪紙難招華表鶴，煎茶聊獻野人芹。」皆以華表特指丁令威事，而不再是普遍性的通稱。又「爛柯山」乃因王質見仙童奕棋事而得名〔註 101〕。王質事見任昉《述異記》，故事本為虛構，故傳說中的爛柯山亦分見多處，如浙江衢縣南、河南新安縣、山西省沁縣、廣東省高要縣皆有爛柯山，且全因樵夫遇仙而得名，此類皆以虛構故事附會於實際地理而得。

第三類是以歷史事蹟或文學想像加以變形誇大而產生的虛擬地理，此類地理因帶有神話色彩，在此姑且稱之為神話地理。如「尼山」條：「曲阜接泗水鄒縣界。顏氏禱此，而孔子生。記云：『顏氏生之谷，草木之葉皆上起；降之谷，草木之葉皆下垂。』〔註 102〕」孔子母親顏徵在祈子於尼山，得孔子，《史記・孔子世家》：「紇與顏氏女野合而生孔子，禱於尼丘得孔子〔註 103〕。」尼山有孕生聖人之靈性，此乃以萬物感應來烘托聖人降生。祈子聖地古來有之，帝王后妃多禱於高禖，民間亦有祈子之習俗與傳說之聖地，如「天水池」：「在重慶江津縣。邑人春月遊此，競於池中摸石祈嗣，得石者生男，得瓦者生女，頗驗〔註 104〕。」孕育生命與性別選擇本非神靈所可決定，孔子父母亦須「野合」始能孕生孔子，而民間卻十分相信祈子的傳說，因此此類地景亦是特有的存在，不因其迷信成分而遭汰除。關於聖賢出生地而後形成的神話地理尚有「文公山」，此乃朱熹出生之地，所對二山，草木繁密，焚燒後山形露出「文公」二字〔註 105〕。此類以聖賢之降生乃為天命，用自然山川之感應顯示出其非人為的力量，不但增加地理的神異色彩，亦增加人

化鶴來歸，止華表柱，以咮繪表，云：『有鳥有鳥丁令威，去家千歲今始歸，城郭雖是人民非，何不學仙冢累累。』」

〔註 101〕卷二〈地理部・山川〉「爛柯山」：「衢州府城南。一名石室。道書謂青霞第八洞天。晉樵者王質入山，見二童子奕，質置斧而觀。童子與質一物，如棗核，食之不饑 。局終，示質曰：『汝斧柯爛矣。』質歸家，已百歲矣。」

〔註 102〕卷二〈地理部・山川〉「尼山」，頁 57。

〔註 103〕（漢）司馬遷著、瀧川龜太郎考證《史記會注考證・孔子世家》，台北：藝文，1959 年，頁 726。

〔註 104〕卷二〈地理部・山川〉「天水池」，頁 56。

〔註 105〕卷二〈地理部・山川〉「文公山」：「在龍溪。朱晦庵父松，為龍溪尉，任滿，假館於鄭氏。建炎庚戌九月，朱子生，所對二山，草木繁密，野燒焚之，山形露出『文公』二字。」

物的神聖性格。另外，有以文學中塑造出的神女而實際爲其立廟者，如「神女廟」中：「在巫山。楚襄王遊於高唐，夢一婦人曰：『妾在巫山之陽，高丘之阻，朝為行雲，暮為行雨。』比旦視之，如其言，遂立廟〔註 106〕。」宋玉〈高唐賦〉、〈神女賦〉所創造出的神女形象形成文學中的重要母題，不但如此，後人亦在巫山立神女廟祀之，以紀念巫山曾有此神秘浪漫的傳說。

《夜》書〈地理部〉中所記眞實地理不以其地形、道路、特色、物產等爲主要描述，而以其地所發生的歷史或文學事跡爲主，也就是注重人文典故的記載，故不在於其實用的旅遊功能，而在於文人知識體系中的文化認知。於地理本身亦不苛求其眞實性，僅存錄傳聞或小說中帶有奇情色彩的成分，以供文人遊覽之餘懷古閒談之資，其不可視爲具有導覽性質的旅遊地圖，而較近於備載典故的文化掌故書。

第三節　人文社會的認知

一、政治權力

對於政權輪替的原因，中國自古以來便有一套解釋的規則，此規則便是戰國陰陽家鄒衍所流傳的「五德終始說」。此說以五行爲五種天然的勢力，即所謂五德，每種勢力皆有盛衰之時，在其盛而當運之時，天道人事皆受其支配，及其運盡而衰，則能勝而剋之者，繼之盛而當運〔註 107〕。金木水火土五行彼此相生相勝，循環不已，歷史的變化即遵循著天道的規律。《史記・孟子荀卿列傳》言鄒衍：「稱引天地剖判以來，五德轉移，治各有宜〔註 108〕。」《呂氏春秋・有始覽》亦將帝王對應金木水火土五行與白青黑赤黃五色，言帝王將興之時，人民可見天所現祥瑞，以祥瑞之兆而知興起之人〔註 109〕。在《夜》書中亦有關於五德的記載，〈人

〔註 106〕卷二〈地理部・古蹟〉「神女廟」，頁 50。

〔註 107〕馮友蘭《中國哲學史》（上），台北：臺灣商務，1996 年 11 月增訂台一版第三刷，頁 202。

〔註 108〕（漢）司馬遷著、瀧川龜太郎考證《史記・孟子荀卿列傳》，台北：藝文，1959 年，頁 920。

〔註 109〕《呂氏春秋・有始覽・名類》：「凡帝王之將興也，天必先見祥乎下民，天先見大蚓大螻，黃帝曰：『土氣勝。』土氣勝，故其色尚黃，其事則土。及禹之時，天先見草木，秋冬不殺，禹曰：『木氣勝。』木氣勝，故其色尚青，其事則木。及湯之時，天先見金，刃生於水，湯曰：『金氣勝。』金氣勝，故其色尚白，其事則金。及文王之時，天先見火，赤烏銜丹書集於周社。文王曰：『火氣勝。』火

物部〉「五德迭王」條載：

太昊配木，以木德王天下，色尚青。炎帝配火，以火德王天下，色尚赤。黃帝配土，以土德王天下，色尚黃。少昊配金，以金德王天下，色尚白。顓頊配水，以水德王天下，色尚黑〔註110〕。

以上古帝王配以五德與五色，理同《呂氏春秋》之說。又「黃牛白腹」條以童謠預言政治之輪替：「公孫述廢銅錢置鐵錢。蜀中童謠曰：『黃牛白腹，五銖當復。』言王莽稱黃，述自號白。五銖，漢錢也。言天下當復還劉氏〔註111〕。」此處黃牛乃指王莽，白腹乃指蜀王公孫述，光武帝時討伐蜀王，勸降不聽，戰敗而死。兩人皆覬覦漢祚而最終天下仍歸劉氏，此童謠見於《後漢書・五行志》中，乃以五行讖言政治移轉。

中國文人自古與政治脫離不了關係，「學而優則仕」是儒士們的生命理想，唯有在其位才能謀其政，操控政權後才有能力爲國家人民效力，也才能一展自己的經才大略。因此，文士們無不致力躋身於政治版圖中，由《夜》書〈人物部〉、〈政事部〉、〈選舉部〉皆可看出文人士子與政治的關係。以下就書中實際條目分幾個面向來言此等關係：

1、人君如何看待天下？對於國家來說，人君佔據了什麼樣的位置？

2、君與臣的對待關係如何？臣子應如何適時的輔政？

3、權力的中心與邊緣是如何形成的？而文人士子又如何游離在此中？

4、經由選舉，文人士子可由權力邊緣入主中心，而選舉的公義與官場的內幕又如何？

5、文人從仕後，在不同的官職中又有怎樣的職務要求？

中國人認爲擁有天下的權力是天注定的，非以人爲的智力、暴力可求得，因此，稱天下爲「神器」，即神授與天子的意思，而天子之名亦是上天之子，乃承天之命統治下民。〈人物部〉「神器」條言：「天下者，神明之器也。《王命論》曰：『神器有命，不可以智力求。』〔註112〕」又天子以天下爲家，「家」之義爲私有財產，「行在」條言：「蔡邕《獨斷》為天子以天下為家，車輿所至之處，皆曰行在。謂

氣勝，故其色尚赤，其事則火。代火者必將水；天且先見水氣勝。水氣勝，故其色尚黑，其事則水。水氣至而不知，數備，將徙於土。」（上海：商務，1948 年第四版）

〔註110〕卷三〈人物部・帝王〉「五行迭王」，頁 69。

〔註111〕卷三〈人物部・儀制〉「黃牛白腹」，頁 73。

〔註112〕卷三〈人物部・帝王〉「神器」，頁 66。

行幸之所在也〔註 113〕。」五帝以天下爲公，三王以天下爲家，自三王以後，天下爲皇室的私家財產，臣子乃爲皇帝效命，爲從屬關係，主僕關係，故臣對君之義爲「忠」。但儒家傳統中，人臣所欲效忠的對象其實是國家，是百姓，故希望君主能以德王天下，而非以力征服天下，「官家」條言：「李侍讀仲容侍真宗飲，命飲巨觥。仲容曰：『告官家免巨觥。』上問：『卿之稱朕何謂官家？』對曰：『五帝官天下，三王家天下，兼三五之德，故稱官家。』〔註 114〕」此中雖不免諛上之辭，亦可見出兼三五之德爲理想人君的典範。由皇室的儀制象徵中亦可見出人君之德，如「十二章」中，黼若斧形，取其斷也，言人君應有明確決斷的能力；黻爲兩已相背形，取其辨也，爲人君應有辨明是非的能力，能斷能辨方能領導國家〔註 115〕。又古代王宮每門設兩觀於前〔註 116〕，以標誌宮門，爲空間區隔的象徵，入於觀內便是進入皇宮內院，一切言行皆受到約束，又登觀可觀遠，王君可藉由登高的舉止望其臣民及領土，有君臨天下義。儀制與稱謂背後都具有其象徵意義，由此中象徵亦可見出對於人君之位的期望與要求。

君與臣的對待關係如何？臣子應如何適時的輔政？在《夜》書中，君臣關係以幾組對應事物作比喻：龍／虎、絲／綸、元首／股肱等。「龍飛」條言：「新主登極曰龍飛，取《易經》『飛龍在天，利見大人。』蓋乾九五為君位，故云。《華林集》：『位以龍飛，文以虎變。』〔註 117〕」而「虎拜」條言：「群臣覲君曰虎拜。《詩經》：『虎拜稽首，天子萬壽。』謂召穆公虎既拜，受王命之辭，而祝天子以萬壽也〔註 118〕。」乾卦九五爲至尊之位，故喻爲天子，天子登基又稱龍飛；虎拜本特指召穆公平定淮夷之亂有功，周宣王賜山川田地，穆公稽首以拜，後則稱群臣覲君爲虎拜。龍飛象徵其位之尊貴，虎拜則象徵臣子的勇武矯健，兩相對舉，有光明宏大之氣象。又以絲綸言君臣之關係，君王的意旨必須得到群臣的支持、施行才能有實際效力，故「如絲如綸」條：「《禮記》：『王言如絲，其出如綸。』注：綸，綬也。言王言始出之，小如絲；群臣舉之，若綬之大。故皇帝之言謂之

〔註 113〕卷三〈人物部・帝王〉「行在」，頁 68。
〔註 114〕卷三〈人物部・帝王〉「官家」，頁 67。
〔註 115〕卷三〈人物部・儀制〉「十二章」：「日、月、星、辰、山龍、華蟲六者繪之於衣，宗彝、藻、火、粉米、黼、黻繡之於裳，所謂十二章也。華蟲，雉也。宗彝，虎蜼。藻，水草。黼，若斧形，取其斷也。黻，爲兩已相背，取其辨也。」
〔註 116〕卷三〈人物部・儀制〉「兩觀」：「古者帝王每門樹兩觀於其前，所以標表宮門也。其上可居，登之可以觀遠，故謂之觀。」
〔註 117〕卷三〈人物部・帝王〉「龍飛」，頁 66。
〔註 118〕卷三〈人物部・帝王〉「虎拜」，頁 66。

綸音。皇后之命又曰懿旨，懿，美也〔註119〕。」可見得王權之效力尚須臣子協力推舉始產生效能。又「元首」條言：「《書經》：『元首明哉，股肱良哉。』言君乃臣之元首，臣乃君之股肱，君明則臣自良〔註120〕。」君爲首，佔有主導決策的地位；臣爲股肱，主在輔助與施行政策。臣須聽從君王之指令，但若無臣子的落實，再好的理念亦是空想，故兩者是相輔相成的。張岱在此點出「君明則臣自良」，爲國事昌明的主要關鍵。如君王昏昧，無法舉賢用才，則近臣皆爲讒佞之輩，良臣無法施展才能，爲遠禍保身只能退離權力中心，形成了所謂的隱士傳統，賢良之士既退隱山林，當權小人便更爲囂張，於是朝政日益靡敗，而逐漸走向下一個政權的輪迴。

所謂「權力中心」與「權力邊緣」是如何形成的？而文人士子又如何游走此中？以政治版圖來說，中心自是落在天子身上，而圍繞在天子身邊的寵臣亦屬於中心範圍，此點不言自明。在此特意要強調的是以良臣賢士爲典範的圖贊傳統，因《夜》書不斷提及帝王將慕賢的慾念實際化爲圖像，帝王所標榜的良臣典範既已建立，圖像供於廟堂，上行而下效，底下臣子理所當然群起而效之。張岱是重視這樣一個傳統的，古人所謂「三不朽」乃在於立德、立功、立言，這些能供列肖像的聖賢便也因其不朽之事跡而傳諸後世。張岱曾作《明越人三不朽圖贊》，將不見於正史卻有不朽事跡之人圖像作傳，自言「吾越大老之立德、立功、立言以三不朽垂世者多有其人，追想儀容，不勝仰慕。」〔註121〕其自序中解釋了圖像塑立的動機：

> 在昔帝王賚良弼即以圖像求賢，而漢桓帝徵姜肱不至，遂命畫工圖其形狀，古人以向慕之誠，致思一見其面而不可得，則像之使人瞻仰者，從來尚矣，是以後之瀛洲、麟閣、雲台、凌煙，以致香山九老、西園雅集、蘭亭修禊，無不珍重圖形以傳示後世，使後之人一見其狀貌，遂無漢武帝不得與司馬相如同時之恨亦快事也〔註122〕。

圖像的目的乃在求賢，求賢不得則見圖如見其人，以彌補不得見之遺憾，序中所言瀛洲、麟閣、雲台、凌煙、香山九老、西園雅集、蘭亭修禊等在《夜》書中均一一條列，如「十八學士」、「麒麟閣十一人」、「雲台二十八將」、「凌煙閣二十四人」、「香山九老」、「西園雅集十六人」、「蘭亭禊社」等，多爲思中興功臣〔註123〕、

〔註119〕卷三〈人物部・帝王〉「如絲如綸」，頁66。
〔註120〕卷三〈人物部・帝王〉「元首」，頁67。
〔註121〕（明）張岱《明越人三不朽圖贊・小敘》，台北：明文，1973年。
〔註122〕同上注。
〔註123〕思中興功臣者如：卷三〈人物部・名臣〉「雲台二十八將」：「漢光武思中興功臣，

念股肱之美〔註124〕，或慕四方文學之士〔註125〕。其中，列名與否或列名的先後亦關係到權位的高低，按其先後秩序由中心往外擴延，如「十八學士」條中，以「登瀛洲」來比喻士人獲得殊榮，如入仙境。瀛洲本爲傳說中的仙境，在此則是入主政治權力的中心，可與皇上談論政事與典籍，爲士人最高的榮耀。若以進入權力中心爲儒士的最高理想；相反的，並存於中國文士傳統的另一種人生態度爲道家的、逸離中心的隱士傳統。隱士的退隱山林並非意欲從政而不得，而是自覺的選擇了另一種生命理想，即使朝廷有意招攬，亦不願放棄此種生命型態，如「潯陽三隱」中「周續之入廬山，事遠公；劉遺民遁跡匡山；陶淵明不應詔命〔註126〕。」皆不願身處政治權力的追奪戰中，而隱士的不應詔命，亦成就了一種氣格與風骨，是否能堅持退隱的初衷，亦成爲評比品格的標準。如「淮陽一老」中言：「漢應曜，隱於淮陽，與四皓並徵，曜獨不至。時人語曰：『商山四皓，不如淮陽一老。』〔註127〕」又退居山林的隱士，其姿態是放誕、恣意、任眞、不務世事、物質生活儉樸的，如「竹溪六逸」終日沈飲〔註128〕，「竹林七賢」日以酣飲爲事〔註129〕，「何氏三高」恣心所適，致醉而歸〔註130〕。且顏延之作〈五君詠〉時，山濤、王戎因貴顯而不被列名，可見身在廟堂，心在山林，在此是不被承認的。又隱士往往將俗世與山林畫一分界，將山林視爲己身修養的清靜場所，不願跨出此界受塵俗的侵

乃畫二十八將於南宮雲台，其位次以鄭禹爲首，次馬成……，後又益以王常……，共三十二人。馬援與椒房不與。」「凌煙閣二十四人」：「唐太宗圖其功臣於凌煙閣，長孫無忌……，共二十四人。」「昭勛閣二十四人」：「宋理宗寶慶二年，圖功臣神像於昭勛閣，趙普……，凡二十四人。」

〔註124〕思股肱之美者如：卷三〈人物部・名臣〉「麒麟閣十一人」：「漢宣帝以夷狄賓服，思股肱之美，乃圖畫其人於麒麟閣，共十一人，惟霍光不名，曰大司馬、大將軍博陸侯姓霍氏。其次張安世……。」

〔註125〕卷三〈人物部・名臣〉「十八學士」：「唐高祖以秦王世民功高，令開府置屬，秦王乃開館於西宮，延四方文學之士杜如晦……，使庫直閻立本圖像，預其選者，時人謂之登瀛洲。」

〔註126〕卷三〈人物部・名臣〉「潯陽三隱」，頁77。

〔註127〕卷三〈人物部・名臣〉「淮陽一老」，頁76。

〔註128〕卷三〈人物部・名臣〉「竹溪六逸」：「李白少有逸才，與魯中諸生孔巢父、韓准、裴政、張叔明、陶沔，隱於徂徠山，終日沈飲，號竹溪六逸。」

〔註129〕卷三〈人物部・名臣〉「竹林七賢」：「嵇康、阮籍、山濤、向秀、劉伶、王戎、阮咸爲竹林七賢，日以酣飲爲事。顏延之作〈五君詠〉，獨述阮步兵、嵇中散、劉參軍、阮始平、向尚侍，而山濤、王戎以貴顯被黜。」

〔註130〕卷三〈人物部・名臣〉「何氏三高」：「梁何胤二兄求、點，並栖遁世，謂何氏三高。或乘紫車，或躡草履，恣心所適，致醉而歸。時人謂之通隱。」

擾，亦不願俗人進入此清靜地，故「虎溪三笑」中，惠遠禪師送客僅至虎溪〔註 131〕，「寒石山」中寒山、拾得因形跡暴露便隱入石中，不復出現〔註 132〕。隱士們自覺的退至權力，甚至社會的邊緣，以不問世事爲其安身立命的方式，仕與隱形成了中國文士兩種不同的生命型態，且兩種型態一直並存於文士傳統中。

在《夜》書〈選舉部〉中，列舉了文士由權力邊緣透過選舉入主中心的過程，並陳述了官場文化與試場公義，張岱在描述的同時亦透顯出個人的看法與質疑。

如：張岱認爲人一生是否仕宦，多由天定，一個有才能且苦讀數十年的人，也可能因考運不濟而始終不能中舉，如「天門放榜」言：「范仲淹判陳州時，郡守母病，召道士扶壇，奏章終夜不動。至五更，謂守曰：『夫人壽有六年。』守問奏章何久，曰：『天門放明年春榜，觀者駢道，以故稽留。』問狀元，曰：『姓王，二字名，下一字塗墨，旁注一字，遠不可辨。』明春，狀元王拱壽，御筆改為拱辰〔註 133〕。」凡間之榜單在天界已預先公布，可見得能否上榜是早已注定。又如「朱衣點頭」條：「歐陽修知貢舉，考試閱卷，常覺一朱衣人在座後點頭，然後文章入格。始疑傳吏，及回視，一無所見，因與同列而三嘆。常有句云：『文章自古無憑據，惟願朱衣暗點頭。』〔註 134〕」歐陽修感嘆的是文章好壞無一定標準，而上榜與否須靠冥冥中的注定，試場所見朱衣人猶如天門之朱筆，經由朱筆勾選者即能入榜，此則中刻意強調文章入格與否爲神靈之力，故言「及回視，一無所見」以加強其靈異效果。又如「柳枝染衣」條：「李固行古柳下，聞彈指聲曰：『吾柳神也，用柳枝染子衣矣。得藍袍，當以棗糕祀我。』未幾，及第。」將李固得以及第的原因歸諸柳神在其衣上作了記號，此記號當然不是給凡間試官辨認的，而是給天界試官看的，有此記號李固得以入榜，而柳神得到的報酬爲棗糕，似屬仙凡之間的試場賄賂。「湘靈鼓瑟」條，錢起夜宿驛館，聽聞人吟「曲終人不見，江上數峰青。」而殿試題恰好爲〈湘靈鼓瑟〉，錢起爲末聯百思不出，憶此兩句恰好可用，而試官見後即以此兩句錄取爲第一〔註 135〕。在此將錢起入榜歸因於詩末兩

〔註 131〕卷三〈人物部・名臣〉「虎溪三笑」：「惠遠禪師隱廬山，送客至虎溪即止。一日，送陶淵明、陸靜修，與語道合，不覺過虎溪，因大笑。世傳《三笑圖》。」

〔註 132〕卷三〈人物部・名臣〉「寒石山」：「唐寒山、拾得二僧居此。豐干和尚謂閭丘太守曰：『寒山、拾得，是文殊、普賢後身。』太守往謁之，兩人笑曰：『豐干饒舌。』遂隱入石中，不復出。」

〔註 133〕卷六〈選舉部・殿試〉「天門放榜」，頁 150。

〔註 134〕卷六〈選舉部・會試〉「朱衣點頭」，頁 149。

〔註 135〕卷六〈選舉部・殿試〉「湘靈鼓瑟」：「錢起宿驛舍，外有人語曰：『曲終人不見，江上數峰青。』起識之。及殿試《湘靈鼓瑟》詩，遂賦曰：『善鼓雲和瑟，常聞帝子靈。馮夷徒自舞，楚客不堪聽。雅調淒金石，清音發杳冥。蒼梧來慕願，白

句「神來之筆」，似乎入榜與否全靠運氣與神助，此類傳說雖有可能爲落榜者或同試者妒恨造謗，如「操眊矂」條：「進士籍而入選，謂之春關。不捷而醉飽，謂之操眊。匿名造謗，曰無名子〔註136〕。」無名子的毀謗是古來皆有的，所造謠言讓人感覺中試者非憑實力而得，但這類謠言的存在，亦反映出文士們對於題榜的決定權是相信神靈之力的，這也是對於千古多少落榜者的一種心理慰藉。

在於考試內容方面，張岱認爲，所選者既爲治國理政，不當以詩賦取士，應重實際政治理念，故應以策問取士，如：「臨軒策士」條：「宋熙寧三年，呂公著知貢舉，密奏曰：『天子臨軒策士，用詩賦，非舉賢求治之意。令廷試，乞以詔策，咨訪治道。』自是上御集英殿親試，乃用策問〔註137〕。」能作詩賦者未必能治國家，因此若是要舉賢求治，應問以實際治國方針，始能選出有政治才能的士子。又「讀卷賀得士」條，王應麟見文天祥試卷便祝賀皇上得賢良之士，因策問中透露出「古誼若龜鑒，忠肝如鐵石〔註138〕。」個人的識見理念與政治熱情用詩賦的方式較無法完整表達，必得用論文或策問的方式始能有條理、有邏輯的傳述。又張岱舉出漢武帝時舉賢良以四科取士，並令郡縣舉孝廉各一人，孝廉乃以德取士，而四科中則是德行與才能兼備：一曰德行高潔，志節清白。二曰學通行修，經中博士。三曰明習法令，足以斷疑，按章復問，文中御史。四曰剛毅多略，遭事不惑，明足決斷，材任三輔。此四科不但重視通經、明法、纂文，尚注意德行高潔與性格果斷，漢代因舉賢用才，故能呈現大一統的局面。又張岱認爲只要是有才德的人皆可任用，故選舉不應有年齡上的限制，如「鶚荐」條，稱衡始冠，孔融因其有才而荐於朝廷，言「鷙鳥累百，不如一鶚；使衡立朝，必有可觀〔註139〕。」又「舉茂才」條，言後漢尚書令左雄認爲任官年齡需嚴格限制，但若有茂才異行，自可不拘年齒〔註140〕。張岱並不認爲年齡會侷限個人的識見與才能，其書中常載「早慧」之例可得知〔註141〕。

芷動芳馨。流水傳湘曲，悲風過洞庭。』末聯久不屬。忽記此兩語，足之。試官曰：『神句也。』遂中首選。」

〔註136〕卷六〈選舉部・下第〉「操眊矂」，頁154。

〔註137〕卷六〈選舉部・殿試〉「臨軒策士」，頁150。

〔註138〕卷六〈選舉部・殿試〉「讀卷賀得士」，頁152。

〔註139〕卷六〈選舉部・荐舉〉「鶚荐」，頁155。

〔註140〕卷六〈選舉部・荐舉〉「舉茂才」，頁156。

〔註141〕張岱小時便以能賦對聞名，陳眉公曾令其即席作對，並大加讚賞，視其爲忘年小友。《快園道古》中有〈夙慧部〉記天才早慧者之言語應對，《夜航船》中「賦初一夜月」載蘇福八歲賦詩、「論月」載徐樨九歲與人論辯、「如月之初」載黃琬七歲教父應對之辭、「能爲滂母」言蘇軾十歲而有范滂之志、「自傷未遇」言趙至十

在古代即有爲維護考試公平性而有的相關規定，如「糊名」是唐代集試時選人的規定：「唐初擇人以身、言、書、判，六品以下集試，選人皆糊名，令學士考判。」但上有政策，則下有對策，雖有糊名的規定，若考官事先對考生的字跡、文風等有所瞭解，則仍不免有主觀的偏袒，故唐代有溫卷之習，考生在考前拿作品謁見考官，除了讓考官事先評定自己的能力外，亦是讓考官對自己的詩賦文章有所熟悉，若試卷皆經謄錄，則僅能由文風來判斷，但主觀臆斷仍是不可避免。如「屈居第二」條：「嘉祐二年，歐陽修知貢舉，梅堯臣得蘇軾〈刑賞論〉以示修，修驚喜，欲以冠多士，疑門生曾鞏所作，乃置第二〔註142〕。」歐陽修的本意在避嫌，卻也因此而使蘇軾屈居第二。又官場中賄賂煽動之習自古難免，唯有力求公正的試官才能免於受賄，如「關節」條：「士子行賄，請求試官，曰關節。明朝楊士奇主試，有柱聯曰：『場列東西，兩道文光齊射斗；帘分內外，一毫關節不通風。』〔註143〕」可見當時士子行賄之風極盛，故楊士奇得事先聲明行賄無效。又「棘圍」條更可見出試官爲維護試場公義的用心：「禮部閱試之日，嚴設兵衛，舉棘圍之，以防假濫。五代和凝知貢舉時，進士喜為喧嘩以動主司。主司每放榜，則圍之以棘，閉省門，絕人出入。凝撤棘圍，開省門，而士皆肅然無嘩。所取皆一時英彥，稱為得人〔註144〕。」唯有公平的考試與選舉，對正直、不行賄、不通關節的人才有利，也才能選出剛正高節的官員。

官場中時有分門別派的情形，起初只爲考官與門生的關係，但若有鬥爭的情形，往往就形成了黨派互斥的現象，「謝衣缽」中言與主司同名第者需到主司宅，與主司對拜，視其爲門生傳人〔註145〕。故「傳衣缽」條，范質之才本應冠多士，因主司和凝愛其才欲收入門下，故屈居第十三以同和凝等第〔註146〕。又「好腳跡門生」、「門生門下見門生」、「沆瀣一氣」、「公門桃李」、「藥籠中物」皆言門生與主司之間的關係。若考生不懂官場文化，往往因此而見黜。如「天子門生」條，宋趙逵忤秦檜之意，秦檜百方阻撓其政治發展，幸而皇帝明察其不附權貴，親自擢升，趙逵始能一展長才，故謂「天子門生」〔註147〕。明代朝政黨同伐異的的情形十分嚴重，權貴收攏門生擴張勢力的現象亦盛於以往，此時，常以私人恩怨而

二歲而傷未遇等皆是。

〔註142〕卷六〈選舉部・制科〉「屈居第二」，頁149。

〔註143〕卷六〈選舉部・制科〉「關節」，頁147。

〔註144〕卷六〈選舉部・制科〉「棘圍」，頁146。

〔註145〕卷六〈選舉部・門生〉「謝衣缽」，頁152。

〔註146〕卷六〈選舉部・門生〉「傳衣缽」，頁152。

〔註147〕卷六〈選舉部・門生〉「天子門生」，頁153。

排擠或偏袒某人某事，而非以國家立場為重，張岱有鑑於此，亦在書中提出門生文化的正面意義。如「公門桃李」條，狄仁傑曾荐張柬之、姚崇、桓彥范、敬暉等人，皆為名臣，人或謂之：「天下桃李盡屬公門。」仁傑則認為：「荐賢為國，非為私也〔註 148〕。」若當權者皆以國為重，不存私心，則國政當日益興盛，能人得以出頭，亦可杜絕濫爵的弊病。

士子入主權力的中心後，在不同的官職中，應有怎樣的表現？《夜》書〈選舉部〉中將不同職位分類舉例，由其例子可見出張岱對於各官職的責任與要求，其分類大體如下：〈宰相 參政〉、〈尚書 部曹 卿寺〉、〈宮詹 學士 翰苑〉、〈諫官〉、〈御史〉、〈使臣〉、〈郡守〉、〈州縣〉、〈學官〉，以下則以可具體歸納的職務要求列表言之，以觀察張岱對於政事職務的認知：

職　稱	取用條目	職責要求
宰　相	「通明相」	智能有餘，兼通文法吏事，以儒術緣飾法律。
	「濟救時宰相」	應時而變。
	「知大體」	不親細事，只問大體。
尚　書	「古納言」	古之納言，多用舊相居之。
	「天之北斗」	尚書猶如天子之喉舌。
翰　林	「內相」	博學弘詞之巨儒
	「北門學士」	以文詞稱，參決政事。
諫　官	「忠言逆耳」	諫廢奢麗之物
	「眞諫議」	諫不可重貨輕法，任喜怒殺人。
	「眞諫官」	樂不忘規勸。
	「碎首金階」	諫畋獵。
	「鐵補闕」	不避權幸。
	「殿上虎」	每犯上怒，則立待天威稍霽，復諫，聽而後已。
	「憨章」	性剛鯁，持論勁直。
	「碎朕衣矣」	反復諫言，聽而後已。
	「賁育不能過」	有膽氣，犯顏敢諫，雖上怒甚，仍神色自若。
	「謫死」	性慷慨，敢論事，知無不言，死而無憾。
	「忠良鯁直」	負抗直聲，舉劾權貴無所避。
	「直聲震天下」	謁上官，只長揖，不可屈膝。

〔註 148〕卷六〈選舉部・荐舉〉「公門桃李」，頁 155。

御　史	「白簡」	每有奏劾，捧白簡竦誦不休，坐以待旦。
	「獨擊鶻」	列論是非，不畏上怒。
	「石御史」	執法不阿，彈劾權貴。
	「驄馬」	直言無所忌諱。
	「鐵面御史」	彈劾不避權貴。
	「貴戚泥樓」	剛直自持，不畏權幸，貴戚皆畏其彈劾。
使　臣	「堂堂漢使」	威武不屈。
	「埋金還鹵」	不受賄，亦不失戎（出使國）心。
	「口伐可汗」	談判手腕。
	「斬樓蘭」	臨機應變能力，善用謀略。
	「執節不屈」	執節沒身，不屈王命。
郡　守	「驅蚊扇」	逐惡如扇驅蚊。
	「五袴」	除火禁以便利百姓。
	「麥兩岐」	擊匈奴，開稻田千萬頃，勸農，至殷富。
	「水晶燈籠」	洞察民僞。
	「照天蠟燭」	民有隱惡，輒摘發之。
	「賣刀買犢」	反暴力：民有帶刀劍者，令賣劍買牛，賣刀買犢。
	「召父杜母」	興利除害，性節儉，政治清平。
	「願得耿君」	多善政，盜賊清寧。
	「平州田君」	爲民祈雨，年歲豐登。
	「良二千石」	政平訟理，民安其田里，無嘆息仇恨之心。
	「褰帷」	遠聽廣視，糾察美惡。
	「開鑒湖」	開湖得田。
	「一錢清」	無盜無訟：狗不夜吠，民不識吏。
	「酌泉賦詩」	清操廉慎。
	「常懸蒲鞭」	爲政清勤，廉卑下士。
	「清風遠著」	清風遠著，以廣風化。
	「鄭侯挽不留」	清和平簡，貞正寡欲。
	「六駁食獸」	折獄明恕，囹圄一空。
	「虎去蝗散」	退奸貪，進良善，除民害。
	「合浦還珠」	廉潔化行。

州　縣	「中牟三異」	積德禳災，仁及禽獸，使童子有仁心。
	「琴堂」	樂以教和。
	「聖君」	取信於民：縱死囚歸家，克日而還。
	「陳太丘」	強者綏之以德，弱者撫之以仁。
	「元魯山」	誠信化人。
	「第一策」	清廉謹慎：日食一升米飯而莫飲酒。
	「民之父母」	禱甘霖，除虎害。
	「闢荒」	墾闢荒蕪，樹藝棗桑。
	「三善名堂」	田無廢土，市無遊民，獄無宿繫。
	「判決無壅」	明曉政事。
	「滄海遺珠」	觀過知人。
	「親耕勸農」	勤政愛民，身體力行。
	「不寬不猛」	爲政不寬還不猛，處心無黨更無偏。
	「築圍堤」	爲民築堤，無旱潦災。
	「清靜無欲」	清靜無欲，專心經史。
	「仇香」	以德化人。
	「鐵面少府」	除地方豪霸。
	「五色絲棒」	犯罪者，不避豪強，皆棒殺之。
	「廉自高」	祿薄儉常足，官卑廉自高。
學　官	「取法爲則」	言行而身化之，使誠明者達，昏愚者厲，頑傲者革。爲法嚴而信，爲道久而尊。

由撰寫的比重觀察，可知中央方面，張岱較重諫官與御史，因諫官主在規箴皇帝，御史則在彈劾奸臣，若兩者能守住其岡位職責，則中央的綱紀不亂，朝政自良。關於明代的彈劾事件，張岱亦有所記載，「劾嚴嵩得慘禍」條：「沈炅疏劾嚴嵩父子為奸，竄名白蓮教中，於邊。楊繼盛論嵩專權誤國五奸十大罪，棄東市。劾逆璫而受酷刑死者：萬璟廷杖死，高攀龍投水死，楊漣、左光斗、周順昌、繆昌期、周宗建、黃尊素，魏大中被逮，詔獄拷掠死，鄒維連謫戍死，俱江浙人〔註149〕。」嚴嵩父子恃寵攬權，貪賄賂，凡直陳時政者皆斥戮之，當時彈劾者皆受害。劾魏忠賢者亦多受酷刑而死，故朝廷善類一空，朝政日益傾敗。有鑑於明代的朝政情形，張岱提出諫官與御史職責的重要性。又地方官員方面，張岱特重郡守與州縣，此兩者爲地方父母官，主在爲民除害，勤政勸農，其政績關係著人民的基

〔註149〕卷六〈選舉部・諫官〉「劾嚴嵩得慘禍」，頁170。

本生活，若能勤政愛民，則人民衣食可富足，訟獄可免除，安居而樂業。地方上若能不亂，則整個國家便可呈現出穩定的局面；反之，若經濟不安定，中央不斷加重賦稅，加以戰爭頻仍，人民生活必定極度不安，四處遷徙而成流民亂寇，使得人心惶惶，恍若人間煉獄，這便也是明末地方上的實況。由張岱對於官職責任的要求，可見出他所極力強調的施政方針乃是針對時弊而發，面對明朝末年的政治，有著深切的反思與檢討。

由張岱在〈政事部〉所列有善政、治才的官吏可知他認爲一個合格的政治家必須符合幾個條件：謀而後動、體察微情、果決明斷、剛正清廉、知止而退。在「謀而後動」方面，要如公案小說中之清官，運用謀略與機智判案，如「責具原狀」中，御史知李靖被誣告謀反，與告事者偕行時詐稱丢失原狀，祈告事者別疏一狀，比驗與原狀不同，遂還李靖清白〔註 150〕。又「驗火燒屍」條，有妻謀殺親夫，詐稱夫死於火，周新以死者口中無灰驗證死於火燒之前，火燒乃障眼法，遂定妻罪〔註 151〕。「帷鐘辨盜」條用心理戰術捉拿盜賊，詐稱鐘能辨盜，盜賊摸鐘則鐘鳴，作賊者心虛不敢摸鐘，遂得案情。〔註 152〕此類皆判案者用計謀引出犯案之人，或以模擬犯案的方式判別事實，張岱列於〈燭奸〉類，以示此類官員具有高度的智謀與洞察力。第二是體察微情，判官根據細微的事物而得案情之眞實，如「食用左手」條，判官以死者傷勢觀察殺人者應用左手，遂與嫌犯諸人共飲，觀察其飲用習慣而捉拿兇手〔註 153〕。「井中死人」條，以井深不能辨認死者，一婦卻言死者爲其夫，判官得知此婦乃與姦夫共殺其夫〔註 154〕。此類官員均細心體察微物，以小處見案情端倪，遂得破案。第三是果決明斷，如「河伯娶婦」條，鄴俗信巫，遂以室女投河祭神，巫祝從中牟利，西門豹爲鄴令，爲破除地方迷信，將眾巫投入河中，祭河神之迷信遂絕〔註 155〕。又「刺酋試藥」條，酋蠻本以毒藥謀害曹克明，言此藥可治箭傷，靈驗無比，克明取箭刺酋股並傅藥，酋立死，克明遂得無恙〔註 156〕。「斬亂絲」條，高洋面對亂絲之處理法，乃持刀斬之，曰：「亂者必斬」可見其遇事之魄力〔註 157〕。此類皆強調爲政者需有魄力始能破除陳規，

〔註 150〕卷七〈政事部・燭奸〉「責具原狀」，頁 188。
〔註 151〕卷七〈政事部・燭奸〉「驗火燒屍」，頁 188。
〔註 152〕卷七〈政事部・燭奸〉「帷鐘辨盜」，頁 188。
〔註 153〕卷七〈政事部・燭奸〉「食用左手」，頁 189。
〔註 154〕卷七〈政事部・燭奸〉「井中死人」，頁 189。
〔註 155〕卷七〈政事部・燭奸〉「河伯娶婦」，頁 190。
〔註 156〕卷七〈政事部・識斷〉「刺酋試藥」，頁 192。
〔註 157〕卷七〈政事部・識斷〉「斬亂絲」，頁 191。

並在最危急的時候求得最有效的解決方案，若爲政者尚且優柔寡斷，則民將無所適從。第四爲剛正清廉，剛正清廉本爲兩項，剛正爲遇事不偏，行其所當行，如「立破枉獄」條，陸光祖不畏權富，治獄「當問其枉不枉，不當問其富不富。」故數十年之冤案遂得大白〔註 158〕。「南山判」條，李元紘不畏觸怒太平公主，據實以判，長使勸其改判，紘曰：「南山可移，此判終無動搖也〔註 159〕。」清廉則是能對自身品格作自我要求，不收賄賂，不貪民財，問心無愧始能剛正行事，《周禮・天官》：「以聽官府之六計弊群吏之治，一廉善，二廉能，三廉敬，四廉正，五廉法，六廉辨〔註 160〕。」故群吏若能守廉則積弊可除，如「酹酒還獻」條，張奐爲安定屬國都尉，羌人以金、馬獻之，奐悉以還之，此後威化大行。自身若能行正不貪，則盜賊無漏洞可循，自然不敢輕舉妄動，則政治無爲而得清平。〔註 161〕最後一項特質爲知止而退，邦無道之時，應知止而退，始能免於刑戮。能拿捏適當時機隱退者，亦是一種政治智慧，如「蜘蛛隱」條，龔舍見飛蟲觸蜘蛛網而死，悟「仕宦亦人之羅網也」〔註 162〕，遂掛冠而去。張良替漢高祖得天下後，知高祖非共享樂之人，故辭曰：「臣以三寸舌為帝者師，封萬戶侯，此布衣之極，于願足矣。願棄人間事，從赤松子遊〔註 163〕。」范蠡與句踐滅吳後，知句踐可與同患難，不可與同安樂，遂乘輕舟泛湖而去〔註 164〕。逢萌見王莽殺其子，嘆「三綱絕矣」，遂掛冠東門而去〔註 165〕。疏廣告老歸鄉，曰：「知足不辱，知止不殆。」即日辭官，人謂之賢大夫〔註 166〕。此些政治家皆能預見自身後續的政治命運，故在仕隱臨界點上，選擇結束政治生涯，以全其人格與性命。張岱認爲「用之則行，舍之則藏」〔註 167〕，仕宦能夠爲國家人民盡心，退隱能透保全自身品格德行者，堪稱爲一進退得宜的政治家。

〔註 158〕卷七〈政事部・識斷〉「立破枉獄」，頁 192。
〔註 159〕卷七〈政事部・識斷〉「南山判」，頁 193。
〔註 160〕《十三經注疏》（三）《周禮注疏・天官・小宰》，台北：藝文印書館，1997 年 8 月初版十三刷，頁 45。
〔註 161〕卷七〈政事部・清廉〉「酹酒還獻」，頁 196。
〔註 162〕卷七〈政事部・致仕遺愛〉「蜘蛛隱」，頁 200。
〔註 163〕卷七〈政事部・致仕遺愛〉「從赤松子游」，頁 200。
〔註 164〕卷七〈政事部・致仕遺愛〉「鴟夷子皮」，頁 200。
〔註 165〕卷七〈政事部・致仕遺愛〉「東門掛冠」，頁 200。
〔註 166〕卷七〈政事部・致仕遺愛〉「二疏歸老」，頁 200。
〔註 167〕《十三經注疏》（八）《論語注疏・述而》，台北：藝文印書館，1997 年 8 月初版十三刷，頁 61。

二、社會人倫

關於社會人倫方面，《夜》書〈倫類部〉中備載〈君臣〉、〈父子〉、〈夫婦附妾〉、〈婿〉、〈兄弟附子姪〉、〈叔嫂〉、〈姊妹〉、〈師徒 先輩〉、〈朋友〉、〈奴婢〉十類，相較於傳統儒家的五倫：君臣、父子、夫婦、兄弟、朋友外，對於婿、叔嫂、姊妹、師徒、奴婢等關係亦列入討論。如〈奴婢〉類列舉有特殊才情與忠義表現的奴婢，奴婢之稱有曰廝養，有曰蒼頭，有曰盧兒，有曰奚童，有曰鉗奴，有曰措大〔註168〕。張岱不因其地位卑賤而予以忽略，反而記載其中具有眞性情者，或視主爲君、待之以忠者，如「瓦剌輝」、「李元蒼頭」、「僕地潑毒酒」等，或才情洋溢、能言善道者，如「桃葉」、「雪兒歌」、「定國侍兒」、「樊素小蠻」等，在張岱眼中看到的並不是其人的社會位階，而是其人的特殊性。又如〈師徒先輩〉類乃強調師生之間的倫理，「在三之義」條言：「人生於三，事之如一。父生之，師教之，君食之〔註169〕。」師生的關係與君臣、父子的關係同等看待，可見出張岱對此的重視。〈姊妹〉中張岱列舉不讓鬚眉之女子，如「聶政姊」、「李勣姊」、「班超妹」、「宋太祖姊」、「姚廣孝姊」、「李燮姊」、「季宗妹」等，皆爲識大體、具膽識的奇女子，故張岱於〈兄弟〉類外另立姊妹。〈叔嫂〉類中僅載四則：「戛羹」、「爲叔解圍」、「亦食糠覈」、「嫂不爲炊」，除謝道韞爲叔解圍事外，皆載叔嫂相處不睦的事例。〈婿〉類乃爲姻親而構連出的倫理關係，張岱則多列選婿的例子，實則可視爲品人的標準，如「紅絲」條，宰相張嘉貞欲納郭元振爲婿，因其外貌「美丰姿」，故以五女任其自選〔註170〕。「屏間孔雀」條，竇氏之父認爲女兒有奇相，不輕易許人，乃畫二孔雀於屏風，射中雙目者始可，後竇氏爲漢高祖皇后〔註171〕。張岱雖列倫類關係爲十類，實則不出儒家倫理之忠、孝、仁、義、信，惟特意強調超越一種契約關係的情感成分，以下乃就實際條例分析之。

在於君臣關係方面，除了臣子對君王的忠心外，張岱更強調的是君王對臣子的禮敬，所謂「禮賢下士」，君王能敬禮臣子，臣子的忠誠度必大爲提高。如「醴酒不設」：「楚元王敬禮穆王，每食必設醴酒。一日不設，穆生曰：『醴酒不設，王意怠矣。』遂去。〔註172〕」君王禮敬賢臣，爲的乃是社稷與百姓，若敬賢之禮已失，臣子所感受到的不僅是不被尊重，更是政治危機的預警。君若視臣如友，則

〔註168〕卷五〈倫類部・奴婢〉「措大」，頁143。
〔註169〕卷五〈倫類部・君臣〉「在三之義」，頁106。
〔註170〕卷五〈倫類部・婿〉「紅絲」，頁127。
〔註171〕卷五〈倫類部・婿〉「屏間孔雀」，頁128。
〔註172〕卷五〈倫類部・君臣〉「醴酒不設」，頁106。

是臣子最大的榮耀，如李泌謂肅宗：「君絕粒無家，祿位與茅土皆非所欲，為陛下運籌帷幄，收復京城，但枕天子膝睡一覺，使有司奏客星犯帝座，一動天文足矣。」〔註 173〕，這裡所謂枕天子膝而一動天文乃借用漢光武帝與嚴光之事典〔註 174〕，這樣的情誼是李泌所忻慕的，若能得天子以對待朋友的方式視之，較之祿位與財富更爲尊貴；相對的，唐肅宗亦不辜負李泌的情義，「御手燒梨」條言：「唐肅宗常夜召穎王等二弟，同於地爐罽毯上坐，時李泌絕粒，上自燒二梨，手擘之以賜泌。穎王恃恩固求，上不與曰：『汝飽食肉，先生絕粒，何乃爭耶？』〔註 175〕」肅宗對待李泌已超出一般天子對待臣子的用心。自古這樣的特殊對待，皆傳爲美談，一方面是彰顯臣子之受寵，一方面明示帝王的不以其位自尊。如「御手調羹」條，唐玄宗親自爲李白調羹〔註 176〕，「晝寢加袍」條，韋綬晝伏案而寢，德宗以韋妃之錦袍覆之而去，體其勞倦而不驚擾〔註 177〕。此中皆剔除了天子的威儀，而以朋友的態度對待。若將君臣之間的忠義位移至主僕身上，張岱強調的仍是超乎契約關係的情義，如「瓦剌輝」條：「明太祖駙馬梅殷僕也。譚深、趙曦謀殺駙馬，文皇帝殺此二臣，瓦剌輝取心肝以祭駙馬，痛哭而殉〔註 178〕。」由瓦剌輝痛哭憤恨的表現，可見出其對主人之情深義重。又「李元蒼頭」中，李善不與諸奴同謀財貨，冒生命之危護幼主逃離，又親自哺乳幼主成人，揭發當年謀殺案情，還主夫家以公義，而由李善掃墓悲泣可見出他不僅堅守忠僕的情操，對於主夫的眷念亦相當深厚。〔註 179〕張岱對於侍妾、奴婢、藝伎、伶人等均賦予高度的人本關懷，且珍惜、賞識具有眞氣與深情之人，將其視爲一獨立而特殊的個體來看，而不以傳統物化的思維來界定，如《陶庵夢憶．祁止祥癖》中，止祥視孌童阿寶爲性命，曲藝皆親授，且逃難時僅攜此童，「遇土賊，刀劍加頸，性命可傾，至寶是寶」，

〔註 173〕卷五〈倫類部．君臣〉「一動天文」，頁 106。

〔註 174〕卷一〈天文部．星〉「客星犯御座」：「光武引嚴光入內，論道舊故，相對累日。因共偃臥，光以足加帝腹上。明日，太史奏客星犯御座甚急。帝笑曰：『朕與故人嚴子陵共臥爾。』」

〔註 175〕卷五〈倫類部．君臣〉「御手燒梨」，頁 107。

〔註 176〕卷五〈倫類部．君臣〉「御手調羹」：「唐玄宗召李白至見金鑾殿，論當世事，奏頌一篇。帝賜食，親手爲調羹。」

〔註 177〕卷五〈倫類部．君臣〉「晝寢加袍」：「韋綬在翰林，德宗常至其院，韋妃從幸。會綬方寢，學士鄭絪欲馳告之，帝不許。時適大寒，帝以妃蜀錦襭袍，覆之而去。」

〔註 178〕卷五〈倫類部．奴婢〉「瓦剌輝」，頁 144。

〔註 179〕卷五〈倫類部．奴婢〉「李元蒼頭」：「李善，漢李元之蒼頭也。元盡室疫死，惟孤兒續始生數旬，而資財巨萬，諸奴欲謀續，分其財。善潛以續出亡，隱瑕丘界中，親自乳哺。及長，訴叛奴於官，悉殺之。時鐘離意爲瑕丘令，上書以聞，光武拜善及續並太子舍人。善還舊里，脫冠解帶，掃元墓門修祭，泣數日乃去。」

而阿寶亦不負主人之寵愛，當時亂民侵略，止祥囊篋都盡，阿寶亦盡忠的隨侍身邊，且「沿途唱曲以膳主人」〔註 180〕。主僕關係至此，可謂情深也。而張岱對於情癡者亦下一讚許語：「人無癖不可與交，以其無深情也；人無疵不可與交，以其無真氣也〔註 181〕。」有疵癖之人，方能有深情眞氣，此乃張岱所特意標舉的類型。

對於親情的關係，從撰寫比重上觀察，可發現張岱所關注者爲四：感生與夢兆、性向與教育、孝親與不肖、孀婦與慈母。所謂「感生與夢兆」，皆於奇人蒞世前，其父母預先得有夢兆，而夢兆多與其後來發展有關，如「太白後身」條，郭祥正之母夢李白而生祥正，後果有詩名，梅堯臣譽之爲「真太白後身也」〔註 182〕。「夢鄭禹」條，范祖禹之母夢漢將鄭禹被金甲而至，後生祖禹以其名命之〔註 183〕。「將校有夢」條，楊玠未生時，其父夢蜀威將軍自靖州來，後生楊玠形容如夢中之人，日後亦爲守邊將領〔註 184〕。此類皆夢前賢投身，且日後功績與此賢人有直接對應的關係，是爲輪迴投胎之說。又另一類乃夢異象降臨，所產之子多有異於常人之偉業，如「玉燕投懷」條：「張說夢生。一玉燕飛入懷中，有孕，生說，後為宰相，封燕公〔註 185〕。」其封號乃因夢兆而得。又「九日山神」條，陳主簿妻夢山神投生，且生子時有特異情形，故取名爲「旭」，合「九日」之意，爲神宗朝時宰相〔註 186〕。「夢虎行月中」條，滕元發之母懷孕時夢虎行月中墜入己室，生元發有宿慧，九歲能詩，文武雙全〔註 187〕。「電光燭身」條，宗澤母夢天大雷，電燭其身，後宗澤爲抗金元帥〔註 188〕。此類皆以雷電、虹霓、動物等爲夢象，暗示著降生者的非比尋常，並且預言其日後必有與此夢象相關之成就。

〔註 180〕《陶庵夢憶》四〈祁止祥癖〉，頁 39。

〔註 181〕同上注。

〔註 182〕卷五〈倫類部・父子〉「太白後身」：「郭祥正母夢李太白，而生祥正，有詩名。梅堯臣曰：『功夫三才如此，眞太白後身也。』」

〔註 183〕卷五〈倫類部・父子〉「夢鄭禹」：「宋范祖禹生，母夢一丈夫被金甲，至寢所，曰：『吾漢將鄭禹也。』祖禹生，遂以爲名。」

〔註 184〕卷五〈倫類部・父子〉「將校有夢」：「楊玠，璨子，未生時，將校有夢，神自靖州來，號蜀威將軍者。暨玠生，貌狀如之。襲職，著邊功。」

〔註 185〕卷五〈倫類部・父子〉「玉燕投懷」，頁 112。

〔註 186〕卷五〈倫類部・父子〉「九日山神」：「三衢陳主簿妻，夢一偉人來謁，怪問之，告曰：『吾九日山神也。』已而生子，有異徵。因合『九日』二字，名旭。後避廟諱，改升之。神宗朝拜相。」

〔註 187〕卷五〈倫類部・父子〉「夢虎行月中」：「滕元發母，夢虎行月中，墜其室，而元發生。九歲能詩。舉進士，治邊，威行西夏。」

〔註 188〕卷五〈倫類部・父子〉「電光燭身」：「宋宗澤母劉，夢天大雷，電燭其身，翌日舉澤。少有大志，累功拜副元帥，起兵勤王，大破金兵。」

第二是關於性向與教育，在幼子的性向觀察方面，古有「抓周」之說，「拿周」條言：「曹彬始生周歲，父母羅百玩之具，名曰晬盤，觀其所取以見志。彬左手提戈，右手取印，後果為大將封王〔註189〕。」抓周的習俗，乃以晬盤中陳列紙筆刀劍等物，由幼兒抓取之物占其未來志趣，故又稱「試兒」，此則中曹彬所抓爲戈與印，代表其對戰事與軍權的潛在慾望，而後來發展亦印證此占。又古代生男生女有不同的待遇與期望，如「弄璋弄瓦」條：「《詩經》：吉夢維何？維熊維羆，男子之祥。維虺維蛇，女子之祥。乃生男子，載衣之裳，載弄之璋。乃生女子，載衣之裼，載弄之瓦。」此條出自《詩經・小雅・斯干》，原詩在「乃生男子」之後尚有「載寢之床」句，「乃生女子」後有「載寢之地」句。生男的夢兆爲熊羆，熊羆爲陽物，生於山，彊力壯毅，故爲生男之象徵。生女的夢兆爲虺蛇，虺蛇爲陰物，穴處柔弱，隱伏洞中，故爲生女之象徵。對待男孩爲穿衣睡床，望其仕宦，顯耀家門，故弄璋；對待女孩爲包布睡地，望其習女紅，不讓父母擔憂，故弄瓦。由此可見古代的性別教育與重男輕女的觀念。又「懸弧設帨」條：「男子生，桑弧蓬矢，以射天地四方，欲其長而有事於四方也。《禮記》：男子生，設弧於左，女子生，設帨於門右〔註190〕。」男子志在四方，故以弧矢射天地四方；女子則命繫婚姻，故以佩巾繫於門上。帨爲女子出嫁時，母親所授，用以擦拭不潔，在家時掛在門右，外出時繫在身左，可見生男重其鴻圖志向；生女則重其婚姻貞節。教育子女方面，張岱舉出「一子不可縱」：「劉摯兒時，父居正課以書，朝夕不少間。或謂：『君止一子，獨不加恤耶？』居正曰：『正以一子，不可縱也。』〔註191〕」可見張岱認爲寬容的態度無益於教育的效能。又張岱十分重視教育環境與後天的開發，如「七子孝廉」：「趙宣妻杜泰姬生七男，教之曰：『中人性情，可上下也。昔西門豹佩韋以自寬，宓子賤佩弦以自急。汝曹念哉！』後七子皆辟孝廉，而元珪、稚珪更以令德著〔註192〕。」所謂中人性情，正待後天的教育作用，此處以西門豹與宓子賤兩人性格作比喻，針對其自我性格缺點而施加警戒、規勸，《韓非子・觀行》亦載：「西門豹之性急，故佩韋以自緩；董安于之心緩，故佩弦以自急。故以有餘補不足，以長續短之謂明主〔註193〕。」後以韋弦比喻外界的啓迪與教益。趙宣教子能根據個人特質而予以規箴，故七子皆有所成。又張岱重視「以友輔仁」，

〔註189〕卷五〈倫類部・父子〉「拿周」，頁112。
〔註190〕卷五〈倫類部・父子〉「懸弧設帨」，頁111。
〔註191〕卷五〈倫類部・父子〉「一子不可縱」，頁113。
〔註192〕卷五〈倫類部・父子〉「七子孝廉」，頁114。
〔註193〕王先愼《韓非子集解》（三）〈觀行〉，台北：台灣商務，1965年台一版，頁62。

認爲由交游可見出一個人的品格與未來發展，所謂「蓬生麻中，不扶而直。〔註 194〕」故「兒必貴」條言：「王頍母李氏嘗曰：『兒必貴，未知所與遊者何人？』適玄齡、如晦造訪，母大驚曰：『二客皆公輔器，汝貴不疑矣。』〔註 195〕」李氏見子所往來者爲輔國大臣，故知兒必成大器。又教育子女需適性發展且各有所專，如此可避免造成惡意競爭，亦使家門中有多元的思維激盪，如「一門七業」中：「劉殷有七子，五子各授一經，一子授太史公《史記》，一子授《漢書》，一門之內，七業俱興。北州之學，殷門為盛。」〔註 196〕又「各守一藝」條：「鄭禹有子十三人，各守其藝，閨門雍睦。累世寵貴漢庭者，凡百餘人〔註 197〕。」漢代立經學博士，鄭禹之子十三人各守一經，則整個家族可有計畫的專擅漢代朝政，且彼此間只有縱向承繼關係，而無橫向競爭關係，這也是專科教育之遠見。

在於孝道倫理方面，張岱認爲「肖父」爲孝親的一種表現，如「一如其父」條：「范仲淹知耀、邠二州，皆有善政。趙元昊叛，知永興軍時，稱小范老子胸中有數萬甲兵。子純禮，亦知永興，為政一如其父〔註 198〕。」范氏父子先後知永興，且皆有善政，子之孝乃在於不辱父功。又「得父一絕」條：「唐宋之問父名令文，富文詞，且工書，有力絕人，世謂之三絕。後之問以文章顯，之悌以驍勇聞，之遜精草隸，各得父一絕〔註 199〕。」此條亦是能傳續父親之才能，以父藝子傳成爲美談。又，孝的終極表現乃在於揚名四海，顯耀家門，故毛義捧檄〔註 200〕喜動顏色，爲的不是自己貪功好利，而是爲了使母親感到欣慰、榮耀。「各授一經」條：「宋田辟行高學博，游成均二十年，不遇，浩然歸隱。子九人，各授一經，俱登第。時稱義方者，必曰田氏〔註 201〕。」此處田辟雖己身不能在官場有所發展，但所教九子，個個能登第仕宦，爲父親完成心願，也爲父親博得善教的美名。張岱所主張、認可的孝道倫理是沿襲孔孟以來的傳統，如孔子認爲事父母「色難」〔註

〔註 194〕無求備齋《荀子集成》據明嘉靖六年樊川別集刊「六子書」本影印，台北：成文，1977 年，頁 1。

〔註 195〕卷五〈倫類部・父子〉「兒必貴」，頁 114。

〔註 196〕卷五〈倫類部・父子〉「一門七業」，頁 114。

〔註 197〕卷五〈倫類部・父子〉「各守一藝」，頁 114。

〔註 198〕卷五〈倫類部・父子〉「一如其父」，頁 114。

〔註 199〕卷五〈倫類部・父子〉「得父一絕」，頁 117。

〔註 200〕卷五〈倫類部・父子〉「毛義捧檄」：「毛義以孝行稱。府檄至，以義爲安陽令。義捧檄而喜動顏色，張奉薄之。後義母亡，遂不仕。奉嘆曰：『往日之喜，蓋爲母也。』」

〔註 201〕卷五〈倫類部・父子〉「各授一經」，頁 119。

〔註 202〕《論語，爲政》：「子夏問孝。子曰：『色難。有事，弟子服其勞，有酒食，先生饌，

202〕，光是口腹供養不能稱之謂孝，「菽水承歡」條，子路傷嘆貧無以養父母，但孔子認爲即使是啜菽、飲水，能盡其歡便是孝〔註203〕。又父母有過，孔子認爲應：「事父母幾諫，見志不從，又敬不違，勞而不怨」〔註204〕，而此處，張岱認爲事父如事君〔註205〕，不以諛諾爲恭，應直諍到底，不可鄉愿，這是張岱較儒家態度更爲強硬、堅持的地方。

張岱特意凸顯家庭教育中母親的形象，尤其是孀婦獨自撫養幼子，能兼有嚴父與慈母的雙重角色，如「倚閭而望」條：「王孫賈事齊閔王，王出走，賈不知其處。其母曰：『汝朝出而晚歸，則吾倚門而望；汝暮出不歸，則吾倚閭而望。汝今事王，王出走，汝不知其處，汝尚何歸？』〔註206〕」王孫賈之母平日爲一慈母形象，殷切照料，朝送晚迎，但要求孫賈對職務須有責任感，對國家須有使命感，嚴聲飭令，絲毫不得苟且。「封還官物」條，陶侃少爲縣吏，以官池之魚饋饗母親，卻遭母親斥責其不顧廉潔，反增母憂〔註207〕。「勿以母老懼」條，劉安世懼諫臣易以言語惹禍，或因此而不能服侍老母，故除官居鄉，母親則教諭他能爲天子諍臣是極大榮耀，且對國家有大貢獻，怎可因小孝而除大孝〔註208〕！「對食悲泣」條陸續見饗食切割方正便知母親所爲，可見得母親爲人之不苟，亦以身教對其產生人格上的影響。〔註209〕「義繼母」條，兄弟二人於死生之際尚不忘友悌之道，乃源於母親自小的教育，因母親對於取捨的考量亦是「不以私廢公」、「不背言忘信」，母子三人情義之篤最終免於死禍〔註210〕。「得與李杜齊驅」條，范滂母能教子效忠國家，不以私愛爲重，能

曾是以爲孝乎？』」（《十三經注疏》（八）台北：藝文，1997年8月初版十三刷），頁17。

〔註203〕卷五〈倫類部・父子〉「菽水承歡」：「子路曰：『傷哉貧也！生無以爲養，死無以爲禮也。』孔子曰：『啜菽，飲水，盡其歡，斯之謂孝。』」

〔註204〕《十三經注疏》（八）《論語注疏・里仁》台北：藝文，1997年8月初版十三刷，頁37。

〔註205〕卷五〈倫類部・父子〉「事父猶事君」：「殷淵剛介多大節，從父宦游，父行事未當，必辯論侃侃。嘗言事父猶事君，不以諛諾爲恭。後死『闖賊』難。」

〔註206〕卷五〈倫類部・父子〉「倚閭而望」，頁116。

〔註207〕卷五〈倫類部・父子〉「封還官物」：「陶侃少爲縣吏，常監魚池，以魚鮓遺母。母封鮓責之，曰：『爾以官物遺我，反增我憂爾！』拒卻之。」

〔註208〕卷五〈倫類部・父子〉「勿以母老懼」：「劉安世除諫官，白母曰：『朝廷使兒居言路，需以身任國，脫有禍譴，如老母何？』母曰：『諫官爲天子諍臣，汝父欲爲而弗得。汝幸居此，當捐身報主，勿以母老懼流放爾。』」

〔註209〕卷五〈倫類部・父子〉「對食悲泣」：「陸續繫洛陽。母往饋食，續對食悲泣。使者問故，曰：『母來不得見爾。』問：『何以知之？』曰：『吾母切肉未嘗不方，斷蔥以寸爲度，此必母所饗也。』使者以聞，特赦之。」

〔註210〕卷五〈倫類部・父子〉「義繼母」：「齊二子之母，宣王時有死於道者，吏執其二子，

捨身而全忠亦爲大孝〔註 211〕。「能爲滂母」則以范滂事爲典故，蘇軾自小有慷慨之志，問母親程氏：「軾若為滂，母能許之否？」母親答曰：「汝能為滂，我獨不能為滂母耶？〔註212〕」此些母親皆有遠大的識見，不侷限於小格局中，能教子正直、廉潔、效忠、友悌等，使得失去父親管教的幼子不致走上歧途，而能成器成材。

張岱對於夫婦倫則強調「情」的可貴性，這也導因於明萬曆以後理學家〔註 213〕與文學家〔註 214〕對於「情論」的重視。張岱在書中舉出情深可超越生死者，如「小吏名港」〔註 215〕條，焦仲卿夫婦因雙方母親的逼迫，一一殉情，此爲「人生，而情能死之」〔註 216〕的實例。「相思樹」中，康王雖有權位，亦不能阻撓韓憑夫婦誓死相連的決心，此爲「人死，而情又能生之。即令形不復生，而情終不死〔註 217〕」

兄曰：『我殺之。』弟曰：『非兄也，我殺之。』吏以告王，王召問其母，母泣對曰：『殺其少者。』王問故，母曰：『少者妾之子。長者前妻之子。其父臨終，囑妾善視，今殺兄活弟，是以私廢公也。背言忘信，是欺死也。』王高其義，皆赦之。」

〔註 211〕卷五〈倫類部・父子〉「得與李杜齊驅」：「漢誅黨人，詔捕急。范滂白母曰：『仲博孝敬，足供養，滂從龍舒君九原，存亡得所。惟大人割不忍之恩。』母曰：『汝得與李杜齊驅，死亦何恨！令名壽考，可兼致乎？』」

〔註 212〕卷五〈倫類部・父子〉「能爲滂母」：「蘇軾生十歲，母程氏親授以書，聞古今成敗，輒能領其要。程讀〈范滂傳〉，慨然嘆息。軾請曰：『軾若爲滂，母能許之否？』程曰：『汝能爲滂，我獨不能爲滂母也？』」

〔註 213〕理學發展至陽明以迄李贄，逐漸將生命的重心自「天理」的層面轉移到「人欲」的層面，爲「情」提供了穩固的形而上基礎。參引陳萬益〈馮夢龍「情教說」試論〉（《漢學研究》第六卷第一期，1988 年 6 月）與王鴻泰〈《三言二拍》中的情感世界——一種「心態史」趣味的嘗試〉（《史原》第十九期，1998 年 10 月）。

〔註 214〕明末馮夢龍、湯顯祖等人提出所謂「情教」的觀念，並認爲情字入人之深可決定生死，如馮夢龍《情史類略》卷十〈情靈類〉中：「人，生死於情者也，情不生死於人者也。人生而情能死之；人死而情又能生之。即令形不復生，而情終不死。乃舉生前欲遂之願，畢之死後前生未了之緣，償之來生，情之爲靈亦甚著乎，……夫男女一念之情，而猶耿耿不磨若此，況凝精翕神，經營宇宙之瑰瑋者乎！」（台北：天一，1985 年初版），頁 55。又湯顯祖《牡丹亭》中〈牡丹亭記題詞〉：「情不知所起，一往而深，生者可以死，死可以生。生而不可與死，死而不可復生者，皆非情之所至也。」引自《湯顯祖集》卷三十三，台北：洪氏，1975 年 3 月初版，頁 1093。

〔註 215〕卷五〈倫類部・夫婦附妾〉「小吏名港」：「漢廬江小吏焦仲卿妻，爲姑所逐，自誓不嫁。其母屢逼之，遂投水死。仲卿聞之，亦自縊。今府境有小吏港，以仲卿名。」

〔註 216〕「人生」、「人死」兩語皆出於馮夢龍《情史類略》。

〔註 217〕卷五〈倫類部・夫婦附妾〉「相思樹」：「韓憑妻封丘息氏，康王奪之，憑自殺。息與王登台，遂投台下死，遺書於帶，願以屍骨賜憑。王弗聽，使人埋之，冢相望也。信宿，有交梓本生於二冢之旁，旬日而枝成連理，鴛鴦棲其上，交頸悲鳴。宋人哀之，號曰相思樹。」

的註腳，形體雖死，情感卻經由另一種形式相生相連。張岱認爲，夫妻之情爲閨房私事，不因此而妨害個人品德修爲，如「畫眉」條，張敞爲婦畫眉，伉儷情深，卻遭有司奏狀，張敞自辯言：「夫婦之私，有過於此者」〔註 218〕又，夫妻之間的契約關係由形式的契定轉向情感之自然，成爲堅定而不可輕易更改的盟約，如「不從別娶」條：「宋黃龜年為侍御史，劾秦檜，遂奪檜職。初，邑簿李朝旌許妻以女。既登第，而朝旌已死，家甚貧，或勸其別娶，不從。」龜年不因位階與貧富的移轉而毀婚，乃顧念朝旌當時之情義，且不願背信忘言。又「吾知喪吾妻」條：「劉庭式嘗聘鄉人女。及登第，女喪明，家且貧甚，鄉人不敢復言。或勸改聘，庭式嘆曰：『心不可負！』卒娶之，生數子。死哭之慟。蘇軾時為州守，問曰：『哀生於愛，愛生於色。足下愛何從生？哀何從出乎？』庭式曰：『吾知喪吾妻而已。』軾深感其言。」劉庭式本可因女喪明之由毀婚，解除這一樁門戶不登對的親事，但他卻認爲負心是人格上的污點，故不改初衷，且後來亦待妻以至情。蘇軾以一般人的觀點質疑，其妻既無容色，何從生情愛，既無情愛，又何以悲傷？而庭式僅出於自然之情感，視妻子爲親人，妻死故慟哭，別無他念。在此可看出一般對情愛的看法，亦可看出張岱特標舉庭式之行的用心。在夫妻關係中，張岱多以趣筆寫丈夫懼內與婦人悍妒的事典。對於懼內者，多予以調侃與貶低的意味；對於妒婦則多速寫其烈性，卻少帶有譴責之意，如「四畏堂」：「王文穆作『三畏堂』。夫人悍妒。楊文公戲曰：『可改作四畏堂。』公問故，曰：『兼畏夫人。』」以三畏命名本存規箴、警惕之義，改爲四畏則語帶嘲謔。又「加公九錫」條中，王導懼內又好色，故畜妾於別館，夫人得知後不免持刀追殺，此處描述王導持麈尾、駕牛車，狂奔逃難的狼狽樣，尊嚴全無，且遭蔡謨嘲弄，不免困窘〔註 219〕。對於妒婦僅強調其性格的剛烈，並無責難，似覺妒婦之行爲義正辭嚴，張岱乃站在女子的立場發言。如「周姥撰詩」條指出，勸誡不妒之詩皆爲男子所作，男子好色卻責求女子不妒，站在女性的立場來說是極不合理的，若發言權交予女子，情況必然逆轉，故謝太傅夫人言：「周公是男子，周姥撰詩，當無是語〔註 220〕。」

兄弟關係乃手足血親，理應合而不分，互助互愛，故張岱多記古來因兄弟分合

〔註 218〕卷五〈倫類部・夫婦附妾〉「畫眉」:「張敞爲京兆尹，爲婦畫眉。有司奏聞。上問之，對曰：『夫婦之私，有過於此者。』上弗責。」

〔註 219〕卷五〈倫類部・夫婦附妾〉「加公九錫」:「王導懼内，乃以別館畜妾。夫人知之，持刀尋討。導飛轡出門，以左手扳車欄，右手提麈尾柄以打牛，狼狽而前。蔡司徒謨曰：『朝廷欲加公九錫。』王信以爲實。蔡曰：『不聞餘物，惟聞短轅犢車，長柄麈尾。』王大羞愧。」

〔註 220〕卷五〈倫類部・夫婦附妾〉「周姥撰詩」，頁 124。

而萬物感應的事典，表示兄弟之情乃生來即有，爲天地自然的一部份，若捨棄則爲天地所不允，如「田氏紫荊」條，兄弟同居和樂則紫荊茂盛，兄弟分家則紫荊枯槁，彷彿紫荊能感受兄弟情誼之冷暖而隨之榮枯〔註 221〕。又常以棠棣花比喻兄弟之間的關係，棠棣花之典出於《詩經・小雅・常棣》，此詩爲周公誅管蔡二叔，恐天下人亦疏兄弟，故作此詩以燕兄弟〔註 222〕。詩中強調兄弟之情應相親相愛，詩首句「常棣之華，鄂不韡韡。凡今之人，莫如兄弟。」以華鄂的相承相恃、不可分離，比喻兄弟之情爲「天屬」，本於自然，不可須臾相離，見花鄂得花之光而韡盛，因而興起「弟以敬事兄，兄以榮覆弟，恩義之顯，亦韡韡然」〔註 223〕之情義，後人則以棠棣爲兄弟的代稱，如「棠棣碑」：「賈敦頤為洛州司馬，洛人為刻碑市旁。弟敦實又為長使，洛人亦為立碑其側，號『棠棣碑』〔註 224〕。」以兄弟皆有良品與善政，故立碑以爲後人仿效。書中兄弟相提並論或評比高下的情形亦常見，兄弟並論者如「三間瓦屋」條，以陸機、陸雲兩兄弟之性格並提，雖爲兄弟，卻在身形、性格、氣質上有迥異的表現，故作出剛柔不同的對應〔註 225〕。又「三張」條，張載、張協、張亢三兄弟皆擅文章辭賦〔註 226〕。「大小秦」條，秦景通與其弟暐皆精《漢書》，故治《漢書》者皆出其門〔註 227〕。此兩則兄弟間有共同特質、才賦而顯耀家門，故以並稱的方式傳名。兄弟評比高下者如「龍虎狗」條：「諸葛瑾仕吳，弟亮仕蜀，弟誕仕魏。時謂蜀得龍，吳得虎，魏得狗〔註 228〕。」在當時三國鼎立的形勢下，兄弟三人分仕三國，時人必然依其能力而予以比較，而由龍虎狗的比喻中亦可見出其褒貶。張岱言兄弟情誼時，多以此種並提或評比的方式，從中亦可看出其品評人物之標準。

〔註 221〕卷五〈倫類部・兄弟〉「田氏紫荊」：「田眞、田廣、田慶兄弟同居，紫荊茂盛。後議分析，樹即枯槁。兄弟不復議分，樹仍茂盛如故。」

〔註 222〕此處用孔穎達之說。孔疏：「周公閔傷管蔡二叔之不和睦而流言作亂，用兵誅之，致令兄弟之恩疏，恐天下見其如此，亦疏兄弟，故作此詩以燕兄弟，取其相親也。」朱傳與姚際恒之說亦類此。引自裴普賢《詩經評註讀本》（下），台北：三民，1997 年 10 月七版，頁 15～16。

〔註 223〕此處用鄭玄之說，同上注，頁 16。

〔註 224〕卷五〈倫類部・兄弟〉「棠棣碑」，頁 130。

〔註 225〕卷五〈倫類部・兄弟〉「三間瓦屋」：「蔡司徒在洛，見陸機兄弟住參佐廨中，三間瓦屋，士龍住東頭，士衡住西頭。士龍爲人文弱可愛，士衡長七尺餘，聲作鐘聲，言多慷慨。」

〔註 226〕卷五〈倫類部・兄弟〉「三張」：「晉張載博學，能文章，嘗作〈劍閣銘〉，武帝命鐫之劍閣；弟協少有儁才，爲河間內史；亢亦嫻詞賦。時號『三張』。」

〔註 227〕卷五〈倫類部・兄弟〉「大小秦」：「唐秦景通與弟暐，皆精《漢書》，號大秦、小秦。凡治《漢書》者，非出其門，謂無師法。」

〔註 228〕卷五〈倫類部・兄弟〉「龍虎狗」，頁 130。

友道若依張岱所記條目可分爲幾個層面：樂相知、棄利害、重然諾、同死生。相知之友不在於相識時間的長短，而在於是否志同道合，如「莫逆」條，子祀、子輿、子犁、子來四人因能共同領略生死一物之理，具有同一層次的思考模式，故「相視而笑，莫逆於心〔註229〕。」無須多餘言語，而彼此了然於心。又「傾蓋」條，孔子途遭程子，「傾蓋而語，終日甚相浹洽」〔註230〕。《史記・魯仲連鄒陽列傳》：「諺曰：『白頭如新，傾蓋如故。』何則？知與不知也〔註231〕。」情投意合則初識而能成爲莫逆，道不同者，即便相鄰，亦僅止點頭。「如飲醇醪」中：「程普嘗以氣凌周瑜，瑜未嘗有慍色，承奉愈謹。普自慚，投分於瑜曰：『與公瑾交，若飲醇醪，不覺自醉。』〔註232〕」周瑜以寬容謹審的態度使程普感受到其友誼的難能可貴，故程普能與之意氣相投。棄利害者如「管鮑分金」〔註233〕，鮑叔牙不以表面行事定言管仲之人品，而能體諒管仲貧困，故多與錢財，鮑能不計己身利害，故管仲視其爲知己。又「雷陳」條：「後漢雷義與陳重為友，義舉茂才，讓於重，刺史不聽。遂佯狂，被髮走，不應命。鄉里為之語曰：『膠漆雖謂堅，不如雷與陳。』〔註234〕」友誼遇著利害時才能考驗出眞假，雷義不顧己身形象，棄官讓友，故時人認爲兩人友誼有甚於膠漆。重然諾者對朋友講求「信」字，如「范張雞黍」條，僅爲范式一句「暮秋當拜尊堂」，張劭殺雞備黍以待，范式沒有背棄諾言，千里赴約，張劭亦不曾懷疑，兩人對彼此均有充足的信任，故能定交〔註235〕。又「繫劍冢樹」條，季札之信爲心裡默許，卻不因徐君已死而改變心裡的承諾〔註236〕。朋友之間能相知互信已爲難得，更甚者能爲友不顧死生，如「友道君逆」條，左儒側身於君道與友道之間，「君道友逆，則順君以誅友；友道君逆，則順友以違

〔註229〕卷五〈倫類部・朋友〉「莫逆」，頁139。

〔註230〕卷五〈倫類部・朋友〉「傾蓋」，頁139。

〔註231〕（漢）司馬遷著、瀧川龜太郎考證《史記會注考證・魯仲連鄒陽列傳》，台北：藝文，1959年，頁979。

〔註232〕卷五〈倫類部・朋友〉「如飲醇醪」，頁139。

〔註233〕卷五〈倫類部・兄弟〉「管鮑分金」：「管仲與鮑叔相友善。仲曰：『吾困時，嘗與鮑叔賈，分財則吾多自與，鮑叔不以我爲貪，知我貧也。生我者父母，知我者鮑叔也。』」

〔註234〕卷五〈倫類部・朋友〉「雷陳」，頁139。

〔註235〕卷五〈倫類部・朋友〉「范張雞黍」：「范式、張劭爲友，春時京師作別，式曰：『暮秋當拜尊堂。』至期，劭白母，殺雞以俟。母曰：『巨卿相距千里，前言戲耳。』劭曰：『巨卿信士。』言未畢，果至。升堂拜母，盡歡而別。」

〔註236〕卷五〈倫類部・朋友〉「繫劍冢樹」：「季札出使過徐，徐君好季札劍，口不敢言。季札知之，使上國，未獻。還，至徐。徐君已死，乃解劍繫其冢樹而去。季札交情，不以生死易念。」

君。」兩相爲難之下，只好以身殉友〔註 237〕。又「死友」條：「羊角哀、左伯桃往楚，道遇雪，度不能俱生，乃並衣與角哀，伯桃入樹死。角哀至楚，為大夫，王備禮葬伯桃。角哀自殺以殉〔註 238〕。」伯桃犧牲自己成全角哀，角哀完成志願後亦殉友以報。馮夢龍所編撰之《喻世明言・羊角哀捨命全交》亦載此事，言管鮑之交已成故事，今人多重利輕友，故記羊、左之事以宣揚友道。〔註 239〕張岱在書中所記樂相知、棄利害、重然諾、同死生之友，動機亦同於馮夢龍，他在書中並言小人之交以作反面例證，如「面朋面友」條：「顏克志面交如攜手，見利即解攜而去也。楊子曰：『朋而不心，面朋也；友而不心，面友也。』同類曰朋，同志曰友〔註 240〕。」此處以「交心」與否來定義朋友的深淺，並以利害關係來考驗友誼之堅。又「五交」條引劉孝標之語說明五種應絕交的朋友爲：勢交、論交、窮交、量交、賄交，乃因此五種皆牽扯利害關係，得意時蠅附左右，失意時則不能恤貧，僅能同享樂而不能共患難，故不應視爲知交〔註 241〕。張岱己身亦親受人情冷暖的對待，明亡前，日與友人交歡；明亡後，除殉國之友外，其餘故舊見他，「如毒藥猛獸，愕窒不敢與接」〔註 242〕，他在「翟公書門」條中，錄翟公痛悟友道之語可見出其心情：「一死一生，乃見交情。一貧一富，乃知交態。一貴一賤，交情乃見〔註 243〕。」對於朋友的定義，是不會因生死貴賤而改變的，若有因對方的地位而變轉交態者，則可絕交，此處亦是張岱經歷一貴一賤後所領略出的交友之道。

〈倫類部〉中備載儒家社會倫理，實張岱有鑑於明末人倫綱紀幾廢，僭越之風大盛，人際關係多以利害相繫，已無所謂倫理、情義可言，故領悟儒家所倡倫理有本質上的不可磨滅性。若社會無此綱紀，則浮誇動亂；君臣失序則政治不安；父子、夫婦、兄弟失和，則家庭破碎；朋友無義無信，則社會人心岌危，故重倡

〔註 237〕卷五〈倫類部・朋友〉「友道君逆」：「周宣王將殺其臣杜伯，而非其罪。伯之友左儒爭之於王，九復之，而王不聽。王曰：『汝別居而異友也。』儒曰：『君道友逆，則順君以誅友；友道君逆，則順友以違君。』王殺杜伯，左儒死。」

〔註 238〕卷五〈倫類部・朋友〉「死友」，頁 142。

〔註 239〕《喻世明言・羊角哀捨命全交》篇首即引杜甫〈貧交行〉詩言：「背手爲雲覆手雨，紛紛輕薄何須數？君看管鮑貧時交，此道今人棄如土。」乃感嘆當時友道不復，故記羊角哀與左伯桃的故事期能見賢思齊，（台北：三民，1998 年 4 月），頁 126。

〔註 240〕卷五〈倫類部・朋友〉「面朋面友」，頁 141。

〔註 241〕卷五〈倫類部・朋友〉「五交」：「劉孝標〈廣絕交論〉，謂勢交、論交、窮交、量交、賄交，此五交皆不能恤貧，故絕之也。」

〔註 242〕《陶庵夢憶・序》。

〔註 243〕卷五〈倫類部・朋友〉「翟公書門」：「〈鄭當時傳〉：翟公爲廷尉，賓客填門。及廢，門外可設雀羅。後復爲廷尉，客欲往，翟公大書其門，曰：『一死一生，乃見交情。一貧一富，乃知交態。一貴一賤，交情乃見。』」

倫理，以爲文人士夫的道德規範。

第六章　《夜航船》之審美形式與意蘊

第一節　審美形式

就文類特性而言，《夜》書兼具「類書」與「筆記」的性質，在撰寫態度與方式上，類書重其編排原則而筆記重其敘述內容與手法，也因此，探討其書創作審美意識必由編撰結構與敘述風格兩方面著手。編撰結構方面，筆者在第四章中已言部類的編排原則與條目的重出現象，此節乃就子目的命名與意象的選擇，分析其審美形式；敘述風格方面，分別分析其：人物描刻、情節節奏、奇幻預言等技法，以說明《夜》書中小說敘事手法的藝術成就。

一、選題命意

（一）子目命名

《夜》書在各部各類之下又有各條子目，全書共有四千多條子目，要爲其一一命名實屬不易，由其命名方法，當可見出作者的編撰功力。在命名方面，筆者歸納出大約四種方法，直接命名者爲：(1) 統合材料內容以爲子目之名。(2) 直用物類名稱而爲子目之名；間接命名者爲：(1) 擷取中心意象爲子目之名。(2) 摘錄關鍵語句而爲子目之名。舉例言之，直接命名者多是臚列材料或單純介紹一事物的條目，如「九天」、「二十八宿」、「北斗七星」、「八風」、「桃源八景」、「瀟湘八景」等直接陳列資料，以一總名稱之，是爲第一類統合材料內容以爲子目之名的命名法；第二類則如「蓂莢」、「虞美人草」、「赤草」、「饕餮」、「狼狽」、「笏囊」、「驚雷莢」等，直接用物類名稱，以名詞爲主，且內容只介紹此一事物。此兩類較爲單純，且爲一般雜著筆記或類書的命名法，較無張岱的個人特色，須由間接命名法才能見出其匠心獨運。

「擷取中心意象」乃將條目內容用一關鍵意象命名，由其命名可見出內容強調的重點，且以此一關鍵意象貫穿全文，可視爲全文之眼。如「日光摩盪」條言趙匡胤陳橋兵變，黃袍加身事。文中強調苗訓觀天文得「日下復有一日，黑光摩盪者久之〔註1〕。」以此言兵變事屬天命，故以「日光摩盪」意象統貫全文。又如「石尤風」條言石氏女因郎君經商不歸，病死後誓言化爲飀風阻行旅之人，故以此風爲全文之統一意象。「曹娥碑」言蔡邕題謎語於碑上，曹操與楊修以此鬥智，操遜修三十里。題於曹娥碑上之「黃絹幼婦外孫齏臼」八字謎語，乃兩人鬥智的關鍵，故文以此碑爲中心意象。「棄荏席霉」言晉文公因舊蓆發霉而棄之，舅犯以其棄舊戀新而辭歸事〔註2〕。荏席爲事件引發物，故以此爲名。此類命名法在《夜》書中佔很大比例，能自一文化事典中擷取最精華且足以領起全文的意象，必經過熟慮而後精煉才行，可見張岱提煉之功。

「摘錄關鍵語句」乃用文章中關鍵語句爲子目之名，如「女蘿附松柏」條，言李靖與紅拂女事，紅拂女慧眼識李靖爲眞英雄，夜奔李靖並語之曰：「妾楊家紅拂妓也，女蘿願附松柏。」是以紅拂之語爲全文之題。又「何況老奴」條，言李勢妹之美連持刀闖入的妒婦都不禁歎曰：「我見猶憐，何況老奴！〔註3〕」以妒婦之言總括全文，滿腹的妒意因見此女我見猶憐之態而蕩然無存，故對其夫亦生同理心，命題爲「何況老奴」，蓋以妒婦的諒解烘托出李勢妹之美。「問何日使者發」條，言李郃善觀星象，見使星入益郡而問：「君來時，知二使者以何日發行？〔註4〕」此處將李郃之問簡化爲子目，以言其觀星之妙。「老翁兒無影」條丙吉判案以「老翁兒無影，不耐寒〔註5〕」爲斷案依據，故以此句爲子目之名。「花瓶水殺人」條有客醉後口渴，誤飲廳中花瓶水而死，究其原因，乃爲瓶中浸旱蓮花，故命題花瓶水殺人之物凸顯事件。此類命名看似不經意擇取，實則經過一番揀選精煉。張岱對於習藝作文自有其一套「練熟還生」的理論：

> 彈琴者，初學入手，患不能熟，及至熟，患不能生。夫生，非澀勒難歧，遺忘斷續之謂也。……一種生鮮之氣，人不及知，己不及覺者，

〔註1〕卷一〈天文部・日月〉「日光摩盪」，頁5。
〔註2〕卷七〈政事部・致仕遺愛〉「棄荏席霉」，頁200。
〔註3〕卷五〈倫類部・夫婦附妾〉「何況老奴」，125。
〔註4〕卷一〈天文部・星〉「問使者何日發」，頁9。
〔註5〕卷七〈政事部・燭奸〉「老翁兒無影」，頁190。

> 非十分純熟，十分淘洗，十分脫化，必不能到此地步。蓋此練熟還生之法，自彈琴撥阮，蹴踘吹簫，唱曲演戲，描畫寫字，作文作詩，凡百諸項，皆藉此一口生氣。得此生氣者，自致清虛，失此清虛者，終成渣穢，吾輩彈琴，亦爲取此一段生氣以矣〔註6〕。

若與典故的原出處比較，張岱所節選後命名的條目均較爲清新生動，乃因其刪汰掉過多的修飾語與累贅的情節，並以最精簡、口語的方式敘述與命名，精簡流利、生動鮮明，乃成爲此書文字敘述與子目命名的主要風格。

（二）意象選擇

張岱在編選內容時，有些部類會出現意象重複出現的情形，意象的選擇本就含括著作者主觀情意的表達；再則，對於同一意象擇選出不同的文化典故，所呈現之多種詮釋面向，亦可見出作者對此物象的詮釋網絡，而此詮釋網絡與文人所使用的文字語言與人格象徵有密切的關係，故作者一再重複此意象以強化其所欲表達的概念。在此筆者選擇幾組意象群，試著根據意象符碼所隱含的內在意欲，凸顯作者的編排用心作一詮釋。

「竹」在〈植物部〉中共佔九則，其中沒有任何一則直接言竹之物性，反而多援引各典故以凸顯出竹之特性，並藉其背後的象徵義比擬人之性格。如「義竹」條，以「竹叢幽密」之群聚屬性教諭「兄弟相親，當如此竹〔註7〕」視之爲義竹，乃是將人之品格特性加諸於竹上，並藉此爲典範以供人仿效。「萊公竹」條，言寇萊公施政有德，歸葬西京途中，人民皆於路旁設祭，折枯竹植地以掛紙錢，逾月，枯竹皆生笋，故立廟，號「竹林寇公祠」。此以枯竹逢春的意象暗喻萊公之德如春雨，行潤之處必生春筍。在中國文化系統中，因竹有特定之高節、耿直、虛心等象徵意義，以表示君子之品格，故此則雖完全不提萊公之德，但由枯竹生笋之意象已暗喻出萊公之德。「此君」條：「王子猷暫寄人空宅，便令種竹，人問之，曰：『何可一日無此君！』〔註8〕」此處條目不直言竹名，而用「此君」作爲竹的代稱，竹子遂成爲一象徵風雅的特定符碼。「邛竹」條：「《蜀記》：張騫奉使西域，得高節竹種于邛山。今以為杖，甚雅〔註9〕。」此條點出竹之「高節」與「雅致」。「竹詩」中記胡閏題吳芮祠壁上之詩：「幽人無俗懷，寫此蒼龍骨，九天風雨來，飛騰

〔註6〕《瑯嬛文集》卷三〈與何紫翔〉，頁508。
〔註7〕卷十六〈植物部・草木〉「義竹」，頁365。
〔註8〕卷十六〈植物部・草木〉「此君」，頁366。
〔註9〕卷十六〈植物部・草木〉「邛竹」，頁368。

作靈物〔註 10〕。」明太祖見此詩後，十分賞識，封胡爲大理卿。此處不僅點出竹之「雅態」，並將竹由靜態轉爲動態，與龍的意象相結合，以表現己身之宏志。「苦笋反甘」條：「《夢溪筆談》云：太虛觀中修竹，相傳陸修靜手植，出苦笋而味反甘；歸宗寺造鹽蘸而味反淡，蓋中山佳物也〔註 11〕。」此處言竹筍之味，味之極致在於一物之中而有味覺上迴轉的變化，故苦笋反甘，鹽蘸反淡，爲佳物極品。《夜》書中，竹之意象由一連串典故構成一複雜的意義群，除可作爲文人作詩作文的聯想機制，亦是讀者閱讀的文化養料。

「青菜」的意象在於仕宦者有其特殊意義，以「畫菜於堂」條所記最具解釋性：「徐九經令句容，及滿去，父老兒稚挽衣泣曰：「公幸訓我！」公曰：『惟儉與勤及忍爾。』嘗圖一菜於堂，題曰：『民不可有此色，士不可無此味。』至是，父老刻所畫菜，而書勤儉忍三字於上，曰：『徐公三字經。』〔註 12〕」在此則中，青菜之意象隱喻勤、儉、忍的品德，徐公以此意象提醒士夫不可使人民饑饉，不可使自己貪賄奢侈。徐以圖像諭示廉德，不斷以此作爲自我箴砭，故能清廉守正，得民之愛戴。「符青菜」條言符驗爲官清廉，守常州，不攜家帶眷，僅持二敝簏，日供惟蔬，故人稱其爲「符青菜」；每出巡鄉里，亦自備飲食，不勞民供給〔註 13〕。此處以青菜稱郡守以示其廉潔。又「埋羹」條王璡爲寧波太守，自奉儉約，見饌兼魚肉，大怒而埋之，故號「埋羹太守」〔註 14〕。此處既以食蔬爲廉，食魚肉便有玷污其節之嫌，這樣的認知不僅有王璡一人，「僅二竹籠」中，軒輗清約自持，「四時一布袍，常蔬食」，即使招待僚友，最多市肉一斤；對待故舊，亦惟一肉；如殺雞，底下人輒驚曰：「軒廉使殺雞待客矣」〔註 15〕。「毋撓其清」條言蔣沇清廉，郭子儀過其郡戒下屬曰：「蔣賢令供億，得蔬食足矣。毋撓其清也！〔註 16〕」此外，食肉與否，亦爲他人評斷仕宦者是否清廉的依據，如「市肉三斤」條：「海瑞為淳安令，一日，胡總制語三司諸道曰：『昨聞海令市肉三斤矣，可往察之。』乃知為母上壽所需也〔註 17〕。」青菜的意象所代表的意義較爲統一，皆指向仕宦清廉之義，而酒肉則爲反面意象，以之判斷仕宦者之人品。

〔註 10〕卷十六〈植物部・草木〉「竹詩」，頁 368。
〔註 11〕卷十六〈植物部・草木〉「苦笋反甘」，頁 368。
〔註 12〕卷七〈政事部・清廉〉「畫菜於堂」，頁 197。
〔註 13〕卷七〈政事部・清廉〉「符青菜」，頁 198。
〔註 14〕卷七〈政事部・清廉〉「埋羹太守」，頁 198。
〔註 15〕卷七〈政事部・清廉〉「僅二竹籠」，頁 198。
〔註 16〕卷七〈政事部・清廉〉「毋撓其清」，頁 198。
〔註 17〕卷七〈政事部・清廉〉「市肉三斤」，頁 196。

「雪」的意象在六朝品評人物時即以其爲「風雅」的象徵。如「柳絮因風」條出於《世說新語》，言：「晉謝太傅大雪家宴，子女侍坐。公曰：『白雪紛紛何所似？』兄子朗曰：『撒鹽空中差可擬。』兄女道韞曰：『不若柳絮因風起。』公大稱賞〔註 18〕。」鹽之意象乃就其形狀顏色相近而言，但鹽乃實用之物，且撒鹽之動作不似風吹柳絮般飄忽有致，以柳絮擬雪花，兩者皆爲雅物，故謝公大加稱賞。又「雪水烹茶」條：「宋陶穀得黨家姬，遇雪，取雪水烹茶，請姬曰：『黨家亦知此味否？』姬曰：『彼武夫安有此？但知於錦帳中飲羊羔酒爾。』公為一笑。〔註 19〕」此處，以武夫對應文人雅士；以雪水烹茶對應錦帳中飲羔羊酒，文中黨姬乃對陶公作出極高的恭維。「雪」的意象何以代表風雅？以其色潔白，其質冰冷，「欲仙去」中王冕遇大雪而赤腳登爐峰，大呼「天地皆白玉合成，使人心膽澄澈，便欲仙去！〔註 20〕」「嚼梅咽雪」條鐵腳道人嚼梅花和雪咽之，詠《南華・秋水篇》，曰：「吾欲寒香沁入心骨」〔註 21〕。雪之讓人感覺能心膽澄澈、滌淨心骨，乃因其色澤與溫度，清涼與潔白直接的聯想便是潔淨感，以身心潔淨表示品格潔淨，乃屈原以降的文士傳統，故文人多以雪爲風雅之象徵。

此類意象群尚有幾組，如涉及「鳳」之意象的條目有：「鳳」、「鸞」、「像鳳」、「鸞影」、「鳳巢」、「鳳曆」等六條；涉及「龍」之意象的條目則有十二則：「龍有九子」、「攀龍髯」、「龍漦」、「梭龍」、「畫龍」、「行雨不藏」、「金吾」、「蛟龍得雲雨」、「墨龍」、「咒死龍」、「視龍猶蝘蜓」、「箏弦化龍」等。《夜》書乃以龍鳳爲神話中之靈物，文人詩文中多所引用，以龍鳳之傲視萬物比喻人之品格卓然不群。涉及「馬」之意象的則目有：「舞馬」、「鑄馬」、「贖馬」、「果下馬」、「八駿」、「馬首是瞻」、「不及馬腹」、「塞翁失馬」、「指鹿爲馬」、「的盧」、「瞎馬臨池」等十一則，圍繞著與馬相關的文學典故。馬是文人最普遍的代步工具，也是文人日常生活中接觸最多、觀察較爲仔細的牲畜，因此以馬爲題作詩作畫的情況多有，故文中亦多見以馬之優劣寓人之品第。《夜》書中重複出現的意象多與文人書寫慣性息息相關，而臚列出諸多典故，一則可爲書寫與閱讀增加博識的基礎；再則，亦藉此連結作者與讀者間共同的意象符碼，使閱讀行爲能更加順暢並得到預期而豐富的聯想對應。

「子目」在《夜》書中是一獨立的閱讀單位，張岱在子目的命名上，展現了

〔註 18〕卷一〈天文部・雪霜〉「柳絮因風」，頁 18。
〔註 19〕卷一〈天文部・雪霜〉「雪水烹茶」，頁 18。
〔註 20〕卷一〈天文部・雪霜〉「欲仙去」，頁 18。
〔註 21〕卷一〈天文部・雪霜〉「嚼梅咽雪」，頁 18。

詮釋的功力，意圖以子目名稱概括內文，精準的抓住全文的關鍵語句或意象，凝練爲生動簡約的條目名稱。以百科的功能性質來說，爲便於讀者查考，須有一套嚴整的編排體例與查詢系統，《夜》書的體例稱不上嚴整，僅就類別大分爲二十部，其中又分列若干類別，雖分類不甚精細，卻因其條目名稱別緻，而增加了條目個別的特性，使讀者易於辨認與記憶。在意象選擇方面，不難看出此書的文人化趨向，對於與文人密切相關的事物，往往以群組的方式出現，並描述事物的各自不同典故，以拼合成一具豐富文化意涵的符號。這樣的符號可內化爲文人間的集體潛意識，每一物是都有其特殊的象徵意涵，可視爲文人間的閱讀與創作的密碼。

二、小說技法

（一）人物描刻

人物在《夜》書的則目內容中，往往精簡爲二至三個主要角色，甚至可以說只有一個主角，其餘人物皆爲襯托出此一主角而存在，此乃因張岱須在極短的篇幅文字中描刻出立體鮮活的人物，故須節省筆墨，集中描寫，因此其人物形象顯得異常鮮明。張岱被譽爲晚明之小品文聖手，擅長的是散文的寫作方式，著作中無以小說文體爲主的嘗試，但從《夜》書摘錄、改寫筆記小說的部分，筆者可略窺其小說敘寫功力。如寫人物，多呈現人物自身對話與行動，少用修飾語；對人物亦少評述，只作外在描寫，並勾勒出人物的內在心理，其餘則留給讀者自己玩味，如「何況老奴」條：

> 桓溫平蜀，以李勢妹爲妾，妻聞，拔刀襲之。李方梳頭，髮垂委地，姿貌端麗，乃徐結髮，斂手向妻，曰：「國破家亡，無心至此。若能見殺，猶生之年！」神情閑正，辭氣淒惋。妻乃擲刀，前抱之曰：「我見猶憐，何況老奴？」遂善視之〔註22〕。

文中有兩個要角：妻與妾。妻是全文的主要行動者，妾則是完全被動的面對降臨在自己身上的命運，而兩人之性格：前者可從其行動，後者可從其神態觀出。桓溫納妾，其妻持刀襲擊，由此動作可見妻性情剛烈且好妒；闖入閨閣時，妾方梳頭，見妻來襲，仍氣定神閒，未見一點驚慌，兩人動靜互襯。寫妾之「神情閑正、辭氣淒惋」，乃藉由妾之語寫其「國破家亡、心如槁木」的心理狀態；其後情節有大幅逆轉，妻見妾之容貌、氣韻、節操，不由得爲之心折，乃擲刀抱妾，妻所言

〔註22〕卷五〈倫類部・夫婦附妾〉「何況老奴」，頁125。

八字：「我見猶憐，何況老奴？」，既寫出對妾之愛憐，亦釋解對其夫之不諒解。張岱在短短的篇幅中，刻畫兩個女性角色截然不同的個性，而其性格中又兼具剛柔並濟的特質，妻由剛入柔，妾由柔轉剛，刻畫出生動而鮮明的角色，且妻的角色隨者情節的變化在態度上有極大的轉變，可視爲小說人物中的「圓形人物」〔註23〕，妾的角色自始至終不變，爲一烈女典型，可視爲小說人物中之「扁平人物」，兩相互用，使全文精彩異常。

又如「名分定矣」條，人物雖較爲複雜，但其所欲凸顯的角色卻只有一個：

> 嘉靖己丑，瑞州孝廉劉文光、廖暹同上公車，皆下第，欲歸。廖倩媒買妾，拉劉同往選擇，相中一女，下訂定期。其女問曰：「二位相公何者聘妾？」廖戲指劉曰：「是這劉相公娶妳。」劉亦大笑，女乃對劉肅拜而進。次日備禮往娶，女見儀狀大駭，曰：「劉君娶我，何以帖出廖某？」媒告以實，女變色曰：「作妾雖然微賤，亦關夫妻父子之道，豈可輕指他人以爲戲，我已拜劉，名分定矣！」父母婉轉再四，誓死不從。廖追悔無及，勸劉納之。劉力不繼，約以下科。後劉正室逝世，娶女爲正〔註24〕。

此則以一莊一諧的人物個性使一則戲言弄假成眞。廖暹性格好謔，竟以娶妾事作戲言；此女則對婚姻大事相當謹慎，先主動問何人下聘，知劉娶之，乃對劉肅拜，顯示出此女對夫婦之道的尊重；女知道戲言之實情後，不聽父母勸告，誓死不嫁廖暹。終由於此女之堅持與自重自愛的態度，使得他人亦禮敬之，後劉正室逝世，乃立爲正室。此則人物對話相當口語，適切地表達出人物的性格，如廖暹之戲言顯得輕挑，女言夫婦之道時則正義凜然，表現出不可動搖的堅定。

張岱善於描寫具剛烈性格的女性，以其女子之身而具陽剛特質才顯得鮮明有力，如「石尤風」中：

> 石氏女爲尤郎婦。尤爲商遠出，妻阻之，不從。郎出不歸，石病且死，曰：「吾恨不能阻郎行。後有商賈遠行者，吾當作大風以阻之。」自後行旅遇逆風，曰：「此石尤風也。」〔註25〕

〔註23〕佛斯特《小説面面觀》中將人物分爲兩種：扁平人物（flat character）與圓形人物（round character），前者似類型人物或漫畫人物，依循著一個單一的理念或性質被創造出來，他們的性格不爲環境所動。圓形人物則較爲複雜，且變化多端，無法以一句話概括，正反映出人心的複雜，佛斯特認爲一本複雜的小説常常需要扁平人物與圓形人物出入其間，兩者相互襯托的結果可以表現出更準確的人生眞相。（台北：志文，1995年修訂版一刷），頁92～96。

〔註24〕卷五〈倫類部・夫婦附妾〉「名分定矣」，頁127。

〔註25〕卷一〈天文部・風雲〉「石尤風」，頁11。

此則從頭到尾只有一個主角，尤郎是一隱形角色，並未登場。石氏女性格剛烈，阻夫遠行不成，竟氣鬱成疾，死後化爲颶風，誓言欲阻商旅之行，具見其不妥協的剛烈性格。

又《夜》書中善用人物的對比以凸顯出性格的差異，如〈九折坡〉中：

> 漢王陽爲益州牧，至九折坡，嘆曰：「奉先人遺體，奈何數承此險！」後王尊至此，曰：「此非王陽所畏處耶？」乃叱其御，歷險而上。後人以王陽不失爲孝子，王尊不失爲忠臣〔註26〕。

以九折坡之險寫各人面對危險與死亡時而有的不同心態：王陽個性較爲謹慎，所思亦較深遠，面臨危險所想到的是「身體髮膚，受之父母，不敢毀傷」；王尊之性較衝動，且有與王陽一較高下的想法，故不露懼意，逞氣而上。張岱補上後人評述：一爲孝子，一爲忠臣。但就其敘述中，仍是可看出其對兩人的讚賞程度不同。

（二）情節節奏

在短篇小幅的敘事中，張岱不僅單純的講故事，且有計畫的安排情節，製造伏筆、懸念與高潮。張岱對於情節的安排，可由「假雷擊人」〔註27〕中見出：

> 鉛山人某，常悅東鄰婦某氏，挑之，不從。／值其夫寢疾，天大雷雨，乃著花衣爲兩翼，躍入鄰家，奮鐵椎殺之，乃躍而出。婦以其夫眞遭雷擊也。／服除，其人遣媒求娶。婦因改適，伉儷甚篤。／一日，婦檢箱篋，得所謂花衣兩翼者，怪其異制。其人笑曰：「當年若非此衣，安得汝爲妻！」因敘事本末。／婦亦佯笑，俟其出，抱衣訴官，論絞。絞之日，雷大發，身首異處，若肢裂者〔註28〕。

文本大致可分爲五個段落來看：敘述一開始即埋伏了鉛山人與東鄰婦的關係，男欲調戲他人之婦，女守婦道不予理睬。第二個段落點出情節的轉折點在於其夫有疾，於是鉛山人有機可趁，設計騙局，殺人後使人以爲雷擊致死。由夫死至第三段作者跳過人物心理轉折與故事細節，鉛山人等待婦人守喪畢，遣媒求娶，婦人亦因名正言順而改嫁，至此，作者言兩人婚後感情融洽。然故事若到此結束，則僅爲一平凡事件，殺人者可能永遠不被揭發，關鍵在於作者在第二段時即埋下伏筆，而在第四段時達至情節高潮：其婦一日發現兇衣，問鉛山人，夫因兩人情感甚篤，亦不避諱過去之事，全盤托出，敘事者謂婦人「佯」笑以對，暗示讀者婦

〔註26〕卷二〈地理部・古蹟〉「九折坡」，頁45。

〔註27〕此處以斜線標出情節段落，以便於後文的分析。

〔註28〕卷一〈天文部・雷電虹霓〉「假雷擊人」，頁17。

人心中另有打算，故繼而引出婦人抱衣訴官之情節，使其夫被判死刑論絞，還前夫公義，此處作者不再交代婦人由「伉儷甚篤」至「抱衣訴官」的心理轉折，只言故事結局：壞人得到天譴，死無全屍，而婦人心理留待讀者想像。事件大起大落，超乎讀者對情節的閱讀期待，也使得閱讀過程更富趣味。又如「天子主婚」條之情節線：

> 胡氏者，學士廣之女。解縉與廣同邑，同科，同入翰林。／一日，同侍建文帝側。帝曰：「聞二卿俱得夢熊之兆，朕爲主婚，聯作姻婭。」廣對曰：「昨晚縉已舉子，臣亦生男，奈何！」帝笑曰：「朕意如此，定當產女。」後果是女。／建文遜國，解縉爲漢邸譖死，妻子謫戍，廣遂寒盟。氏泣曰：「女命雖蹇，實天子主婚，何敢自輕失身？」乃割去左耳以明志。／仁宗登極，詔贈縉爵，萌子中書舍人，給假與胡氏合巹，復賜金幣添妝，聞者榮之〔註29〕。

此則情節起伏約可分爲四段：第一段交代胡廣與解縉之關係；第二段始言婚盟起因於兩人均得夢熊之兆，天子欲作成美事，爲兩家牽線，此處下一小懸念，天子信誓旦旦欲爲主婚，但仍不知胎兒性別，產女後婚盟始成立；第三段言政治的急遽變化使得原本的盟誓渺無訊息，高潮在於胡氏爲守天子主婚之盟，自割其耳以明堅貞之心；第四段爲一大團圓的結局，滿足讀者的閱讀期待，解縉地位得以平反，婚盟亦可履行。此則爲一較傳統的情節，沒有太多出乎意料的描述，情節的進行乃依政治的升降而運轉，而胡氏之堅持是唯一的凸出點，以阻止理所當然的故事發展，而這也是張岱在此則中所欲強調的重心。

關於節奏的掌握，可比較「梅花村」條與「擗麟脯麻姑」條：

> **梅花村**　羅浮飛雲峰側。趙師雄，一日薄暮，於林間見美人淡妝素服，行且近。師雄與語，芳香襲人，因扣酒家共飲。少頃，一綠衣童來，且歌且舞。師雄醉而臥。久之，東方已白，視大梅樹下，翠羽啾啾，參橫月落，但惆悵而已〔註30〕。

> **擗麟脯麻姑**　王方平曾過蔡經家，遣使與麻姑相聞，俄頃即至。經舉家見之，是好女子，手似鳥爪，衣有文章而非錦繡。坐定，各進行廚，香氣達户外，擗麟脯行酒。麻姑云：「接待以來，東海三爲桑田矣，蓬萊水又淺矣。」宴畢，乘雲而去。姑爲後趙麻胡秋之女，父猛悍，人畏之。

〔註29〕卷十三〈容貌部・婦女〉「天子主婚」，頁321。
〔註30〕卷二〈地理部・古蹟〉「梅花村」，頁51。

築城嚴酷，晝夜不止，惟雞鳴稍息。姑恤民，假作雞鳴，群雞皆應。父覺欲撻之，姑懼而逃入山洞，後竟飛升〔註31〕。

「梅花村」條筆調輕淡，事件實屬怪異而情調卻是舒緩的，以「薄暮」、「淡妝素服」、「芳香襲人」、「醉而臥」、「參橫月落」、「惆悵」等詞語，爲周遭氛圍蒙上一層薄紗，淡入淡出，作者不作浮誇的描述，讀者閱讀時不起激動的情緒，只隨著劇中人物感到一股惆悵之情，其節奏是輕且緩的；「擗麟脯麻姑」條則強調時間的快速移轉，事件連接緊湊，如王方平傳喚麻姑，「俄頃即至」，坐定後、進廚、聞食物香氣、食肉飲酒，一連串動作造成節奏加快，似乎在頃刻之間已飲食完畢，而麻姑卻言：「接待以來，東海三為桑田矣，蓬萊水又淺矣。」特意強調出仙界與凡界時間的差異，以「乘雲而去」作結，亦覺其速度之快。此處時間點拉到麻姑成仙以前事，其節奏依舊快速，以「晝夜不止」、「欲撻之」、「逃入山洞」、「竟飛升」可感覺出動作的速捷與連貫。兩則相較，前則輕淡而舒緩，後則濃重而急促；乃因前則多描寫氛圍與畫面，而後則多敘寫動作與事件，故形成兩種截然不同的節奏與風格。

（三）奇幻預言

奇幻預言代表小說情節中出現超自然之物，如神鬼、怪物、猿猴、女巫、夢兆、預言家等等，將平常人引入過去、未來或四度空間中，將一些不可能發生的事在現實生活中實現，此類事件在現實之外有出乎意料的發展，乃欲讀者產生陌異化的閱讀效果，增添其不平常的想像空間，帶領讀者到一有別於日常生活的國度，在文字閱讀中得到好奇心的滿足。《夜》書中此類事件不勝枚舉，在上文中言及閱讀期待的好奇性時已提及，在此略微分析其敘寫筆法所產生的藝術效果。如「客星犯牛斗」條：

有人居海上，每年八月，見浮槎到岸，乃齎糧，乘之。至一處，見婦人織機。其夫牽牛飲水次。問：「此是何處？」答曰：「歸問嚴君平。」君平曰：「是日客星犯牛斗，即爾至處。」〔註32〕

此則運用天文的想像，聚焦於乘浮槎者所到之處爲一具有浪漫典故的牛郎織女星，文中除將讀者帶到一虛擬的文學空間外，並強調其眞實性，以嚴君平爲事件的見證人，使得日常生活有逸離常軌的可能，而浪漫傳說亦有成眞的幻想。再看夢兆的描寫，如「冰人冰泮」條：

〔註31〕卷十四〈九流部・道教〉「擗麟脯麻姑」，頁327。
〔註32〕卷一〈天文部・星〉「客星犯牛斗」，頁9。

晉令狐策夢立冰上，與冰下人語。索紞占之，曰：「爲陽與陰，媒介事也。當爲人作媒，冰泮成婚。」後太守田豹，爲子求張嘉貞女，使策爲媒，果於仲春成婚。故今稱媒人亦曰「冰人」。《詩經》曰：「迨其冰泮。」〔註33〕

此處以「冰上人與冰下人語」爲夢中意象，而由占卜者爲此夢兆解謎，且實際去完成夢所預示之事，事成又反而證明夢兆之靈驗。中國人相信預言、夢兆、預感等一切超自然之事，也因此，在《夜》書中，此類事件多強調其眞實可信。

又如童謠亦可成爲預言，「碩項湖」條中言：

秦時童謠云：「城門有血，當陷沒。」有老姆懮懼，每旦往視。門者知其故，以血涂門，姆見之，即走。須臾，大水至，城果陷。高齊時，湖嘗涸，城址尚存〔註34〕。

老嫗因過度憂懼童謠之說而引起他人戲弄，沒想到卻一語成讖，作者甚至強調其眞實性，舉出歷史上城址的存在之證。這無非是中國志怪小說的特色，即使是奇幻預言，作者仍以史家的態度敘說，以提升故事的可信價值。事實上，小說本是虛構的故事，作者反刻意強調虛構的眞實性，此即中國小說的特殊表達方式。

又，這些虛構事件所發生的地點，後人反而相信其眞實存在，繼而成爲歷史古蹟的緬懷地，如平陽府城西南的金龍池遺址，是源於晉永嘉時的一個傳說：「有韓媼偶拾一巨卵，歸育之，得嬰兒，字曰『橛』，方四歲。劉淵築平陽城不就，募能城者。橛因變為蛇，令媼舉灰志其後，曰：『憑灰築城，城可立就。』果然，淵怪之，遂投入山穴間，露尾數寸，忽有泉湧出，成此地〔註35〕。」又如六安的龍穴山乃源於兩龍相鬥的傳說：「張路斯穎上人，仕唐為宣城令，生九子，嘗語其妻曰：『吾龍也。蓼人鄭祥遠亦龍也。據吾池。屢與之戰，不勝，明日取決，令吾子射繫鬣以青絹者鄭也，絳者吾也。』子遂射中青絹者，鄭怒，投合肥西山死。即今龍穴〔註36〕。」此種眞假莫辨的性格，自文學的虛擬過渡到現實中，甚至名正言順的比附於歷史之上，如「杜默哭項王」條：

和州士人杜默，累舉不成名，性英儻不羈。因過烏江，謁項王廟。時正被酒沾醉，徑升神座，據王頸，抱其首而大慟曰：「天下事有相虧者，英雄如大王而不得天下，文章如杜默而不得一官！」語畢，又大慟，淚

〔註33〕卷一〈天文部・露霧冰〉「冰人冰泮」，頁20。
〔註34〕卷二〈地理部・山川〉「碩項湖」，頁58。
〔註35〕卷二〈地理部・山川〉「金龍池」，頁57。
〔註36〕卷二〈地理部・山川〉「龍穴山」，頁58。

如迸泉。廟柱畏其獲罪，扶掖以出，秉燭檢視神像，亦淚下如雨，揾拭不乾〔註37〕。

以英雄痛惜英雄的態度，使得杜默因與項王同不得志，故淚灑項王廟，項王亦感其知音之情而落淚，此類雖以記傳方式寫成，實可視為小說中的奇幻筆法，以鬼神共感凸顯其情可哀，使情緒更加渲染而有力，此為小說技法，不必信以為真。

《夜航船》是張岱以編選者的身分擇錄歷代典故、小說、瑣語、傳聞等而成，故欲探究其審美形式，必得由選錄與改編的現象觀察。選錄與改編當可視為另一種方式的創作。編選時，心理必有其標尺才能決定錄與不錄，雖然張岱自己並不明言選材的標準、改編的原則與命名的系統，但筆者試圖以所看到的實際條目分析其現象，並推測作者何以選錄？選錄後，又如何根據自己所希求的方式改編，並且為之命名？此無非可從其客觀性的書寫細縫中蠡測作者隱藏的主觀評斷。

第二節　審美意蘊

一、自我認知與生命意識

張岱生於明神宗萬曆二十五年，神宗朝為明代政治與國運急走下坡的關鍵。神宗皇帝長期怠於朝政，恣意揮霍國庫，將政治權柄交於宦官手中，造成閹黨擅權，役派礦使稅使，四出虐民。由於皇帝長期將政權交由宦官手上，對於宦官粉飾太平的言語亦信以為真，並以為宦官將政治與民生處理得很好，多示以信任與讚許的態度，因此，宦官日益囂張，朝政亦日漸腐敗。萬曆中葉，尚有張居正厲行改革，變法圖強；到了萬曆後期，改革失敗，積弊頓發，加以邊事告急，頻年用兵，朝廷因應的對策卻只有不斷增加賦稅，使得民力殫殘，流民日增，民變四起。天啓年間，宦官首領魏忠賢專權，戮殺忠臣，使朝政更形傾危。《石匱書・熹宗本紀》中言：「天啟則病在命門，精力既竭，疽發骨，旋癰潰毒流，命與俱盡矣。」〔註38〕眼見國事已病入膏肓，國家危在旦夕，張岱亦曾存救國之志，《陶庵夢憶・南鎮祈夢》中透露出他不甘居於樊籠，意欲一舉沖天之志。〔註39〕在當時，想要施展政治抱負唯有靠科舉一途，故其早年亦曾習舉業、工帖括，想藉由登科而仕

〔註37〕卷十八〈荒唐部・鬼神〉「杜默哭項王」，頁407。
〔註38〕張岱《石匱書・熹宗本紀》，上海：古籍，1995年。
〔註39〕《陶庵夢憶》卷三〈南鎮祈夢〉，頁20。

宦，爲朝廷效力，但八股取士本是明代統治者制束知識份子的一項手段，《石匱書・科目志》言：「蓋用以鏤刻學究之肝腸，亦用以消磨豪傑之志氣者也。」鑽研八股只會使士人浸淫在文字句讀中，無益於國計民生，他看清即使一生用力於科舉，抱負未必得以伸展，且認爲「舉子應試，原無大抱負，止以呫嗶之學迎合主司。即有大經濟、大學問之人，每科之中不無一二，而其餘入穀之輩，非日暮途窮，奄奄待盡之輩，則書生文弱，少不更事之人，以之濟世利民，安邦定國，則亦奚賴焉？」〔註 40〕科舉制度埋沒了許多有經世才能的人，而取用者多窮盡一生之力於八股，至耄耋之年始登科。登科之士多閉門苦讀、少不更事的文弱書生，眞正有濟世才能的人未必能爲朝廷錄用，故他不願效父親張耀芳「屢困場屋」〔註 41〕，一生鑽研八股，即使年過半百，仍未能登科，故張岱選擇了文藝與史學的道路，將自我的身份定位在「文士」與「史家」，欲以其「江淹之文才」〔註 42〕，追踵司馬遷、班固之流〔註 43〕，以文字存歷史之眞實，以文字存己身之不朽。

張氏幾代均有治史的經驗〔註 44〕，高祖張天復著《湖廣通志》、《廣輿圖考》，曾祖張元汴著有《皇民大政紀》、《天門志略》、《館閣漫錄》、《讀史膚評》，兩人並相繼修纂《紹興府志》、《會稽縣志》、《山陰縣志》，時人譽爲談、遷父子。張岱承繼了家族的史家志向，對於國家與歷史富有嚴正的使命感，其自言修史的動機爲：

> 第見有明一代，國史失誣，家史失諛，野史失臆，故以二百八十二年總成一誣妄之世界。余家自太僕公以下，留心三世，聚書極多。余小子苟不稍事纂述，則茂先家藏三十餘乘，亦且蕩爲冷煙，鞠爲茂草矣〔註 45〕。

所謂「國史失誣，家史失諛，野史失臆」，他在〈徵修明史檄〉中一一點明當時修明史者的缺失，如：宋景廉之《洪武實錄》事皆改竄，罪在重修；姚廣孝之《永樂全書》語欲隱微，恨多曲筆。焦芳之史儉壬；邱濬之史奸險。楊廷和掩非飾過；張孚敬矯枉持偏等，均非他所認同史家應有的態度，即如王弇州之博洽，但誇門第；鄭瑞簡之古練，卻純用墓銘，亦非他所讚許的良史〔註 46〕。他治史的用意一

〔註 40〕張岱《石匱書・科目志》，上海：古籍，1995 年。

〔註 41〕《瑯嬛文集》卷四〈家傳〉，頁 519。

〔註 42〕《快園道古・夙慧部》：「陶庵六歲，舅氏陶虎溪指壁上畫曰：『畫裡仙桃摘不下。』陶庵曰：『筆中花朵夢將來。』虎溪曰：『是子爲今之江淹。』」

〔註 43〕《瑯嬛文集》卷一〈石匱書自序〉：「自幸吾先太史有志，思附談、遷，遂使余小子，欲追彪、固。」

〔註 44〕《瑯嬛文集》卷四〈家傳〉，頁 512～520。

〔註 45〕《瑯嬛文集》卷一〈石匱書自序〉，頁 441。

〔註 46〕《瑯嬛文集》卷三〈徵修明史檄，頁 489～490。

在存先人之志，一在爲有明一代撰寫一部良史，其寫作之用心與謹愼的態度可由《石匱書》之名得知，《夜》書〈文學部・石室紬書〉：「司馬遷為太史，紬金匱石室之書。紬，謂綴集之也。以金為匱，以石為室，重緘封之，慎重之至也〔註47〕。」這樣一部實錄即使因政治因素無法在短時內公諸世人，亦希望後世能重見此書〔註48〕，以存明代歷史之實況。他在《夜》書中舉鄭所南作《心史》的例子，言《心史》內容「醜元思宋」，爲避禍全身，故「以鐵函重匱沉之古吳智井」，至明崇禎時在承天寺的古井中又再度現世，此中隔了三百五十六年，而鄭所南之史仍能流芳萬世〔註49〕。

對於張岱來說，文學素養爲一良史的基本要求，如司馬遷之《史記》，張岱評曰：「太史公其得意諸傳，皆以無意得之，不苟襲一字，不輕下一筆，銀鉤鐵勒，簡練之手，出以生澀。至於論贊，則淡淡數語，非頰上三毫，則睛中一畫，墨汁斗許，亦將安所用之也〔註50〕。」此乃針對文學寫作靈感、創意、用字與敘述筆法言之。他認爲後世能得史遷之意者唯有東坡一人，惜東坡堅決不作史〔註51〕。文學素養的積累在於博學與勤讀，《夜》書中，「帶經而鋤」〔註52〕、「圓木警枕」〔註53〕、「杜門讀書」〔註54〕等都是苦讀勤學的例子；博學的例子則如「書櫥」〔註55〕、「書淫」〔註56〕等，但若廣讀書而不解其義，學問淹貫古今而不能屬辭，則

〔註47〕卷八〈文學部・書籍〉「石室紬書」，頁209。

〔註48〕邵廷采《明遺民所知傳》：「丙戌後，屏居臥龍山之仙室，短簷危壁，沈淫於有明一代紀傳，名曰《石匱藏書》，以擬鄭思肖之《鐵函心史》也。」（台北：華世，1977年6月台一版），頁444。

〔註49〕卷八〈文學部・經史〉「心史」，頁209。

〔註50〕《瑯嬛文集》卷一〈石匱書自序〉，頁441。

〔註51〕同上注。

〔註52〕卷八〈文學部・勤學〉「帶經而鋤」：「倪寬受業於孔安國，時行賃作，帶經而鋤，力倦，少休息，即起誦讀。」

〔註53〕卷八〈文學部・勤學〉「圓木警枕」：「司馬光常以圓木爲警枕，少睡則枕轉而覺，即起讀書，學無不通。」

〔註54〕卷八〈文學部・勤學〉「杜門讀書」：「刑邵，任丘人。少游洛陽，遇雨，乃杜門五日讀《漢書》，悉強記無遺。文章典麗，既贍且速，與溫子昇齊名。官太常卿，兼中書監、國子監祭酒，朝士榮之。雅性脫略，不以位望自尊，止臥一小室，未嘗內宿。自云：『嘗晝入內閣，爲犬所吠。』」

〔註55〕卷八〈文學部・博洽〉「書櫥」：「陸澄博覽，無所不知，王儉字謂過之。及與語，澄談及所遺編數百條，皆儉所未睹，乃嘆服曰：『陸公，書櫥也。』」

〔註56〕卷八〈文學部・博洽〉「書淫」：「劉峻家貧好學，常燎麻炬，從夕達旦，時或昏睡，爇其鬢髮，及覺復讀，常恐聽見不博，聞有異書，必往祈借，崔慰謂之『書淫』。」

只能稱之爲「書簏」〔註 57〕，故讀書要能通透，通透後化爲寫作的養料，才能達到文士的標準。對於文士的要求，〈登高作賦〉條言：「古者登高能賦，山川能祭，師旅能御，喪紀能誄，作器能銘，則可以為大夫矣〔註 58〕。」能賦、能誄、能銘皆是能將知識適時適地的表達運用。又博識的造就方法在於博覽群書與增廣見聞，對於觀書之法，文人以修道的態度爲之，如〈藏書法〉條：「善觀書者，澄神端慮，淨几焚香，勿卷腦，勿折角，勿以爪侵字，勿以唾揭幅，勿以作枕，勿以作夾刺，隨損隨修，隨開隨掩。後之得吾書者，並奉贈此法〔註 59〕。」觀書猶如一場澄心淨慮的儀式，對於書籍有著視若神明的敬意，因書乃成就文士學養的利器。又增廣見聞，乃在用所見所聞印證書中所載，故實際行旅經驗亦是張岱所重視的，〈三萬卷書〉條中言：

> 吳萊好游，嘗東出齊魯，北抵燕趙，每遇勝跡名山，必盤桓許久。嘗語人曰：「胸中無三萬卷書，眼中無天下奇山水，未必能文章；縱能，亦兒女語爾。」

有深厚的閱讀基礎、實際行腳的體驗，所作文章表現出的眼界、胸襟、氣度自是不同凡俗。在著作態度上，張岱言其作《石匱書》的態度爲：「事必求真，語必務確，五易其稿，九正其訛，稍有未核，寧闕勿書〔註 60〕。」極力要求所記之眞實性，且字句不敢輕忽，如有不知，寧闕勿書。他以司馬光作《資治通鑑》的態度爲鑑，言：「司馬溫公作《資治通鑑》，草稿數千餘卷，顛倒塗抹，無一字潦草。其行己之度，蓋如此〔註 61〕。」以下筆之謹愼、字跡之端正言取材之不苟、態度之嚴正。又以司馬遷作《史記》爲則，言其：「二十四南游江、淮，上會稽，探禹穴，窺九疑，浮於沅、湘；涉汶、泗，講業齊、魯之都，觀孔子之遺風，過梁、楚以歸，乃紬石室之書作《史記》。」以親臨古蹟地理，親炙聖人遺風，以驗證石室金匱書中所載，辨是非善惡後始下筆爲文。

作史者最基本卻也是最難能可貴的是剛正不阿、客觀無偏的寫作態度，《夜》書「明不顧刑辟」條借孫可之言爲史官作一職責上的要求：「為史官者，明不顧刑辟，幽不見鬼怪，若梗避於其間，其書可燒也〔註 62〕。」又以趙盾弒君事言史官

〔註 57〕卷八〈文學部・不學〉「書簏」：「晉傅迪廣讀書而不解其義，唐李德淹貫古今，而不能屬辭，皆謂之書簏。」

〔註 58〕卷八〈文學部・歌賦〉「登高作賦」，頁 222。

〔註 59〕卷八〈文學部・書籍〉「藏書法」，頁 211。

〔註 60〕《瑯嬛文集・石匱書自序》，頁 441。

〔註 61〕卷八〈文學部・經史〉「無一字潦草」，頁 207。

〔註 62〕卷八〈文學部・經史〉「明不顧刑辟」，頁 207。

應辨察微情，直書不隱，借聖人之口言：「古之良史也，書法不隱〔註63〕。」史家要做到絕對的公正陳述是極爲不易的，陳子樫作《通鑑續編》以雷震折臂之脅迫表示其威武不能屈的堅持〔註64〕。孫盛作《晉春秋》，桓溫以子孫之脈要脅其竄改，盛怒而不改，卻不免爲子孫私改之〔註65〕。也因爲堅持公正客觀的書寫極難，故張岱在《夜》書中列舉正、反面之史例，以砥礪、警惕自己，如〈徵修明史檄〉中言：「(不)肯學《三國志》以千斛見饗，遂傳其尊公；深鄙《五代史》以一妓相持，乃誣其先祖。」此兩事見《夜》書「索米作傳」〔註66〕與「爲妓詈祖」〔註67〕條，張岱認爲陳壽作《三國志》以利脅迫丁廙、丁儀，兩人不從，故〈魏志〉中不見其傳，又諸葛亮以力威脅陳壽，故〈蜀志〉中多稱美武侯，在此可見出張岱對《三國志》的評價不高，認爲其記載誣罔不實，爲他人左右其公正性。又歐陽修作《五代史》曾爲一妓而誣錢惟演之先祖重斂民怨，故張岱言：「睚眦之際，累及先人，賢者尚亦不免。」以陳壽〔註68〕與歐陽修之文才，當爲最佳作史人選，卻因態度的不客觀致使著作蒙污，也可見張岱認爲史書的眞實性、公正性較之博贍文采重要得多。

張岱對史家的要求是極其嚴苛的，也可說是對自我的撰史要求十分不苟，他認爲史書的目的在於「善善惡惡」，也就是借史來達成品賞、懲警的作用，如「拾齒」：「宋張藹，太祖方彈雀後苑，藹亟請入奏事。及見所奏乃常事爾，上怒，藹曰：『竊謂急於彈雀。』上以斧柄撞其齒，齒墜，徐拾之。上曰：『欲訟朕耶？』

〔註63〕卷八〈文學部・經史〉「趙盾弒君」：「趙穿弒靈公，宣子未出境而復。太史書曰：『趙盾弒其君。』宣子曰：『不然。』對曰：『子爲正卿，亡不越境，反不討賊，非子而誰？』孔子曰：『董狐，古之良史也，書法不隱。』」

〔註64〕卷八〈文學部・經史〉「雷震几」：「陳子樫作《通鑒續編》，書宋太祖廢周主爲鄭王。雷忽震其几，陳厲聲曰：『老天便打折陳子樫之臂，亦不換矣！』」

〔註65〕卷八〈文學部・經史〉「直書枋頭」：「孫盛作《晉春秋》，直書時事。桓溫見之，怒謂盛子曰：『枋頭誠爲失利，何至乃如尊公所言！若此史遂行，自是關君門户事。』其子遽拜謝，請改之。時盛年老家居，性愈卞急。諸子乃共號泣稽顙，請爲百口計。盛大怒，不許。諸子遂私改之。」

〔註66〕卷八〈文學部・經史〉「索米作傳」：「陳壽嘗爲諸葛武侯書佐，受撻百下；其父亦爲武侯所髡，故《蜀志》多誣罔。又丁廙、丁儀有盛名於魏，壽謂其子曰：『可覓千斛米見與，當爲尊公作一佳傳。』丁不與，竟不爲立傳。」

〔註67〕卷八〈文學部・經史〉「爲妓詈祖」：「歐陽永叔爲推官時昵一妓，爲錢惟演所持，永叔恨之，後作《五代史》，乃誣其祖武肅王重斂民怨。睚眦之際，累及先人，賢者尚亦不免。」

〔註68〕卷八〈文學部・經史〉「即壞己作」：「陳壽好學，善著述。少仕蜀，除著作郎，撰《三國志》。當時夏侯湛等多欲作《魏書》，見壽所著，即壞己作。」

靄曰：『臣何敢訟陛下？但有史官在爾。』〔註 69〕」若史官尚且曲筆不公，則歷史評斷亦失制約的效果，不肖者將更形囂張，無所忌憚，故能傳後世之史作必得「直書不隱」、「善善惡惡」，如歐陽修作《五代史》以己能有善善惡惡之志，東坡則認爲：「韓通無傳，烏得為善善惡惡乎？」這也是東坡對《五代史》的質疑〔註 70〕。張岱曾暗自慶幸一生無官職之累〔註 71〕，既無官場的恩怨糾葛，則能保持史家身份的純粹性與書寫態度的客觀性，其所撰《石匱書》雖偶有遺民之憤慨語，卻不失爲一力存正義的良史，故谷應泰作《明史紀事本末》〔註 72〕、毛奇齡敕編《明史》皆向張岱乞藏其書〔註 73〕，可見出《石匱書》在明代史籍中的地位。

經歷國變的張岱，其人生觀、價值觀與文學觀當有一定程度的移轉。細讀張岱晚年於「快園」創作的詩，多以生計爲主題，用字平淡，風格樸實，迥異於其早期的創作。在《夜》書中，多以簡約樸實的文字呈現文化典故，且特意強調社會制度與人倫典範，由此可見出其對國家社會的關心。《夜》書在〈文學部〉中少有綺麗的軼事，而多強調撰史與問學的嚴謹，乃因縟麗的文章此時已視爲「雕蟲」，其關注的是社會、政治、歷史的反思，對自我的定位也因明亡而更加堅定撰史的決心。在《夜航船》中實可看出張岱發揮其史家與散文家的特質與功力，如對於各類事物重視史的觀念，重視事物的演化生成，如在介紹佛教時，必定先由佛教的東傳史講起，並交代禪宗五門的分派分流。又如介紹飲食，並不以食物的製造法或烹飪法爲主要書寫重心，而是重視對於飲食的文化常識，故列出中國飲食簡史，並重視所錄飲食的典故來源。此外，在〈文學部〉中可看出他對於作史者的要求極爲嚴苛，不容許有絲毫的不公正與草率的心理，可見出他將著作視爲一項神聖的職業，甚至是使命，必須花其後半生去極力完成。在《夜》書實際內容的

〔註 69〕卷六〈選舉部・諫官〉「拾齒」，頁 169。

〔註 70〕卷八〈文學部・經史〉「五代史韓通無傳」：「蘇子瞻問歐陽修曰：『五代史可傳後也乎？』公曰：『修竊於此有善善惡惡之志。』子瞻曰：『韓通無傳，烏得爲善善惡惡乎？』公默然。」

〔註 71〕《瑯嬛文集》卷一〈石匱書自序〉：「幸余不入仕版，既鮮恩仇，不顧世情，復無忌諱。」

〔註 72〕邵廷采《思復堂文集・逸民傳》：「山陰張岱嘗輯明一代遺事，爲石匱藏書，應泰作紀事本末，以五百金購請，岱慨然與之。」又〈談遷傳〉：「明季稗史雖多，而心思陋脫，體裁未備，不過偶記聞見，罕有全書；惟談遷編年，張岱列傳，兩家俱有本末，谷應泰並采之，以成紀事。」（台北：華世，1977 年 6 月台一版），頁 444。

〔註 73〕康熙十八年開明史館，毛奇齡爲翰林院檢討充史館纂修官，向張岱乞借《石匱書》，其《西河文集書四・寄張岱乞藏史書》中言：「向聞先生著作之餘，歷紀三百年事蹟，饒有卷帙……。」（台北：台灣商務，1968 年台一版），頁 180~181。

撰寫亦可見出張岱小品文的功力，敘述中鮮少帶有贅字，且刪汰繁蕪的細節，欲使人感到容易閱讀、記取，而不在花長篇大幅去論說自己的觀點，這是張岱的筆記有別於他人之處，亦可與他其他的文學作品與作品中透露出的文藝觀點、理論，作一比較，則更可掌握張岱的寫作特質。

二、生活日用與審美思維

《夜》書的〈日用部〉、〈寶玩部〉中記載有關文人日常的審美生活，大體可分爲衣、住、食、物四個面向。本節便從張岱所記文人日用生活的條目中歸結出張岱的審美觀感，其中，〈衣冠〉、〈衣裳〉類多記歷朝服飾的制度，僅少數幾則言及制度背後的象徵義，較難觀察出作者個人的審美觀，故在此並不作討論。〈宮室〉類中由張岱所擇選的園林建築，結合作者其他著作中關於園林的描述，歸納出張岱的園林美學觀。〈飲食〉類則主要重心在於文人與茶、酒的關係，張岱是著名的品茶專家，亦是美食家，研究明清飲饌美學的學者均注意到張岱著作中關於飲食的記述，如：吳智和便寫過幾篇關於張岱茶藝的文章〔註 74〕，又伊永文《明清飲食研究》中，將張岱列爲明清時代的美食家，並言：「張岱、高濂、李漁、袁枚的美食思想，追求美食的情調，還有他們的飲食著作，均能自成體系成一家言，對當時及後世的美食影響頗大，對中國飲食歷史的發展作出了特殊的貢獻〔註 75〕。」其書中多引用《陶庵夢憶》關於飲食的描寫，如〈蟹會〉、〈方物〉、〈虎丘中秋夜〉、〈閔老子茶〉等。實際上，張岱對於飲食的描寫尚不能稱爲成體系的一家之言，其《老饕集》已佚，今僅存零星的美食評論。雖《老饕集》已不傳，但可由《瑯嬛文集・老饕集序》〔註 76〕中觀出端倪：張岱將古來知味者首推孔子，言其「食不厭精，膾不厭細」〔註 77〕。已得飲食之微，又言「不時不食」〔註 78〕爲飲食養生論。張岱認爲飲食烹調講究正味，若過度處理、調味〔註 79〕，則食之本味盡失。張岱大父曾與包涵所、黃貞父等人成立飲食社，且著《饔史》一書，其書內容多

〔註 74〕吳智和《明人飲茶生活文化》（明史研究小組，1996 年 7 月初版）一書及單篇論文〈茶藝精湛風雅達趣的張岱〉（《文藝復興月刊》 一三一期 1982 年 4 月）等。

〔註 75〕伊永文《明清飲食研究》，台北：洪葉，1997 年初版，頁 353。

〔註 76〕《瑯嬛文集》卷一〈老饕集序〉，頁 444。

〔註 77〕《十三經注疏》（八）《論語注疏・鄉黨》，台北：藝文印書館，1997 年 8 月初版十三刷，頁 89。

〔註 78〕同上注。

〔註 79〕《瑯嬛文集》卷一〈老饕集序〉：「煎熬燔炙，雜以脾腠羶薌」即是指過度的加工處理，而失去食物的正味。張岱認爲過度處理與生吞活剝無異，故言「罪且與生吞活剝者等矣」。頁 444。

取自高濂《遵生八牋》，張岱認爲此書所載仍舊是不得正味，故自撰《老饕集》，講求「割歸於正，味取其鮮，一切矯揉炮炙之制不存焉。」可見其對飲食之講究與一往情深。故本節中，乃根據《夜》書實際條目，并《陶庵夢憶》中對於飲食的記載歸結出張岱的飲食美學觀。物的方面則多取自〈寶玩部〉，以「玩物美學」來包涵其對金玉、寶玩等的審美觀感，說明文人對於己身以外的世界存有的賞玩態度。以下即以「園林美學」、「飲饌美學」、「玩物美學」探究張岱對日用生活的審美思維。

中國古代園林建築的類型大抵可分爲四類：皇家園林、私家園林、寺廟園林和公共游豫園林〔註 80〕。其中私家園林又可分爲商賈園林與文人園林，兩者迥然異趣。《夜》書中大體雜採皇家園林與私家園林中較具代表性者，尤以文人園林的選錄爲多。中國園林藝術的演變大約有幾個關鍵性的轉變特質，若就園林建築的意涵來說，毛文芳曾言：

> 由園林的建築意涵而言，秦漢神仙思想的導引，直到唐代，莫不刻意營造理想的長生景象，太液池、蓬萊、方丈、瀛洲皆爲遠離人世的仙域。魏晉崇尚自然田園及隱逸思想，園林建築的主流，豐富並改造寓意仙居的山水。宋代理學禪宗思想的自然觀基礎，江南園林承此傳統，以詩畫提煉的自然爲底本，突出了隱逸的理想境界，草廬、茅房、竹籬、棚架淡泊自然的野趣，成爲宋明以後的園林藍圖〔註 81〕。

毛文芳將園林建築的內在意涵分爲幾個演變階段：秦漢擬仙境的皇家園林、魏晉擬自然的隱逸園林、宋明清虛寫意的文人園林。擬仙境的皇家園林不僅在秦漢時有，到了隋煬帝時仍沈浸于對仙山的冥想中，所築「西苑」即是根據神話中的仙島構築而成：

> 隋煬帝築西苑，周三百里，其內爲海，周十餘里，爲方丈、瀛洲、蓬萊諸山島，高出水百餘丈，有龍鱗築縈回海內，緣築十六院門皆臨渠，每院以四品夫人主之。殿堂樓觀，窮極華麗，秋冬凋落，則剪綵爲花，綴於枝幹，色渝則易以新者，常如陽春。上好以月夜從宮女數千騎遊西

〔註 80〕此分類根據張承安編《中國園林藝術辭典》，湖北：人民，1994 年版，頁 19。公共游豫園林指的是具有天然景觀特點，並逐漸被開發建設成爲有大量著名遊覽點，帶有公共性質的遊憩場所，在性質和風格上與皇家園林和私家園林異趣，又與純粹的天然風景區有別，往往成爲寺廟園林的外圍環境。

〔註 81〕毛文芳《物・性別・觀看——明末清初文化書寫新探》，台北：台灣學生，2001 年 12 月初版，頁 153。

苑，作《清夜遊曲》，於馬上奏之。

西苑的建築方式乃受漢武帝時宮苑風格影響，武帝將秦時的上林苑擴建爲苑中有苑、苑中有宮、苑中有觀等規模宏大的建築群，且水體佔據了很重要的位置，引水爲海，築土爲山，模擬神仙海域，以達其成仙之想，太液池中出現了象徵海中三神山的景觀：瀛洲、蓬萊、方丈，形成了「一池三島」的佈局〔註 82〕。隋煬帝除了對神仙之境有所戀慕外，亦耽溺俗世美物，如以宮妃主持院門，以宮女隨從夜遊，並以熱鬧豪奢爲其審美標準，欲四時皆爲春，故以人工綵花擬造自然花草，營造豐富的視覺意象，此以大、以多、以繁、以麗、以新的審美要求與文人寫意的風格十分不同，亦與張岱的審美觀感十分不同，張岱在書中錄之乃視其爲燕客、祁彪佳一類酷愛大興土木、翻山倒水之流，在「迷樓」中言：「隋煬帝無日不治宮室，浙人項陞進新宮圖，大悅，即日召有司庀材鳩工，經歲而就，帑藏為之一空。帝幸之，大喜曰：『使真仙遊其中，亦當自迷也。』因署之曰：『迷樓』。」此等土木癖同於《陶庵夢憶．瑞草谿亭》中燕客翻山倒水無虛日，一畝之室，滄桑忽變，屋今日成，明日拆，後日又成，再後日又拆，凡十七變而谿亭始出，故人稱燕客爲「窮極秦始皇」。又如祁彪佳營造寓山：「祈寒盛暑，體粟汗浹，不以為苦。雖遇大風雨，舟未嘗一日不出。摸索床頭金盡，略有懊悔意，及於抵山盤旋，則夠石庀材，猶怪其少。以故兩年以來，橐中如洗〔註 83〕。」雖精力耗盡、傾家蕩產，祁彪佳仍是不改其對構築寓山的痴迷。

石崇的「金谷園」即爲富賈式的園林，隨晉室南渡的北方世族，爲了全身遠禍，往往隱退於南方大片名山勝水中，石崇便是此等隱退於富饒的莊園中過享樂生活的著名例子，張岱說他「為荊州刺史時，劫遠使商客，致富不貲」故能建造金谷園，過豪奢的生活。「金谷園」中，「鼓吹遞奏，晝夜不倦」、「後房數百，極佳麗之選」、「殺羞精麗，求市恩寵」等皆帶有濃厚的夸富鬥豪成分，這與明萬曆後競奢的風氣十分相近。當時的富賈巨宅是互相炫耀財富的工具，離文人儉樸雅潔的山水園林較遠。又如梁羊侃之「水齋」，充分顯現出其豪奢之性：「羊侃性豪侈。初赴衡州，於兩艖艀起三間水齋，飾以珠玉，加以錦繢，盛設圍屏，陳列女樂。乘潮解纜，臨波置酒，緣塘倚水，觀者填塞〔註 84〕。」此等建築帶有高度的表演性質，因其爲開放空間中如畫的展示，主客在其間的享樂活動成爲畫中景色之一，藉由觀者的欣羨與讚嘆，滿足自我的虛榮感與成就感，故對於呈現觀者眼

〔註 82〕參考曹林娣《中國園林藝術論》，太原：山西教育，2001 年 1 月初版，頁 23。
〔註 83〕《祁彪佳集．寓山注》，北京：中華書局，1960 年二刷，頁 150。
〔註 84〕卷十一〈日用部．宮室〉「水齋」，頁 281。

前的景象十分著意，設圍屏、陳女樂、倚綠水、乘輕舟、飲酒、賦詩，既誇示豪富亦展現風雅，整個遊覽活動儼然成爲畫卷景觀。

文人園林則與富賈園林有不同的審美標準，理想的士人山水園林是士人用來表達自己體玄識遠、蕭然高寄的襟懷，「情」與「景」之間有著內在的緊密聯繫。他們的園林中，絕對沒有阿房宮裡的脂粉氣和金谷園中的富貴氣，而充溢著的是名士的書卷氣〔註 85〕。如「輞川別業」：「輞川通流竹洲花塢，日與裴秀才迪浮舟賦詩，齋中惟茶鐺、酒臼、經案、竹床而已。」輞川別業標誌著詩畫兼融的文人園的出現，王維以詩人兼畫家的身份，以畫設景，以景入畫，使輞水周於堂下，各個景點建築散佈於水間、谷中、林下，隱露相合，並作組詩以表露自己在各個景點所體會之意境。在張岱所錄的文字中，可注意文人山水園的幾個要素：一是王維對於輞川所進行的建造——通流竹洲花塢，在文人園林中，竹是不可少的要件，乃由於其與文士品格的密切相連，再則是水體的運用，不同於皇家園林模範海內仙山的氣闊，而是重視曲流清溪，形成緩慢而閒適的情調。二是文人園林十分重視往來於私人空間中的友朋，不同於富賈園林的競奢動機，更多的是與知己一二人在此從事文人的活動，以私家園林阻隔外界俗擾。三是文人園林中的陳設取其簡樸清心，不將塵世的俗物帶入此境，僅取與文人相關的茶、酒、經、竹，其有意的簡化日常俗物，將此境營造爲修養心性的隱逸場所。

文人園中假山、奇石、水體、花卉、松竹是必備的，如「平泉莊」：「周回十里，建堂榭百餘所，天下奇花、異卉、怪石、古松，靡不畢致。」平泉莊乃因主人李德裕篤好泉石，故以泉石奇木之勝名聞遐邇。又如裴度「午橋莊」：「鑿渠通流，栽花植竹，日與故舊乘小車攜觴游釣。」此類皆是文人士子結廬在人境的城市山林，將私家庭園布置爲具有隱逸情懷的場所，使身在園中而有超逸之想。張岱家族亦有幾座精心設計的文人園林，如筠芝亭之渾然天成，不設一檻一扉，卻善用遠借、俯借、鄰借的手法，將山、水、松、風盡收景中，故張岱言「吾家後此亭而亭者，不及筠芝亭〔註 86〕。」砎園則善用水體，以水之特性營造出：曲長、深邃、靜遠、閟安的園林氣質，故「人稱玠園能用水，而得水力焉〔註 87〕。」梅花書屋則爲張岱自建，主在利用花卉應時而借景，有牡丹出牆，有雪積樹梢，有古勁梅骨、有嫵媚滇茶、有西番蓮纏繞、有竹棚密蔭、有翠草鋪地、有海棠扶疏，以四時花開構築不同景色，而張岱坐臥其中，以此處爲倪雲林之「清秘閣」也。

〔註 85〕曹林娣《中國園林藝術論》，頁 37。
〔註 86〕《陶庵夢憶》卷一〈筠芝亭〉，頁 5。
〔註 87〕《陶庵夢憶》卷一〈砎園〉，頁 5。

岣嶁山房則取地利之便，近山近溪，故耳飽溪聲，目飽清樾，以自然景色為勝，稍加人工建築則可收覽自然之美。瑯嬛福地則是宗子依據夢中所見仿擬而成的生塚，且看其總體立意構思：

> 郊外有一小山，石骨棱礪，上多筠篁，偃伏園內。余欲造廠，堂東西向，前後軒之，後磥一石坪，植黃山松數棵，奇石峽之。堂前樹婆羅二，資其清樾。左附虛室，坐對山麓，磴磴齒齒，劃裂如試劍，扁曰：「一邱」。右踞廠閣三間，前臨大沼，秋水明瑟，深柳讀書，扁曰：「一壑」。緣山以北，精舍小房，絀屈蜿蜒，有古木、有層崖、有小澗、有幽篁，節節有緻。山盡有佳穴，造生壙，俟陶庵蛻焉，碑曰「有明陶庵張長公之壙」。壙左有空地畝許，架一草庵，供佛，供陶庵像，迎僧住之奉香火。大沼闊十畝許，沼外小河三四摺，可納舟入沼。河兩崖皆高阜，可植果木，以橘、以梅、以梨、以棗，枸菊為之。山頂可亭。山之西鄙，有腴田二十畝，可秫、可粳。門臨大河，小樓翼之，可看爐峰、敬亭諸山。樓下門之，扁曰「瑯嬛福地」。緣河北走，有石橋極古樸，上有灌木，可坐、可風、可月。

瑯嬛福地中多植筠篁、古松、垂柳等清樾植物，而無海棠、牡丹等嫵媚花卉，除取顏色之淳碧外，尚以植物所構成的姿態形成如畫的景色，如：黃石松需以奇石峽之，筠篁乃生於石崖之上，而松、竹、柳亦與文人比德的傳統有關，以物本身的形象物性譬況人的品格，蘊含象徵性的道德情操。張岱喜清冷之意態，故擇取植物多二三株，簡而有韻，不致使人琳瑯滿眼，眼花撩亂。建築方面則重視對稱感、層次感與曲折感，對稱感如「前後軒之」與一邱一壑造成的高低對應，又左邊虛室對山，右邊廠閣臨水，皆以虛空的建築收納景色，山頂有亭，可俯借全景；小樓翼之，可遠借爐峰、敬亭諸山之景，使視野開闊，景深拉長。又節節有緻之古木、層崖、小澗、幽篁造成層次感，沼外小河三四摺形成曲折感，避免一覽無遺的直接與單調，此皆文人園林內斂而婉曲的風格。張岱亦借自然資源以輔遊興，如：沼可行舟，石橋、灌木可坐，可行，可賞風月。此處尚可植經濟作物，如：高阜可植果木，腴田可秫可粳，形成一不與外界往來自給自足的隱逸莊園，實則為張岱為己所建造之生塚，但其預設之觀賞資源，又可視為遊燕、休憩之所，或僅為夢中所見天帝藏書之洞府仿擬一人間仙境的癡想而已。

在飲饌美學方面，張岱著墨最多者為品茶之道，在當時，張岱的品鑑術是遠近馳名的，連閔老子亦讚其「精賞鑑者無客比」〔註 88〕，曾作〈鬥茶檄〉曰：

水淫茶癖，爰有古風；瑞草雪芽，素稱越絕。特以烹煮非法，向來葛竈生塵；更兼賞鑑無人，致使羽《經》積蠹。邇者擇有勝地，復舉湯盟，水符遞自玉茗，茗戰爭來蘭雪。瓜子炒豆，何須瑞草橋邊；橘柚查梨，出自仲山圃內。八功德水，無過甘滑香潔清涼；七家常事，不管柴米油鹽醬醋。一日何可少此，子猶竹庶可齊名；七碗吃不得了，盧仝茶不算知味。一壺揮麈，用暢清談；半榻焚香，共期白醉〔註 89〕。

此檄爲崇禎癸酉張岱爲「露兄」茶館開市命名所作，張謂此茶館有幾等好處：一用玉帶泉之水，即張岱所稱陽和泉也〔註 90〕，其空靈不及禊泉而清冽過之，因禊泉已遭寺僧破壞〔註 91〕，故玉帶已屬難得。二爲用蘭雪茶，蘭雪茶爲越茶之上品，本名爲雪芽，「雪芽」條言：「越郡茶有龍山、瑞草、日鑄、雪芽。歐陽永叔云，兩浙之茶，以日鑄為第一〔註 92〕。」雪芽雖不及日鑄，但亦爲上等茶。京師茶客至越，意在日鑄，而雪芽亦隨之大發利市。雪芽需以禊泉水煮之，雜以茉莉，用敞口瓷甌淡放之，候其冷，以滾水旋沖，則色如「竹籜方解，綠粉初匀，又如山窗初曙，透紙黎光〔註 93〕。」取素瓷盛之，眞如「百莖素蘭同雪濤並瀉」，故張岱戲稱爲「蘭雪」，而自此蘭雪茶身價暴長，連上品松蘿亦改名蘭雪，以攫商機，可見張岱一語之價。

露兄茶館第三個好處是烹煮得法：「湯以旋煮無老湯，器以時滌無穢器，其火候、湯候，亦時有天合之者〔註 94〕。」張岱品茶不僅重視茶葉、茶水、火候，尙重視茶器、茶色與產茶的季節性，如《陶庵夢憶・閔老子茶》中，茶器爲「荊溪壺、成宣窯瓷甌十餘種皆精絕」〔註 95〕，器皿不僅要精緻，尙須搭配茶色，兩者互襯出色澤。又張岱可藉由茶之色香味辨識茶產地、季節與水源，故汶水咋舌稱奇。《夜》書中亦載此類精賞鑑者，如〈地理部〉「中冷泉」條：「在揚子江心。李

〔註 88〕《陶庵夢憶》卷三〈閔老子茶〉，頁 24。
〔註 89〕《陶庵夢憶》卷八〈露兄〉，頁 76。
〔註 90〕張岱認爲玉帶名不雅馴，故改爲陽和，因玉帶泉在陽和嶺上，而陽和嶺爲張家祖墓，事見《陶庵夢憶》卷三〈陽和泉〉，頁 24。
〔註 91〕甲寅夏，張岱過斑竹庵，發現禊泉，用以試茶，茶香發，而汲水者日至，寺僧苦之，遂投以芻穢，張岱淘洗數次，卒不能救，禊泉遂壞。事見《陶庵夢憶》卷三〈禊泉〉，頁 21 與卷三〈陽和泉〉，頁 23。
〔註 92〕卷十一〈日用部・飲食〉「雪芽」，頁 294。
〔註 93〕《陶庵夢憶》卷三〈蘭雪茶〉，頁 22。
〔註 94〕《陶庵夢憶》卷八〈露兄〉，頁 76。
〔註 95〕《陶庵夢憶》卷三〈閔老子茶〉，頁 24。

德裕為相，有奉使者至金陵，命置中冷水一壺。其人忘卻。至石頭城，乃汲以獻李。飲之，曰：『此頗似石頭城下水。』其人謝過，不敢隱〔註96〕。」李德裕可辨識水之中下游的異處，又如〈荒唐部〉中，則視此等神鑑爲怪異之事：「李秀卿至維揚，逢陸鴻漸，命一卒入江取南冷水。及至，陸以杓揚水曰：『江則江矣，非南冷，臨岸者乎？』既而傾水，及半，陸又以杓揚之曰：『此似南冷矣。』使者蹶然曰：『某自南冷持自岸，偶覆其半，取水增之。真神鑒也！』〔註97〕」張岱本身亦可躋身茶癡之流，自言不可一日無茶，盧仝七碗茶已將飲茶境界提升到消憂登仙〔註98〕，而張岱尚言「不算知味」，而以茶能暢清談，能致醉，爲最高境界。

若說張岱對品茶情有獨鍾，對品酒便顯得冷淡多了，相對於其他文人對酒的癖好，《夜》書中，對酒僅從釀造過程與酒的附庸風雅著墨，此乃因張家自太僕公後，便無人能飲酒，張岱的叔父們飲一蠡殼酒便面紅耳赤，故家常宴會，僅留心烹飪之精，而未嘗舉杯，故張岱對酒道不精，《陶庵夢憶・張東谷好酒》中，酒徒張東谷曾因找不著酒伴而怪罪張家：「爾兄弟奇矣！肉只是吃，不管好吃不好吃；酒只是不吃，不知會吃不會吃〔註99〕。」《夜》書中，關於釀酒過程的條目爲「六物」、「崑崙觴」、「白墜鶴觴」等，講究釀酒的材料、時間、水質、火候、柴薪、器皿。其中又舉善釀酒之實例，如賈鏘蒼頭善別水，必取黃河中流水釀酒，以瓠匏盛之隔宿，色如絳，芳味世間所絕，號「崑崙觴」。河東劉白墜亦善釀，乃以罌貯酒，曝曬日中，靜置一旬，飲之芳美，醉而經月不醒，酒徒千里尋至，故號「鶴觴」。自古文人多好酒，張岱在「釀王」中載：「汝陽王璡，自稱『釀王』。鍾放號『雲溪醉侯』。蔡邕飲至一石，常醉，在路上臥，人名曰『醉龍』。李白嗜酒，醉後文尤奇，號為『醉聖』。白樂天自稱『醉尹』，又稱醉吟先生。皮日休自稱『醉士』。王績稱『斗酒學士』，又稱『五斗先生』。山簡稱『高陽酒徒』〔註100〕。」喝酒對文人來說既能激發靈感，又能釣詩掃愁〔註101〕，故即使張岱不甚喝酒，亦不免記上幾筆。

〔註96〕卷二〈地理部・泉石〉「中冷泉」，頁60。

〔註97〕卷十八〈荒唐部・怪異〉「辨南冷水」，頁410。

〔註98〕卷十一〈日用部・飲食〉「盧仝七碗」：「盧仝歌：一碗喉吻潤，二碗破孤悶，三碗搜枯腸，惟有文字五千卷，四碗發輕汗，平生不平事，盡向毛孔散，五碗肌骨清，六碗通仙靈，七碗吃不得也，惟覺兩腋習習清風生。」

〔註99〕《陶庵夢憶》卷八〈張東谷好酒〉，頁72～73。

〔註100〕卷十一〈日用部・飲食〉「釀王」，頁292。

〔註101〕卷十一〈日用部・飲食〉「釣詩掃愁」：「東坡呼酒爲釣詩鉤，亦號掃愁叟。」

張岱自言「越中清饞無過余者」〔註 102〕，其對食物的要求是「得時」、「得地」、「得其正味」，如《陶庵夢憶・方物》中，爲食各地物產而遊走四方，「遠則歲致之，近則月致之，日致之。」足跡遍至北京、山東、山西、福建、江西、蘇州、嘉興、南京、杭州、蕭山、諸暨等，腹中可有一美食地圖，「耽耽逐逐，日為口腹謀。」喜方物，乃因各地氣候、土壤、人工皆不同，所盛產之物亦不同，而張岱食一物必得食其最精者，故「傳食四方」，以滿足口腹之慾。張岱不僅懂得吃，亦懂得食物的製造之法，如《陶庵夢憶・乳酪》中，自製乳酪，從養牛、取乳、煮汁、反覆沸騰至熱蒸冷和，每個步驟不可馬虎，所做乳酪「玉液珠膠，雪腴霜膩，吹氣勝蘭，沁入肺腑」，不論色澤、香味、口感、透明度皆是極品，自比爲「天供」。且運用烹調變化將一物化出多種吃法，如用鶴觴花露蒸之，是熱食；用豆粉摻和成豆腐，是冷食；或用煎酥、作皮、縛餅、酒凝、鹽醃、醋捉皆得妙味，可知張岱善用調味烹煮的變化，使食材能有各種表現的方式，不過，調味或烹煮最忌喧賓奪主，不可失食物的正味，只能襯托出本味的特色。在吃食的搭配上，張岱亦是能手，《陶庵夢憶・蟹會》中，因蟹冷腥，故搭配肥臘鴨、牛乳酪、醉蚶、鴨汁白菜、謝橘、風栗、風菱；飲玉壺冰、食兵坑筍、配杭白飯、漱蘭雪茶等。因河蟹不加鹽醋而五味俱全，故爲保全原味，只需迭番煮之，以去冷腥。張岱除重美食外，亦重以食養生，如《夜》書「六和湯」條以六味養生：「醫家以酸養骨，以辛養節，以苦養心，以鹹養脈，以甘養肉，以滑養竅〔註 103〕。」又言崖蜜可潤五臟，益氣強志，療百病，止飢餓。可見張岱不但嗜吃，亦懂得吃的藝術，吃的養生之法。

張岱對於藝品、寶玩的愛好在《陶庵夢憶》諸篇章中即可看出，如〈吳中絕技〉讚嘆陸子岡治玉、鮑天成治犀、周柱治嵌鑲、趙良璧治梳、朱碧山治金銀、馬勳治扇等皆技近乎道〔註 104〕。明末江南手工業發達，工藝製品因有商機，故更受普遍的重視，且技術不斷提升，工藝師傅的身份地位亦大爲提高，如《夢憶》書中記雕刻師傅濮仲謙即具有極高的聲譽：

> 南京濮仲謙，古貌古心，粥粥若無能者，然其技藝之巧，奪天工焉。其竹器，一帚一刷，竹寸耳，勾勒數刀，價以兩計。然其所以自喜者，又必用竹之盤根錯節，以不事刀斧爲奇，則是經其手略刮磨之，而遂得重價，眞不可解也。仲謙名噪甚，得其款，物輒騰貴。三山街潤澤於仲

〔註 102〕《陶庵夢憶》卷四〈方物〉，頁 38。
〔註 103〕卷十一〈日用部・飲食〉「六和湯」，頁 293。
〔註 104〕《陶庵夢憶》卷一〈吳中絕技〉，頁 9。

謙之手者數十人焉，而仲謙赤貧自如也。於友人座間見有佳竹、佳犀，輒自爲之。意偶不屬，雖勢劫之，力啖之，終不可得。

此處張岱描寫仲謙雕刻出乎天成，不下於莊子描寫庖丁解牛的神乎其技，仲謙雕刻不喜矯揉造作、踵事增華，而多因勢象形，略加刮磨而已，看似無多大加工，卻又巧奪天工。《夜》書〈寶玩部〉「竹器」中亦載：「南京所制竹器，以濮仲謙為第一，其所雕琢，必以竹根錯節盤結怪異者，方肯動手，時人得其一款物，甚珍重之。又有以斑竹為椅桌等物者，以姜姓第一，因有姜竹之稱〔註105〕。」此處強調仲謙善刻奇木，且時譽甚著。《夢憶》文中則兼描寫仲謙人品，以其平凡外表對應不凡技藝，以其身價之高對應赤貧如洗，以寫出此人之矛盾性與奇特性。

《夜》書中列有宋代與明代幾個知名的窯廠，可從其中記述比較時代審美的差異，宋代窯廠如「定窯」所出制極質樸，其色呆白，毫無火氣。「汝窯」用青瓷不用白瓷，因白瓷有芒而不堪用。「哥窯」所出色白有碎紋，爲世所珍。「官窯」所出青瓷，純粹如玉，亦爲珍品。「鈞州窯」所出則爲下品，多作花缸花盆，乃因其顏色太雜，光彩太露，形制過大。「內窯」所造模範極精細，色瑩澈，不下官窯。明代窯廠則如「成窯」有五彩雞缸，淡青花諸器爲茶甌酒杯。「宣窯」爲青花純白，有雞皮紋，茶杯有字者稍賤。「靖窯」所制青花白地，世無其比。宋代所謂上品多重其色澤內斂，質樸素雅，光芒不可外露，青瓷之價勝於白瓷，乃因青瓷更爲溫潤含蓄。明代則重花色工巧，色彩較鮮明搶眼，且明代除陶瓷器外，他種手工藝品亦大幅度發展，所謂一技一藝皆有至理，如「廠盒」：「永樂年間所造，重枝疊葉，堅若珊瑚，稍帶沈色。新廠宣德年間所造，雕鏤極細，色若朱砂，鮮豔無比，有蒸餅式、甘蔗節二種，越小越妙，享價極重〔註106〕。」從永樂到宣德，其審美觀點已有轉變，且技術更臻上層。又宣德皇帝差楊瑄往日本學習治漆器之法，後宣德漆器精於日本〔註107〕，可見朝廷方面的重視亦使得整個手工藝的發展迅速，且王公貴族的大量需求，致使民間工藝技術不斷研發並大量產製。

明代手工藝既盛，必造成一股以玩器誇富的玩物之風，貴族、富賈、文士無不精於此道，使得明清品賞玩器的理論亦大量產生，《遵生八牋》、《瓶史》、《清閒供》這類的書籍亦多討論生活用物的審美觀感，物之精巧使得玩物成爲常態，亦使玩物之人理直氣壯，《夜》書中「靈壁石」：「米元章守漣水，地接靈壁，畜石甚富，一一品目，人玩則終日不出。楊次公為廉訪，規之曰：『朝廷以千里郡付公，

〔註105〕卷十二〈寶玩部・玩器〉「竹器」，頁305。
〔註106〕卷十二〈寶玩部・玩器〉「廠盒」，頁304。
〔註107〕卷十二〈寶玩部・玩器〉「倭漆」，頁305。

那得終日玩石！』米徑前，於左袖中取一石，嵌空玲瓏，峰巒洞穴兼具，色極清潤，宛轉翻落，以云楊曰：『此石何如？』楊殊不顧，乃納之袖。又出一石，疊峰層巒，奇巧又勝，又納之袖。最後出一石，盡天畫神鏤之巧，顧楊曰：『如何那得不愛？』楊忽曰：『非獨公愛，我亦愛也！』即就米手攫得之，徑登車去。」此則中無意批判米元章玩物廢公，亦無意批判楊次公貪賄戀石，而是寫出奇石之巧，可比天工，愛之乃人之常理，不得怪罪其喪志。張岱在明亡以前享盡繁華；明亡後，或可從其書中見慚愧語，憶及往日奢華，雖有愧意，卻又留戀不已，故慚愧之意乃時勢所逼爾。

張岱之所以能對各類藝術有一定程度的瞭解，或源於晚明的奢華激盪出各類藝術的蓬勃發展，而張岱本身又生於一個重視藝術人文的家族，使得他有機會接觸、培養各項技能，並成爲其中品鑒、創造的佼佼者。《夜》書中所錄，已經其自身審美觀的篩選，並加強其所精通者，如茶道、園林、飲食等，在《夜》書中強調這些「小道」，不但因他精通此些道藝，也因爲他認爲這是文人應具備的文化修養。

三、文藝形式與美學內涵

在〈文學部〉中，可由張岱對歷代詩文、書法、繪畫作品的評論，歸納其文藝理論，但由於則目不多，尚不能稱爲成體系的文藝批評，只能說是張岱的一些看法與意見。如詩評的部分，張岱並無具體對各家詩人的作品作評論，其中引用宋・敖陶孫《臞翁詩集》中一段對歷代詩人的評論，張岱之所以引用敖陶孫之說，乃認爲敖說「語覺爽俊，而評似穩妥，惟少宋人曲筆耳，故全錄之。」〔註108〕可見張岱是認同敖陶孫之評論，認爲評論中多用意象擬譬風格，頗有詩味，且持論不偏不隱，既然張岱認同敖說，亦可將此視爲張岱對於詩人、詩風之看法。敖陶孫習用意象言風格，並對此意象下一詮釋，以免造成雙重歧義，這也是張岱認爲敖說不曲的原因。以下將詩人所對應的意象，及與對於意象的詮釋作一整理如下：

詩　　人	風　格　意　象	風　格　評　論
魏武帝	幽燕老將	氣韻沈雄
曹子建	三河少年	風流自賞
鮑明遠	飢鷹獨出	奇矯無前
謝康樂	東海揚帆	風日流麗

〔註108〕卷八〈文學部・詩詞〉「詩評」，頁219。

陶彭澤	絳雲在霄	舒卷自如
王右丞	秋水芙蕖	倚風自笑
韋蘇州	園客獨繭	暗合音徽
孟浩然	洞庭始波、木葉微脫	
杜牧之	銅瓦走坡、駿馬注坡	
白樂天	山東父老課農桑	言言著實
元微之	李龜年說天寶遺事	貌悴而神不傷
劉夢得	鏤冰雕瓊	流光自照
李太白	劉安雞犬、遺響白雲	核其歸存、恍無定處
韓退之	囊沙背水	
李長吉	武帝食露盤	無補多欲
孟東野	埋泉斷劍、臥壑寒松	
張籍	優工行鄉、飲醻獻秩	時有詼氣
柳子厚	高秋獨眺、霽晚孤吹	
李義山	百寶流蘇、千絲鐵網	綺密瑰妍、要非適用
蘇東坡	屈注天潢、倒連滄海	變眩百怪、終歸渾雄
歐陽文忠	四瑚八璉	止可施之宗廟
王荊公	鄭艾縋兵入蜀	要以險絕爲功
黃山谷	如陶弘景祗詔入官	析理談玄、而松風之夢故在
梅聖俞	關河放溜	瞬息無聲
秦少游	時女步春	終傷婉弱
陳後山	九皋獨唳、深林孤芳	沖寂自妍、不求識賞
韓子蒼	梨園按樂	排比得倫
呂居仁	散聖安禪	自能奇逸
杜工部	周公制作	後世莫能擬議

此評論中，若僅有風格意象，則無褒貶之別，因意象本身便具有高度的多義性，觀者可自爲詮解，但其後既下評論語，則可見出評論者之主觀好惡，如其對白樂天、元微之、李義山、歐陽文忠、秦少游、韓子蒼等人或多或少有負面的評價。對於白樂天的評論是「言言著實」，這便也犯了張岱爲詩文的最大忌諱——板

實，張岱在《陶庵夢憶・張東谷好酒》中以東谷之語經《舌華錄》修飾寫定後，「字字板實，一去千里，世上真不少點金成鐵手也。」〔註109〕，而張岱自己的文章亦求「空靈晶映」，祁豸佳曾形容其文章「空靈晶映，尋其筆墨又一無所有。」〔註110〕，故樂天之詩並非宗子所崇。又元微之詩「貌悴而神不傷」，爲文不以眞情是晚明小品文家所撻伐的，作詩爲文應出自肺腑，即便是小情小景亦勝於臺閣文章。李義山詩「綺密瑰妍、要非適用」，指的是典故綿密隱晦，詞語華麗堆砌，但有時並非必要的表現方式。歐陽文忠詩「止可施之宗廟」，即是所謂臺閣文章，「臺閣文章」條載：「歐陽文忠曰：『文章有兩等，有山林草野之文，有朝廷臺閣之文。』王安石曰：『文章須官樣，豈亦謂有臺閣氣耶？』〔註111〕」顯然，張岱爲文是屬於山林草野之文，即便寫歷史散文亦求氣韻生動，故不欣賞正襟危坐的官樣文字。秦少游詩「終傷婉弱」，不合張岱講究文氣、辭鋒的審美觀，如「字挾風霜」條：「淮南王劉安撰《鴻烈》二十一篇，字字皆挾風霜之氣。揚子雲以為一出一入，字值百金〔註112〕。」又「捕長蛇騎生馬」條：「唐孫樵書玉川子《月蝕歌》、韓吏部《進學解》，莫不撥地倚天，句句欲活，讀之如赤手捕長蛇，不施鞍勒騎生馬〔註113〕。」「捕龍搏虎」條：「柳宗元曰：『人見韓昌黎〈毛穎傳〉，大嘆以為奇怪。余讀其文，若捕龍蛇，搏虎豹，急與之角，而力不敢暇。』〔註114〕」此類皆氣勢宏闊、靈動陽剛之文，恰與秦觀陰柔的詩風相悖。韓子蒼詩則如「梨園按樂、排比得倫」。按章奏曲暗喻子蒼詩中規中矩、不出格律，只能爲匠不能爲大師。至於，杜甫的情眞、煉字、沈潛、合律、破格等作詩方式與成就，毋寧是作詩的典範，故張岱對其推崇備至，謂其地位與周公同等，不能隨意評論。

關於書法藝術的記述，《夜》書中多著眼於書法家的創作風格與好書法者的癡癖，從張岱作品中無法得知其自身是否有能力從事書法與繪畫的創作，但顯然他是懂得賞鑑的。在歷代眾多的書法家中，張岱僅摘錄王羲之、徐浩、張芝、張旭、米芾等人，可見得其偏好草書，喜靈動飄逸的風格，如「蘭亭眞本」條言右軍寫〈蘭亭記〉，「韶媚遒勁，謂有神助〔註115〕。」遒勁言其字勢縱橫、變化無窮；韶媚言其起伏多變、形態多姿，具有強烈的節奏感。「遊雲驚鴻」條：「晉王羲之善

〔註109〕《陶庵夢憶》卷八〈張東谷好酒〉，頁73。
〔註110〕《西湖夢尋・祁豸佳序》。
〔註111〕卷八〈文學部・著作〉「臺閣文章」，頁215。
〔註112〕卷八〈文學部・著作〉「字挾風霜」，頁213。
〔註113〕卷八〈文學部・著作〉「捕長蛇騎生馬」，頁215。
〔註114〕卷八〈文學部・著作〉「捕龍搏虎」，頁215。
〔註115〕卷八〈文學部・書畫〉「蘭亭眞本」，頁228。

草書，論者稱其筆勢，飄若遊雲，矯若驚鴻〔註116〕。」以飄逸與矯健形容羲之書法多變的結構與風格，其〈蘭亭集序〉極盡變化之能事，不求平正，強調攲側；不求對襯，強調揖讓；不求均勻，強調對比。且筆畫的提頓導送、使轉運行具有強烈的節奏感，點畫以中鋒入紙，凌空取逆勢，筆意活潑生動，且點畫相應，脈絡相通，增加了行書的靈動性與呼應關係。「見書流涕」條言羲之十二歲時竊父親《筆說》觀看，後書藝日進，其父見之流涕曰：「此子必蔽吾名」〔註117〕以少年即現老成之法見其書法天份。又「家雞野鶩」條：「晉庾翼少時，書與右軍齊名，學者多宗右軍。庾不忿，與都人書云：『小兒輩乃厭家雞，反愛野鶩，皆學逸少書。』」〔註118〕家雞則少有新意，中規中矩，卻入匠氣；野鶩則飄逸有致，時有逆料之舉，能成大家。又張岱認爲書品與人品是相關的，人品若卑，所書之字亦不能高，如「字以人重」條：「書法擅絕技者，每因品重，非其人只貽玷爾。故曹操書法雖美不傳，褚僕射、顏魯公、柳少師則家藏寸紙，珍若尺璧，不專以字重也〔註119〕。」曹操因人品不高，故書法亦不爲人重；相反的，褚、顏、柳三家書法爲人所重視，不單因其字佳，亦因其品高也。

繪畫藝術方面，張岱認爲藝術創作的動機需得純粹，乃「爲藝術而藝術」或「爲自娛而創作」，絕不能爲勢爲利所逼迫，如此才能成就純然的藝術品，如「李營丘」條：「李成，營丘人，善畫山水林木，當時稱為第一，遇目矜貴。生平所畫，只用自娛，勢不可逼，利不可取，傳世者不多〔註120〕。」李成生性落拓不羈，一生不得志故縱情於詩酒，寓興於畫，以抒胸中之意。李成的作品於北宋已不多見，所以「遇目矜貴」，其作畫多以自娛，繪畫風格可於「范蓬頭」條中見：「范寬居山林，常危坐終日，縱目四顧，以求其趣。北宋時，天下畫山水者，惟寬與李成，議者謂李成之筆，近視如千里之遙；范寬之筆，遠望不離坐外，皆造神奇〔註121〕。」李成、范寬皆師承於荊浩、關同，李成「師荊浩，未見一筆相似，師關同，則葉樹相似〔註122〕。」范寬則於寫生中悟出「前人之法未嘗不近取諸物，吾與其師於

〔註116〕卷八〈文學部・書畫〉「游雲驚鴻」，頁228。
〔註117〕卷八〈文學部・書畫〉「見書流涕」，頁229。
〔註118〕卷八〈文學部・書畫〉「家雞野鶩」，頁228。
〔註119〕卷八〈文學部・書畫〉「字以人重」，頁229。
〔註120〕卷八〈文學部・書畫〉「李營丘」，頁230。
〔註121〕卷八〈文學部・書畫〉「范蓬頭」，頁231。
〔註122〕（宋）米芾《畫史》，文淵閣四庫全書子部119冊藝術類，台北：台灣商務，1983年初版，頁9。

人者，未若師諸物也；吾與其師於物者，未若師諸心〔註 123〕。」兩人皆擅山水畫，且師承名家而能自出機杼。張岱於此處將李成與范寬的山水畫作一評比，李之作品構圖以平遠險易爲主，講究去蕪就簡，落墨清潤精絕，喜淡墨，予人如夢似霧的感覺，故言「近視如千里之遙」；范寬則擅以老硬的筆觸，雄傑嚴謹的構圖，刻畫山岳的磅礴氣勢，且巧妙利用細節產生畫外音響，如瀑布之奔瀉，使人如聞其聲，如臨其境，故言「遠望不離坐外」，兩人均以北方雄渾俊挺的山川爲題材，爲北宋北方山水畫派的主流。

張岱認爲作畫的第一要務在於善觀察，《陶庵夢憶‧姚簡叔畫》中寫與簡叔一同訪報恩寺，見宋元名筆，姚歸仿作蘇漢臣一圖，覆視原本，一筆不失，其細微處，如「小兒方據澡盆浴，一腳入水，一腳退縮欲出；宮人蹲盆側，一手掖兒，一手為兒擤鼻涕〔註 124〕。」等姿態皆不放過，張岱言簡叔見畫「眼光透入重紙，據梧精思，面無人色。」乃言其觀察之專注與構思之殫精。不僅觀畫摹本如此，寫生摹物更需觀察之功，如「韓幹馬」條：「唐明皇令韓幹睹御府所藏畫馬，幹曰：『不必觀也，陛下廄馬萬匹，皆是臣師。』」韓幹畫馬以眞馬爲師，作深入的觀察與體會，使得韓幹創出自我的風格，故唐玄宗問何以畫馬風格與陳閎不同，韓答曰：「臣自有師，陛下內廄之馬皆臣之師也〔註 125〕。」唐代畫牛馬的名家尚有戴嵩，以「韓馬戴牛」稱譽畫史，戴嵩畫牛在於能深入觀察牛的神情動態和生活習性，能「窮其野性筋骨之妙」〔註 126〕。傳說其畫牛眼中有牧童影，宋有人欲售米芾戴嵩牛圖，米芾以僞換眞，因瞳中無影而被識破，張岱書中亦有此說，「戴嵩牛」：「戴嵩善畫牛。畫牛之飲水，則水中見影；畫牧童牽牛，則牛瞳中有牧童影〔註 127〕。」但有時藝術家的觀察仍是不比日與牛群相處的牧童，如「畫錯鬥牛尾」條中，寫一牧童見戴嵩〈鬥牛圖〉而笑曰：「此畫鬥牛也，鬥力在角，尾夾入兩股間，今仍掉尾而鬥，謬矣！」故言「耕當問奴，織當問婢〔註 128〕。」事實上，藝術家有時欲考量畫面構圖的平衡與對襯，往往爲了美感而犧牲眞實的成分，故不能完全以寫實的角度衡量藝術作品的優劣。

〔註 123〕《宣和畫譜》卷十一， 撰人未詳， 台北：台灣商務， 1970 年初版，頁 291。
〔註 124〕《陶庵夢憶》卷五〈姚簡叔畫〉，頁 43。
〔註 125〕（唐）朱景玄《唐朝名畫錄》，黃賓虹、鄧實編，台北：藝文，1975 年第一版，頁 21。
〔註 126〕《畫鑑》，文淵閣四庫全書子部 120 冊藝術類，台北：台灣商務，1983 年初版，頁 423。
〔註 127〕卷八〈文學部‧書畫〉「戴嵩牛」，頁 232。
〔註 128〕卷八〈文學部‧書畫〉「畫錯鬥牛尾」，頁 232。

在繪畫理論史上，「形神之辯」是個爭論不休的議題，對於此，張岱又有如何的看法？從〈姚簡叔畫〉中，可見出張岱不但重視描刻人物之形，亦重視其神態氣韻，在「畫龍點睛」、「畫魚」、「畫牛隱見」、「滾塵圖」、「畫龍禱雨」、「畫鷹逐鴿」條皆言所繪足以亂眞，亂眞的條件需得「肖眞」，形體、動作、神態均不可馬虎。在「周昉傳眞」條比較了形似與神似的差異：「周昉善傳真。郭令公為其婿趙縱寫照，令韓幹寫，復令昉寫，莫辨其優劣。趙國夫人曰：『二畫俱似。前畫空得趙郎形貌，後畫兼得其神氣、性情、笑語之姿。』〔註129〕」雖言兩畫俱似，但「空得」與「兼得」中便有高下之別。對於神韻的掌握，張岱特別著墨於顧愷之的成就，「頰上三毛」：「顧長康畫裴叔則，頰上三毛，神采愈俊。畫殷荊州像，荊州目眇，顧乃明點瞳子，飛白拂其上，如輕雲之蔽日，殷貴其妙〔註130〕。」此則言顧愷之畫人物能捉住其細部特徵，使人物神韻畢現，且其對人物眼睛特別用心，「傳神阿睹」條：「顧長康畫人，或數年不點睛目。人問其故，顧曰：『四體妍蚩，本無關於妙處，傳神寫照，正在阿睹中。』〔註131〕」這也是顧所提出「傳神阿睹」的藝術主張。又，顧能利用畫面背景烘托人物，「一丘一壑」條：「顧長康畫謝幼輿在岩石裡，人問其所以，顧曰：『謝云：一丘一壑，自謂過之。』此子宜置丘壑中〔註132〕。」《晉書・謝鯤傳》載晉明帝以謝鯤與庾亮相比，問鯤之意，答：「端委廟堂，使為百僚準則，鯤不如亮；一丘一壑，自謂過之〔註133〕。」這裡，顧愷之將典故巧妙的與人物背景結合，使畫面具有敘事的功能。顧愷之是中國最早以繪畫爲職業的文人畫家，其傳世的三篇畫論：〈魏晉勝流畫贊〉、〈畫雲台山記〉、〈畫論〉中提出了「遷想妙得」、「以形寫神」、「傳神阿睹」的主張，如〈魏晉勝流畫贊〉：「凡生人亡有手揖眼視而前亡所對者，以形寫神，而空其實對，荃生之用乖，傳神之趨失矣。空其實對則大失，對而不正則小失。一像之明珠，不若悟對之通神也〔註134〕。」其注重神韻的態度，使繪畫發展由外在形貌轉而注重人物的內心世界，對後世繪畫理論影響深遠。

張岱將繪畫的幾種主題風格作了技法上的簡介，大體可分爲山水畫、人物畫、仕女畫、花鳥畫四種，仕女雖也屬於人物，但在書中以獨立條目說明。畫山水者

〔註129〕卷八〈文學部・書畫〉「周昉傳眞」，頁231。
〔註130〕卷八〈文學部・書畫〉「頰上三毛」，頁231。
〔註131〕卷八〈文學部・書畫〉「傳神阿堵」，頁232。
〔註132〕卷八〈文學部・書畫〉「一丘一壑」，頁232。
〔註133〕（唐）房玄齡《晉書》卷四十九〈謝鯤傳〉，文淵閣四庫全書史部13冊正史類，台北：台灣商務，1983年初版，頁836。
〔註134〕顧愷之〈魏晉勝流畫贊〉，收入（唐）張彥遠《歷代名畫記》，台北：廣文，1971年。溫肇桐《顧愷之新論》，成都：四川美術社，1985年初。

首推董源、巨然，其與荊、關、李、范之北方畫派十分不同，乃以江南山水為主要題材，形成所謂江南畫派，「董北苑」條言：「沈存中雲南中士，時有北苑董源善畫，尤工秋嵐近景，為寫江南山水，可謂奇峭。其後建康僧巨然，祖述綿法，皆臻妙理〔註 135〕。」董源的山水畫作有兩種，一是設色山水；一是水墨山水。設色山水受李思訓青綠山水的影響，景物富麗，而最能體現其個人特色的，亦是張岱所注重的，應是水墨山水，他不斷追求新的表現方法以適應於江南山水的特色，如山頂石塊、焦墨青苔、樹木光影等，善用濃淡墨色使山水具有樹石幽潤、峰巒清滌、煙雲呑水、草木蔥鬱的氣象。巨然則師法董源而成名，其山水畫的風格為「高曠」、「爽氣」，喜作全景山水的構圖，畫面瑣細而追求整體感，主峰多居中央，顯得峭拔，略有荊、關一派的風格，不過其本質仍是江南山水。此外，張岱亦提及南宗畫派的創始者王維，「王摩詰」條言：「唐王維字摩詰，別墅在輞川，常畫〈輞川圖〉，山谷盤鬱，雲水飛連，意在塵外，怪生筆端。秦太虛云：『予病，高符仲攜〈輞川圖〉示予曰：閱此可癒病。予甚喜，恍然若與摩詰同入輞川，數日病癒。』〔註 136〕」此處療病之說雖嫌誇大，但王維之畫之所以可療病，乃因其風格樸素淡遠、韻味高清，使觀者如入其境，神清而氣爽，他開創以水墨濃淡渲染山水的風格，獨具神韻，與著色山水有別，且身兼詩人與畫家的身份，畫中多帶有詩韻〔註 137〕；且提倡作畫應「意在筆先」，即指構圖、佈局、情思在下筆之前早已醞釀於胸中，這也當是其「意在塵外，怪生筆端」的主要原因。

人物畫方面，張岱將善畫人物者作一評比，「畫人物」條：「人物於畫，最為難工，顧、陸世不多見。吳道子畫家之聖。至宋李龍眠一出，與古爭先，得龍眠畫三紙，可敵道子畫二紙，可敵虎頭畫一紙，其輕重相懸類若此〔註 138〕。」這裡將人物畫家作一排名，顧愷之為首，次為吳道子，李龍眠得第三，但語中對李十分推崇。李龍眠之人物畫實受顧愷之與吳道子的影響很大，顧愷之緊勁連綿的鐵線描影響其運筆的力度，而吳道子的疏體筆法則啓發其對線條的感受，能充分發揮筆墨變化的妙處，他兼採疏密兩體，獨創不施丹青而光彩動人的白描人物畫，使人物畫的發展達到一個新境界。張岱在「李龍眠」條中對其白描人物嘉許一番：「舒成李公麟號龍眠，工白描，人物遠師陸、吳，牛馬斟酌韓、戴，山水出入王、

〔註 135〕卷八〈文學部・書畫〉「董北苑」，頁 231。

〔註 136〕卷八〈文學部・書畫〉「王摩詰」，頁 231。

〔註 137〕蘇東坡〈書摩詰藍田煙雨圖〉：「味摩詰之詩，詩中有畫；觀摩詰之畫，畫中有詩。」（孔凡禮點校《蘇軾文集》卷七十，北京：中華，1986 年北京一刷），頁 2209。

〔註 138〕卷八〈文學部・書畫〉「畫人物」，頁 231。

李。作畫多不設色，純用澄心堂紙為之。惟臨摹古畫，用絹素。著色筆法，如行雲流水，當為宋畫中第一〔註 139〕。」宋代米芾將顧愷之、周昉、陸探微、吳道子列爲人物畫四大家，其中公麟即師法顧、陸、吳三家，集眾家之長且自爲創新，故可視爲宋代人物畫之第一流。仕女畫方面，重視的是女兒細緻柔媚之態，張岱在「畫仕女」條中提及善於此道者：「仕女之工，在於得其閨閣之態。唐周昉、張萱，五代杜霄、周文矩，下及蘇漢臣輩，皆得其妙，不在施朱傅粉、鏤金佩玉以為工〔註 140〕。」所謂閨閣之態如周昉〈簪花仕女圖〉共繪六人，其中五個貴婦，一個侍女，貴婦體態豐盈，著團花長袍，披輕紗，酥胸半露，各自採花、撲蝶、戲犬、賞鶴等，而侍女則俯首默立，將嬉遊的貴婦情態生動的表露。仕女畫的功夫顯露在女子的各種情態描寫，在於輕盈體態與神情顰笑，而不以設色濃豔或堆砌佩飾爲工。

張岱舉五代黃荃與徐熙爲花鳥畫的代表畫家，「畫花鳥」條中：「五代時，黃荃與子居采，並畫花鳥，謂之寫生。妙在傅色不用筆墨，俱以輕色染成，謂之沒骨圖〔註 141〕。」黃荃深居宮中，多繪宮廷中異卉珍禽，其傅色有所謂的「雙勾塡彩」，先用淡墨勾線後，再塡進顏彩，工整細緻，富麗堂皇。徐熙之風格則在「畫枝葉蕊萼」條可見：「江南徐熙，先落筆以寫其枝葉蕊萼，然後著色，故骨氣豐神，為古今絕筆〔註 142〕。」徐熙所作花木禽鳥，形骨清秀，獨創「落墨法」，用粗筆濃墨，速寫枝葉蕊萼，略施雜彩，使色不礙墨，於黃荃之勾勒塡彩中另創新法。

在文藝美學的部分，張岱除提出詩文、書法、繪畫三類的介紹外，尙有關於書寫工具——筆墨紙硯的審美，以及對於文藝創作的動機、靈感、煉句等作簡單的介紹。文藝理論雖與文人最爲密切相關，但在《夜》書中僅佔一小部分，且並不提出一家之言，多引用他人之語或以簡介的方式對文藝形式作概括的介紹，此蓋因張岱既將《夜》書定義爲常識性的書籍，便採用泛論方式以提升其寬廣度，且著重於與日常社會相關的部分，而文人專業的部分就相對降低了。

〔註 139〕卷八〈文學部・書畫〉「李龍眠」，頁 231。
〔註 140〕卷八〈文學部・書畫〉「畫仕女」，頁 231。
〔註 141〕卷八〈文學部・書畫〉「畫花鳥」，頁 232。
〔註 142〕卷八〈文學部・書畫〉「畫枝葉蕊萼」，頁 232。

第七章　結　論

張岱《夜航船》雖承襲自宋代以來文人雜著筆記傳統，但其編纂形式與內容實有別於宋代以來文人的雜著筆記。宋人雜著筆記較重抒發自己的讀書心得，但所謂心得，並非不究條理的感性抒發，而是對於典籍或事件作嚴密有據的考古與梳理，以表達個人的識見與獨到的領悟，其編排方式大體隨意載錄，較無體系或凡例可言。張岱的《夜航船》承襲的雖是這一雜著筆記的傳統，但其在創作立意與編纂手法上是十分不同的，此乃因他在創作之時便界定了這是爲文人增加常識的百科性書籍，書中雜揉了雜著筆記、萬用手冊、筆記小說、文人曆書與地理掌故書等特徵，具有極其博雜的書寫架構，因此，他所認爲文人應熟稔的各類知識乃悉臚列入書中，成爲一兼具文人日用類書、文人常識手冊的文化萬用錦囊。所謂「天下學問，惟夜航船中最難對付」〔註 1〕，在一個不期遇的場合中，惟有運用平日積累的文化常識才能展現出文人應有的文化素養，這當是張岱編撰《夜》書的主要動機與目的。

《夜航船》的博雜性若依《四庫全書》、《千頃堂書目》等分類系統，實兼具「雜考」、「雜說」、「雜品」三類特質。「雜說」是《夜》書的主要類型，因其大部分條目在於記載歷史或文學典故；「雜考」則如卷四〈考古部〉，主在考訂舊文或俗說。其考辨的範圍十分廣泛，較少考證四部典籍，而多對神話、民間傳說、文學典故有所考證，其論辯過程較簡，有的甚至直接斷言結論，而不言論據。此乃因《夜航船》的創作目的在於談助，故講究知識的博與奇，若過於嚴肅則喪失趣味；具雜品性質的內容分佈在〈日用部〉、〈寶玩部〉、〈文學部〉等卷，此些部卷內容與「雜品」類書籍相似，僅佔《夜》書的一小部份，論述較爲簡要，多爲常

〔註 1〕〈夜航船序〉。

識性、概括性的介紹。可見《夜航船》是一部以「雜說」性質爲主，涵蓋「雜考」、「雜說」、「雜品」等體例類型的文人百科全書。

《夜航船》既是爲文人所作，作者所選入的材料就必定是他認爲文人應具備的知識，如對天文、地理，萬物名理的瞭解。這樣一個「隱含讀者」的文人社群特性，使張岱編選《夜》書時，也具現文人的審美品味，如對筆墨紙硯的鑑賞，乃是針對文人的書寫工具立論；對書畫園林的品評，乃是表現文人的藝術修養，由這些品評標準中，當可端倪出晚明文人的審美意識與審美品味。在《夜》書的閱讀期待方面，筆者歸納了五大功能屬性：一、博識：《夜航船》既爲百科性質的常識書籍，其功能訴求則不在深奧而在博洽，且只須具談助功能即可。以知識面向來說，張岱尤其注重事物的源流演變，對事物的歷史性發展十分關切。二、諧謔：張岱認爲，莊嚴的道理須得用趣味的語言才使人易於接受。故《夜》書「諧語」的表象雖漫不經心，其下卻隱涵著嚴肅而深沈的生命態度。三、好奇：是書既爲談助，便多言瑣聞趣事，以好奇駭俗爲尚：或神話荒誕之說，或稀奇罕見之物。此類雖以博識爲基礎，然多加以誇飾虛構，以聳人聽聞，甚或言「怪力亂神」之說，以增加言談的多變性與奇幻性。四、教諭：《夜》書具教諭功能的部分，主在強調儒家倫理社會的重要性，故在〈倫類部〉中闡明各種倫理關係，並舉出歷代可資仿效的人物典範，從中可看出張岱的道德價值標準，及其所標榜的聖賢典型。五、查考：張岱所謂不關文理考校的知識在《夜》書中亦見載錄，其主要功能，乃不在記誦，而在於查考，以作爲工具書之用。

《夜航船》所載有別於傳統「文人雜著筆記」，其考證部分較不精審，且不引錄原書全文，對於文獻的記載往往也憑記憶而錄，故與原典多有出入。因此，此書較不具文獻學上輯佚、校勘的功能。但以文人常識百科的性質來論，仍有其獨特的功能、價值：一爲補歷史之闕。張岱以史家的身份特別留心正史之罅隙，將正史不存，但有保存意義的史料存於書中。二爲正俗說之訛。張岱對於經典或傳說的詮釋，往往自有一套詮解，就如同他讀《四書》卻不看朱注，將疑難處反覆咀嚼，強調讀書自有心得，故其對於俗說往往能突破成見，有一番新解。三爲存典故之原。張岱對於文化典故的掌握精到，甚至能解《容齋隨筆》等書中闕疑。這乃源於他對傳統文化的嫻熟與關注，以及重視實地考察的精神，如其《西湖夢尋》臚列西湖各景點之歷代掌故，王雨謙說他：「湖中典故真有世居西湖之人所不能識者，而陶庵識之獨詳〔註2〕。」對於張岱來說，熟知典故是文人必備的能力，

〔註 2〕《西湖夢尋・王雨謙序》。

故《夜》書中十有八九為文化典故的記載。四為具檢索之便。對於不需記憶的知識，則供查詢之用，具工具書的功能。五為考民俗之義。此乃針對〈天文部〉中文人依四季所舉行的民俗儀式而言，書中不但記載儀式活動的內容，亦概略的介紹其背後的象徵意義，以存民俗儀式之文化意義。

《夜》書於子目命名與小說敘述方面充分表現出張岱小品文家的寫作功力。在於命名方面，有幾種呈現方式，最能看出其功力者，如：「擷取中心意象」之法，乃將條目內容用一關鍵意象命名，由其命名可見出內容強調的重點，且以此一關鍵意象貫穿全文，可視為全文之眼。此類命名法在《夜》書中佔很大比例，能自一文化事典中擷取最精華且足以領起全文的意象，必經過熟慮而後精煉才行，可見張岱提煉之功。又如：「摘錄關鍵語句」之法，乃用文章中關鍵語句為子目之名，此類命名看似不經意擇取，實則經過一番揀選精煉。若與典故的原出處比較，張岱所節選後命名的條目均較為清新生動，乃因其刪汰掉過多的修飾語與累贅的情節，並以最精簡、口語的方式敘述與命名，故精簡流利、生動鮮明，乃成為此書文字敘述與子目命名的主要風格。

「子目」在《夜》書中是一獨立的閱讀單位，張岱在子目的命名上，展現了詮釋的功力，意圖以子目名稱概括內文，精準的掌握全文的關鍵語句或意象，凝練為生動簡約的條目名稱。以百科的功能性質來說，為便於讀者查考，須有一套嚴整的編排體例與查詢系統，《夜》書分為二十部，其中又分列若干類別，體例稱不上嚴整，分類亦不甚精細，然而，卻因其條目名稱別緻，而增加了條目個別的特性，使讀者易於辨認與記憶。在意象選擇方面，不難看出此書的文人特質，對於與文人密切相關的事物，往往以群組意象的方式出現，並描述事物的各自不同典故，以拼合成一具豐富文化意涵的符號。這樣的符號可內化為文人間的集體潛意識，每一物都有其特殊的象徵意涵，可視為文人間的閱讀與創作的密碼。

小說敘述方面，則可從《夜》書摘錄、改寫筆記小說的部分，略窺其小說敘寫功力。如寫人物，多呈現人物自身對話與行動，少用修飾語；對人物亦少評述，只作外在描寫，並勾勒出人物的內在心理，其餘則留給讀者自己玩味。此外，又運用奇幻預言，將一些不可能發生的事具現於現實生活中，此類事件在現實之外有出乎意料的發展，乃欲讀者產生陌異化的閱讀效果，增添其不平常的想像空間，帶領讀者到一有別於日常生活的國度，在文字閱讀中獲得好奇心的滿足。

再者，張岱在選取典故與改寫故事均以簡練為原則，刪掉所有的修飾語，保留事件原身的純粹性，並裁汰主角以外的人物，使情節單純，主題集中，尤其在訂定條目名稱時，刻意檢選得以概括整則故事的中心意象，使得敘述凝練、結構謹嚴，並儘量採用第三人稱全知敘事觀點，保持敘事的客觀性，留有較多的空白讓讀者想像。《夜航船》中常用以激起讀者文學想像的筆法有二：一是蒙太奇手法。藉由意象的跳接，將看似不相干的兩件事作出疏離的聯繫，如同兩幅畫面的組接、兩個電影鏡頭的對列，留出較大的空間讓讀者自己想像，這種間接說出的方式增加了主體接受的難度。第二種筆法是象徵或隱喻，張岱以遺民的身分，在異族統治下，往往用隱喻的書寫方式才能全身遠禍，在具有同樣遭遇或經驗的讀者，仍是能從象徵的文字中得到相當大的同情共感。

對於《夜》書的審美研究：除探究文本的審美形式外，亦不可忽略其內在的審美意蘊，筆者在文中乃就審美生活與文藝理論兩方面分別論述之。審美生活又分：園林美學、飲食美學、玩物美學；文藝理論則有：詩文理論、書畫理論。園林美學中，張岱對於皇家園林、富賈園林、與文人園林分別擇要介紹，乃屬於園林史的簡介，若輔以《陶庵夢憶》中對於園林造景的觀點、主張，則可見出他對理想居室之要求。飲食美學中特別強調品茗的功夫，不但源於張岱本身具有高度的品賞能力，也是他認爲文人應有的基本認知。玩物美學中，張岱臚列歷代珍寶，尤可注意的是：晚明的手工藝發展，其對於明代窯場與雕刻藝術介紹較詳，也見出晚明人玩物的風氣。詩文理論方面，張岱雖借敖陶孫之說，但由其尊崇的詩人——杜甫所具備的詩歌特質，亦可見出他對於作詩的主張。書法理論方面，張岱僅著墨於特定幾個書法家，如王羲之、張芝、徐浩、張旭等，可見其審美品味偏向於靈動飄逸，不拘於法的風格。繪畫方面，張岱並列歷代畫家，並由其各自所擅長的繪畫類型作對應式的比較，藉以分析其不同繪畫風格。《夜》書中，這些條目尚不足以成一家之言，僅能說是張岱零星的一些文藝主張。張岱之所以能對各類藝術有一定程度的瞭解，或源於晚明的奢華激盪出各類藝術的蓬勃發展，而張岱本身又生於一個重視藝術人文的家族，使得他有機會接觸、培養各項技能，並成爲其中品鑒、創造的佼佼者。《夜》書中所錄，乃經其自身審美觀的篩選，並加強其所精通者，如茶道、園林、飲食等，在《夜》書中強調這些「小道」，不但因他精通此些道藝，也因爲他認爲這是文人所應具備的文化修養。他的這些嗜好必須在一定的時代風尚及經濟環境下才能培養的出來，這不但關係著張氏家族的遺風，也關係著晚明整個時代的社會風氣。茶道、造園、飲食等不僅是張岱個人的，也是晚明許多文人所共具的喜好，論晚明風尚，必然不能忽略文人的人格特質與藝術修養。

經歷國變的張岱，其人生觀、價值觀與文學觀當有一定程度的改變。細讀張岱晚年於「快園」創作的詩，多以生計爲主題，用字平淡，風格樸實，迥異於其早期的創作。在《夜》書中，多以簡約樸實的文字呈現文化典故，且特意強調社會制度與人倫典範，由此可見出其對國家社會的關心。《夜》書在〈文學部〉中少有綺麗的軼事，而多強調撰史與問學的嚴謹，縟麗之文，張岱視爲「雕蟲」，其關注的是社會、政治、歷史，其以史家定位自我的生命價値，也因明亡而更加堅定。故在《夜航船》中實可看出張岱發揮其史家與散文家的特質與功力。如敘述各類事物，重視事物的歷史演化生成：介紹佛教時，先由佛教的東傳史講起，並交代禪宗五門的分派分流；介紹飲食時，並不以食物的製造法或烹飪法爲主要書寫重心，而是重視對於飲食的文化常識，故列出中國飲食簡史，並重視所錄飲食的典故來源。此外，在〈文學部〉中亦可看出他對於作史者的要求極爲嚴苛，不容許有絲毫的不公正與草率的心理，可見出他將著作視爲一項神聖的志業，甚至是一樁文化使命。再者，從《夜》書實際內容的撰寫上，亦可見出張岱小品文的功力，敘述中鮮少帶有贅字，且刪汰繁蕪的細節，使人容易於閱讀、記取，而不花長篇大幅去論說自己的觀點，這是《夜》書有別於他人之處。

對於張岱著作的研究，歷來多著眼於《陶庵夢憶》、《西湖夢尋》、《瑯環文集》、《石匱書》與《快園道古》，對於其他的著作，則少有學者進行開發。筆者認爲，若欲更全面、精準的掌握一個作家的人格心理與創作風格，須不斷掌握新材料、開發新議題，並建構新方法，《夜》書作爲研究張岱人格特質與文學風格的新材料，學界罕見論述，但《夜》書實兼具雜著筆記、萬用手冊、筆記小說、文人曆書與地理掌故書等特徵與內涵，其中除涵攝文人的知識體系與審美意識外，亦提供了解其人格與風格的另一視窗，如張岱其他作品中艱澀冷僻的用語及詞義，可由《夜》書對於典故的記敘、詮解還原張岱之原意；從其對於筆記小說的改寫，可得知其著作態度與表現手法；尤其對於歷史的評論，可知其個人的史評、史識；其中對政治家的要求，可知其政治抱負與理念等。因此，本論文選擇《夜》書作初步的研究嘗試。在研究過程中，所遇到較大的困難爲：歷來對此類書籍僅見文獻學上的研究，並不論及其內在意涵與審美形式，若借用西方的方法論，又恐削足適履，故本論文乃土法煉鋼的將條目一一整理、歸納，漸漸形成自己的一套詮釋體系，對於材料的掌握或較精準，但在理論的運用及議題的深掘上恐顯薄弱，此均有待日後更精進的研究、開發。

參考書目

（一）專書以出版時間排列。
（二）期刊論文及博碩士論文以發表時間排列。
（三）博碩士論文若已出版，歸於專著類。

專　書

一、張岱著作

1　：朱劍芒考，《陶庵夢憶》，（台北：世界，1967 年）。
2　：《石匱書後集》，（台北：台灣銀行經濟研究室編印，1970 年）。
3　：《有明於越三不朽圖贊》，（台北：文海，1973 年）。
4　：《陶庵夢憶》，（上海：上海書店，1982 年）。
5　：《陶庵夢憶／西湖夢尋》，（台北：漢京 1984 年 3 月初版）。
6　：云告點校，《瑯嬛文集》，（長沙：岳麓，1985 年）。
7　：朱宏達點校，《四書遇》，（杭州：浙江古籍，1985 年）。
8　：《陶庵夢憶》，（台北：金楓，1986 年 12 月初版）。
9　：高學安、佘德余標點，《快園道古》，（杭州：浙江古籍，1986 年）。
10：劉耀林校注，《夜航船》，（杭州：浙江古籍，1987 年）。
11：夏咸淳選編，《張岱詩文集》，（上海：古籍 1991 年）。
12：《石匱書》，續修四庫全書，318~319，史部別史類，續修四庫全書編纂委員會（上海：古籍，1995 年）。
13：《夜航船》，續修四庫全書 1135，子部雜家類，續修四庫全書編纂委員會，（上海：古籍，1995 年）。
14：夏咸淳選注，《張岱散文選集》，（天津：百花文藝，1997 年）。

15：唐潮點校，《夜航船（附：瑯嬛文集）》，（成都：巴蜀書社，1998年9月初版）。

二、經、史、子等典籍

1 ：《呂氏春秋》，（上海：商務，1984年四版）。
2 ：（清）孫詒讓，《墨子閒詁》，（台北：世界，1952年4月初版）。
3 ：（漢）司馬遷著、瀧川龜太郎考證，《史記會注考證》，（台北：藝文1959年）。
4 ：王先愼，《韓非子集解》，（台北：台灣商務，1965年台一版）。
5 ：（唐）劉知幾，《史通》，（台北：台灣商務，1966年～1967年）。
6 ：（清）李亨特總裁，平恕等修，《紹興府志》，（台北：成文，1975年台一版）。
7 ：陳壽，《三國志》，（台北：鼎文，1976年二版）。
8 ：《荀子集成》，據明嘉靖六年，樊川別集刊「六子書」本影印，（台北：成文，1977年）。
9 ：（漢）應劭著，《風俗通義》，（台北：台灣商務，1979年台一版）。
10：（清）張廷玉等，楊家駱主編，新校本明史附編六種《明史》，（台北：鼎文，1980年）。
11：楊家駱主編，新校本宋史并附編三種一《宋史》（一）（台北：鼎文，1980年）。
12：孟森，《明清史講義》，（台北：里仁，1982年9月初版）。
13：（宋）江少虞，《宋朝事實類苑》，（台北：源流，1982年初版）。
14：（唐）房玄齡，《晉書》，（台北：商務，1983年初版）。
15：（宋）司馬光，《涑水記聞》，（北京：中華，1989年第一版）。
16：《夏小正》收入《郇齋叢書》卷三，（揚州：廣陵書社1991年～1999年間）。
17：張雙林等譯注，《呂氏春秋譯注》，（吉林：文史，1994年12月二刷）。
18：《十三經注疏》（二）《詩經注疏》，（台北：藝文印書館，1997年8月初版十三刷）。
19：《十三經注疏》（三）《周禮注疏》，（台北：藝文印書館，1997年8月初版十三刷）。
20：《十三經注疏》（五）《禮記注疏》，（台北：藝文印書館，1997年8月初版十三刷）。
21：《十三經注疏》（六）《左傳注疏》，（台北：藝文印書館，1997年8月初版十三刷）。
22：《十三經注疏》（八）《孟子注疏》，（台北：藝文印書館，1997年8月初版十三刷）。
23：《十三經注疏》（八）《論語注疏》，（台北：藝文印書館，1997年8月初版十三刷）。
24：《詩經評註讀本》，裴普賢編著，（台北：三民，1997年10月七版）。

三、目錄、類書、工具書

1 ：（宋）祝穆撰，《新編古今事文類聚》，景印萬曆甲辰金谿唐富春精校補遺重刻本，中文出版社。

2 ：橋川時雄等主編，王雲五等重編，《續修四庫全書題要》，（台北：台灣商務，1972 年）。

3 ：（唐）歐陽詢等，《藝文類聚》，（台北：木鐸，1974 年初版）。

4 ：（宋）高承，《事物紀原集類》，（台北：新興，1976 年 3 月初版）。

5 ：《明人傳記資料索引》，國立中央圖書館編，（台北：文史哲，1978 年）。

6 ：《中國近八十年明史論著目錄》，中國社會科學院歷史研究所明史研究室，（江蘇：人民，1981 年）。

7 ：（清）永瑢、紀昀等撰，武英殿本，《四庫全書總目題要》，（台北：台灣商務，1983 年 10 月）。

8 ：莊芳榮，《中國類書總目初稿》，（台北：台灣學生書局，1983 年 10 月）。

9 ：（元）作者不詳《居家必用事類（附：吏學指南）》，（日本京都：中文出版社，1984 年 12 月初版）。

10：張慧劍，《明清江蘇文人年表》，（上海：古籍，1986 年）。

11：謝正光編，《明遺民傳記索引》，（上海：古籍，1992 年）。

12：張承安編，《中國園林藝術辭典》，（湖北：人民，1994 年版）。

13：劉葉秋等主編，《中國古典小說大辭典》，（河北：人民，1998 年 7 月一刷）。

14：阪出祥伸、小川陽一編，《五車拔錦》收入《中國日用類書集成》，（東京：汲古書院，1999 年 6 月）。

15：阪出祥伸、小川陽一編，《三台萬用正宗》收入《中國日用類書集成》，（東京：汲古書院，1999 年 6 月）。

16：池秀雲編，《歷代名人室名別號辭典》，（山西：古籍，2002 年 1 月初版二刷）。

四、筆記、小說、文集

1 ：（明）祁彪佳，《祁彪佳集》，（北京：中華書局，1960 年二刷）。

2 ：（宋）沈括，楊家駱主編，《夢溪筆談》，（台北：世界書局，1961 年 2 月初版）。

3 ：（南北朝）宗懍，收入嚴一萍選輯《荊楚歲時記》，《百部叢書集成・寶顏堂秘笈》v.129，（台北：藝文，1965 年初版）。

4 ：（宋）朱弁，收入嚴一萍選輯《曲洧舊聞》，《百部叢書集成・知不足齋叢書》v.56，（台北：藝文，1966 年初版）。

5 ：（宋）釋文瑩，收入嚴一萍選輯，《玉壺清話》，《百部叢書集成・知不足齋叢書》v.12，（台北：藝文，1966 年初版）。

6 ：（宋）任昉，收入嚴一萍選輯《述異記》，《百部叢書集成・龍威秘書》v.1，（台北：藝文，1966 年初版）。
7 ：（宋）黃朝英，收入嚴一萍選輯《靖康緗素雜記》，《百部叢書集成．守山閣叢書》v.24，（台北：藝文，1966 年初版）。
8 ：（宋）晁公武，《郡齋讀書志》，（台北：台灣商務，1968 年台一版）。
9 ：（清）毛奇齡，《西河文集》，（台北：台灣商務 1968 年台一版）。
10：《漢武故事》，收入《百部叢書集成．問堂室叢書》，（台北：藝文 1968 年）。
11：（宋）龔明之，《中吳紀聞》，（台北：藝文，1971 年初版）。
12：（明）楊慎，《升庵外集》，（台北：台灣學生，1971 年 5 月初版）。
13：（明）來斯行，《槎菴小乘》，（台北：台灣學生，1971 年 5 月）。
14：（唐）徐堅，《初學記》，（台北：鼎文，1972 年）。
15：（明）湯顯祖，《湯顯祖集》，（台北：洪氏，1975 年 3 月初版）。
16：（清）邵廷采，《思復堂文集》，（台北：華世，1977 年 6 月台一版）。
17：（宋）洪邁，《容齋隨筆》，（台灣：商務印書館，1979 年 6 月台一版）。
18：（清）顧炎武，《日知錄》，（台北：台灣商務，1979 年台一版）。
19：（晉）干寶，《搜神記》，（台北：里仁，1980 年）。
20：（明）陶宗儀，《南村輟耕錄》，（台北：木鐸，1982 年 5 月初版）。
21：（明）胡應麟，《少室山房筆叢》，（台北：台灣商務，1983 年）。
22：（宋）晁載，《續談助．洞冥記》，（台北：新文豐 1984 年初版）。
23：（清）徐鼒，《小腆記傳補遺》，（台北：明文，1985 年初版）。
24：（明）馮夢龍，《情史類略》，（台北：天一，1985 年初版）。
25：（明）唐寅，《唐伯虎全集》，（北京：中國書店，1985 年第一版）。
26：（清）袁枚，《子不語》，（湖南：岳麓書社，1985 年）。
27：（宋）蘇軾，孔凡禮點校，《蘇軾文集》，（北京：中華，1986 年北京一刷）。
28：（明）王陽明，《王陽明全集》，（上海：上海古籍，1992 年 12 月一刷）。
29：（清）紀昀，余夫等點校，《閱微草堂筆記》，（吉林：文史出版，1997 年 1 月一刷）。
30：（明）汪道昆，《太函集》，四庫全書存目叢書集部 117 冊，四庫全書存目叢書編輯委員彙編，（台南：莊嚴文化，1997 年初版）。
31：（明）馮夢龍，《喻世明言》，（台北：三民，1998 年 4 月）。
31：（晉）葛洪，《西京雜記》，（北京：北京出版社，2000 年第一版）。
32：（晉）張華，《博物志》，（北京：北京出版社，2000 年初版）。
33：王嘉，《拾遺記》，（北京：北京出版社，2000 年初版）。
34：（晉）張華，《博物志》，（北京：北京出版社，2000 年初版）。
35：（晉）葛洪，《神仙傳》，（北京：北京出版社，2000 年初版）。

五、文類研究

1 ：陳萬益，《性靈之聲——明清小品》，（台北：時報，1981 年）。
2 ：陳少棠，《晚明小品論析》，（台北：源流，1982 年）。
3 ：周作人，《明人小品集》，（台北：眾文，（1983 年）。
4 ：李劍國，《唐前志怪小說史》，（天津：南開大學出版社 1984 年 5 月一刷）。
5 ：方師鐸，《傳統文學與類書之關係》，（天津：古籍，1986 年 8 月）。初版
6 ：胡道靜，《中國古代的類書》，（北京：中華書局，1986 年 9 月二刷）。
7 ：陳萬益，《晚明性靈文學思想研究》，（台北：文津，1987 年）。
8 ：曹淑娟，《晚明性靈小品研究》，（台北：文津，1988 年 7 月初版）。
9 ：陳書良、鄭憲春，《中國小品文史》，（長沙：湖南 1991 年）。
10：陳洪，《中國小說理論史》，（安徽：文藝，1992 年 9 月一刷）。
11：吳少林，《中國散文美學》，（台北：里仁，1995 年）。
12：佛斯特，《小說面面觀》，（台北：志文，1995 年修訂版一刷）。
13：陳文新，《中國筆記小說史》，（台北：志一，1995 年 3 月初版）。
14：朱劍心，《晚明小品選注》，（台北：台灣商務，1995 年 2 月台一版十一刷）。
15：陳萬益等合編，《歷代短篇小說選》，（台北：大安，1996 年）。
16：陳萬益，《晚明小品與明季文人生活》，（台北：大安，1997 年 10 月二版三刷）。
17：吳承學，《晚明小品研究》，（江蘇：古籍，1999 年 9 月初版）。

六、藝術與美學

1 ：撰人未詳，《宣和畫譜》，（台北：台灣商務，1970 年初版）。
2 ：（明）吳鎮，楊家駱主編，《元人畫學論著》，（台北：世界，1975 年第三版）。
3 ：托爾斯泰，《論文學》，（北京：人民文學，1980 年初版）。
4 ：（宋）米芾，《畫史》，文淵閣四庫全書子部 119 冊藝術類，（台北：商務，1983 年初版）。
5 ：《畫鑑》，文淵閣四庫全書子部 120 冊藝術類，（台灣：商務，1983 年初）。
6 ：《中國園林建築研究》，（台北：丹青，1985 年台一版）。
7 ：（唐）朱景玄，黃賓虹、鄧實編，《唐朝名畫錄》，（台北：藝文，1975 年第一版）。
8 ：溫肇桐，《顧愷之新論》，（成都：四川美術社，1985 年初版）。
9 ：敏澤，《中國美學思想史》，（濟南：齊魯書社，1987 年 7 月）。
10：黃長美，《中國庭園與文人思想》，（台北：明文，1988 年三版）。
11：Wolfgang，Iser，《審美過程研究》，（北京：中國人民大學，1988 年）。

12：劉天華，《園林與美學》，(昆明：雲南人民，1989年第一版)。
13：金學智，《中國園林美學》，(江蘇：江蘇文藝，1990年第一版)。
14：王毅，《園林與中國文化》，(上海：人民，1990年5月初版)。
15：錢鍾書，《七綴集》，(台北：書林，1990年5月初版)。
16：劉天華，《園林美學》，(台北：地景，1992年2月初版)。
17：趙士林，《心學與美學》，(北京：中國社會科學院，1992年6月初版)。
18：龍協濤，《文學讀解與美的再創造》，(台北：時報1993年初版)。
19：〔英〕Robert C. Holub著，董之林譯，《接受美學理論》，(台北：駱駝，1994年6月初版)。
20：朱光潛，《文藝心理學》，(台南：大夏，1995年2月初版)。
21：鄭師文惠，《詩情畫意——明代題畫詩的詩畫對應內涵》，(台北：東大，1995年4月初版)。
22：成復旺，《中國古代的人學與美學》，(北京：中國人民大學，1997年1月二刷)。
23：范宜如、朱書萱，《風雅淵源——文人生活的美學》，(台灣書店，1998年3月初版)。
24：葉太平，《中國文學之美學精神》，(台北：水牛，1998年7月初版)。
25：(唐)張彥遠撰，承載譯注，《歷代名畫記全譯》，(1999年3月初版)。
26：李澤厚、劉綱紀，《中國美學史》，(合肥：安徽文藝，1999年5月初版)。
27：柯慶明，《中國文學的美感》，(台北：麥田，2000年1月初版)。
28：毛文芳，《晚明閒賞美學》，(台灣：學生，2000年初版)。
29：童慶炳，《文學審美特徵論》，(武漢：華中師範大學，2000年6月初版)。
30：曹林娣，《中國園林藝術論》，(太原：山西教育，2001年1月初版)。
31：羅中峰，《中國傳統文人審美生活方式之研究》，(台北：洪葉，2001年初版)。
32：毛文芳，《物・性別・觀看——明末清初文化書寫新探》，(台北：台灣學生，2001年12月初版)。

七、文化思潮

1：謝國楨，《明清之際黨社運動考》，(台北：商務，1967年)。
2：唐君毅，《中國文化之精神價值》，(台北：正中，1979年初版)。
3：余英時，《中國知識階層史論（古代篇）》，(台北：聯經，1980年8月初版)。
4：孫隆基，《中國文化的「深層結構」》，(香港：壹山，1983年11月二刷)。
5：李威熊，《中國文化精神的探索》，(台北：黎明，1985年11月初版)。
6：傅衣凌，《明代江南市民經濟初探》，(台北：谷風，1986年)。
7：淡江大學中文系主編，《晚明思潮與社會變動》，(台北：弘化，1987年)。

8 ：余英時，《士與中國文化》，(上海：人民，1987 年 12 月初版)。
9 ：樊樹志，《明清江南市鎮探微》，(上海：復旦大學，1990 年第一版)。
10：吳智和，《明清時代飲茶生活》，(台北：博遠，1990 年 10 月初版)。
11：徐復觀，《知識份子與中國》，(台北：時報，1990 年 11 月初版六刷)。
12：余英時，《中國歷史轉型時期的知識份子》，(台北：聯經，1992 年)。
13：金耀基，《中國社會與文化》，(香港：牛津，1992 年)。
14：劉翔，《中國傳統價值觀念詮釋學》，(台北：桂冠，1992 年初版)。
15：《第二屆明清之際中國文化的轉變與延續學術研討會論文集》，國立中央大學，(台北：文史哲 1993 年 6 月初版)。
16：沈清松主編，《中國人的價值觀：人文學觀點》，(台北：桂冠，1993 年出版)。
17：夏咸淳，《晚明士風與文學》，(北京：中國社會科學院，1994 年 7 月初版)。
18：龔鵬程，《晚明思潮》，(台北：里仁，1994 年 11 月初版)。
19：王宗文，《中國文化之深層結構》，(台北：新文豐，1995 年 2 月初版)。
20：王爾敏，《明清時代庶民文化生活》，中央研究院近代史研究所，(1996 年 3 月出版)。
21：吳智和，明史研究小組，《明人飲茶生活文化》，(1996 年 7 月初版)。
22：王廷洽，《中國早期知識份子的社會職能》，(河南：人民，1997 年 4 月初版)。
23：余英時，《中國知識份子論》，(河南：人民，1997 年 4 月)。
24：伊永文，《明清飲食研究》，(台北：洪葉，1997 年初版)。
25：楊國榮，《心學之思——王陽明哲學的闡釋》，(北京：三聯，1997 年 6 月初版)。
26：王爾敏，《明清社會文化生態》，(台灣：商務，1997 年 7 月初版)。
27：周明初，《晚明士人心態及文學個案》，(北京：東方，1997 年 8 月一刷)。
28：高世瑜，《中國古代婦女生活》，(台灣：商務，1998 年)。
29：陳寶良，《悄悄散去的幕紗——明代文化歷程新說》，(西安：陝西人民教育，1998 年初版)。
30：吳調公，王愷，《自在，自娛，自新，自懺——晚明文人心態》，(蘇州大學，1998 年 9 月初版)。
31：王仁湘，《飲食與中國文化》，(北京：人民，1999 年 1 月三刷)。
32：周光慶，《中國讀書人的理想人格》，(武漢：湖北教育，1999 年 8 月初版)。
33：左東嶙，《王學與中晚明士人心態》，(北京：人民文學，2000 年 4 月初版)。
34：吳蕙芳，《萬寶全書：明清時期的民間生活實錄》，(國立政治大學歷史學系，2001 年 7 月初版)。

八、其他

1 ：黃桂蘭，《張岱生平及其文學》，（台北：文史哲，1977 年 2 月初版）。

2 ：王孝廉，《中國神話與傳說》，（台北：聯經，1977 年 2 月初版）。

3 ：張舜徽，《中國文獻學》，（許昌：中州書畫社，1982 年 12 月）。

4 ：黃裳，《銀魚集》，（北京：三聯，1985 年）。

5 ：夏咸淳，《明末奇才——張岱論》，（上海：上海社會科學，1989 年）。

6 ：安平秋、章培恆編，《中國禁書大觀》，（上海：上海文化，1990 年 3 月）。

7 ：〔美〕查爾斯著，沈其新譯，《鬼魂：中國民間神秘信仰》，（湖南：湖南文藝 1991 年）。

8 ：王孝廉，《中原民族的神話與信仰》，（台北：時報文化，1992 年二版）。

9 ：王彬，《禁書・文字獄》，（北京：中國工人，1992 年 9 月）。

10：姜彬主編，《吳越民間信仰民俗——吳越地區民間信仰與民間文藝關係的考察與研究》，（上海：文藝，1992 年 7 月一刷）。

11：張君，《神秘的節俗》，（廣西：人民，1994 年 8 月一刷）。

12：余秋雨，《文化苦旅》，（台北：爾雅，1995 年 5 月初版十八刷）。

13：馮友蘭，《中國哲學史》，（台北：台灣商務，1996 年 11 月增定臺一版第三刷）。

14：韋慶遠，《禍由筆墨生——明清文字獄》，（台北：萬卷樓，2000 年 8 月初版）。

15：李玫，《明清之際蘇州作家群研究》，（北京：中國社會科學，2000 年 10 月初版）。

16：劉兆祐，《中國目錄學》，（台北：五南，2000 年 3 月初版二刷）。

期刊論文

一、研究張岱的相關論文

1 ：李里，〈張岱與明史〉，《自立晚報》，（1963 年 6 月 27 日）。

2 ：黃桂蘭，〈張岱文學評介〉，《東南學報》，（1976 年 12 月）。

3 ：吳幅員，〈「石匱書後集」後記——略考明遺民張岱及其所著「石匱書」〉，《東方雜誌》，（1977 年 6 月）。

4 ：俞大綱遺著，〈張岱及其所作「陶庵夢憶」〉，《大成》第四六、四七期，（1977 年 9、10 月）。

5 ：梁容若，〈明末散文家張岱評傳〉，《書和人》，（1977 年 10 月）。

6 ：陳飛龍，〈黃桂蘭「張岱生平及其文學」評介〉，《出版與研究》，（1978 年 1 月）。

7 ：吳智和，〈黃桂蘭「張岱生平及其文學」〉，《明史研究專刊》，（1978 年 7 月）。

8 ：邵紅，〈遺民的心事——論《陶庵夢憶》一書的性質〉，收於臺靜農先生八十壽慶論文集編輯委員會主編，《臺靜農先生八十壽慶論文集》，（台北：聯經，1981 年）。

9 ：吳智和，〈茶藝精湛風雅達趣的張岱〉，《文藝復興月刊》，一三一期，（1982 年 4 月）。

10：蔣金德，〈張岱的祖籍及其字號考略〉，《文獻》第四期，（1986 年）。

11：中嵐，〈「陶庵夢憶」中的陶庵與夢憶〉，收入柯慶明、林明德主編，《中國古典文學研究叢刊：散文與評論之部》，（台北：巨流，1986 年 10 月一版三刷）。

12：權儒學，〈張岱快園道古佚文五則〉，《文獻》第三期，（1988 年）。

13：王安祈，〈張岱的戲劇生活〉，《歷史月刊》第十三期，（1989 年 2 月）。

14：周志文，〈張岱與「西湖夢尋」〉，《淡江學報》第二七期，（1989 年 2 月）。

15：何冠彪，〈張岱別名、字號與籍貫新考〉，《中國書目季刊》，（1989 年 6 月）。

16：張則桐，〈張岱「夜航船」與筆記小說〉，《明清小說研究》第三期，（1989 年）。

17：黃俊傑，〈張岱對古典儒學的詮釋——以「四書遇」爲中心〉，收於國立中央大學共同學科主編《明清之際中國文化的轉變與延續學術研討會論文集》，（台北：文史哲 1991 年）。

18：黃裳，〈張岱的「史闕」〉，《榆下雜說》，（上海：古籍，1992 年）。

19：孫尚志，〈略述明末紹興名士張岱〉，《浙江月刊》，（1992 年 12 月）。

20：曹淑娟，〈痴人說夢，寧恆在夢——論張岱的尋夢情結〉，《鵝湖》（1993 年 9 月）。

二、研究文類的相關論文

1 ：勞榦，〈說類書〉，《新時代》，（1961 年 7 月）。

2 ：裘開明，〈四庫失收明代類書考〉，《中國文化研究所學報》，（1969 年 9 月）。

3 ：方師鐸，〈「傳統文學與類書之關係」導論〉，《圖書館學報》，（1971 年 6 月）。

4 ：何沛雄，〈叢書與類書〉，《現代學苑》，（1973 年 3 月）。

5 ：于大成，〈談類書〉，《出版家雜誌》，（1976 年 9、10 月）。

6 ：吳蕙芳，〈民間日用類書的淵源與發展〉，《國立政治大學歷史學報》1991 年 5 月）。

7 ：毛文芳，〈閱讀與夢憶：晚明旅遊小品試論〉，中華文化與文學學術研討系列——第五次會議：旅遊文學，東海大學中國文學系主辦，（1999 年 3 月 13 日）。

8 ：毛文芳，〈時與物——晚明「雜品」書中的旅遊書寫〉，收入《跨越邊界／第二屆文藝與文化研究國際會議：旅行與文藝論文集》，國立中山大學，（2000 年 3 月)。

9 ：劉兆祐，〈雜著筆記之文獻資料及其運用〉，收入《應用語文學報》第二號，（2000 年 6 月）。

10：吳蕙芳，〈民間日用類書的內容與運用——以明代「三台萬用正宗」爲例〉，《明代研究通訊》，(2000 年 10 月)。

11：汪維輝，〈唐宋類書好改前代口語——以「世説新語」異文爲例〉，《漢學研究》，(2000 年 12 月)。

三、研究文化的相關論文

1 ：William, Theodore, De. Bary 著、吳瓊譯，〈晚明思潮中的個人主義和人道主義〉，《中國哲學》第七輯，(1982 年 3 月)。

2 ：王家範，〈明清江南市鎮結構及歷史價值初探〉，《華東師範大學學報》第一期，(1984 年)。

3 ：王愷，〈試論晚明文論中的「自娛」說〉，《南京師大學報》第四期，(1985 年)。

4 ：余英時，〈魏晉與明清文人生活與思想之比較〉，《中國時報》，(1985 年 6 月 24、25 日)。

5 ：張顯清，〈明代社會思想和學風的演變〉，《中國哲學研究》，(1986 年 2 月)。

6 ：徐泓，〈明代社會風氣的變遷——以江浙地區爲例〉，中央研究院第二居國際漢學會議宣讀論文，(1986 年 12 月)。

7 ：劉志琴，〈晚明時尚與社會變革的曙光〉，《文史知識》第一期，(1987 年)。

8 ：王家範，〈明清江南消費風與消費結構的描述——明清江南消費經濟探討之一〉，《華東師範大學學報》第二期，(1988 年)。

9 ：王家範，〈明清江南消費性質與消費效果解析——明清江南消費經濟探測之二〉，《上海社會科學院學術季刊》第二期，(1988 年)。

10：陳萬益，〈馮夢龍「情教說」試論〉，《漢學研究》第六卷，第一期，(1988 年 6 月)。

11：張灝，〈超越意識與幽暗意識——儒家內聖外王思想之再認與反省〉(上)，《歷史月刊》第十三期，(1989 年 2 月)。

12：劉述先，〈由天人合一新釋看人與自然之關係〉，《大陸雜誌》第七八卷第三期，(1989 年 3 月)。

13：陳茂山，〈試論明代中後期的社會風氣〉，《史學集刊》第四期，(1989 年)。

14：金耀基，〈儒家倫理・社會學與政治秩序〉，《當代》第四一期，(1989 年 9 月)。

15：趙岡，〈明清市鎮發展綜論〉，《漢學研究》第七卷第二期，(1989 年 12 月)。

16：李孝悌，〈上層文化與民間文化——兼論中國史在這方面的研究〉，《近代中國史研究通訊》第八期，(1989 年)。

17：羅麗馨，〈明代匠户之仕官及其意義〉(上)、(下)，《大陸雜誌》第八十卷第一、二期，(1990 年 1 月)。

18：衷爾鉅，〈論明代的理學和心學〉，《中州學刊》第一期，(1990 年)。

19：陳學文，〈明代中葉以來棄農棄儒從商風氣和重商思潮的出現〉，《九州學刊》

第三卷第四期，(1990 年秋季)。

20：黃瑞卿，〈明代中後期士人棄學經商之風初探〉，《中國社會經濟史研究》第二期，(1990 年)。

21：劉和惠，〈論晚明社會風尚〉，《安徽史學》第三期，(1990 年)。

22：黃明理，〈「晚明文人」型態之研究〉，《國立台灣師範大學國文研究所集刊》第三四號，(1990 年 6 月)。

23：吳琦，〈晚明至清的社會風尚與民俗心理機制〉，《華中師範大學學報》第六期，(1990 年)。

24：陳寶良，〈晚明文化新論〉，《江漢論壇》第六期，(1990 年)。

25：王國軒，〈呂坤論明代後期仕風與士人心態〉，《孔子研究》第三期，(1990 年 9 月)。

26：嚴迪昌，〈「市隱」心態與吳中明清文化世族〉，《蘇州大學學報》第一期，(1991 年)。

27：陳寶良，〈明朝人的幽默〉，《社會科學研究》第二期，(1991 年)。

28：劉大和，〈百科全書的文化意識〉，《認識歐洲》(1991 年 3 月)。

29：曹淑娟，〈晚明文人的休閒理念及其實踐〉，《户外遊憩研究》，(1991 年 9 月)。

30：邵曼珣，〈明代蘇州文人尚趣之研究〉，《古典文學》第十二集，(1992 年 4 月)。

31：夏咸淳，〈晚明文士與市民階層〉，《文學遺產》第二期，(1994 年)。

32：鄭培凱，〈晚明士大夫對婦女意識的注意〉，《九州學刊》第六卷第二期，(1994 年 7 月)。

33：吳智和，〈文人茶的璀璨——茶寮・茶會・茶人三位一體〉，《台北縣立文化中心季刊》，(1994 年 9 月)。

34：劉祥光，〈從徽州文人的隱與仕看元末明初的忠節與隱逸〉，《大陸雜誌》，(1997 年 1 月)。

35：吳承學、李光摩，〈晚明心態與晚明習氣〉，《文學遺產》第六期，(1997 年)。

36：馮藝超師，〈鬼禁忌初探〉，《中華學苑》第五十期，國立政治大學中國文學系印行，1997 年 7 月)。

37：林嘉怡，〈明代文人「情」概念之遞變探索〉，《中國文化月刊》，(1998 年 2 月)。

38：郝譽翔，〈「桃花女」中陰陽鬥與合：一個儀式戲劇的分析〉，《中外文學》第二十六卷，第九期，(1998 年 2 月)。

39：黃慶聲，〈論《李卓吾評點四書笑》之諧擬性質〉，《中華學苑》，(1998 年 2 月)。

40：周振鵬，〈從北到南與自東徂西——中國文化地域差異的考察〉，《復旦學報》第六期，(1998 年)。

41：王鴻泰，〈《三言二拍》中的情感世界——一種「心態史」趣味的嘗試〉，《史原》第十九期，(1998 年 10 月)。

42：陳寶良，〈明代文人辨析〉，《漢學研究》，(2001 年 6 月)。

四、藝術與美學相關論文

1 ：楊嘉佑，〈明代江南造園之風與士大夫生活——讀明人潘允端「玉華堂日記」札記〉，《社會科學戰線》第三期，(1981 年)。
2 ：劉昌元，〈藝術中的象徵〉，《中外文學》第十二卷第七期，(1983 年 12 月)。
3 ：王又平，〈「情」在中國古典美學中的地位〉，《華中師院學報》第三期，(1984 年)。
4 ：王世仁，〈明清之際的中國園林審美觀〉，《文藝研究》第三期，(1985 年)。
5 ：李欣復，〈傳神寫意說的源流演變及美學意義〉，《浙江師範大學學報》第一期，(1987 年)。
6 ：皮朝綱，〈「不即不離」說的美學意蘊〉，《四川師範大學學報》第六期，(1987 年)。
7 ：王春瑜，〈論明代江南園林〉，《中國史研究》第三期，(1987 年)。
8 ：張靜二，〈試論文學與其他藝術的關係〉，《中外文學》第十六卷第十二期，(1988 年 5 月)。
9 ：王列生，〈論讀者與作者的轉換生成〉，《南京大學學報》第三期，(1988 年)。
10：王志雄，〈「似」與「不似」審美內涵初探〉，《貴州民族學院學報》第四期，(1989 年)。
11：王毅，〈中國士大夫藝術思維方式的發展與中國傳統文化的興衰〉，《文學遺產》第四期，(1989 年)。
12：申自強，〈論審美觀照的意象選擇〉，《中州學刊》第六期，(1989 年)。
13：鄧新華，〈「品味」論與接受美學異同觀〉，《江漢論壇》第一期，(1990 年)。
14：岑溢成，〈從虛實論看中國古代文藝理論的性格〉，《當代》第四十五期，(1990 年 2 月)。
15：王興華，〈中國美學裏的「寫意」論〉，《南開學報》第三期，(1990 年)。
16：趙仲牧，〈論中國古代審美理論中的寄託範疇〉，《思想戰線》第六期，(1990 年)。
17：曾藍瑩，〈評「中國書齋：晚明文人的藝術生活」〉，李鑄晉、屈志仁編《九州學刊》(1991 年 10 月)。
18：邵曼珣，〈明代蘇州文人尚趣之研究〉，《古典文學》第一二集，(1992 年 4 月)。
19：鄭文惠，〈明代園林山水題畫詩之研究——以文人園林爲主〉，《國立政治大學學報》，(1994 年 9 月)。
20：毛文芳，〈晚明文人纖細感知的名物世界〉，《大陸雜誌》，(1997 年 8 月)。
21：毛文芳，〈養護與裝飾——晚明文人對俗世生命的美感經營〉，《漢學研究》第十五卷第二期，(1997 年 12 月)。

22：毛文芳，〈花、美女、癖人與遊舫——晚明文人之美感境界與美感經營〉，《中國學術年刊》，(1998 年 3 月)。

23：暴鴻昌，〈明末秦淮名妓與文人——讀余曼翁「板橋雜記」〉，《中國文化月刊》，(1998 年 4 月)。

24：羅中峰，〈論審美社會形式之溝通結構及其社會安置：以中國傳統文人之審美生活方式爲例〉，《思與言》，(2000 年 9 月)。

博碩士論文

1：周志文，《泰州學派對晚明文學風氣的影響》，台灣大學中文所碩士論文，(1977 年)。

2：陳清輝，《張岱生平及其小品文研究》，高師大中文所碩士論文，(1981 年)。

3：陳進泉，《晚明張岱「陶庵夢憶」戲劇資料研究》，中國文化大學藝術研究所碩士論文，(1984 年)。

4：黃明理，《「晚明文人」型態之研究》，台師大國文研究所碩士論文，(1989 年)。

5：盧玟楣，《晚明文人自覺意識及其實踐之研究》，淡江大學中文所碩士論文，(1992 年)。

6：郭榮修，《張岱散文理論及作品研究》，台灣大學中文所碩士論文，(1993 年)。

7：蔡麗玲，《從晚明「世說體」著作的流行論張岱的「快園道古」》，清華大學文學研究所碩士論文，(1993 年)。

8：廖肇亨，《明末清初遺民逃禪之風研究》，台灣大學中文所碩士論文，(1994 年)。

9：林嘉琦，《晚明文人之觀物理念及其實踐：以陳繼儒「寶顏堂秘笈」爲主要觀察範疇》，淡江大學中文所碩士論文，(1995 年)。

10：巫仁恕，《明清城市民變研究——傳統中國城市群眾集體行動之分析》，台灣大學歷史所博士論文，(1996 年)。

11：陳麗明，《張岱散文美學之研究》，台師大國文研究所碩士論文，(1996 年)。

12：蔣靜文，《論張岱小品文學：從生命模塑到形式意義的完成》，中正大學中文所碩士論文，(1997 年)。

13：黃儀冠，《晚明至盛清女性題畫詩研究——以閱讀社群及其自我呈現爲主》，政治大學中文所碩士論文，(1998 年)。

14：陳忠和，《從劉勰「六觀」論張岱小品文》，高師大中文所碩士論文，(1999 年)。

15：黃如焄，《明代詩學精神與神韻傳統》，中正大學中文所博士論文，(1999 年)。

16：張嘉昕，《明人的旅遊生活》，文化大學史學研究所博士論文，(1999 年)。